metro

Xavier-Marie Bonnot
Der erste Mensch

metro wurde begründet
von Thomas Wörtche

Zu diesem Buch

Die Calanques vor Marseille, tiefe Küsteneinschnitte, türkis glitzerndes Wasser, schroffe Felsen und versteckte Buchten. Doch etliche Meter unter der Wasseroberfläche liegt noch eine ganz andere Welt: jahrtausendealte Unterwasserhöhlen, an deren Wänden prähistorische Felszeichnungen prangen. Der Archäologe und erfahrene Taucher Rémy Fortin erforscht die Höhlenmalereien, als er panikartig auftaucht und dabei schwerste Verletzungen erleidet. Seine letzten Fotos zeigen gigantische Stalagmiten, eine rätselhafte Hirschkopfstatue und den Schatten einer riesigen Gestalt. Hauptkommissar Michel de Palma, der »Baron« von Marseille, begibt sich auf eine prähistorische Spurensuche und stößt auf ungeklärte Morde, die einem uralten Ritual folgen.

»Michel de Palma, Bonnots Ermittler, ist eine reduzierte und konzentrierte Verneigung vor Simenons Maigret. Genau die richtige Lektüre für Menschen, die im wahrsten Sinne des Wortes abtauchen wollen.« *Deutschlandfunk Kultur*

Der Autor

Xavier-Marie Bonnot (*1962 in Marseille) studierte Soziologie, französische Literatur und Geschichte. Nach Tätigkeiten als Regisseur veröffentlichte er 2002 den ersten Kriminalroman um den Polizeikommandanten Michel de Palma. Die Reihe wurde mehrfach ausgezeichnet und in mehrere Sprachen übersetzt.

Im Unionsverlag sind außerdem lieferbar: *Die Melodie der Geister* und *Im Sumpf der Camargue.*

Der Übersetzer

Gerhard Meier (*1957) studierte Romanistik und Germanistik. Seit 1986 lebt er bei Lyon, wo er literarische Werke aus dem Französischen und aus dem Türkischen (Hasan Ali Toptas, Orhan Pamuk, Murat Uyurkulak) überträgt. 2014 wurde er mit dem Paul-Celan-Preis ausgezeichnet.

Mehr über den Autor und sein Werk auf *www.unionsverlag.com*

Xavier-Marie Bonnot

Der erste Mensch

Ein Fall für Michel de Palma

Aus dem Französischen
von Gerhard Meier

Unionsverlag

Die Originalausgabe erschien 2013 bei Actes Sud, Arles.

Im Internet
Aktuelle Informationen, Dokumente und Materialien
zu Xavier-Marie Bonnot und diesem Buch
www.unionsverlag.com

Unionsverlag Taschenbuch 915
© by Xavier-Marie Bonnot 2013
Diese Ausgabe erscheint in Vereinbarung
mit der Agence litteraire Astier-Pécher
Originaltitel: Premier Homme
© by Unionsverlag 2021
Neptunstrasse 20, CH-8032 Zürich
Telefon +41 44 283 20 00
mail@unionsverlag.ch
Alle Rechte vorbehalten
Die erste Ausgabe dieses Werks im Unionsverlag erschien 2020
Reihengestaltung: Heinz Unternährer
Umschlagfoto: EyeEm; Umschlaginnenseite –
F1online digitale Bildagentur GmbH (beide Alamy Stock Photo)
Umschlaggestaltung: Sven Schrape
Lektorat: Anne-Catherine Eigner
Satz: Greiner & Reichel, Köln
Druck und Bindung: CPI – Clausen & Bosse, Leck
ISBN 978-3-293-20915-2

Der Unionsverlag wird vom Bundesamt für Kultur mit einem
Verlagsförderungs-Strukturbeitrag für die Jahre 2021–2024 unterstützt.

Auch als E-Book erhältlich

*Für Frédéric, der die Geheimnisse
unserer alten Erde entschlüsselt hat.
Für Michel, den Gelehrten ...*

Charaktere und Handlung dieser Geschichte sind
meiner Fantasie entsprungen.
Etwaige Ähnlichkeiten mit tatsächlichen Begebenheiten
oder lebenden Personen sind rein zufällig.

»Aber in welchem Mythus lebt der Mensch heute?«
»Im christlichen Mythus, könnte man sagen.«
»Lebst du in ihm?«, fragte es in mir.
»Wenn ich ehrlich sein soll, nein!
Es ist nicht der Mythus, in dem ich lebe.«
»Dann haben wir keinen Mythus mehr?«
»Nein, offenbar haben wir keinen Mythus mehr.«
»Aber was ist denn dein Mythus?
Der Mythus, in dem du lebst?«
C. G. JUNG, *Erinnerungen, Träume, Gedanken*

Prolog

Der erste Abdruck prangte auf einem steinernen Faltenwurf, wenige Meter vor einer großen, sich ins schwarze Wasser neigenden Platte. Eine Kinderhand. Das Zeichen von Urmann.

Der Taucher erschauerte. Ihm schnürte sich die Kehle zu. Eine weitere Hand wogte vor seinen Augen, und noch eine, alle im Negativ. An einigen fehlten Finger, andere waren rot durchgestrichen.

Weiter vorn war der Fels von kurvigen, verflochtenen Linien durchzogen. Felsbilder tauchten auf, dann fantastische Formen. Ein halb menschliches, halb tierisches Wesen war in den Stein geritzt. Tiefe Kratzer durchzogen den langen ziselierten Körper, nicht aber den Vogelschädel und die hirschartigen Läufe.

Das so lang Gesuchte endlich vor sich zu sehen, erschütterte den Taucher, stürzte ihn in den Abgrund der Zeit, den Urgrund aller Mythen, als Homo sapiens sich auf seinen langen, unaufhaltsamen Weg machte. Er spannte seinen Fotoapparat und drückte ab. Ein Mal, zwei Mal … Dann schritt er weiter, bis die niedrige Decke ihn zum Bücken zwang. Da sah er auf dem glänzenden Boden etwas liegen. Er schoss ein erstes Foto, trat näher heran, drückte noch mehrmals ab.

Da plötzlich hörte er es.

Ein trauriges Singen. Kaum vernehmbare Worte, wie ein dahingemurmeltes, heiseres Gebet, das immer rascher wurde, von Wand zu Wand flog. Dann Stille. Nur das schwere Tropfen auf dem rostigen Boden.

Plitsch, platsch, plitsch, platsch …

Der Taucher hielt den Atem an. Angstschauer durchfuhren ihn. Er riss den Taucheranzug auf, als müsste er sein heftig pochendes Herz befreien.

Zu seiner Linken drang ein nasser Felsenirrgarten in tiefste Dunkelheit vor. Die feuchte Luft schmeckte säuerlich nach Kamille.

Der Taucher machte seine Lampe aus und kauerte sich auf den Boden.

Das Singen hob wieder an. Klang näher diesmal. Furchteinflößender.

Der Taucher bemühte sich um eine rationale Erklärung. Ihm zitterten die Hände. Er war ja nicht zum ersten Mal in einer Unterwasserhöhle. Durch eine Steinorgel konnte der Wind bis ins Innerste der Erde hinunterpfeifen.

Doch wehte an dem Tag nicht die leiseste Brise.

Als er die Lampe wieder anknipste, brach die Melodie augenblicklich ab. Wieder nur der kalte, unerschütterliche Rhythmus der vom Gewölbe herabfallenden Tropfen. Plitsch, platsch, plitsch, platsch … Wie eine ewig tickende Uhr.

Nun wurde es dem Taucher zu unheimlich. Er hastete zu seiner Ausrüstung am großen Brunnen, lud sich die Pressluftflaschen auf, wobei er sich in seiner Panik beim Anlegen von Schwimmflossen und Maske ungeschickter anstellte als sonst.

Und bemerkte nicht, gleich hinter ihm, die platschenden Schritte und den riesigen Schatten.

ERSTER TEIL

Das Irrenhaus

Die Menschen der Vorzeit haben uns nur verstümmelte Nachrichten hinterlassen. Am Ende eines langen Rituals, bei dem sie eine gebratene Bisonleber auf einer mit Ocker bemalten Rindenschale darboten, mögen sie irgendeinen Stein auf dem Boden niedergelegt haben. Die Gesten, die Worte, die Leber und die Schale sind verschwunden; und kommt uns kein Wunder zu Hilfe, so können wir den Stein nicht von den übrigen Steinen in seiner Umgebung unterscheiden.

ANDRÉ LEROI-GOURHAN,
Die Religionen der Vorgeschichte

I

Der 23. Juli 1970 war ein brennend heißer Tag. Quer durch die Haute-Provence waren Hunderte von Hektar Wald in Flammen aufgegangen. Der Regen ließ auf sich warten, und Tag um Tag verbrannte und verdurstete die Natur.

An der Ausgrabungsstätte von Quinson sah man die Luft über den Gräben flimmern. Als am späten Nachmittag die Sonne hinter den schwarzen Bergen verschwand, die das Tal der Durance säumten, wehte von den Anhöhen der Verdonschlucht ein milder, fast frischer Wind herab.

Da stellte sich der Tod ein.

Der Tod in einer grünen Limousine, die auf der kurvenreichen Straße zur Verdonschlucht ockerroten Staub aufwirbelte.

Pierre Autran konnte das nicht wissen, und es fiel ihm auch nichts auf. Er sah auf die Uhr und rief zu Professor Palestro: »Feierabend!«

Sorgsam lehnte er Kelle, Schaber und Pinsel an ein großes Sieb. Pierre Autran war in jeder Hinsicht ein Mann von Maß und Ordnung. Bei Sonnenuntergang war es unweigerlich Zeit für ein Bier. Die eiskalten Bierdosen warteten im Kühlschrank am anderen Ende der Fundstätte. Autran ließ sich nicht lange bitten. Staub und Sonne waren seiner legendären Nüchternheit Herr geworden.

Die Ausgrabung fand auf einem mit Zistrosen durchsetzten Garrigue-Plateau statt. In einiger Entfernung stieg das Terrain zu grauen Felsen hin an. Zwischen grünen Mulden und roten Erdstreifen zog sich ein Pfad hindurch und verschwand schließlich hinter kaum mannsgroßen Kermes-Eichen, die zur Baume-Bonne-Höhle führten.

Pierre Autran setzte sich auf den Rand einer Schubkarre voller Schutt und hielt Palestro ein Kronenbourg hin.

»Prost!«

Palestro war um die dreißig, ein hoch aufgeschossener Kerl mit hängenden Schultern, stets in Kakihose und mit einem alterslosen Stoffhut auf dem Kopf. Er gehörte dem Institut für Urgeschichte der Universität Aix-en-Provence an. Autran war in etwa gleich alt, aber kräftiger. Er war einer jener schnürstiefelbewehrten freiwilligen Helfer, die gern an Steinen herumschrubben, weil sie damit heiligen Dienst an der Forschung tun. Das Team hatte verdammt gute Arbeit geleistet! Die schnurgerade angelegten Gräben wirkten wie eine Riesentreppe und drangen bis zum Gravettien-Zeitalter in die Erde vor.

Innerhalb eines Monats hatte sich die Stätte erheblich vergrößert. Palestro hatte beantragt, weiter oben graben zu lassen, an einer teilweise zugeschütteten Öffnung am Fuß eines Felsens, die ein Jagdunterschlupf aus der Altsteinzeit sein konnte. Assistenten zogen Schnüre, und regelmäßig kam zur Überprüfung ein Vermessungsingenieur vorbei. Schicht um Schicht rückte der raue Boden Fitzelchen Geschichte heraus. Seit vierhunderttausend Jahren lebten hier Menschen!

Der Doktorand Jérémie Payet konnte sich von seiner Arbeit an den tieferen Schichten noch nicht losreißen. Er kniete vor einer Böschung und fuhr mit dem Pinsel über eine dunklere Linie knapp über dem Boden. Er war wohl der eifrigste von allen, ein richtiger Entdecker! Und hatte schon eine Menge gefunden.

Autran nahm einen Schluck Bier und fuhr sich mit der Zunge über die vom Staub aufgerissenen Lippen.

»Dann verlässt du uns also morgen«, sagte Palestro.

»Tja. Bisschen traurig bin ich schon.«

»Ach was, komm einfach nächstes Jahr wieder. Erfahrene Leute wie dich brauchen wir immer. Und du kannst auch mal so vorbeischauen.«

»In einem Jahr, wer weiß, wo ich da bin.«

Palestro warf seine Bierdose in das Blechfass, das ihnen als Mülleimer diente. »Wegen deiner Kinder, meinst du?«

»Ja. Die fehlen mir.«

»Du musst sie mir mal vorstellen!«

Autran holte seine Brieftasche heraus. In einem Ausweisfach steckte ein etwas blasses Foto seiner Zwillinge Thomas und Christine. »Das da ist Christine«, sagte er und hielt Palestro das Foto hin.

»Ein hübsches Mädchen!«

»Und noch dazu talentiert und wissbegierig.«

»Und der Junge heißt Thomas, ja?«

»Ja. Acht Minuten nach seiner Schwester geboren.«

Aus dem Teenagergesicht stach ein dunkler, gequälter Blick heraus. Das entsetzliche Leuchten in den Augen zeugte von einer Krankheit, die sein Vater nie erwähnte. Thomas fürchtete sich noch immer vor der Nacht, vor Dunkelheit und Schatten. Manchmal schrie er und schlug derart um sich, dass er fixiert und mit Medikamenten ruhiggestellt werden musste. Er begeisterte sich für die Urgeschichte und für Autoren wie Leroi-Gourhan, Breuil oder de Lumley.

»Warum nimmst du sie nicht mal mit zu einer Ausgrabung?«

Autrans Gesicht verfinsterte sich. Er sprach fast nie über seine Familie, zum einen aus Zurückhaltung, aber wohl auch, weil es da dunkle Geheimnisse gab, die ihn verstummen ließen.

Von Quinson her erklang das Angelusläuten. Die dumpfen Glockentöne hallten von den Kalkfelsen wider und verloren sich über den hellen Wassern des Verdon. Da stand Jérémie Payet auf einmal ruckartig auf. »Kommt mal her!«

Palestro und Autran gingen in großen Schritten zu ihm hin. Payet deutete auf einen braunen Streifen zwei Meter unter dem Erdboden. »Da, im Gravettien!«

In der Lehmkruste steckte ein langer schwarzer Gegenstand. Jérémie Payet bückte sich und pinselte ihn ab. »Eine Figur, gar kein Zweifel!«

»Ein schöner Fund«, sagte Autran. »Bravo, Jérémie!«

»Ganz außerordentlich!«, lobte auch Palestro und starrte die Figur an.

Dann schob er den Studenten umstandslos beiseite und pinselte den Gegenstand gute zehn Minuten lang Millimeter für Millimeter weiter heraus. Manchmal hielt er kurz inne, legte an die etwa zwanzig Zentimeter lange Figur ein schwarzgelbes Lineal an und schoss ein Foto. Die Füße waren grob geformt, der Körper wohlproportioniert, und in Brusthöhe sah man durch ein Loch ins Innere.

»Sieht aus wie ein Mammut-Stoßzahn«, sagte Payet.

»Ich denke, da hast du recht«, erwiderte Palestro. »Hier sieht man gut, dass es Elfenbein ist.«

Der Kopf wirkte rätselhaft. Das Kinn wies die Form einer Hirschschnauze auf. Über der Stirn ragte ein hoher, tief eingeschnittener Kopfputz empor, wie ein Geweih.

»Ich glaube, wir haben es hier mit einem Hirschkopfmenschen zu tun«, sagte Palestro. »Ein gehörnter Hexer. Halb Mensch, halb Tier.«

Jérémie Payet ging zur Hütte und kam mit einer rechteckigen Box zurück. Palestro bettete den Hirschkopfmenschen auf ein Wattekissen und schloss den Deckel.

Da hörten sie ein Hupen und blickten alle drei auf.

Pierre Autran schirmte mit der Hand die Augen ab, um besser zu sehen. »Das ist für mich«, sagte er.

Der Tod blieb vor dem Gitter des Ausgrabungsorts stehen, in einem metallicgrünen Mercedes 300, den Pierre Autran ein halbes Jahr zuvor gekauft hatte. Seine Frau fuhr ihn. Er klopfte sich den Lehm von der Hose, setzte seine Sonnenbrille auf und ging zu der Limousine hinunter.

Eigentlich hätte weder sein Auto dort sein sollen noch seine Frau.

2

Marseille, vierzig Jahre später

Seit drei Tagen fegte der Mistral wie ein Irrer durch die Straßen der Stadt. Der Himmel war von kalter Reinheit. Blau und hart stand er über den sich zum Meer hin verneigenden Felskämmen. Nach dem Windgetobe waren Schneefälle nie da gewesenen Ausmaßes vorhergesagt. Der Dezember verhieß eiskalt zu werden, doch solcherlei Prophezeiungen ignorierte man in Marseille schon lange.

Im zweiten Stock des Polizeipräsidiums schrillte seit einer guten Weile das Telefon.

»Ich geh ran!«, rief Michel de Palma und blies auf den Kaffee, den er dem Automaten abgetrotzt hatte.

Er hetzte durch den Gang und hob ab.

»Ich möchte bitte Inspektor de Palma sprechen.«

»Hauptkommissar heißt das jetzt, und zwar schon ziemlich lange. Am Apparat.«

»Schön, Sie endlich zu hören! Ich war schon am Verzweifeln.«

Eine zittrige Frauenstimme. De Palma setzte sich hin und streckte die langen Beine aus. Er war müde und allein. Jetzt bloß keine Neurotikerin, die auf Nervenkitzel aus ist. »Was wollen Sie von mir?«

»Haben Sie heute Morgen Zeitung gelesen?«

»Nein. Tu ich nie.«

Die Frau hielt kurz inne. Durch den Hörer war ein Motor zu vernehmen. Ein Bootsdiesel, vermutete de Palma.

»Ich leite die Ausgrabungen in der Le-Guen-Höhle, und da … Also vor zwei Tagen hat ein Mitarbeiter von mir, Rémy Fortin, einen Unfall gehabt, und zwar einen schweren.«

De Palma zuckte zusammen. »In der Höhle, sagen Sie?«

»Ja. Das heißt, eher am Ausgang.«

»In was für einer Tiefe?«

»Etwa achtunddreißig Meter.«

»Ein Dekompressionsunfall?«

»Ja, angeblich.«

»In der Le-Guen-Höhle zu tauchen ist gefährlich, das müssen Sie doch wissen! Wie heißen Sie?«

»Pauline Barton.«

Er kritzelte den Namen auf seine Zigarettenschachtel. »Und Sie meinen, ein reines Unglück war das nicht?«

»Genau. Erklären kann ich es auch nicht, aber seit dem Unfall lese ich noch mal alles, was damals geschrieben worden ist, nach den furchtbaren Sachen, die da um die Höhle passiert sind, und ich sage mir, dass das nicht alles Zufall sein kann. Erinnern Sie sich an die Geschichte?«

»Und ob. Der Fall Autran. Thomas und Christine. Vor zehn Jahren war das.«

Thomas Autran, der Sohn von Pierre Autran, war vom Team de Palmas verhaftet worden. Er hatte drei Frauen niedergemetzelt, vielleicht sogar mehr. Ganz war der Fall nie aufgeklärt worden. Neben jedem seiner Opfer hatte Thomas Autran einen Negativabdruck seiner Hand hinterlassen, nach Art der Magdalénien-Menschen, die so ihre Höhlen schmückten.

Weder bei der Polizei noch vor dem Richter hatte Autran gestanden. Das Schwurgericht Aix-en-Provence ließ ihn in lebenslänglicher Nacht verkümmern und hatte eine Sicherheitsverwahrung von dreiundzwanzig Jahren draufgepackt. Seine Zwillingsschwester war zum Zeitpunkt der Taten Professorin für Urgeschichte an der Universität der Provence. Wegen Mittäterschaft wurde sie zu zwölf Jahren verurteilt. Das Schwurgericht zeigte sich gnädig.

De Palma informierte sich nebenbei rasch über Neues aus der Welt der großen Serienmörder. Kein Ausbruch zu verzeichnen, auch keine Fahndung. Nichts über die Autran-Zwillinge. Überhaupt hatte er seit Jahren nichts mehr von der Le-Guen-Höhle und den Autran gehört. Das verhieß nichts Gutes.

»Wir müssen uns treffen, so gegen siebzehn Uhr«, sagte er in unmissverständlichem Ton.

»Äh, gut. Ich bin in den Calanques, in Sugiton.«

»Ich komme da hin. Sie bringen mich dann übers Meer wieder nach Marseille.«

Ohne sich zu verabschieden, legte de Palma auf und warf seinen Kaffeebecher in den Papierkorb. Der Tag fing ja gut an. Von der Kathedrale ertönten drei volle, klingende Schläge, und der Mistral wirbelte Papierfetzen und Plastiktüten bis zu den Fenstern des Präsidiums hinauf.

Ein Anblick, bei dem man übers Schicksal ins Grübeln kommen konnte. Warum ausgerechnet die Le-Guen-Höhle? Und ausgerechnet ein mysteriöser Unfall?

Eine Stunde lang telefonierte de Palma herum. Vom Kulturdezernat wurde ihm bestätigt, dass in der Höhle derzeit Grabungen stattfanden. Küstenwache und Seenotrettungsdienst berichteten übereinstimmend von einem Tauchunfall am Eingang zur Le-Guen-Höhle, in achtunddreißig Metern Tiefe. Rémy Fortin sei in besorgniserregendem Zustand aufgefunden und nach Marseille in eine Dekompressionskammer des Krankenhauses Timone verbracht worden.

Fortin war innerhalb weniger Sekunden aus beinahe vierzig

Metern Tiefe an die Wasseroberfläche emporgetaucht. Durch den zu schnellen Aufstieg war es in Blut und Muskelgewebe zu einer Gasübersättigung gekommen, und es hatten sich gefährliche Blasen gebildet.

»Dass der überhaupt noch lebt, ist ein Wunder!«, hatte der Rettungsarzt gesagt.

De Palma war grundsätzlich misstrauisch, und gegenüber Wundern erst recht. Taucher vom Kaliber eines Rémy Fortin verloren nicht so ohne Weiteres die Beherrschung. Aber da unten konnte eben alles Mögliche passieren. Den seltsamsten Wesen begegnete man da, vom verirrten Menschenfresser-Hai über liebesbedürftige Delfine bis hin zu Wahnsinnigen wie Thomas Autran. De Palma verspürte auf einmal ein dringendes Bedürfnis nach einer Zigarette, hatte aber keine Lust, bis in den Hof hinunterzugehen, um bei dem Sturm mit den letzten Nikotinsüchtigen des Präsidiums seine Gitane zu rauchen.

Als er im Büro auf und ab ging, fiel sein Blick auf das Rundschreiben des neuen Kripochefs. Der Mann machte den Kampf gegen das Bandenwesen zu seiner obersten Priorität, die Rückkehr des Rechtsstaats in die nördlichen Viertel der Stadt zum Kreuzzug. Allein vier Luden waren innerhalb eines Jahres über den Jordan gegangen. Schlimmer noch war der Bandenkrieg, den sich einzelne Viertel lieferten, etwa La Rose und La Castellane. Sechs junge Kerle niedergemetzelt, einfach so, mit einer Kalaschnikow. De Palma zerriss das Schreiben und warf es in den Papierkorb.

Da ging die Tür auf und Karim Bessour steckte den Kopf herein. De Palma zuckte zusammen.

»Ach, du bist ja da, Baron!«, rief Bessour verwundert aus.

»Wo soll ich sonst sein?«

Bessour runzelte die Stirn. Mit seiner schlaksigen Gestalt und dem hageren Gesicht wirkte er immer, als zöge er gleich in den Krieg.

»Du weißt doch, der Umtrunk, wegen meiner Beförderung.«

Zu dem Anlass hatte Bessour ein weißes Hemd angezogen, mit zu kurzen Ärmeln für seine endlos langen Arme, und die blaue Krawatte hing ihm schief herunter.

»Stimmt, du wirst ja Kommissar. In deinem Alter! Du wirst uns noch mal Kripochef …«

»Lass die Scherze!«

»Nein, bestimmt. Du hast was drauf. Solche wie du sind hier dünn gesät.«

»Hast mir alles du beigebracht, Baron!«

»Tja, leider!« De Palma wurde ernst. »In drei Wochen ist hier Schluss für mich. Dann ist es aus mit dem Baron.«

Von Wehmut wollte sich Bessour nicht übermannen lassen. Um abzulenken, schielte er auf die Uhr.

»Ich komme mir hier manchmal vor wie in einem Beichtstuhl«, fuhr de Palma dennoch fort. »Ein Beichtstuhl ohne Pfarrer. Lauter arme Sünder habe ich vor mir. Das Handgelenk, immer das linke, an den Ring da gefesselt. Und dann wird gejammert, wie unschuldig sie doch alle sind. Hin und wieder auch eine Frau. Und am Anfang ein paar zum Tode verurteilte. Einen hat es tatsächlich auch erwischt. Den werde ich nie vergessen, mit seinen Glubschaugen hinter der eckigen Brille. Wie der geheult hat und gefleht und geschrien …«

»Immerhin hast du ein paar große Fälle gehabt. Du bist nicht umsonst der Baron!«

Um dem bedrückenden Gespräch zu entkommen, schnappte de Palma sich den Karton, den er vom Gemüsehändler um die Ecke geholt hatte. »Ich räume jetzt meine Sachen auf.« Er entriegelte die Schubladen und schüttete den Inhalt direkt in den Karton. Ein Haufen Kram regnete herab: Visitenkarten, alte Radiergummis, zerdrückte Patronen, angenagte Stifte, Durchschlagpapier voll nutzlos gewordenem

Text. Mit dreißig Jahren Kripo war letztendlich nicht viel Staat zu machen.

»Du hast immerhin noch drei Wochen runterzureißen«, scherzte Bessour.

De Palma schlüpfte in seine Jacke und steckte die Dienstwaffe in das Holster. »So, ich muss. Ich treffe mich mit einer Prähistorikerin, und zwar nicht gerade um die Ecke.«

»Ach ja?«

»In Sugiton wäre ein Taucher beinahe abgesoffen, da muss ich jetzt hin.«

»Soll ich mit?«

»Von wegen, du lässt hier die Korken knallen!«

De Palma legte drei Finger auf die Schulter, um die Tressen anzudeuten, auf die Bessour nun Anspruch hatte. Der ging auf die Spitzen seines Vorgesetzten grundsätzlich nicht ein. Im Übrigen wusste er, dass de Palma vor Hierarchie, Autorität und Uniformstreifen nicht den geringsten Respekt hatte.

»Ein Unfall in Sugiton? Davon habe ich, glaube ich, in der Zeitung gelesen. In der Le-Guen-Höhle, oder?«

»Am Eingang. In achtunddreißig Metern Tiefe.«

»Und das war also kein Unfall?«

»Keine Ahnung, Junge. Bei der Le-Guen-Höhle bin ich aufs Schlimmste gefasst, verstehst du?«

»Ja.«

»Wieso? Steht in der Zeitung so was?«

»Äh, ich glaube schon.«

»Das hat mir gerade noch gefehlt!«

Bessour machte sich davon. De Palma hatte was gegen Umtrunke, ob sie nun zum Einstand, zum Ausstand, zur Beförderung oder zu sonst was gegeben wurden.

3

In de Palmas Alfa Romeo Giulietta Baujahr 59 war das Autoradio rechts neben den drei großen runden Chromanzeigen angebracht, direkt unter dem schlicht aufs Armaturenbrett geklebten Rückspiegel. Zum Einstellen der Sender musste man mit viel Fingerspitzengefühl den rechten Knopf drehen, sonst war man gleich viel zu weit. Der Baron traute sich an den alten Kasten schon längst nicht mehr heran, und auch sonst durfte ihn niemand berühren. Seit Jahrzehnten war in dem legendären Coupé der Zeiger auf den Klassiksender France Musique eingestellt, auf UKW, und von da rührte er sich nicht weg.

Beim Herausfahren aus der Tiefgarage des Polizeipräsidiums rauschte es kurz im Radio, dann ertönten, in Mono, die letzten Takte der großen Arie von Radames. *Aida*, erster Akt.

Ergerti un trono
Vicino al sol ...

De Palma erkannte die Stimme Plácido Domingos, das Jahr der Aufnahme, nämlich 1974, und nach dem spektakulären hohen *b* erwartete er den Auftritt von Amneris und damit die verzaubernde Stimme Fiorenza Cossottos. Stattdessen ergriff jedoch ein Musikwissenschaftler das Wort. Aha, eine Sendung über die großen Helden des Opernrepertoires. De Palma hörte nur mit halbem Ohr zu. Sowieso würde der Tunnel zwischen den früheren Docks und dem Timone-Viertel den guten Mann eine ganze Weile verstummen lassen.

Eine halbe Stunde ging es noch durch die Viertel dahin, die

sich an die steilen Abhänge des Mont Saint-Cyr und des Col de la Gineste schmiegten, bis hin zu den allerletzten Häusern.

An den Ausläufern des Calanque-Massivs war Marseille zu Ende. Jenseits einer verrosteten Schranke zog sich ein schmaler Weg zum Sugiton-Pass hoch, flankiert von windgebeugten Flaumeichen und von den Kiefern, die nach verheerenden Waldbränden neu gepflanzt worden waren. Nach einem Engpass ging es schluchtartig zu einer kleinen Bucht hinunter. Vom hellen Meeresboden hoben sich die dunklen Flecken der Neptungräser ab. In achtunddreißig Metern Tiefe konnte man durch einen schlauchartigen Gang ins Innere des Berges hinaufgelangen, in die Le-Guen-Höhle, einen trockenen Höhlenraum mit prähistorischen Malereien und Zeichnungen.

Die Stille wurde von einem Schrei zerrissen. Über Sugiton hob sich ein Habichtsadler in die Luft, auf der Suche nach Aufwinden entlang der Felsen.

De Palma ging rasch den Pfad hinunter und erreichte bald den Felsvorsprung, der den Tauchern als Schaltstelle an Land diente. Kurz darauf tauchte Pauline Barton aus dem Wasser auf und winkte ihm zu.

Fachleute vom Amt für Unterwasserarchäologie machten sich um eine wasserdichte Kiste herum zu schaffen, die an einer Trosse emporgezogen wurde. Pauline hievte sich an Bord der *Archéonaute* und verschwand für ein paar Minuten. In abgewetzten Jeans, einer orangefarbenen Fleecejacke und mit einem Handtuch auf dem Kopf kehrte sie zurück.

»Hallo, Monsieur de Palma. Schön, dass Sie gekommen sind.«

Sie hatte einen festen Händedruck, trug keinen Ehering und war ungeschminkt. Das viele Tauchen und die beißende Sonne hatten Furchen in ihrem länglichen Gesicht mit den funkelnden grauen Augen hinterlassen.

»Gibt es was Neues von Rémy Fortin?«, fragte de Palma.

»Die Ärzte sind nicht gerade zuversichtlich. Kommen Sie doch an Bord, dann können wir uns besser unterhalten. Oder werden Sie leicht seekrank?«

De Palma lächelte. »Ich stamme aus einer Seemannsfamilie.«

Die *Archéonaute* war an die dreißig Meter lang, und ihr spitz zulaufender Vordersteven teilte die Wellen wie eine Messerklinge. Unter der Bullaugenlinie war der blau-weiß-rot gestreifte Rumpf voller Roststellen.

Pauline Barton lud de Palma in die Kajüte ein. An einem Pressholztisch standen zwei mit rissigem Kunstleder überzogene Sitzbänke.

»Wie genau ist die Sache passiert?«, fragte der Baron ohne Umschweife.

»Dekompressionsunfall. Eine Stickstoffblase ist ihm direkt ins Gehirn gedrungen. Er ist immer noch im Koma und schwebt in Lebensgefahr.«

»Und warum glauben Sie nicht, dass es ein Unfall war?«

Pauline warf einen Blick zur Brücke der *Archéonaute*. Sie wollte sichergehen, dass niemand lauschte. »Rémy ist mit Abstand der beste Taucher von uns. So leicht gerät der nicht in Panik. Als ich dahin gekommen bin, wo er seine Tarierweste aufgeblasen hat, schwebten noch Aufschlämmungen im Wasser.«

Die Mikropartikel aus Ton, mit denen Unterwassergänge in der Regel bedeckt waren, konnten bei der leisesten falschen Bewegung aufgewirbelt werden und das Wasser vollkommen undurchsichtig machen; ein von Tauchern gefürchtetes Risiko.

»Rémy hat eine Taucherflosse verloren«, sagte Pauline leise. »Und das Tauchseil ist durchgeschnitten worden.«

De Palma holte einen Notizblock aus der Jackentasche. »Kennen Sie eigentlich die Geschichte der Le-Guen-Höhle?«, fragte er.

Die Frau starrte ihn an. »Na hören Sie mal, und ob ich die kenne. Ich arbeite seit ein paar Jahren hier.«

»Nein, Entschuldigung, ich meine die jüngste Geschichte.«

»Worauf wollen Sie hinaus?«

De Palma drehte sich zur Brücke um. Der Bootsmann verließ gerade seinen Posten. Sie waren allein in dem Teil des Schiffes.

»Sagen Ihnen die Namen Christine und Thomas Autran etwas?«

»Wer was mit Urgeschichte zu tun hat, kennt auch Christine Autran! Der große Liebling, ach, was sage ich, die Geliebte von Palestro. Ich habe sie als Professorin gehabt und alles von ihr gelesen. Brillant, muss ich sagen. Und natürlich habe ich von der furchtbaren Sache in der Höhle gehört. Ich habe damals bei Ausgrabungen im Ariège gearbeitet. Vom Bruder weiß ich allerdings nichts.«

Pauline Barton hatte den Unfall der Küstenwache gemeldet. Der Diensthabende, ein eingebildeter alter Beamter, hatte sie nicht ernst genommen, als sie von einem möglichen Hinterhalt sprach. Er verfasste ein Protokoll im Telegrammstil, gespickt mit juristischen Phrasen aus vormoderner Zeit. Doch Pauline ließ sich davon nicht abschrecken und ging bei sich zu Hause ins Internet. In mehreren Artikeln über die Affäre der Autran-Zwillinge stieß sie auf den Namen de Palma. Schließlich überwand sie ihre Aversion gegen die Polizei und rief bei der Kripo an.

De Palma zögerte kurz, bevor er nachhakte. »Glauben Sie, dass Rémy Fortin vor seinem Unfall über irgendetwas erschrocken ist?«

»Ja.«

»Und woraus schließen Sie das?«

»Na, ihm fehlte doch eine Flosse. Und sein Messer hat er auch verloren.«

»Was für ein Messer?«

»Er hatte immer ein Tauchermesser dabei, an den Unterschenkel gebunden. Warum hat er das gezückt?«

»Um das Tauchseil abzuschneiden!«

»Aber warum hat er es dann verloren?«

Sie musste immer das letzte Wort haben. Aber de Palma ließ nicht locker. »Sie meinen also, er hat das Messer vor seinem Unfall benutzt, vermutlich zur Verteidigung. Es kann doch aber auch sein, dass er sich mit einem Fuß im Taucherseil verheddert und sich loszumachen versucht. Dabei verliert er die Flosse, und dann schneidet er das Seil durch. Auch ein Problem mit dem Druckventil könnte er gehabt haben und dadurch in Panik geraten sein.«

»Das glauben Sie doch selber nicht! Auf dieser Höhle liegt ein Fluch!«

»Da gebe ich Ihnen allerdings recht!«

Ein junger Mann kam herein und stellte weiße Dosen auf den Tisch. Er mochte Student sein oder einer der vielen Freiwilligen, die bei Ausgrabungen oft mitmachten. De Palma fotografierte ihn geistig ab, typisches Gehabe eines alten Polizisten, der gelernt hat, jedem erst mal zu misstrauen.

»Das sind wertvolle Kohleproben«, sagte Pauline. »Bestimmt über dreißigtausend Jahre alt. Die durchlaufen jetzt eine ganze Batterie von Tests. Das ist die zweite Serie, interessanter als die erste.«

Gerührt blickte sie auf die schwarzen Kohlestücke, die dem Laien so gar nichts verrieten. In der Fachpresse würde es zu den Datierungen und den topografischen Aufnahmen ausführliche Artikel geben. In der Zeitschrift *Geschichte* war Pauline gewissermaßen ein Star, und das genoss sie auch.

»In drei Wochen gehe ich in Pension«, sagte de Palma. »Ich weiß also wirklich nicht, ob ich Ihnen weiterhelfen kann. Ich bin ein Kommandant, der die Waffen niederlegt, weiter nichts!«

»Sie können viel für mich tun«, entgegnete Pauline. »Und

zwar, weil Sie wissen, dass Rémy nicht einfach einen Unfall hatte. Dabei habe ich Ihnen noch gar nicht alles verraten.«

Auf einmal dröhnte es aus dem Maschinenraum herauf, und mit Getöse setzte sich das Schiff in Bewegung. Der Bootsmann manövrierte das Gefährt aus der Sugiton-Calanque heraus, wobei die Schiffsschraube im ruhigen Meer einen brodelnden Halbkreis zeichnete.

»Es gibt nämlich Fotos«, sagte Pauline. »Die hat Rémy vor dem Unfall gemacht. Der Apparat ist völlig intakt geblieben. Rémy hatte ihn in die wasserdichte Kiste gelegt.«

»Kann ich die Fotos sehen?«

»Dazu müssen Sie mit ins Labor.«

Sie fuhren am Cap Morgiou vorbei, dessen Grate die letzten Sonnenstrahlen abbekamen. Weiter vorn zeichnete sich dunkler die Merveille-Spitze ab.

Der Student setzte sich zu ihnen in die Kajüte. »Ganz schön kalt draußen«, sagte er.

»Ziemlich normal für Mitte Dezember, oder?«, versetzte Pauline.

Trotz der vom täglichen Tauchen hinterlassenen Spuren war ihr Gesicht von einer Schönheit, die de Palma betörte. Er hatte etwas übrig für Frauen, die sich auf Verrücktheiten einlassen, wie etwa darauf, im Winter in das kalte Wasser der Calanques hinabzutauchen, um Kohlestücke aus dem Cro-Magnon zu bergen.

Hinter dem Cap Croisette wurde die riesige Bucht von Marseille vom Mistral durchpflügt. Die von Backbord heranrollenden Wellen setzten der *Archéonaute* ordentlich zu. Das Meer schien von unberechenbaren Schatten bevölkert, die aus den weißen Kämmen auftauchten und in den dunklen Wellentälern wieder verschwanden. Am Château d'If zog, ganz Stahl und Strahlen, die massige *Ibn Zayyed* vorbei, ein tunesisches Fährschiff unterwegs nach La Goulette.

Die *Archéonaute* legte an der Zollstation an, gleich neben

dem quadratischen Turm des Fort Saint-Jean. De Palma sprang auf den Kai und wartete, bis auch Pauline Barton von Bord ging. Durch die Passage Sainte-Marie drängte die Dünung herein und schlug an die mit roten Algen bedeckten Felsen der Festungsmauer. Ein alter in seinen Mantel eingemummter Maghrebiner hatte am Kai zwei Angelschnüre ausgelegt.

»Na, beißt was?«, fragte de Palma.

»Kaum«, erwiderte der Alte und wischte sich einen Tropfen von der haarigen Nase. »Zu kalt.«

»Manchmal beißen hier Barsche an.«

»Inschallah!«

Das Labor für Urgeschichte war in den grauen früheren Marinegebäuden im Oberteil der Festung untergebracht. Davor lagerten Bohlen und Baugerätschaften. Die Renovierungsarbeiten zogen sich in die Länge.

Pauline Barton und de Palma betraten den Raum mit den Objekten aus der Le-Guen-Höhle. Auf einem metallgrauen Kasten lag ein kieferloser Schädel.

»Nehmen Sie sich einen Stuhl und schieben Sie ruhig alles beiseite, was Sie stört«, sagte Pauline.

Überall häuften sich Akten und wissenschaftliche Publikationen. An einer Pinnwand aus Kork hing ein Foto einer Negativhand. Ohne Daumen.

»Sehen Sie, dieses Foto interessiert mich«, sagte der Baron, »und ich erkläre Ihnen auch, warum. Damit Sie so richtig begreifen, müssen wir auf den Fall Autran zurückgehen.«

Er zeigte Pauline das noch am ehesten präsentierbare Tatortfoto aus der Akte Autran. Beim Anblick der seltsamen Signatur, die der Täter neben den Frauenleichen hinterlassen hatte, verzog sie angewidert das Gesicht. Es war jeweils ein Blatt Papier mit genau dem gleichen Abdruck, der hier an der Wand hing, doch schien ihr das nicht aufzufallen.

»Ich habe nie begriffen, was diese Negative für einen Mann

wie Thomas Autran genau zu bedeuten haben«, sagte de Palma.

»Ob das wirklich einen Sinn hat, weiß ich auch nicht, aber für ihn wahrscheinlich schon. Seine Schwester hatte bemerkenswerte Artikel über die symbolische Bedeutung dieser Hände geschrieben, auch wenn es nur Theorien waren, die erst verifiziert werden müssen. Sie ist von Medizinmännern ausgegangen, die sich in solchen Höhlen bestimmte Substanzen geholt haben sollen.«

»Was für Substanzen?«

»Zum Beispiel die sogenannte Mondmilch. Das ist eine Kalzitablagerung auf Höhlenwänden und Stalaktiten, eine Art Kalziumkonzentrat. Wenn man das zu einem Pulver zerstößt, ist es ein ziemlich wirksames Mittel gegen bestimmte Krankheiten, vor allem bei Knochengeschichten. Und bei schwangeren Frauen soll es den Milcheinschuss fördern. Heute weiß man über Kalzium gut Bescheid, aber damals ...«

Christine Autran hatte behauptet, in der Le-Guen-Höhle seien magische Handlungen vollzogen worden, und sie könne sich auch vorstellen, die Schamanen des Magdalénien hätten ihren Patienten Mondmilch und andere Substanzen verabreicht. Von da war es nur noch ein Schritt bis zu der Vermutung, das Pulver besitze magische Kräfte, und den Schritt hätte sie wohl auch getan, wenn ihr nicht doch noch ein Rest an universitärer Zurückhaltung verblieben wäre.

Pauline Barton ging durch den Raum und öffnete einen Metallschrank. »Ich muss Ihnen jetzt was zeigen.« Sie kam mit einem Tablet zurück und legte es auf den Schreibtisch. »Da, schauen Sie mal.«

Sie schaltete das Gerät ein und arbeitete sich zu den Fotos vor. Auf den ersten beiden sah man in der Totale eine weite Höhle mit relativ niedriger Decke. Die dritte Aufnahme zeigte riesige Stalagmiten, und auf einem Felsen waren zwei Negativhände abgebildet.

»Sehen Sie den Schatten dahinten?«, fragte Pauline. »Der beschäftigt mich am meisten.«

Im hinteren Höhlenteil war deutlich eine riesige Gestalt zu sehen, mit zwei Armen, zwei Beinen und einem überproportional großen Körper.

»Vergessen Sie nicht«, mahnte de Palma, »das kann auch ein Silhouetteneffekt sein, durch den Blitz. Bei all den Stalaktiten und bizarren Formen in der Höhle. Da kommt man sich leicht vor wie im chinesischen Schattentheater, und je nach Beleuchtung tauchen die absurdesten Gestalten auf.«

»Mag sein. Aber ausgerechnet das war sein letztes Foto. Zuvor hat er ganz andere Aufnahmen gemacht.«

Sie zeigte ein neues Foto. An einem glänzenden Stalagmit lehnte ein zweigförmiger Gegenstand von etwa zwanzig Zentimetern Länge.

»Was ist das?«, fragte de Palma.

»Würde ich selber gerne wissen.«

Sie wählte wieder ein Foto aus und vergrößerte es, bis deutlich zu sehen war, dass es sich um eine kleine Statue handelte.

»Haben Sie noch andere Aufnahmen davon?«

»Ja, sechs insgesamt.« Sie ließ auf dem Bildschirm nebeneinander die Fotos erscheinen, lauter Nahaufnahmen. »Wissen Sie, ich glaube, wir haben da eine der ältesten Menschendarstellungen überhaupt vor uns! Eine Art Tiermensch, vermutlich aus der Spitze eines Mammutstoßzahns geschnitzt, oder aus einem Hirschgeweih. Im Jungpaläolithikum findet man viele davon, genauer gesagt im Gravettien.«

Sie wählte eine Profilaufnahme aus und vergrößerte sie wieder. Hals und Brust der Figur waren sehr fein gearbeitet. Der untere Gesichtsteil sah wie eine Tierschnauze aus, die Augen waren nur angedeutet. Aus der Stirn traten mehrere Hörner heraus. »Das ist bestimmt ein Hirschkopfmensch. Ein magisches Wesen. Solche Feinheiten traut man den Menschen aus dem Gravettien erst mal gar nicht zu.«

»Das ist also eine bedeutsame Figur? Ich meine, vom Symbolischen her?«

»Selbstverständlich. Da steckt was Magisches drin. Und was Mythisches. Im antiken Griechenland haben wir den Gott Aktaion, der von Artemis in einen Hirsch verwandelt wird. Und bei den Kelten gibt es Cernunnos, den gehörnten Gott, der ein Hirschgeweih trägt. Eine uralte Figur also, die von jeder Zivilisation neu aufgewärmt wird, bis der jüdisch-christliche Mythos die Oberhand gewinnt. Früher haben die Forscher darin eine Art Teufel gesehen. Hirsche wurden übrigens mal als die Könige der Tierwelt angesehen. Denken Sie bloß an die vielen Geweihe, die bei Jägern im Esszimmer hängen. Da spielt immer auch die Magie der Jagd mit hinein. Christine Autran hat geschrieben, dass Schamanen Hirsche oder Rentiere anriefen, um sich ihre Kraft anzueignen.«

»Wie ist sie darauf gekommen?«

»Weil man in allen bemalten Höhlen solche Tiere antrifft. Aber das ist natürlich nur ein Deutungsversuch.«

»Und diese Figur da?«

Pauline hielt kurz den Atem an. »So eine habe ich noch nie gesehen. Und auch nie von einer gehört.«

»Also ist sie sehr wichtig!«

»Und ob! Extrem wichtig. Warum hätte Rémy sie sonst fotografiert?«

»Und sind Sie auch sicher, dass sie echt ist?«

»Als Wissenschaftlerin muss ich das verneinen, denn ich habe sie ja nicht untersucht. Aber im Vertrauen auf Rémy behaupte ich: ja. Unbedingt.« Sie schaltete das Tablet aus und räumte es in eine Schublade. »Diese Objekte sind die ältesten menschlichen Darstellungen. Bei Felsbildern sind ansonsten Tiere die häufigsten Motive, und zwar bei Weitem.«

»Glauben Sie, der Hirschkopfmensch stammt aus der Le-Guen-Höhle?«

»Gute Frage. Ich denke nicht.«

»Und warum nicht?«

»Weil er sichtlich restauriert worden ist. In dem Zustand findet man keine Figuren. Meistens sind sie unter meterweise Erde oder Tropfstein begraben.«

Sie holte einen dicken Band aus dem Regal, eine umfangreiche Studie zu den Figuren, die in Brassempouy entdeckt worden waren, einem winzigen Dorf im Département Landes. Auf alten Fotos posierten zwei Männer mit Schnurrbart und runder Brille vor auf Schaufeln gestützten Straßenbauarbeitern. Sie arbeiteten an zwei Schichten aus dem Paläolithikum: der Hyänen-Galerie und der Papst-Höhle, die etwa hundert Meter voneinander entfernt waren.

»Die Papst-Höhle ist Ende des 19. Jahrhunderts von Pierre-Eudoxe Dubalen untersucht worden, einem ortsansässigen Gelehrten, und dann von Edouard Piette. Die haben natürlich nicht so gegraben wie heute, sondern eher ruckzuck mit dem Schubkarren. Allzu viel Schaden hat Piette aber nicht angerichtet. Er hat mehrere Fragmente von Frauenfiguren entdeckt, darunter die Venus von Brassempouy, die bisher älteste Darstellung eines menschlichen Gesichts. Fünf Zentimeter hoch und drei Zentimeter breit. Die Kopfproportionen haben aber nichts Menschliches an sich. Niemand hat so einen Schädel! Man muss einem Künstler eben seine Fantasie lassen. Stirn, Nase und Augenbrauen sind reliefartig gearbeitet, aber Mund ist so gut wie keiner vorhanden. Wenn man die Venus anschaut, meint man, irgendwann trotzdem Lippen zu erkennen. Augen sind wirklich keine da, nur eben die Brauen. Und trotzdem lächelt dieses Gesicht. Heute ist die Venus im Archäologischen Museum in Saint-Germain-en-Laye ausgestellt.«

»Gibt es eine Theorie über die Bedeutung solcher Figuren?«

»Da zerbrechen sich die Forscher den Kopf. Vor allem bei den Frauenfiguren. Manche meinen, da werden Jungfrauen dargestellt, so wie die Muttergottes. Andere behaupten, es handle sich um Priesterinnen. Aber eigentlich weiß man es nicht. Am ehesten kommt man noch mit ethnografischen Vergleichen weiter. Bei den Tungusen in Sibirien haben sich noch in jüngster Zeit Schamanen bei Prophezeiungs- oder Heilungszeremonien als Hirsche verkleidet. In Analogie zur heutigen Zeit behaupten daher manche Forscher, es handle sich bei den Figuren um Schamanengegenstände. Einigkeit herrscht aber bei Weitem nicht, wie meistens bei solchen Themen.«

De Palma blieb eine Weile stumm, ganz in eine Erinnerung versunken. Christine Autran hatte nämlich einen langen Artikel über die geheimnisvollen Zeichen des Gravettien und des Magdalénien veröffentlicht.

Und der Titel lautete: *Die Zeit der Zauberer.*

* * *

»Papa, meinst du, ich werde wieder gesund?«

»Ganz bestimmt, Junge. Mit dem nötigen Willen überwindet man alles.«

»Wille! Was kann der Wille gegen den Wahnsinn ausrichten?«

Thomas hat schon Anfang Herbst eine Krise durchgemacht. Damals ist er ins Krankenhaus eingeliefert und in eine Gummizelle gesperrt worden. Um sich zu beruhigen. Er begriff nicht, was das sollte.

Warum in eine Zelle?

Warum allein?

Am Boden eine Matratze, darauf eine blau-rot karierte Decke. Und ein lächerlicher Teddybär, so wie der im Fernsehen, der immer auf einer Wolke davonfliegt. Er hasst die Sendung, denn die Musik macht ihm Angst.

Die gelben Wände glänzen ein wenig von dem monotonen Neonlicht, das von der Decke scheint, durch einen mit zinnoberrotem Papier bedeckten Halbkreis hindurch. Die weißliche

Neonröhre spiegelt sich in der Mitte, sodass das Fenster von unten aussieht wie ein Durchfahrtsverbotsschild.

Thomas versucht einzuschlafen, kann aber den Blick nicht von dem Verbotsschild abwenden. Von dem Schild, an dem niemand vorbei darf. Das ihm das Leben unmöglich macht.

Hinausgehen verboten! Er weint.

Die Bedeutung der Schilder hat ihm sein Vater beigebracht. Wenn sie die Avenue du Prado hinaufgehen, spielen sie immer, wer als Erster die Straßenschilder sieht. Vor dem Durchfahrtsverbot hat Thomas am meisten Angst. Das hat er dem Doktor erzählt, aber dem Doktor ist das egal.

Ein paar Tage nach seiner Krise hat Thomas die geschlossene Abteilung verlassen. Er hat ein wachsbleiches Gesicht, keine Augen, keinen Mund, Arme wie aus Marmor und graue Adern unter der durchsichtigen Haut.

Seine Mutter konnte sich nicht überwinden, ihn zu besuchen. Seine Mutter liebt ihn nicht mehr.

»Papa, meinst du, ich werde wieder gesund?«

»Ganz bestimmt, Junge. Mit dem nötigen Willen überwindet man alles.«

Papa sitzt auf dem Bettrand und streicht ihm mit seinen kräftigen Fingern über die Haare.

»Ich habe letzte Nacht was Komisches geträumt«, sagt Thomas.

»Willst du es mir erzählen?«

Thomas setzt sich auf und lehnt sich an das dicke Kopfkissen. Draußen pfeift der Wind durch die großen Eichen im Park.

»Ich habe geträumt, dass ich an einem endlosen Meer war. Da waren ganz dürre Bäumchen am Strand … Und dünnes, goldenes Gras … Und kalt war es. Die Felswände haben ganz glatt ausgesehen. Mitten auf dem Strand hat ein nackter Mann ein riesiges Feuer geschürt. Ich bin näher hingegangen, und der nackte Mann hat mich zuerst angelächelt, aber dann hat er mich *ganz fest geschlagen. Ich bin zu Boden gestürzt, und meine Seele ist aus meinem Körper davongeflogen.«*

Thomas senkt den Blick. Quer über die Stirn hat er eine dicke, hässliche Falte. Sein Vater nimmt seine Hand und drückt sie beruhigend.

»Dann hat der nackte Mann mir einen Körperteil nach dem anderen abgeschnitten und ins Feuer geworfen. Alles ist verbrannt, und der Körper von Thomas hat geprasselt. Eine dicke Rauchwolke ist zum Himmel hinaufgestiegen. Dann hat der nackte Mann gesagt: ›Jetzt bist du zu Staub geworden. Kannst du die Staubkörnchen zählen? Kannst du deine Körperteile zählen und dein Fleisch befühlen?‹ Dann ist ein Wind aufgekommen und hat den Staub ins hohe Gras geblasen.«

»Dein Körper ist also verbrannt!«, ruft sein Vater verwundert aus.

»Ja. Und dann ist der nackte Mann in der Asche herumgetanzt und hat dazu gesungen. Dabei ist die Asche aufgewirbelt worden, und auf einmal hat sie sich wieder zusammengeklumpt, und mein Körper ist neu erstanden. Nur der Kopf hat gefehlt, den hatte der nackte Mann in der Hand, aber es war nur ein nackter Schädel. Der nackte Mann hat das Fleisch wieder hinzugefügt, aber die Augen hat er herausgerissen und sie durch die Augen des Felsenvogels ersetzt.«

»Des Felsenvogels!«

»So hat ihn der nackte Mann genannt. Und dann hat er gesagt: ›Jetzt wirst du die Wahrheit von allem sehen.‹«

»Und dann?«

»Dann hat er mir das Trommelfell durchbohrt und gesagt: ›Jetzt wirst du die Sprache von allem verstehen. Von allen Tieren. Und allen Pflanzen.‹«

4

Strafanstalt Clairvaux, 4. Dezember

Von den dicken Gefängnismauern hallte das Läuten aus den Werkstätten wider. Der Arbeitstag ging zu Ende, eintönig und kalt.

Thomas Autran streckte die Hände zwischen die Gitterstäbe und prüfte seine Armmuskeln unter der dünnen, haarlosen Haut. Mehrfach ballte er die Fäuste und spannte die kräftigen Fingersehnen an. Vor einiger Zeit hatte er sein tägliches Trainingspensum auf drei Stunden Liegestützen und Klimmzüge in seiner Zelle sowie zwei Stunden im Fitnessraum erhöht.

Außerhalb des Riesenknastes war die Landschaft von Raureif überzogen. Autran starrte auf die Felder jenseits der Landstraße. Die zehn Jahre Haft. Die eisigen Morgen. Die Arbeitsräume. Die mit dem Herstellen von Leinenschuhen und dem Zerlegen von Elektroschrott vertane Zeit. Der eng begrenzte Hof. Die Wachtürme, die aussahen wie die Brücken von Kriegsschiffen. Die rohen Silhouetten der mit Präzisionsgewehren ausgerüsteten Wärter.

Der Gefängnishof war menschenleer. In der Mitte des Hauptgangs stand ein kleines Denkmal für die Märtyrer von Clairvaux; zwei mit goldenen Lettern beschriftete Granitplatten zu Ehren des Wärters Guy Girardot und der Krankenschwester Nicole Comte, die während einer blutigen Geiselnahme von den Gefangenen Claude Buffet und Roger Bontems getötet worden waren. Mai 1972.

Aus Clairvaux bricht man nicht aus. Nie und nimmer. Hochsicherheitsgefängnis.

Eingesperrt ist Thomas Autran seit jeher.

Die Klappe in der Tür ging auf.

»Thomas Autran, Lesesaal?«

»Ja, Chef.«

Die Zellentüren standen in der Regel offen, und die Häftlinge konnten sich frei bewegen. Die meisten hatten lebenslänglich. Autran aber war ein »Gefangener mit besonderem Aufsichtsbedarf«. So was mochten die Wärter gar nicht. Autran hatte selbst verlangt, weggesperrt zu werden. Eingebuchtet. Eingemauert in eiskalte Einsamkeit. Der Lesesaal war seit zehn Jahren jeden Tag zur gleichen Stunde seine einzige Zuflucht. Die große Welt hinter den Worten. Das große Bild, weiter noch als hundert Kontinente. Noch nie ist aus Clairvaux jemand ausgebrochen!

Riegel wurden zurückgeschoben. Im weißen Türrahmen erschien die Gestalt des Wärters. Ein blonder Kerl mit schlecht sitzender Uniform.

»Na, Autran, gehen wir?«

»Ja, Chef.«

Im Lesesaal von Trakt B standen zwischen niedrigen Bücherregalen mehrere Resopaltische. Von der Krankenstation war eine kleine Ausstellung zum Thema Aids organisiert worden: Plakate über Vorbeugung und ein paar Zeitschriften. In jeder Ecke stand ein Korb mit Präservativen. Martini, der Häftling von Zelle 18, stopfte sich eine Handvoll davon in die Hosentasche.

»Was willst du denn damit?«, grölte Gilles, ein mit Medikamenten ruhiggestellter Lebenslänglicher.

»Dich mal so richtig ficken, du Tunte!«

Gilles hob die Faust wie einen Hammer.

»Ruhig, Gilles, ganz ruhig«, sagte der Wärter beschwichtigend. »Und du, Martini, verdrück dich, ab in die Zelle.«

»Schon gut, Chef.«

Thomas Autran bemühte sich, die Szene zu ignorieren. Er starrte auf seine Lektüre.

»In die Zelle, Martini!«

Gilles stand ruckartig auf, warf dabei seinen Stuhl um und pfefferte seine Bücher durch den Lesesaal. Autran presste die Kiefer zusammen. In seinem Gehirn knisterte es vor lauter Kurzschlüssen. Wie jeden Tag ging er zu dem Ständer mit den Zeitungen und Zeitschriften. *Le Monde* ging in seinen Schlagzeilen auf die Opfer der Kältewelle und den G20-Gipfel ein. Auf dem Titelblatt von *Paris Match* prangte Alain Delon mit einer jungen Frau, die sich an ihn schmiegte, und auf einem kleinen Bild war der Obdachlose zu sehen, der an der Place de la Concorde im Schnee erfroren war.

Autran ließ seinen Blick von Titel zu Titel schweifen und blieb schließlich bei der Zeitschrift *Geschichte* hängen.

Le-Guen-Höhle
Ausgrabungen durch schweren Unfall beeinträchtigt

In der Heftmitte war der Höhleneingang abgebildet. Im Artikel stand:

Ob die schreckliche Tragödie, der Rémy Fortin zum Opfer gefallen ist, wohl je aufgeklärt wird? War es ein Dekompressionsunfall? Oder einfach Panik? In achtunddreißig Metern Tiefe kann auch das kleinste Problem fatale Auswirkungen haben.

Thomas las nicht weiter. Ihm schwirrten die Sinne. Als wäre ihm ein gewaltiger Schlag auf den Magen versetzt worden. Ihm zitterten die Hände, und alles um ihn her verschwamm. »Das ist das Zeichen!«, murmelte er.

»Was für ein Zeichen?«

Thomas riss die Augen auf und erkannte den Wärter mit dem Hühnergesicht vor sich.

»Was nicht in Ordnung, Autran?«

»Nein, nein, alles bestens, Chef.« Seine Stimme war erstickt, kaum vernehmbar. Wie bei einem kranken Kind. Er wartete ab, bis der Wärter sich wieder seiner Lektüre zuwandte. Die Überwachungskamera war in seinem Rücken und konnte nicht erfassen, was er mit den Händen tat. Langsam riss er die Seiten in der Heftmitte heraus, eine nach der anderen, und steckte sie sich unters Hemd.

»Das ist das Zeichen …«

5

Rémy Fortin war in stabilem Zustand in den Aufwachraum im obersten Stock der Uniklinik Timone verbracht worden. Die Stickstoffblasen, die auf sein Gehirn gedrückt hatten, hatten sich aufgelöst, allerdings nicht, ohne Schäden zu hinterlassen: Fortin war fast vollständig gelähmt. Er konnte hören, aber nicht antworten, ja nicht ein einziges Wort herausbringen und erst recht keine Zeichen geben.

Die Besuchszeit endete um Punkt acht Uhr abends, und de Palma musste seine ganze Überzeugungskraft aufbieten, um dennoch in die Intensivstation gelassen zu werden.

»Dürfen wir etwas zu ihm sagen?«

»Alles, was in Richtung Stimulus geht, ist gut für ihn«, erwiderte der Chefarzt. »Er kann nur die Lider bewegen.«

Sie kamen durch einen langen Gang. Die Patienten warteten auf ihr Abendessen, und es roch penetrant nach schlechter Suppe und zerkochtem Fleisch. Vor Zimmer 87 blieb der Chefarzt stehen.

Die Tür war auf. Pauline ging als Erste hinein und trat vorsichtig ans Bett. Sie setzte eine zuversichtliche Miene auf, um zu verbergen, wie aufgeregt sie eigentlich war. Fortin folgte ihr mit dem Blick, seine Augen glänzend flackernd in seinem marmornen Gesicht. Er war groß und breitschultrig, hatte ein energisches Kinn und muskulöse Arme. Nicht gerade der Typ, der sich leicht ins Bockshorn jagen ließ.

Pauline drückte ihm einen Kuss auf die Stirn und zupfte seine Bettdecke zurecht. »Ich bin so froh, dass du nicht mehr im Koma liegst. Der Doktor hat gemeint, du verstehst, was man dir sagt.«

Er schloss die Augen und öffnete sie wieder.

»Wie fühlst du dich?«

Er blinzelte zwei Mal, dann sah er zu de Palma.

»Ich bin mit einem Polizisten gekommen ...«

Fortins Miene verdüsterte sich. Er verfiel in ein hastiges Blinzeln.

»Beantworte uns doch bitte ein paar Fragen. Wir möchten begreifen, was wirklich passiert ist. Wenn du einverstanden bist, blinzle bitte zwei Mal, und wenn nicht, drei Mal.«

Die Augenlider senkten sich zwei Mal. Pauline blickte de Palma an.

»Guten Tag, Rémy, ich bin Michel de Palma von der Kripo, aber jetzt bin ich erst mal außerdienstlich hier. Pauline meint, und ich übrigens auch, dass Ihr Unfall nicht einfach daher rührt, dass so ein Tauchgang an sich schon gefährlich ist. Täuschen wir uns da?«

Fortin blinzelte drei Mal.

»Ist der Unfall passiert, als Sie schon wieder am Höhlenausgang waren?«

Die Antwort war Ja.

»Haben Sie das Tauchseil selbst durchschnitten?«

Fortin brauchte eine Weile für seine Antwort. Aus seinem Blick ließ sich ablesen, wie es in ihm arbeitete. Schließlich blinzelte er zwei Mal.

»Und warum? Hat Sie etwas nach hinten gezogen?«

Ein Ja.

»Haben Sie etwas gesehen?«

Nein.

»Könnte sich das Seil nicht an einem Felsen verfangen haben?«

Ein Nein. Ohne Zögern.

»Haben Sie mit jemandem gekämpft?«

Fortins Augen fingen an zu glänzen. Er starrte an die Decke.

»Haben Sie mit jemandem oder mit etwas gekämpft?«

Fortin senkte zwei Mal die Lider, dann spannte sich auf einmal seine Gesichtshaut und begann zu zittern. Sein Herzschlag ging schneller. Da griff der Chefarzt ein.

»Wir müssen jetzt aufhören. Er ist noch zu schwach, um so was zu verkraften.«

»Und wann können wir wiederkommen?«, fragte Pauline.

»Wir haben ihm sehr wichtige Fragen zu stellen und möchten ihm auch Fotos zeigen.«

Der Arzt sah streng drein. »Für solche Fragen ist er frühestens in einer Woche bereit. Stress kann ihm sehr gefährlich werden.«

»Verstehe.«

Draußen auf dem Gang nahm der Baron den Arzt beiseite. »Hat er Spuren von Schlägen? Hämatome?«

»Nein, gar nicht. Aber er hatte ja einen Taucheranzug an, einen für den Winter, also recht dick. Einen Schlag würde der dämpfen.«

Eine Krankenschwester kam durch den Gang und betrat Fortins Zimmer, in dem gleich darauf das Licht ausging. Die Krankenschwester kam wieder heraus.

»Ich kann Ihnen momentan nicht weiterhelfen«, sagte der Chefarzt.

Als sie die Uniklinik verließen, blieb Pauline kurz stehen und sog die kalte Luft ein. »Er hat uns nur bestätigt, was ich schon befürchtete«, sagte sie.

»Ich bin irgendwie ratlos«, erwiderte de Palma. »Er hat sein Messer verloren, das lässt also auf einen Kampf schließen. Aber gegen wen? Hat ihm am Höhlenausgang jemand aufgelauert?«

»Gut möglich.«

Vielleicht jemand von Ihrem Team, dachte de Palma. »Wird die Höhle nachts überwacht?«, fragte er.

»Im Prinzip schon.«

»Im Prinzip?«

»Da ist nicht immer jemand. Wir können nicht ständig aufpassen, und einen Wachdienst können wir uns auch nicht leisten.«

»Ist momentan jemand dort?«

»Nein, heute Abend nicht. Durch den Unfall sind wir ganz durcheinandergekommen. Aber morgen stellen wir wieder jemanden ab.«

»Wer kümmert sich normalerweise darum?«

»Rémy.« Pauline sah zu den beleuchteten Krankenhausfenstern hinauf. »Das war seine Leidenschaft. Er hat oft in der Befehlsstelle übernachtet, und manchmal sogar in der Höhle.«

6

De Palma wohnte ganz in der Nähe der Uniklinik. Nachdem er sich von Pauline verabschiedet hatte, stieg er in seine Giulietta und fuhr den langen, düsteren Boulevard hinauf, der am Friedhof Saint-Pierre entlangführte, dem größten von ganz Marseille. Seine Wohnung befand sich im Viertel La Capelette, in der Siedlung Paul Verlaine. Drei Betonblocks, ein Parkplatz davor, ein paar Seekiefern und Judasbäume, das Ganze im Garten eines früheren Klosters, nunmehr zwischen der Autobahnbrücke und dem Italienerviertel. Die Straßen von La Capelette waren nach kommunistischen Résistance-Kämpfern benannt, die von den Nazis deportiert oder massakriert worden waren. In dem Kleineleuteviertel hatte die kommunistische Partei lange Zeit das Sagen gehabt, doch seit die Spielkartenfabrik, die Manufaktur für Kolonialhelme und die Stahlwerke dichtgemacht hatten, blieben nicht viele Rote übrig. Die letzten Prolos der Gegend waren eher braun gefärbt.

De Palma war in La Capelette geboren und würde auch nie von dort wegziehen. Weder aus Liebe noch aus Treue, sondern einfach aus Nostalgie.

Ritualmäßig legte er gleich nach dem Betreten seiner Wohnung den Revolver auf das Tischchen mit dem Telefon und der unerledigten Post und ging ins Wohnzimmer, wo er zum Abschluss der Zeremonie immer eine CD einlegte, diesmal eine Kompilation von Georges Thill. Der Ton war von anno dazumal. An der süßlichen Stimme des Tenors hatte die Zeit ihre Kratzspuren hinterlassen.

»Hast du nichts Neueres?«, rief Eva aus der Küche.

De Palma rollte mit den Augen. Seit er mit Eva zusammenlebte, war ihm Nostalgie nur selten vergönnt. »Das war der größte französische Sänger! Keiner hat den *Werther* so gesungen wie er. Hör doch mal zu, wie er phrasiert!«

Eva erschien im Türrahmen. Sie war ungeschminkt, was bei ihr selten vorkam. »Meinem Uropa hat das bestimmt gefallen. Und dir leider auch!«

De Palma setzte ein entwaffnendes Lächeln auf und sang leise mit der Musik mit: »Was bin ich aufgewacht, du schöne Frühlingszeit? Und kommt der Wandrer dann herab zu mir ins Tal, In meiner Schönheit Fülle mich zu schauen.«

Eva flüchtete sich in die Küche. De Palma ging ihr nach.

»Irgendwann gehen wir mal in den *Werther*. Das ist sehr romantisch. Wird dir gefallen.«

»Ein bisschen altbacken für mich.«

Er murmelte ihr ins Ohr: »Dein Hauch will mir die Stirn umkosen, doch, ach, der Tag des Welkens ist nicht weit! Zu bald nur wird der Sturmwind tosen!«

»Das ist schön, zugegeben. Nicht gerade beschwingt, aber das wäre wohl zu viel verlangt.«

Eva war noch immer eine schöne Frau. Dunkle Haare, magnetischer Blick, mal fröhlich, mal schelmisch oder auch bissig, je nach Stimmung. Zum ersten Mal geküsst hatte de Palma sie damals im Kino *Le Royal,* in einem italienischen Historienschinken, dessen Name sich verflüchtigt hatte. Das Kino am Ende der Avenue de la Capelette war inzwischen eine Autowerkstatt. Nichts mehr mit glänzenden Gladiatorenkörpern und Cowboys! Stattdessen Ölwechsel und Bremsbeläge, ohne Termin! Direkt gegenüber, an die Stelle des alten Stahlwerks, hatte die Stadtverwaltung eine riesige Eishalle hingestellt.

Jedes Mal wenn Michel nach der Schule Eva begegnet war, hatte er ihr die Schultasche getragen und jedem eine geschmiert, der das lächerlich fand. Der Weg führte an den schwächelnden Fabriken vorbei, die inzwischen fast alle verschwunden waren, und endete bei den Straßen mit den niedrigen Häusern. Dort standen immer ein paar alte Frauen zusammen und schwatzten, halb auf Französisch, halb auf Neapolitanisch. Ständig ein Küchengeruch nach Knoblauch und Tomaten, und heisere Melodien.

Als Michel und Eva erwachsen wurden, verloren sie sich aus den Augen. Sie verzieh ihm nicht, dass er nach Paris gegangen war, ins Polizeipräsidium, und erst recht nicht verzieh sie ihm seine Heirat mit Marie.

De Palma torkelte durchs Leben, bis am Ende seines Wegs auf einmal Eva wieder auftauchte. Er sang: »Sein Blick sucht mich umsonst, erloschen ist der Strahl, die Stätte, da ich stand, deckt Nacht und bleiches Grauen.«

Eva wollte nicht dahinschmelzen, noch nicht. Sie wandte sich ab und gab die gehackten Zwiebeln und die Lammschulterstücke in den Topf, briet sie ein paar Minuten an und würzte sie mit Zimt, Ingwer und Safran.

»Was wird denn das?«

»Eine Tajine.«

»Herrlich!«

Mit einem Holzlöffel rührte sie kräftig um. De Palma fand sie lustig in ihrer geblümten Omaschürze. Ihre neue Frisur gab den Nacken frei und zeichnete zwei schwarze Kommas auf ihre Wangen.

»Wo warst du heute?«, fragte sie.

»Ach, nur arbeiten. Und du?«

»Arbeitsamt. Will aber nicht drüber reden.« Sie kostete die Sauce. »So, jetzt Deckel drauf und garen lassen.«

Mit immer ernsterer Miene starrte er sie an, und sie merkte, dass er Sorgen hatte.

»Komm, spucks aus.«

»Ich sehe da was Oberfaules auf mich zukommen.«

»Kein Wunder, bei deinem Beruf!«

Seit jeher verstand sich Eva darauf, in den Augen des Barons zu lesen. An dem Abend spürte sie eine Leere in ihm.

»Und was meinst du mit oberfaul?«

»Es ist nur so ein Gefühl. Als würde man auf einmal aus dem Gleichgewicht kippen. Das Leben schickt dir Botschaften, aber nichts als Hieroglyphen. Und bis du die entziffert hast … Und sogar wenn du es schaffst, ist es immer viel zu spät.«

»Du bist schon zu lang auf der dunklen Seite unterwegs. Höchste Zeit, dass du wieder ans Licht kommst.«

Georges Thill stimmte die Faust-Serenade an.

Gegrüßt sei mir, o heil'ge Stätte,
Von banger Lust erfüllt ich dich betrete,
Asyl der frommen Einfalt und der keuschen
    Unschuld!

Das Liebesgeflüster des Tenors aus uralten Zeiten ließ Eva innehalten. Es rührte sie nicht nur die Melodie, sondern mehr noch der etwas kitschige Text, der davon handelte, wozu ein Mann doch fähig war, um eine Frau zu verführen. Opern erinnerten sie manchmal an die dauergewellten Schlagersänger ihrer Kinderzeit. De Palma holte die CD heraus, bevor der Teufel aufkreuzen und Gretchens Leben zunichtemachen konnte.

»Heute Nachmittag hat Anita angerufen«, sagte Eva.

Das Verhältnis zwischen Eva und Anita, ihrer einzigen Tochter, war wie der Mistral, heftig und geräuschvoll. Beim geringsten falschen Wort brauste ein Sturm los. Anita hatte ihrer Mutter verkündet, sie sei im zweiten Monat schwanger. Das hätte im Grunde eine frohe Botschaft sein können, doch war der zukünftige Vater nun mal nicht der ideale Mann. Er war fanatischer Fan von Olympique Marseille, fuhr in einem schwarzen BMW herum und kannte alle möglichen Tricks, um sich das Leben zu erleichtern. Ordinär und auch noch stolz darauf. An fünf Fingern sechs Ringe! Eva hatte getobt, und das bereute sie nun.

De Palma vertrat den Standpunkt, dass er sich da nicht einzumischen hatte. Außerdem hatte er Besseres zu tun und entfernte sich diskret. Ihm spukte etwas im Kopf herum. Er öffnete den Wandschrank im Gang und suchte unter dem wahllos deponierten Zeug nach den Wanderschuhen, die er schon ewig nicht mehr angezogen hatte. Und siehe da, sie passten ihm noch.

»Wo willst du denn hin?«, fragte Eva.

»Ich muss heute Abend noch raus.«

»Du meinst heute Nacht.«

»Ja.«

»Und wohin?«

»In die Calanques, zur Le-Guen-Höhle. Dauert aber nicht lang.«

Eva nahm die Schürze ab und warf sie auf den Tisch. »Manche behaupten, dass die Höhle Unglück bringt!«, sagte sie.

»Da haben sie nicht unrecht!«

»Und was mache ich mit meinem Essen?«

»Wir kommen ja nicht spät zurück.«

»Wir?«

»Maistre und ich.«

Verlegen lächelte er sie an. Wieder musste sie kapitulieren. De Palma und Jean-Louis Maistre waren wie Brüder. Sie hatten sich in Paris kennengelernt, auf der Polizeischule. Seit drei Monaten war Maistre in Pension. Der Baron rief ihn an.

»Hallo Jean-Louis. Wie wärs mit einem Ausflug in die Calanques?«

»Sugiton?«

»Ja.«

»Wann?«

»Genau jetzt.«

Er legte auf. Fragen stellte Maistre so gut wie nie. Entweder er war einverstanden oder nicht, aber seine Entscheidung war immer endgültig.

»Erklär mir doch wenigstens, was es mit dieser Sugiton-Geschichte auf sich hat«, sagte Eva.

»Ich muss da was überprüfen. Willst du mit?«

Hilflos ließ sie sich auf einen Stuhl fallen. »Ich glaube, du drehst mir noch durch mit der Sache.«

Er setzte sich neben sie und drückte sie an sich. »Da magst du schon recht haben, aber ich muss da was zu Ende bringen.«

»Ach, Männer wollen immer was zu Ende bringen. Ihr seid wohl von einer göttlichen Mission erfüllt?«

»Da ist eine alte Geschichte, die fliegt mir gerade wieder um die Ohren. Was soll ich machen?«

»Der Fall Autran.«

»Genau. Das muss ich dir mal alles erzählen.«

»Gib dir keine Mühe, ich weiß schon genug.« Sie schob die Locke beiseite, die dem Baron auf die Stirn fiel. Am Haaransatz war eine blasse, sternförmige Narbe. »Die hast du von dem, oder?«

»Ja.«

»Du willst dich doch hoffentlich nicht rächen?«

Er rang nach Worten. »Natürlich nicht, weißt du doch.«

»So sicher bin ich mir da nicht.«

»Das wäre absurd. Autran ist im Gefängnis!«

»Na und? Offensichtlich sind da noch andere im Spiel!«

7

Der Mond warf lange Schatten auf die milchigen Felszungen, die ins Meer ragten. In windgeschützten Winkeln nahmen Kiefern sich aus wie Moloche.

»Und du bist sicher, heute Nacht tut sich was?«, fragte Maistre.

»Sicher kann man nie sein«, erwiderte der Baron und hängte seinen Rucksack um. »Aber er kann ja erfahren haben, dass wir vorhin in der Klinik waren. Und er weiß, dass heute Abend niemand den Höhleneingang bewacht. Morgen kann das schon anders sein.«

»Und wer ist ›er‹?«

»Na, unser Feind, du Dödel. Der ist jetzt erst mal bloß ein Konzept, aber irgendwie müssen wir den Kerl ja nennen.«

»Aha.«

Maistre stand aufrecht im Wind, seine massige Gestalt hob sich vom zinnfarbenen Meer ab. Die Calanques kannte er wie seine Westentasche, mit seinen Kindern hatte er sie unzählige Male durchwandert.

Zugänglich ist eine Calanque nur über den Fußpfad und übers Meer. Oder aber man seilt sich an die zwanzig Meter ab, wozu es jedoch einiger Übung bedarf.

Trotz seiner Leibesfülle fühlte sich Maistre in dem Gewirr aus Kliffen, Schluchten und verschlungenen Pfaden pudelwohl. Er hatte ein sechzig Meter langes Seil dabei.

»Stell dir bloß vor, wie es hier vor dreißigtausend Jahren ausgesehen hat«, sagte de Palma. »Da ging das Meer bis über die Inseln da. Und wo wir jetzt stehen, war alles verschneit. Und Bisons gab es, und Mammuts und Bären.«

»Heute sind bloß noch nach Sonnencreme stinkende Touristen da, und die auch nur im Sommer.«

»Du bist von umwerfender Poesie!«

Sie marschierten eine Weile auf dem Grat dahin, der zu den »Gefallenen Steinen« führte.

Linker Hand ragte eine Felswand über ein ödes Tal hinaus. Von den Felsdächern wehte ein Luftzug herauf. Unten brandete das Meer. Ein Aussichtspunkt war zum Abseilen ausgerüstet: zwei Karabinerhaken und eine Kette zum Absichern.

De Palma trat an den Abgrund heran. Ihm zitterten die Beine. Das Meer war schwarz und zwischen den Felsbögen kaum zu erkennen. Er setzte sich auf eine flache Stelle und stellte den Rucksack ab. Er verfluchte sich dafür, so alt zu sein und seine Angst nicht beherrschen zu können. Maistre stand nur wenige Zentimeter vom Rand entfernt.

»Geh da weg«, bat ihn de Palma, »ich kann das nicht mit anschauen. Wir sind zu alt für solchen Scheiß.«

»Ach ja, auf einmal!« Maistre tat ein paar Schritte auf eine Spalte zu und hüpfte auf einen Felsvorsprung. Von dort übersah er die gesamte Bucht. »Komm mal her«, sagte er plötzlich mit gedämpfter Stimme.

Mit einem flauen Gefühl im Magen trat de Palma an den Vorsprung heran. Maistre zeigte zu einem kleinen Kieselstrand, der senkrecht über dem Höhleneingang lag. »Da!«

Ein kaum sichtbarer Lichtschein im Wasser.

»Da unten ist jemand. Ein Taucher.«

Innerhalb weniger Minuten wurde das Licht immer deutlicher und bildete schließlich einen fest umrissenen gelben Kreis. Der Taucher kam an die Wasseroberfläche. Maistre zog sich von seinem Beobachtungsposten zurück und sah sich die Karabinerhaken an.

»Glaubst du, du schaffst es da runter?«, fragte er.

»Mit Abseilen meinst du?«

»Es sei denn, du lässt dir Flügel wachsen.«

»Wir könnten auch außenrum gehen.«

»Darf ich dich daran erinnern, dass wir hier diskret vorgehen wollen? Wenn wir über den Pfad runtergehen, sieht der Kerl uns doch kommen und haut ab.«

»Kapiert«, knurrte de Palma.

Maistre öffnete seine Tasche, holte das Seil heraus und führte es durch die Kette. Dann beugte er sich vor und warf das Seil mit ausholender Geste in die Tiefe. Sirrend schoss es hinab.

»Zieh den Klettergurt an.«

»Ich habe Angst.«

»Dafür ist jetzt keine Zeit. Du hast das doch schon mal gemacht. Und da unten ist genau das, was du suchst. Also entweder du seilst dich jetzt ab oder wir gehen nach Hause und süffeln einen guten Whisky.«

So gebieterisch war Maistre noch nie gewesen. Er führte den Seilabzug durch einen am Klettergurt befestigten Abseilachter und stellte sicher, dass die Stränge zwischen den Beinen verliefen. Der Baron verbot sich jeden Gedanken. Er nahm das eine Seilstück in die rechte und das andere in die linke Hand.

»Los gehts, Herr Baron. Füße flach, Körper im rechten Winkel. Wie beim Training.«

»Bei der Armee habe ich das auch schon gemacht.«

»Na wunderbar. Schau nicht nach unten, nur vor dich. Deine Füße lenken dich von selber. Atme die gute Luft ein! Das Atmen ist ganz wichtig.«

»Du hörst dich an wie mein Unteroffizier damals. Den haben wir Alki genannt.«

»Runter mit dir!«

De Palma stellte sich mit dem Rücken zum Abgrund auf und tat den ersten Schritt zurück, allerdings ziemlich unbeholfen, sodass er beinahe abgerutscht und ins Leere gebaumelt wäre.

»Spreiz die Beine, sonst wickelst du dich ein wie eine Wurst.«

»Dich möchte ich mal hier sehen!«

Er tat einen zweiten Schritt, dann einen dritten, ohne größere Probleme. Es ging etwa zehn Meter senkrecht hinunter, bis zu einem breiten Vorsprung, auf dem sich eine Kiefer breitgemacht hatte. Maistre legte seinen Klettergurt an, ließ aber den Lichtschein unter dem Wasser nicht aus den Augen. Er war seit einer Weile unverändert, also befand sich der Taucher auf einem Dekompressionsstopp.

»Wie weit bist du, Michel?«

»Gleich bei dem Vorsprung.«

»O.k., dort wartest du auf mich.«

In Nullkommanichts war Maistre bei ihm.

»Na, wie gehts?«

»Geht schon«, erwiderte der Baron schweißgebadet. »Nur die Beine sind etwas wackelig.«

»Einfach nicht dran denken. Das Schlimmste hast du hinter dir.«

»Das will ich hoffen.«

»Ah, seit zwanzig Jahren war ich nicht mehr in den Bergen«, rief Maistre und sog sich die Lungen voll. »Das tut so richtig gut!«

De Palma spürte, wie ihm eiskalte Schweißtropfen das Rückgrat hinunterliefen. Er hob den Kopf und sah zwischen zwei spitzen Felsen den Mond. Maistre holte das Seil ein und band es um die Kiefer. Das Licht im Wasser regte sich auf einmal. De Palma verlor keine Zeit. Er bewegte sich nun sicherer, nur die Glieder schmerzten ihn, und seine Muskeln verkrampften sich. Rasch ließ er sich die letzten Meter hinab. Als Maistre gerade den Felsvorsprung verließ, kam der Taucher an der Wasseroberfläche an. Ein Sauerstoffstrahl schoss in die Calanque. De Palma schälte sich aus dem Klettergurt und hastete los.

»Pass auf, Michel!«

Er arbeitete sich von Fels zu Fels, dicht gefolgt von Maistre. Ihre kalten Schatten wurden jäh länger, wenn sie wieder einen neuen Satz taten. Der Taucher setzte sich auf den Kieselstrand und leuchtete die Calanque ab. De Palma und Maistre versteckten sich hinter einem großen Felsbrocken.

»Wir müssen ihn überwältigen«, sagte de Palma. »Bewaffnet kann er ja nicht sein.«

»Mit einem Messer schon. Pass bloß auf!«

Vorsichtig löste de Palma sich aus seinem Versteck. Der Taucher hatte die Lampe neben sich gelegt und nahm seine Maske ab.

»Keine Bewegung!«, rief der Baron.

Ein Schrei gellte durch die Calanque. Der Taucher packte seine Lampe und warf sich ins Wasser.

»Leuchte ihn an!«, schrie der Baron.

Maistre richtete seine Lampe auf den Unbekannten.

»Mist, er ist schon zu weit weg!«

Der Taucher schwamm knapp unter der Wasseroberfläche

dahin, wo er am schnellsten vorwärtskam, ohne gesehen zu werden. Maistre setzte sich auf den Strand und legte die Lampe neben sich. De Palma stand noch lange da und starrte in die dunkle Unendlichkeit. Nach etwa zehn Minuten knatterte ein starker Bootsmotor los.

»Mensch, daran haben wir nicht gedacht! Der haut einfach übers Meer ab!«

Maistre suchte den silbrigen Horizont ab. Ganz hinten standen die Felsen der Insel Riou wie schwarze Spitzenkragen aus dem Wasser.

»Wir müssen morgen wiederkommen!«, rief der Baron.

»Schön langsam, Michel.«

»Ich will wissen, was heute Nacht hier passiert ist.«

»Passiert ist ganz einfach, dass uns ein Kerl durch die Lappen gegangen ist, aber das haben wir schon hundert Mal erlebt. Ich hoffe bloß, dass es heute das letzte Mal war, denn ich bin kein Bulle mehr, und du in drei Wochen auch nicht mehr.«

»Der Typ wusste, dass am Freitag hier niemand Wache steht. Und er ist ein Mörder.«

»Woher willst du wissen, dass er ein Mörder ist?«

De Palma seufzte. »Eigentlich weiß ich es gar nicht.«

Die Augen seines Freundes konnte Maistre nicht sehen, doch er spürte, wie tief enttäuscht jener war, und so wollte er ihm eine Freude machen. »Hör mal, sollen wir morgen mal mit dem Boot rumfahren? Ich hol die *Juliette* extra für dich raus.«

»Und wohin sollen wir?«

»Na hierher, du Holzkopf. Bisschen nachforschen. Du sagst doch immer, was für ein fantastischer Taucher du bist.«

»Im Vergleich zu mir schwimmt ein Barsch wie ein Amboss!«

8

Der Mistral hatte sich in der Nacht gelegt. Trotzdem bekam es Maistres *Juliette* an der Merveille-Spitze mit einem Brecher zu tun. Eva sah unentwegt zu der zerklüfteten Küste und den umbrandeten Riffs. Sie trug eine gelbe Öljacke und ließ ihre Hand vom kalten Wasser umspielen. Hin und wieder gab de Palma über die langsam vorbeiziehenden Landspitzen und sonstigen Besonderheiten einen kurzen Kommentar ab. Familienerinnerungen.

Mit noch nicht ganz fünfzehn nimmt sein Großvater ihn zum Fischen mit, wenn der Ostwind nicht gerade zu stark weht. Und Michel darf das Boot steuern. Auf Anweisung des Großvaters schaltet er den Motor auf Leerlauf. Dann stellt der alte de Palma sich in der Bootsmitte aufrecht hin, die Arme ausgebreitet, der Nacken steif, die Augen halb zugekniffen.

»Ruder, Michel!« Mit dem rechten Arm zeigt er wie ein Radar auf das Cap Morgiou. »Einen Schlag noch ...« Der linke Arm weist nun haargenau auf die der Insel vorgelagerten Impériaux-Felsen. »Stopp. Auswerfen.«

Die mit mehreren Ködern besetzten Angelschnüre werden von den Senkbleien rasch hinabgezogen. Der Fang ist jedes Mal prächtig. Nach fünfzig Jahren auf allen Weltmeeren verbringt Großvater de Palma noch immer die meiste Zeit auf dem Wasser. Von seinem Enkel wird er verehrt, weil er so kleine Augen hat wie jeder, der zu lang auf den Ozean geschaut hat, und weil sein Gesicht mehr von den südlichen Breitengraden erzählt als jedes Buch.

»Du träumst, Michel!«

Eva hatte ihm angesehen, dass er wieder in irgendwelche Erinnerungen versunken war.

»Ja, ich träume …«

Sie hatten nur noch fünf Minuten Fahrt vor sich. Der Standort der Le-Guen-Höhle war schon von Weitem an einer langen Kalkzunge zu erkennen, die sich ins dunkelblaue Meer schob. Zwischen Steinkerzen wuchsen einzelne Kiefern.

Nach den abweisenden Felsen von Trigane erschien im Schatten der Steilküste eine lange Calanque. Am Hafen von Sormiou schmiegten sich ein paar Häuschen aneinander, kaum verdeckt von den paar Kiefern, die noch keinem Waldbrand zum Opfer gefallen waren. Weiter östlich lief der lang gezogene Morgiou-Kamm auf ein messerscharfes Kap aus. Das Wasser war dort dunkler, vor allem direkt an der Steilwand des Voile und in der Calanque Triperie, einem riesigen schwarzweißen Steinmaul, in dem das Meer tanzte.

»Er muss wissen, dass wir in der Gegend sind«, sagte Maistre.

»Bestimmt. Aber egal. Wenn er das Gitter nicht aufgebrochen hat, bedeutet das, dass er einen Schlüssel hat. Dann kriegen wir ihn erst recht.«

Der zwischen schwindelerregende Felswände und den Saint-Michel-Kamm eingezwängte Weiler Morgiou glänzte in der Sonne. Maistre drehte bei, und die *Juliette* wurde von den Wellen gen Land getrieben.

Ein flaches Felsstück ragte schräg ins Meer. Linker Hand ein kleiner Kieselstrand und der Felsvorsprung, von dem aus die Taucher ins Wasser gingen.

Aus einer verschlissenen Sporttasche zog de Palma einen Taucheranzug. Er spuckte in die Tauchermaske und verrieb den Speichel sorgfältig, damit das Glas danach im kalten Wasser nicht anlief.

Eva sah ihm sorgenvoll zu. »Ich will dich ja nicht kränken, aber du bist keine zwanzig mehr. Und tauchen habe ich dich schon lange nicht mehr gesehen.«

»Komm, was sind schon achtunddreißig Meter? Wenn

ich merke, dass was schiefläuft, tauche ich einfach wieder auf.«

Eva sah ins Wasser, das auf einmal ganz schwarz und feindselig wirkte.

»Wenn ich in einer Stunde nicht wieder da bin, kannst du ja die Küstenwacht rufen!«

»Sehr witzig!«, rief Eva, der wirklich nicht zum Scherzen war.

De Palma ließ aus den Flaschen ein wenig Luft heraus, legte sich den Bleigürtel um und setzte sich auf den Rand der *Juliette*.

»Hast du Pastis da, Jean-Louis?«

»Wozu?«

»Schütte ein paar Tropfen ins Wasser, dann schmeckt es besser.«

Er schulterte die Flaschen, rückte sich die Maske zurecht und ließ sich rücklings ins Wasser fallen.

Die Felswand stürzte ins Dunkel. An einer Korallenbank suchten Goldbrassen nach kleinen Muscheln. Seefächer wedelten im schwachen Licht. Der Baron warf einen Blick auf seinen Tiefenmesser und tat ein paar Flossenschläge, um näher an das Riff zu kommen.

Achtundzwanzig Meter, dreißig Meter … Er sah die von den Unterwasserarchäologen angebrachten Betonblocks. Der Höhleneingang wirkte wie ein halb offenes, schläfriges Maul.

Vom Wasserdruck schmerzte ihm das Trommelfell. Die Angst drang ein wie kaltes Gift. Unverzüglich richtete er den Schein seiner Lampe auf das Gitter und untersuchte es genauestens. An den Halterungen am Felsen waren leichte Kratzspuren auszumachen, und es waren Algen abgerissen, doch gesägt hatte an den Gitterstäben anscheinend niemand.

Zwischen zwei Betonblocks glänzte im Lichtschein ein Stück Metall auf: eine kaum zehn Zentimeter lange Taucherlampe. Es hatte sich nichts auf ihr abgesetzt, also konnte sie noch nicht lange dort liegen. De Palma musste sich ziemlich strecken, bis er sie schließlich mit der Spitze seines Messers erreichen und zu sich ziehen konnte.

»Gemietet«, sagte Maistre, als er den Lampensockel inspizierte. »Da ist eine Nummer eingraviert, und der Name der Firma: Scubapro.«

Scubapro war im schwer zugänglichen Tauchmilieu ein Neuankömmling. Der Chef bestätigte am Telefon, dass er eine Doppelflasche mit Anzug vermietet und die Ausrüstung am Vormittag zurückbekommen habe. Es fehlte tatsächlich eine Lampe.

Bis nach Montredon, wo Scubapro seinen Laden hatte, war es übers Meer etwa eine Stunde. Maistre warf den Motor der *Juliette* an. Wegen der Wellen und der Strömung musste er einen ordentlichen Abstand zur Küste halten.

Nach dem Cap Croisette war das Meer ruhiger. Sie legten in einer kleinen Bucht an, über der noch alte Fischerhütten standen. Scubapro war in einer Sackgasse gelegen, an deren Ende ein Steinmäuerchen aufs Meer hinausging.

Im Laden lagerten zur Linken und Rechten eines Kompressors Dutzende gelber und weißer Flaschen, zumeist neue. Es roch nach Salz, Gummi und getrockneten Algen.

»Der Typ hat mir gesagt, er hat die Lampe verloren. Kommt häufig vor. Vor allem wenn man vergisst, die Schlaufe anzubringen. Ist doch nichts passiert, oder?«

»Nein, nein, keine Sorge«, beruhigte de Palma den Mann. »Wie hat er denn ausgesehen?«

»Hm … Klein. Ziemlicher Bauch. Eher kahl. So um die fünfzig. Drum habe ich ihn auch gefragt, ob er überhaupt tauchen kann, da hat er mir seine Tauchscheine gezeigt, dann war das für mich okay.«

»Und sein Name?«

»Kann ich Ihnen leider nicht sagen. Er hat bar bezahlt. Sie wissen ja, wie das so ist!«

»Können Sie uns die Ausrüstung mal zeigen, die er gemietet hat?«

Der Ladenbesitzer verschwand hinter einer Holzwand und wühlte scheppernd herum. Nach ein paar Minuten kam er mit zwei Scubalung-Flaschen zu je zehn Litern und zweihundertdreißig bar zurück.

»Hat er noch andere Lampen gemietet?«

»Ja, zwei. Das ist ganz normal.«

»Haben Sie die seither aufgeladen?«

»Äh, nein, so wie es momentan hier zugeht.«

»Könnten Sie dann bitte mal die Batteriespannung überprüfen bei den beiden?«

Er verschwand wieder hinter der Holzwand und kehrte kurz darauf zurück. »Also, er hatte 'nen Scheinwerfer mit fünfzig Watt und eine Vario mit hundert Watt. Der Scheinwerfer hat noch siebzig Prozent Saft, und die Vario … ist so gut wie voll. Er hat die Lampen also nicht groß gebraucht.«

»Wie lange?«

»Höchstens eine halbe Stunde. Batterien entladen sich ja auch ein bisschen, wenn man sie nicht benutzt.«

Also hatte der Taucher sich nicht in den langen Tunnel zur Le-Guen-Höhle vorgewagt. Er hatte die Schwelle der heiligen Stätte nicht überschritten, sonst wäre zumindest eine der Lampen entladen gewesen.

Zurück fuhr die *Juliette* an der Pointe-Rouge und danach am Prado-Strand entlang. Die Geräusche der Stadt waren kaum vernehmbar, als wollte die Meeresbrise sie weit vom Sonnenuntergang fortblasen, der den Horizont glutrot färbte. De Palma setzte sich zu Eva und drückte sie an sich. Bis zur Einfahrt in den alten Hafen schwiegen sie. Maistre machte sein Boot in der Nähe des Rathauses fest und wartete, bis Eva und de Palma von Bord gegangen waren. Dann ließ er das letzte Touristenboot vom Château d'If vorbei, wendete und fuhr wieder hinaus.

Ein schriller Ton kündigte eine SMS an. Es war Pauline Barton: *Rémy Fortin verstorben.*

* * *

Schau, Junge. Schau!

Pierre Autran hat eine Schachtel unter dem Arm. Er hilft Thomas dabei, sich im Bett aufrecht hinzusetzen. Die Schmerzmittel, die ihm am Abend zuvor verabreicht wurden, haben seine Muskeln ganz schlaff gemacht.

»Was ist das?«

»Augen zu!«

Thomas hört, wie der Deckel aufgeht, und dann ein Rascheln, das ihn an Weihnachtsgeschenke erinnert. Ungeheuer verheißungsvoll.

»Mach ja die Augen nicht auf!« Pierre Autran legt seinem Sohn einen seltsamen Gegenstand in die Hände. »Sag mir, was du spürst, aber lass ja die Augen zu!«

Fiebrig betastet Thomas den Gegenstand. »Es fühlt sich an wie Holz. Was ist es?«

»Psst! Versuch es zu erraten.«

Thomas zittern die Lider, und er muss sich alle Mühe geben, um sie nicht aufzuschlagen. Seine Finger gelangen ans Ende des Gegenstands. »Eine Figur! Das da ist ein Gesicht, und das die Beine.« Weiter fingert er daran herum.

»Es ist der Hirschkopfmensch«, flüstert Pierre Autran. »In dem wohnt ein Geist, der dich heilen wird. Du kannst jetzt die Augen aufmachen.«

Thomas hält sich die kleine Skulptur vors Gesicht und dreht sie langsam.

»Hat Urmann den geschnitzt?«

»Genau, Junge!«

Thomas wirkt auf einmal verwirrt. »Komisch. Der ist ja ganz kalt.«

9

Strafanstalt Clairvaux, 7. Dezember

Thomas Autran legte die Zeitschrift *Geschichte* auf den Tisch zurück. Seit drei Tagen las er immer wieder denselben Artikel, zerpflückte jeden Absatz, jedes Wort. Eine halbe Seite war dem Fluch gewidmet, der auf der Le-Guen-Höhle lag. Auf einem kleinen Foto war seine Zwillingsschwester abgebildet, die er zehn Jahre nicht gesehen hatte. Sie war schön. Ein bisschen streng, selbst ihr Lächeln ließ sie nicht fröhlich wirken. Er versuchte sich vorzustellen, wie sie jetzt aussah, nach all den Jahren Haft und Einsamkeit.

Es ging ein Riss durch sein Leben. Als wäre sein Körper, jedes einzelne seiner Organe entzweigeschnitten. Die andere Hälfte war in einem anderen Gefängnis. Ohne Christine war er verstümmelt.

Er schlug die Zeitschrift zu.

Es war ruhig in der Bücherei. Der Wärter blätterte am anderen Ende des Raums gelangweilt in einem Comic. Zwei Häftlinge saßen da und schwatzten leise. Sie kamen nur, um wegen guter Führung früher entlassen zu werden, lasen aber nie etwas.

Autran stand langsam auf und schob den Stuhl an den Tisch, mit starrem, die Mauern schier durchdringendem

Blick. Er stieß an einen Tisch, worauf der Wärter sogleich aufsah.

»Hast du was, Autran?«

»Alles ist vollbracht!«, rief Thomas aus, ohne sich um die ratlosen Blicke zu kümmern.

Der Wärter legte seinen Comic beiseite. »Du beruhigst dich jetzt mal, Autran!«, sagte er im Befehlston.

»Alles ist vollbracht!«

»Ist ja gut, aber du setzt dich jetzt hin oder du kommst in die Zelle.«

Thomas sah ihn mit erloschenem Blick an, drehte sich auf dem Absatz um und ging auf den Gang mit der Gitterschleuse zu.

»He, Frauenkiller!«, rief ihm ein Häftling zu. »Rastest du mal wieder aus?«

Autran blieb stehen. Zigeuner-Morales, ein Pariser Vorstadtbandit, zeigte mit dem Finger auf ihn.

»Wir ficken dich schon noch, Frauenkiller. Ich schwörs dir, wir ficken dich.«

»Morales, halt dein Maul!«, bellte der Wärter. »Sonst gibts Einzelhaft!«

Dann warf er einen Blick durch den Raum und verzog sich hinter ein Regal. Unauffällig holte er seine Pfeife aus der Brusttasche.

»Willst du mir nicht einen blasen, du Schwuchtel?«, säuselte Morales und kam auf Autran zu. »Schau, ich hab schon einen Ständer, na komm schon!«

Autran rollte mit dem Kopf, um seine Nackenwirbel zu entspannen.

»Na los, du Tunte, bläst du mir jetzt einen oder nicht?«

Autran hob die rechte Hand bis in Augenhöhe und bog langsam den Daumen ein, sodass die anderen Finger wie Stacheln vorragten. »Das ist das Zeichen.« Er bog den Zeigefinger zurück und kam näher.

Morales stellte sich in Kampfposition. »Was für ein Zeichen, du Schwuchtel?« Er trat einen Schritt vor. »Na komm schon, dann kriegst du auf die Schnauze. Na los!«

Morales hatte keine Zeit zu reagieren. Ein blitzschneller Doppelschlag mit ungeheurer Wucht. Beide Handkanten auf die Halsschlagader. Morales brach zusammen. Blut quoll ihm aus dem Mund.

Autran packte ihn an den Haaren und donnerte seinen Kopf gegen die Ecke der Tischkante. »Ich bin Urmann. Ich nehme dir das Leben.«

Seine Stimme bebte. Er zog den blutigen Kopf hoch und schmetterte ihn mit ganzer Kraft auf den Boden. Das Stirnbein brach und knackte dabei wie trockenes Holz. Entsetzt flüchteten die anderen Häftlinge ans Ende des Lesesaals.

Autran tauchte beide Hände in das Blut auf den Fliesen und beschmierte sich damit das Gesicht.

Seiner Brust entfuhren spitze Vogelschreie. Er klang wie ein Adler.

10

Professor Palestro war kein glücklicher Mensch. Auch kein besonders gesunder, aber das machte ihm noch am allerwenigsten aus. In seiner Abgeschiedenheit in der Nähe der Baume-Bonne-Höhle oberhalb von Quinson im Verdon-Tal schien er auf den Tod zu warten. Er hatte dort im Sommer 1970 die erste Grabung seiner Laufbahn geleitet. Danach hatten seine Forschungen ihn in die Dordogne geführt, zum Herzstück der frankokantabrischen Höhlenkunst, später nach Paris und schließlich in seine Heimat, die Provence. Die

Le-Guen-Höhle war sein letztes und renommiertestes Forschungsprojekt gewesen, das aber auch den dramatischsten Verlauf genommen hatte.

Pauline Barton bog von der Landstraße rechts ab und fuhr nach Quinson hinauf. Aus den roten Ziegeldächern glänzte der sonnenbeschienene Kirchturm heraus. Hinter jenem Weihnachtskrippendekor gähnte zwischen zwei Kalkmauern dunkel und kalt eine riesige Spalte.

Schon ein paar Jahre war Pauline nicht mehr hierhergekommen. Sie war die letzte Doktorandin Professor Palestros gewesen, und zugleich sein Liebling. Eine der wenigen, die ihn unangekündigt aufsuchen durften.

Der alte Wissenschaftler stand früh auf, ging aber nur aus dem Haus, um sich im Dorf mit dem Nötigsten zu versorgen oder am Verdon-Ufer spazieren zu gehen. Es hieß, er sei halb verrückt und von Halluzinationen geplagt. Pauline hatte nie herausbekommen, was an diesen Gerüchten wirklich dran war. Ein Original war der Mann bestimmt, aber das störte sie nicht. Ganz im Gegenteil.

Der Prähistoriker wohnte an einem mit Garrigue bewachsenen Hang in einem früheren Bauernhof mit dicken Mauern aus grauem und weißem Stein. Auf den dazugehörigen Terrassen, die an einer Felswand endeten, alterten ein Weinberg und Obstbäume vor sich hin.

»Hallo Pierre!«, rief Pauline und schlug die Tür ihres alten Peugeot 205 zu.

»Pauline! Das ist aber schön!«

In der an den Knien glänzenden Hose lief Palestro bestimmt schon einen Monat oder zwei herum, vielleicht sogar länger. An den Füßen hatte er seine ewigen Schnürstiefel mit den ledernen Schuhbändern. Der Wind hatte ihm eine Haarsträhne hochgeweht. Seit ihrer letzten Begegnung ging er gebückter, doch seinen Adlerblick hatte er noch immer, genau wie seinen spröden, gequälten Gesichtsausdruck. Pauline küsste ihn auf beide Wangen und musste dabei feststellen, dass er strenger roch denn je. »Ich habe eine schlechte Nachricht für Sie«, sagte sie. »Die wollte ich Ihnen persönlich überbringen, bevor Sie aus der Zeitung davon erfahren.«

»Ach, wissen Sie«, erwiderte er und ließ seinen Blick über das Dorf schweifen, »die Zeitung lese ich schon lange nicht mehr. Also, was ist Ihre schlechte Nachricht?«

»Rémy Fortin ist tot. Dekompressionsunfall.«

Palestro kratzte sich am Schädel. Mitzunehmen schien ihn die Nachricht nicht. Er hatte Fortin nicht sonderlich gekannt. »Armer Junge. Diese Höhlentaucherei ist immer gefährlich. Passen Sie da bloß auf sich auf.«

Pauline wusste nicht so recht, wie sie ihm beibringen sollte, was sie selbst von dem Unfall hielt. Schließlich kannte sie Palestro als launischen Menschen, der manchmal ganz ohne Vorwarnung abweisend wurde oder gar Tobsuchtsanfälle bekam. Dann wäre ihr nichts übriggeblieben, als wieder abzuziehen. Dabei wollte sie mit ihm doch über den Hirschkopfmenschen sprechen.

»Kriegen Sie eigentlich noch Mitteilungen von Kollegen?«, fragte sie ablenkend.

Palestro hob gleichgültig die Arme. »Ach, in unserer Disziplin wird ja kaum noch was gefunden. Heute zählt bloß noch die DNA. Bald werden uns die Chemiker ganz verdrängen!« Er sah sie wohlwollend an, und dabei zitterte ihm die Unterlippe, wie bei alten Leuten, die ihre Gefühle verbergen wollen. »Sie waren meine beste Studentin!« Er ging ein paar Schritte auf das Haus zu und blieb wieder stehen. »Bloß zwei brillante Studenten habe ich im Leben gehabt: Sie und Christine Autran. Die anderen haben nur wie Roboter alles wieder ausgespuckt, was sie in sich reingelesen hatten.«

Das Hausinnere lag im Halbdunkel. Pauline ging gern dort hinein. Als sie an ihrer Doktorarbeit saß, lud Palestro Doktoranden, von denen er etwas hielt, am Wochenende manchmal in sein Refugium ein. Das war, bevor er ins Unhygienische abglitt und sich zu einem wankelmütigen Eremiten entwickelte.

Am Samstagnachmittag stand damals unweigerlich eine lange Verdon-Wanderung auf dem Programm, manchmal bis nach Baume Bonne. Abends wurde am Kaminfeuer geplaudert, und dazu gab es Braten, auf dessen Zubereitung Palestro sich hervorragend verstand. »Ein Essen wie im Solutréen« nannte er das, wenngleich dazu reichlich provenzalischer Wein floss.

»Setzen Sie sich«, sagte Palestro in seinem hörsaalgeübten Bariton. »Jetzt trinken wir erst mal was, und dann gehen wir raus. Für heute Abend hätte ich korsische Wurst da, die hat mir jemand von dort mitgebracht, ein alter Freund von mir, den stelle ich Ihnen mal vor.« Er legte Pauline die Hand auf den Unterarm und sagte leise: »Jetzt erzählen Sie mir mal von dem Unfall.«

»Nun, wir haben uns weiter vorgearbeitet, über die Kennziffern 306 und 307 hinaus, wo Sie aufgehört hatten.«

Er schloss die Augen und hörte schweigend zu. Im Geist war er in der Unterwasserhöhle.

»Dort haben wir eine Feuerstelle gefunden. Die Kohlenstücke entsprechen genau den Zeichnungen mit den kleinen Pferden und dem Wisent, da ist sich das Labor ganz sicher.«

»Gut so«, murmelte Palestro. »Sie rekonstruieren also jetzt die Werkstatt. Schön.« Er öffnete die Augen und sah Pauline an. »Ich habe die Feuerstelle lange gesucht, aber letztlich hat mir die Zeit gefehlt. Ich hoffe, Sie schreiben mir bald Genaueres. Und wie ist der Unfall passiert?«

»Fortin ist mit einer Kiste hochgetaucht, und dabei musste er seine Rettungsweste benutzen, mit fatalem Ergebnis.«

»Und warum hat er das getan?«

»Das wissen wir leider nicht.«

Sie verfielen in Schweigen. Palestro wirkte völlig abwesend, als ob nichts mehr um ihn herum existierte. Pauline hätte gern weitergeredet, doch sie wartete ab.

»Was haben Sie denn so entdeckt?«, fragte Palestro schließlich, als hätte er Fortins Tod schon wieder vergessen.

Sie zeigte ihm Fotos aus verschiedenen Ausgrabungsphasen. Palestro nickte, und hin und wieder presste er die Lippen zusammen, wenn irgendein Detail auf den Fotos ihn an etwas erinnerte. Beim letzten Foto, dem großen Schlund, hielt er inne, mit seltsam starrem Blick.

»Das ist Ihr letztes Rätsel«, sagte er. »Das letzte Hindernis. Der Schlund.«

»Was ist Ihre Theorie dazu?«

Ein Sonnenstrahl fiel ins Zimmer und zeichnete einen goldenen Kreis auf den Perserteppich vor dem Kamin. Palestro warf ein Eichenscheit in das ersterbende Feuer.

»Man muss sich die Topografie der Höhle vor Augen halten«, sagte er. »Es geht dort ständig aufwärts. Von minus achtunddreißig Metern bis zum Nullpunkt, und dann rasch ein paar Meter über den Meeresspiegel.«

Das Scheit flammte auf und beschrieb auf den dunklen Kaminwänden gelbe Kringel.

»Es ist überhaupt nicht einzusehen, warum da nicht irgendwo noch ein zweiter Höhlenraum sein sollte, oder gar ein dritter. Die Stätte war bestimmt größer als das, was bisher untersucht wurde.« Er ließ die Augen auf Pauline ruhen. »Da sind Sie doch einer Meinung mit mir, oder?«

»Ja.«

»Aber die Höhle bringt Unheil, passen Sie bloß auf sich auf!«

»Wie meinen Sie das?«

»Sie wissen ja, dass Christine viel zur Magie zu Zeiten des Solutréen und des Magdalénien gearbeitet hat. Ich habe nie richtig erfahren, was sie da eigentlich rausbekommen hat. Das war der geheimnisvolle Teil ihrer Arbeit.« Er wartete kurz ab, wie Pauline darauf reagierte, bevor er weitersprach. »Wissen Sie, dass sie mit magischen Riten experimentiert hat?«

»Nein, davon hatte ich keine Ahnung.«

»Sie hat Carl Gustav Jung nachgeeifert, einem der Väter der Psychoanalyse. Jung hat sich lang bei Pueblo-Indianern und in afrikanischen Gesellschaften aufgehalten, aber nie viel darüber gesprochen. Das hat er als Wissenschaftler lieber geheim gehalten, aus Angst vor Spott. Dabei haben viele bezeugt, wie sehr ihn diese Aufenthalte verändert haben. Die waren der Ausgangspunkt für bahnbrechende Arbeiten, durch die in der Psychologie so manches in ganz neuem Licht gesehen wurde.« Palestro musste durchatmen, um seiner plötzlichen Rührung Herr zu werden. »Ich kannte Christine in dieser Phase recht gut und kann Ihnen sagen, dass sie nach diesen Experimenten wie verwandelt war. Sie hatte an die Magie allen Ursprungs gerührt und dabei Grenzen überschritten, vor denen wir aus Furcht vor Kollegenschelte meist zurückschrecken. Angst hat Christine keine, das können Sie mir glauben!«

Er sank in seinem Sessel zusammen, dabei rutschte ihm der Kragen seiner Tweedweste in den Nacken. »Ob es uns passt oder nicht, wir sind im jüdisch-christlichen Mythos gefangen, und aus dem heraus erklärt sich unsere ganze Kultur. Aber die Menschen der Altsteinzeit und natürlich auch alle Völker davor wussten nichts von diesem Mythos. Dem Denken dieser Menschen damals wollte Christine auf die Spur kommen und dadurch die Höhlenmalerei verstehen. Das ist bisher noch niemandem gelungen, und es würde unsere Kenntnis von der Menschheit gewaltig voranbringen.«

»Dazu braucht es eine ziemliche Portion Selbstbewusstsein!«

Palestro musterte Pauline. »Ohne dieses Selbstbewusstsein bringt man nie was Großes zustande!«

Beinahe flüsternd fuhr er fort: »Der Brunnen ganz unten

in der Le-Guen-Höhle ist ungefähr zwanzig Meter tief. Danach beginnt das Ungewisse. Vielleicht ist da gar nichts mehr, aber genauso gut können von dort Höhlengänge abzweigen. Passen Sie bloß auf!«

»Warum?«

»Weil man die heilige Stätte von Urmensch nicht ohne Risiko betritt.«

II

Das Einkaufszentrum Centre Bourse sah aus wie ein Set aus einem schlechten Science-Fiction-Film. Mit lauter spitzen Winkeln ragte es über Lacydon hinaus, den Hafen der alten Griechen. Über die antiken Reste hatte Marseille seine Kommerzstätte gestülpt, in der an Feiertagen die halbe Bevölkerung gierig zappelte. An jenem Vormittag folgte der Baron der Herde auf der Suche nach einem Weihnachtsgeschenk für Eva. Weder ein Schmuckstück noch ein Parfüm sollte es werden, sondern etwas ganz Besonderes! Aber was nur? Seine Fantasie stieß an eine Grenze, die ihm unüberwindlich erschien, nämlich den Unterschied zwischen dem Geschmack der Männer und dem der Frauen. Er selbst hätte sich mit einem Schuber voller Opern-CDs begnügt, doch hätte es einer sein müssen, den er nicht schon hatte, was wiederum fast unmöglich war. Aber sie?

Die Abteilung mit der Damenwäsche durchquerte er zügig, denn er konnte ja nicht gut so anzüglichen Schnickschnack kaufen, und noch dazu kannte er sich mit den Größen nicht aus. Außerdem fixierte ihn die aufgedonnerte Verkäuferblondine, als hätte er sich auf verbotenes Terrain gewagt. Er blieb vor den Handtaschen stehen. Die von Eva gefiel ihm nicht, er fand sie irgendwie zu ordinär, aber na ja, er wollte schließlich ein originelleres Geschenk. Da fiel ihm das Tablet von Pauline Barton ein. So viel Technik auf so kleinem Raum, das hatte ihn schon beeindruckt. Bessour hatte glaubhaft versichert, in das kleine Ding passe seine komplette Musiksammlung. So was würde Eva gefallen. Er machte sich auf zur Elektronikabteilung. Als er von der Rolltreppe stieg, rief Maistre an.

»Ich habe was über Fortin gefunden. Einen Zeugen. Den solltest du dir so schnell wie möglich vorknöpfen.«

»Und wo?«

»In Porquerolles.«

»Hübsche Gegend. Kommst du mit?«

»Nein.«

»Und warum nicht?«

»Ich muss ins Centre Bourse. Weihnachtsgeschenke kaufen.«

»Ja wenn das so ist …«

»Der Typ heißt Martini und ist dort Hafenmeister. Er soll Fortin sehr gut gekannt haben.«

Der Ostwind drängelte sich zwischen die Inseln Port-Cros und Levant und wehte den Duft von Eukalyptus und Kiefern mit sich fort. Am Kaiende der gischtübersprühten Anlegestelle von Porquerolles war in einem weißen Fertigbau die Hafenmeisterei untergebracht.

»Freut mich wirklich, dass Sie gekommen sind«, rief Martini dem Baron entgegen. »Auf den Moment warte ich seit Tagen.«

»Warum das?«, entgegnete de Palma und warf seine Kippe weg.

»Ach, wissen Sie, weil ich an das mit dem Unfall einfach nicht glaube. Fortin war ein ausgezeichneter Taucher. Der war im Meer daheim.«

Der Hafenmeister, hagerer Typ, abgewetzte Öljacke, Segelschuhe und Kapitänsmütze, bat de Palma hinein. Auf einem blauen Resopaltisch lagen Seekarten herum. Die Sonne schien so kräftig herein, dass Martini die Jalousien herabließ. De Palma zog seine Jacke aus und holte aus der Innentasche einen Notizblock.

»Hat Fortin hier gewohnt?«

»Nicht jeden Tag. Er hat auf seinem Boot gelebt, der *Aranui*.« Martini fuhr sich oft mit der Hand über den Mund, wie ein Alkoholiker mit Entzugserscheinungen. »Am Tag nach Rémys Tod ist ein Typ hier aufgekreuzt. So ein schicker Pariser. Der hat sich nach Rémys Boot erkundigt, und ich habe ihm gesagt, dass die *Aranui* in Toulon ist, beschlagnahmt, von der Küstenwache.«

»Beschlagnahmt? Wissen Sie auch, warum?«

»Er hatte wohl Schulden.«

»Und wann war das?«

»So vor einem halben Jahr.«

»Können Sie mir den Mann beschreiben, der da gekommen ist?«

»Einer mit Zaster, das hat man schon an den Klamotten gesehen. Älterer Herr, mindestens sechzig. Stirnglatze, kleine Brille, mittelgroß.« Martini stand auf und angelte sich vom Regal über dem Computer eine Schachtel Marlboro. »Der wollte, dass ich ihn sofort benachrichtige, wenn das Boot wieder kommt. Und eine Karte hat er mir hingehalten, mit einer Nummer drauf.«

»Haben Sie die Karte noch?«

Martini sprang auf und stieß dabei Rauch durch die Nase. »Da ist sie. Ist aber bloß die Telefonnummer drauf.«

»Warum haben Sie das nicht früher erzählt?«

»Hab ich doch, hat aber keinen interessiert, weder bei der Polizei noch bei der Gendarmerie.«

»Wissen Sie, wo das Boot jetzt ist?«

»Hier. Die Gendarmerie hat es zwei Tage nach Rémys Tod wieder hergebracht.«

»Und haben Sie das dem Pariser mitgeteilt?«

»Nein.«

Die *Aranui*, ein schmuckes Fischerboot, war am Ende einer Mole neben dümpelnden Kähnen festgemacht. Auf dem schnurgeraden, rot glänzenden Steven stand in großen weißen Lettern die Bootsnummer. Zwei Fensterscheiben des Ruderhauses waren zersplittert.

De Palma sprang an Deck. Die Tür zum Ruderhaus quietschte beim Aufgehen. Neben dem Steuerrad aus Mahagoni war ein Taucherhelm abgelegt. Fürs Aufräumen hatte Fortin anscheinend nicht viel übriggehabt, zwischen den Navigationsgeräten lag allerlei Krempel.

Eine Schublade enthielt große Seekarten im Maßstab 1:50 000 des Küstenabschnitts zwischen Marseille und Nizza. Vor der Calanque En Vau hatte Fortin mit dem Zirkel zwei Halbkreise sowie einen roten Kurs eingezeichnet, der zur Le-Guen-Höhle führte.

Eine Leiter führte zu dem früheren Frachtraum für die Fische. Dort unten hatte Fortin sich wohnlich eingerichtet. In einem ersten Raum stand neben einer Kochnische ein großer Tisch mit einem rotkarierten Wachstuch. Über einem Regal mit von der Seeluft gewellten Büchern hing ein Ventilator.

Eine zweite, um einiges größere Kabine diente als Schlafzimmer und Abstellraum. Auf einer Liege war die Matratze umgedreht. An der Decke hing eine Öllampe. Die Bugspitze hatte Fortin zum Stauraum für seine Taucherausrüstung ausgebaut; dort lagerten zwei abgenutzte Taucheranzüge, eine ganze Reihe von Tauchermasken, diverse Füßlinge und etliches andere. De Palma wühlte darin herum, fand aber nichts.

In einer weiteren Kartenschublade unter dem Tisch lagen neben einem Stechzirkel wiederum vor allem Pläne des

Küstenstreifens. Zwischen Cap Morgiou und der Merveille-Spitze waren mehrere Routen eingezeichnet. Daran liegende Felsen und Inselchen waren mit einer Vielzahl von Kreuzen markiert. Ein Kurs führte zur Le-Guen-Höhle.

De Palma breitete die Karte auf dem Tisch aus und holte noch eine heraus, die eine Koordinatenangabe enthielt: 2° 43' 57" O 42° 37' 3" N.

Das war irgendwo auf einem Hügel in der Nähe von Marseille, zwischen nichts und wieder nichts. De Palma rollte die beiden Karten zusammen und band sie mit einem herumliegenden Stück Schnur zusammen. Er stieg wieder hoch, flüchtete sich vor Wind und Gischt ins Ruderhaus und rief von dort die Nummer an, die der Hafenmeister ihm gegeben hatte. Es meldete sich eine müde Frauenstimme.

»Sekretariat Dr. Caillol.«

»Äh, Entschuldigung«, sagte de Palma. »Muss mich verwählt haben.«

Er legte auf. Dr. Caillol war ein alter Bekannter. Jahrelang hatte er als Psychiater Thomas Autran betreut.

12

Pauline Barton tauchte nie allein. An jenem Morgen wurde sie von Dr. Thierry Garcia begleitet, einem jungen Spezialisten für das Magdalénien, der die Nachfolge Fortins angetreten hatte.

Mühelos tauchten sie zum Eingang der Le-Guen-Höhle hinab. Bis in zehn Meter Tiefe bewahrten sich die Felsen ihren smaragdenen Glanz, übersprenkelt mit den schwarzen Flecken der Seeigel in ihren Löchern. Bunte Lippfische pickten an Korallen herum. Garcia deutete auf eine Languste, die sich mit eingezogenen Antennen in ihr Felsversteck zurückzog.

Langsam bewegten sich die beiden Archäologen auf das abfallende Korallenriff zu. Bald hatten sie ein bizarres Felsenchaos vor sich. In achtzehn Metern Tiefe wurde das Licht immer spärlicher. Die Farben verschwanden allmählich im bläulichen Schwarz der Tiefe.

In regelmäßigen Abständen entließ Pauline glucksende Luftblasen ins Wasser. Über ihr die silbrige Meeresoberfläche und das lange, mit dem Licht verschmelzende Taucherseil.

In dreißig Metern Tiefe beleuchtete Pauline lange die Felswand, die sich über den kaum sichtbaren Meeresboden wölbte. Ihr Beobachtungssinn täuschte sie nur selten. Es waren Algen abgekratzt worden und ein Röhrenwurm halb abgerissen. Sie prägte sich diese Details ein und tauchte weiter. Achtunddreißig Meter. Pauline sah zum Höhleneingang hinunter, wo Garcia schon auf sie wartete. Über ihm hing ein Schild:

KULTURMINISTERIUM
BETRETEN VERBOTEN

Garcia tauchte als Erster in den Gang, Pauline folgte ihm im Abstand von zwei Metern. Zwei Mal schrammte eine ihrer Pressluftflaschen an der Felswand entlang, und das Reiben von Metall auf Kalk gellte ihr ins Ohr. Das Pfeifen des Druckventils bei jedem langsamen Atemzug war nun viel deutlicher zu hören.

Pauline versuchte an gar nichts zu denken, solange sie in dem Stollen gefangen war. Sie hatte das Gefühl, vom kalten Wasser zusammengedrückt zu werden wie von einem Schraubstock mit unsichtbaren Backen. Bei der Ankunft im ersten überfluteten Höhlenraum kam es ihr so vor, als ob aus einem der zahllosen sich ins Berginnere bohrenden Tunnels der Schein einer Taucherlampe herausglänzte.

Sie tauchte an die Oberfläche und stieg auf einen Felsen, der mit Seilen und einer Aluminiumplattform für die Taucherausrüstungen ausgestattet war. Zwei Techniker, die ihnen vorausgetaucht waren, hatten schon für Beleuchtung gesorgt. Pauline richtete sich auf. Ihre Beine schmerzten noch vom kalten Wasser und der Kriecherei im Eingangstunnel. Das Universum aus lauter Rissen und Beulen um sie herum war ihr zum zweiten Zuhause geworden. Sie schlüpfte aus den Taucherflossen, nahm die Kapuze ab und ging auf die gelbschwarzen Zollstöcke zu, die bei topografischen Aufnahmen als Markierungen verwendet wurden.

»Dort hinten bräuchten wir mehr Licht«, sagte Pauline und deutete in eine dunkle Ecke. »Dort werden wir heute und in den nächsten Tagen arbeiten.« Jedes ihrer Worte hallte vom Gewölbe des am Höhlenende gelegenen Saales seltsam wider.

Einer der Techniker montierte einen Projektor auf ein Teleskopstativ und löste einen gewaltigen Lichtstrahl aus. Auf einmal sah die Grotte aus wie ein großes feuchtes Maul, das mit Rostflecken übersät war. Über Pauline erschienen deutlich drei Hände, und jeder davon fehlten Finger.

Die Felswand war von schrägen Furchen gezeichnet. Während der ersten Forschungsphase war jener Höhlenteil vom Team Palestros und Christine Autrans nur oberflächlich untersucht worden. Nur die Fingerspuren auf der Mondmilch hatte man aufgenommen, fast alles andere musste noch erledigt werden. Pauline machte Fotos und achtete dabei darauf, jede Boden- oder Wandparzelle zu erfassen. Dann legte sie den Apparat beiseite.

»So, zünden wir jetzt die Fackel an«, sagte sie und klappte ihren Laptop auf.

Seit sie in der Höhle tätig war, ging sie nach einem simplen Verfahren vor: Sie verwendete dieselbe Art von Beleuchtung, die den damaligen Menschen zur Verfügung gestanden hatte, denn so ließen sich deren Absichten eher begreifen.

Jede Arbeitssitzung wurde mit hoher Bildauflösung gefilmt und sofort einem Bildbearbeitungsprogramm zugeführt. Die Kamera konnte so manches entdecken, das dem bloßen Auge entging. Pauline nahm einen mit Harz bestrichenen Stock und zündete ihn an.

»Schaltest du bitte die Projektoren aus, Thierry?«

Eine gelbe Flamme tanzte in der Dunkelheit und brachte Bewegung in die Formen. Die Risse in den schrundigen Felsen verwandelten sich unter dem Einfluss des flackernden Lichts in tiefe schwarze Scharten. Pauline ging mit der Fackel weiter, und eine zweite Gravur erschien: ein Steinbock mit einer Art Vogelkopf.

»Könnte ein Raubvogel sein«, murmelte Thierry, der die Kamera hielt.

»Möglich. Oder es ist wieder ein ›getöteter Mann‹.«

Pauline ging näher an die Gravur heran, die sich im Geflacker der Flamme zu bewegen schien.

»Schau mal«, sagte Thierry. »Das sieht doch aus wie ein Körper mit Gliedmaßen. Und da, der gebogene Schnabel, wie bei einem Adler.«

Die Gravur war auf einer Felswand ausgeführt und endete an der gewölbten Decke. Mit einem Finger zeichnete Pauline die Konturen nach. »Die zwei langen Linien könnten doch Lanzen darstellen oder so was Ähnliches. Was meinst du?«

»Genau wie bei dem anderen ›getöteten Mann‹ aus dem ersten Raum«, erwiderte Thierry.

Ruckartig fuhr Pauline mit der Fackel zur Seite. Die Gravur verschwand, und auf einmal sah man die Kratzer, mit denen sie wie durchgestrichen war.

»Mensch, wenn wir die datieren könnten«, sagte Thierry.

»Womöglich liegen zwischen den zwei Gravuren ein paar tausend Jahre. Wir entnehmen Proben, und dann sehen wir schon, was das Labor sagt.«

»Schicken wir das wieder nach Gif-sur-Yvette?«

»Ja. Du kannst das Licht anmachen.«

Pauline tauchte die Fackel in einen Eimer Wasser.

»Eins scheint mir gewiss, und zwar dass mit diesen Schrägstrichen die Gravur darunter negiert werden soll. Das hat so eine Art magische Bedeutung. Es kommen Menschen hierher, sehen den Steinbock und den ›getöteten Mann‹ und beschließen, ihn zu negieren.«

»Und warum?«

»Das ist eine gute Frage. Eine Antwort darauf finden wir nicht so schnell.«

»Dazu hatte doch Christine Autran gearbeitet …«

»Die hat sich da Theorien ausgedacht, die ein bisschen zu weit gehen«, erwiderte Pauline schroff. »Da war sie schon halb verrückt. Mit Magie lässt sich nicht alles erklären. Sie hat behauptet, von ihren Gravuren sei Kalzium abgekratzt worden, weil sie als magisch aufgeladen galten.«

Thierry senkte den Kopf. Seit sie in der Höhle arbeiteten, war der Name Christine Autran nie erwähnt worden, als wäre er tabu. Niemand sprach darüber, was in der Höhle einst geschehen war.

»Da, schau mal!«, rief Pauline aus. »Da ist wieder ein Abdruck. Eine rechte Hand.«

Sie erstarrte. Der Hand fehlten der Daumen und ein Glied des Mittelfingers. Genau wie auf dem Polizeifoto, das de Palma ihr gezeigt hatte. Die gespreizten Finger und der Handteller waren mit ockerfarbenen und roten Pigmenten deutlich konturiert.

»Was nicht in Ordnung?«, fragte Thierry.

»Nein, nein. Mir ist da nur was Dummes durch den Kopf gegangen.«

Pauline konnte ein Frösteln nicht unterdrücken. Sie notierte sich etwas in ihr Heft und fertigte Skizzen von den Gravuren an.

Auf einmal hörten sie eine Art Brüllen. Thierry Garcia

zuckte zusammen und sah Pauline fragend an. Sie deutete mit dem Kopf in Richtung Höhlenende. »Wahrscheinlich ein Luftzug, durch den Siphon. Da war nämlich noch ein Eingang, genau über dem großen Brunnen, aber der ist vor sechs Jahren eingestürzt.«

»Hat sich aber ganz wie eine Menschenstimme angehört. Hoffentlich werden da nicht gerade die Schamanen der Urgeschichte wach.«

»Hör bloß auf! Man weiß ja nie.«

Zwei Stunden lang nahmen sie hauptsächlich topografische Messungen vor, wie sie für ein genaues Bestandsverzeichnis nötig waren. Gegen Mittag sah sich Pauline noch einmal die Kohlespuren an, die wie lauter große Punkte um die Negativhände herum angeordnet waren.

»Hier entnehmen wir Pigmente und lassen sie datieren.« Sie dachte kurz nach. »Das sollte noch heute ins Labor.«

»Ich kümmere mich drum«, sagte Garcia. Die Taucherflaschen waren noch nass, als Thierry Garcia sie wieder schulterte.

Julien Marceau, ein Ingenieur vom Amt für Unterwasserarchäologie, der gerade mit draußen eine Videoverbindung herstellte, sah ihn zweifelnd an. »Du tauchst schon wieder hoch, Thierry?«

»Das da muss ins Labor.«

Marceau sah neugierig die Dose in Garcias Hand an. »Und was ist das?«

»Pigmente, die wir beim großen Brunnen gefunden haben. Pauline will sie so schnell wie möglich analysieren lassen, und weil Freitag ist, muss das Zeug heute noch weg.«

Marceau sah auf seine große Taucheruhr. »Da kommst du gerade noch nach Marseille, bevor die Post zumacht.«

Garcia ließ aus dem Druckventil etwas Sauerstoff herauszischen. Dann zog er sein Gurtzeug stramm und glitt ins Wasser. Wenn er schnell genug schwamm, würde er keine

Dekompressionsstopps brauchen. Innerhalb einer Viertelstunde war er in fünfunddreißig Metern Tiefe. Noch etwa zehn Schwimmzüge, dann würde er aus dem Tunnel hinaus und im offenen Meer sein.

Hinter der letzten Biegung war auf einmal alles ganz weiß. Die Tonschicht, die den Engpass auskleidete, war aufgewühlt worden und ließ fast keine Sicht mehr zu. Garcia fluchte. Seine Stirnlampe blendete ihn, da das Licht von den milchigen Schwebstoffen reflektiert wurde. Vor sich erblickte er auf einmal eine dunkle Gestalt. War es nur ein Fels? Oder etwa ein anderer Taucher? Er konnte nichts Genaues erkennen. Sein Tiefenmesser zeigte achtunddreißig Meter an.

Das Tauchseil ging auf einmal steil nach oben, also musste er direkt am Tunnelausgang sein. Er folgte dem Seil, um so schnell wie möglich aus der Milchsuppe herauszukommen.

Bei einem Flossenschlag merkte er plötzlich, dass ihn etwas nach hinten zog. Sein rechter Fuß hatte sich im Seil verfangen. Nervös zog er daran, doch ohne Erfolg. Ohne irgendetwas zu sehen, löste er die Flossenschnalle und zog den Fuß heraus. Als er hochschnellen wollte, spürte er, dass sich nun der andere Fuß verheddert hatte. Er zog sein Messer heraus und durchtrennte das Seil.

Danach ging es drunter und drüber.

Die seltsame schwarze Gestalt rammte ihn, und sein Kopf prallte an einen Felsen. Er ließ die Dose mit den Pigmenten los und stach aufs Geratewohl mit dem Messer um sich. Die Gestalt schien unfassbar, unantastbar zu sein, und immer wenn er sie zu erwischen glaubte, verschwand sie in der milchigen Wolke, tauchte irgendwo anders wieder auf und griff von Neuem an.

Er tat verzweifelte Schwimmzüge, um sich aus der Falle zu befreien, doch wusste er nicht einmal, ob er nach oben oder nach unten tauchte.

Die Gestalt aber ließ nicht von ihm ab. Sie war schneller

als er. Er vermochte nicht zu erkennen, womit er es eigentlich zu tun hatte.

Am Ende seiner Kräfte zog er die Leine seiner Tarierweste. Das rote Kissen füllte sich augenblicklich und riss ihn aus der Gefahrenzone. Hinauf zum Spiegel der Wasseroberfläche.

13

Das Schnellboot der Polizei drehte mitten in der Calanque plötzlich bei. Über Sugiton flog ein Raubvogel auf und glitt mit einem gellenden Schrei übers Meer.

»Ein Habichtsadler!«, rief de Palma aus und deutete auf den imposanten Raubvogel, der sich von den Aufwinden tragen ließ. »Sieht man ganz selten!«

»Kennen Sie sich mit Vögeln aus?«, fragte der Brigadier, der das Boot steuerte.

»Nicht besonders. Aber ich habe das Gefühl, dass der Vogel mir jedes Mal unterkommt, wenn irgendwas passiert.«

Der Brigadier schaltete den Bootsmotor aus. In der Nähe des kleinen Kieselstrands standen auf dem Deck der *Bonne Mère*, des Schnellboots der Küstenwacht, Rettungskräfte um eine Dekompressionskammer herum, in die sie Thierry Garcia soeben gelegt hatten. De Palma sprang an Land.

»Wir haben Glück«, rief ihm der Rettungsarzt zu. »Das schnelle Auftauchen wird ihm nicht schaden.«

»Warum nicht?«

»Weil er nicht lange in der Tiefe war. Höchstens ein paar Minuten. Da konnte der Druckunterschied dem Körper nichts anhaben.«

Pauline Barton kam aus dem Zelt der Tauchstation. Sie

hatte noch ihren schwarzblauen Taucheranzug an und hatte ein Tuch um ihre Haare gebunden. »Ich verstehe das nicht«, sagte sie mit angespannter Miene.

»Mit Thierry ist alles in Ordnung«, versicherte ihr de Palma. »Der ist morgen wieder auf den Beinen.«

Pauline warf ihre Tauchermaske in eine Sporttasche. De Palma nahm sie ein wenig beiseite. »Jedes Detail kann von Bedeutung sein«, sagte er. »Ist Ihnen irgendetwas aufgefallen?«

Sie musste nicht lange überlegen. »Heute Morgen, beim Runtertauchen, habe ich gesehen, dass an einer Stelle Algen abgerissen waren.«

»Und das hat Sie gewundert?«

»Na sagen wir so, ich bin eine ziemlich genaue Beobachterin, und gestern hatte keiner unserer Taucher was abgerissen. Da bin ich mir sicher, aber na ja …«

»Warum sind Sie sicher?«

»Weiß auch nicht. Seit einiger Zeit überprüfe ich einfach alles.« Sie hob ein paar Kiesel auf und ließ sie durch die Hand gleiten.

»Mag sein, dass das nichts weiter bedeutet«, sagte de Palma, »aber ich schreibe es mir trotzdem auf. Tauchen Sie nie allein?«

»Nein, nie. Heute waren wir zu zweit, aber manchmal auch zu dritt. Lauter solide Taucher!«

»Thierry wird das bestimmt wegstecken.«

»Aufgeben kommt jedenfalls nicht infrage.«

»Ich habe erwirkt, dass zwei Beamte für die Bewachung abgestellt werden. Die Behörden glauben uns wohl allmählich.«

»Wurde aber auch Zeit.«

Diese natürliche, starke Frau gefiel ihm. Sie hatte etwas Jungenhaftes, Selbstsicheres. Mit jedem Tauchgang ging sie ein Risiko ein, und nichts schien ihr etwas anhaben zu können.

»Da ist noch was, das vielleicht von Bedeutung sein könnte.«

»Nämlich?«

»Sie haben mir doch das Foto von der Hand gezeigt, die Autran gezeichnet hat, da wo der Daumen fehlte und ein Teil vom Mittelfinger.«

»Ja?«

»Ich kenne eine Hand, die haargenau so aussieht. Die ist hier unter ihren Füßen.«

»Das ist alles andere als unwichtig, Pauline.«

»Meinen Sie?«

»Und ob.«

Sie sah zu de Palma auf. »Wenn ich so drüber nachdenke ...«

»Ja?«

»Hm, die Hand ist während der ersten Untersuchung der Höhle nicht registriert und daher vermutlich auch nicht gefunden worden.«

»Vermuten Sie das oder sind Sie sicher?«

»Eigentlich bin ich sicher. Diese Negative sind ja an einer ziemlich unzugänglichen Stelle, an der Decke, direkt über den Kohlestücken, die ich gefunden habe. So wie ich Palestro kenne, hätte er sich eine Feuerstelle nicht entgehen lassen, und solche Hände erst recht nicht. Also waren die damals nicht bis hier vorgestoßen.«

Das Rettungsboot fuhr wieder los. Am Strand wuschen zwei Techniker ihr Tauchmaterial mit Süßwasser. In der Ferne zog ein Segler mit einem bauchig geblähten Spinnaker in Regenbogenfarben vorbei.

»Und haben Sie außer diesen Negativen noch etwas gefunden?«, setzte de Palma nach.

»Wie gesagt, die Hände sind an einer eher unzugänglichen Stelle. Man muss da erst durch eine Art Schlauch hindurch, in der Nähe des großen Brunnens. Dort sind alle möglichen Gravuren und Handabdrücke, die erst noch untersucht werden müssen. Damit fange ich nächste Woche an. Dort sind viele Kratzspuren an den Wänden. Und ein ›getöteter Mensch‹.«

»Ein ›getöteter Mensch‹! So einer ist doch bei der ersten Untersuchung schon entdeckt worden.«

»Ja, und jetzt eben ein zweiter. In der Gegend, in der die Wand abgeschuppt ist. Alles habe ich noch nicht analysiert. Es handelt sich aber eindeutig um einen Vogelmenschen, so zwischen achtzehntausend und neunzehntausend Jahre alt.«

Julien Marceau, der Garcia vor dem Angriff als Letzter gesehen hatte, kam aus dem Zelt. Er hatte ein gelbes Hemd angezogen, das in der Sonne glänzte. De Palma schüttelte ihm die Hand.

»Hast du die seltsame Stimme erwähnt?«, fragte er Pauline.

»Nein.« Sie wandte sich de Palma zu. »Wir haben da was gehört, aber das war wohl ein akustisches Phänomen. Wahrscheinlich pfeift der Wind durch einen Spalt rein, und das ergibt einen komischen Ton, fast wie eine Menschenstimme.«

De Palma sah zur Felswand hinauf. »Da war ja früher auch ein Eingang«, sagte er. »Ein Brunnen, der direkt zum großen Raum führte. Bei der Festnahme der Autran-Zwillinge sind wir dort rein. Aber seit einem Erdrutsch ist alles zu. Gut möglich, dass da bei Wind ein Pfeifen zustande kommt.«

»Ja schon«, warf Marceau ein, »aber wir haben da ein Problem.«

»Und was für eins?«

»Dass heute kein bisschen Wind weht.«

Vom zweiten Tauchunfall in der Calanque von Sugiton hatte die Presse wie durch ein Wunder nichts erfahren. Außer dem Mikrokosmos der Seeretter und der Prähistoriker wusste daher niemand Bescheid. Pauline erstattete Anzeige wegen Mordversuchs, und de Palma protokollierte ihre Aussage, obwohl Kripochef Legendre der Meinung war, die Kripo ginge das nichts an.

Bessour befasste sich stundenlang mit Garcias Vergangenheit und seinem Umfeld, doch fand er nicht den geringsten Hinweis auf eine Verbindung zum Fall Autran. Mit Rémy Fortin hatte Garcia lediglich bei ein paar Besprechungen zu tun gehabt.

Zwei Tage später gab Thierry Garcia zu Protokoll, was ihm am Ausgang der Höhle widerfahren war. De Palma bat ihn, jedes Detail zu schildern.

»Mir war, als hätte ich es mit einem Fisch zu tun, so wendig war der Kerl. Das muss ein verdammt guter Taucher gewesen sein.«

Über die Größe des Angreifers konnte er keine Angaben machen, auch nicht über das Aussehen. Er wusste nicht einmal, ob es ein Mann oder eine Frau gewesen war.

»Glauben Sie, dass Fortin das Gleiche passiert ist?«

»Ich denke schon. Bloß dass er es nicht überlebt hat.«

De Palma stellte rasch ein paar Berechnungen zum Unterwasserdruck an. Ihm war noch geläufig, dass die wichtigsten Parameter Tiefe und Tauchdauer waren.

»Wie lang sind Sie getaucht?«

»Gar nicht lang, das hat mich ja auch gerettet. Wenn man so kurz taucht, kann sich der Stickstoff nicht ausdehnen und keine Blasen bilden.«

Dann muss also, dachte de Palma, Fortin viel länger unter Wasser geblieben sein, als er vorgehabt hatte. Er musste noch mal nachrechnen. Aber es gab doch nur einen Ausgang aus der Höhle, und Fortin hatte keinerlei Grund, länger in achtunddreißig Metern Tiefe zu verweilen.

»Was für eine Farbe hat Ihr Taucheranzug?«, fragte er Garcia unvermittelt.

»Schwarz und blau. Wir haben alle denselben, seit Pauline einen Sponsor aufgetrieben hat.«

»Alle denselben«, wiederholte de Palma.

Er hatte begriffen. Nicht auf den Mann, der da vor ihm saß, hatte man es abgesehen.

* * *

»Glaubst du, man kann gesund werden?«, fragt Thomas.

»Klar. Aber wozu? So was wie die Psychiatrie dürfte es gar nicht geben.«

Bernard sagt immer »Psychiatrie« statt »Psychiatrie«. Thomas denkt, das tut er, um sich lustig zu machen, aber ganz sicher ist er sich nicht.

»Wie meinst du das?«

»Die Psychiater kapieren nicht, dass ich mit meinen Visionen glücklich bin. Ich sehe das Krankenhaus gar nicht. Als ob ich ganz woanders wäre.«

»Und wo?«

»Das sage ich dir nicht. Das ist mein Geheimnis. Du sagst mir ja auch nicht alles. Ich weiß aber so einiges über dich.«

»So? Was denn?«

»Du redest nämlich manchmal im Schlaf. Wenn sie dir nicht die volle Dosis verpassen.«

»Und was sage ich dann?«

Wenn man Bernard eine Frage stellt, die ihm nicht passt, windet er sich auf dem Stuhl. Er hat Angst vor Fragen, von denen er weiß, dass die Antwort darauf die Harmonie zerstört. Harmonie ist ihm nämlich wichtig.

»Na sag schon, von was rede ich im Schlaf?«

Bernard kratzt sich schier die Schädelhaut wund.

»Kannst es ruhig sagen. Das macht doch nichts, ich bin dir dann nicht böse. Träume sind so geheimnisvoll, dass man eben manchmal Bescheid wissen will.«

Bernard schüttelt sich wie eine Marionette aus der Muppet Show. Er möchte etwas sagen, aber er stottert, und es kommt nichts heraus aus seinem Mund, der beim Wort Psychiater und sämtlichen Ableitungen davon immer dieses »sch« unterbringen muss.

Da nimmt Thomas ihn in die Arme und wiegt ihn hin und her. Das erinnert ihn wohl an seinen Vater, oder vielleicht an seine Mutter. Thomas ist stark, und in seinen Armen fühlt Bernard sich geborgen.

Wenn Bernard aus seinem Angstland zurückkommt, schreibt er Gedichte. Sehr schöne Verse, die ein Verleger sogar herausbringen will. Aber der Verleger will nichts bezahlen, und Bernard ist das egal. Seiner Familie dagegen nicht! Bernard kuriert sich mit einer hohen Dosis Poesie. Das beste Neuroleptikum. Die Männer in Weiß kommen nicht mehr zu ihm. Kein Nozinan mehr, kein Largactil.

Thomas dagegen kann sich nicht mit Poesie kurieren. Die Stimmen reden aus einer Welt zu ihm, in der man nicht schreibt. Manchmal schnitzt er. Angeblich hat er Talent dafür. Er schnitzt Schamanenobjekte, den Löwenmenschen oder die Jungfraugöttin, bei der man weder Augen noch Mund sieht. Die Objekte helfen ihm beim Singen und bei der Anrufung der Ahnengeister. Nur Bernard kennt sein Geheimnis und hat sogar ein Gedicht darüber geschrieben. Es heißt »Der Mann, der heilig sein wollte« und handelt von einem jungen Mann, der Welten durchmisst und das besternte Paradies betritt. Thomas musste ihm schwören, die Verse niemandem zu offenbaren. Manchmal murmelt er sie in einer Ecke des Parks vor sich hin. Selbst wenn das Nozinan ihn schüttelt wie einen Pflaumenbaum, wird er die Verse nicht verraten.

Die Verrückten haben Geheimnisse, die niemand erfahren darf.

14

Strafanstalt Clairvaux, 14. Dezember

Die Krankenabteilung des Gefängnisses befand sich am Ende eines langen weißen Korridors mit glänzendem Boden, der an mehreren Stellen durch Gitter unterbrochen war. Die Zellen lagen einander jeweils gegenüber. Tageslicht strömte durch Mauern aus Glasbausteinen herein.

Die Tür von Zelle 34 stand offen, doch das Innengitter war verschlossen. Thomas Autran wurde rund um die Uhr überwacht. Er schlief zusammengekrümmt auf dem Boden, ohne Decke, ohne Kopfkissen. Hin und wieder zuckte er zusammen und drehte sich grunzend um, ohne auch nur die Augen zu öffnen.

Seit er medikamentös ruhiggestellt war, wachte er kaum je auf, außer zu den Essenszeiten, wenn der Hunger stärker war als die Benommenheit. Autran stopfte mit den Fingern hinein, was man ihm vorsetzte, und verfiel danach mit vollgesudeltem Pyjama in eine Art Halbschlaf. Die Wärter tuschelten über seinen Blick, der stechender war denn je. Sie fürchteten Autran, denn die medikamentöse Zwangsjacke hatte ihn nicht ganz gezähmt. Das gesamte Personal der Anstalt Clairvaux erwartete die Verlegung von Häftling Nummer 167 485 voll Ungeduld.

Wenige Stunden nach dem Tod von Morales war im Gefängnishof eine Meuterei ausgebrochen. Eine Sondereinheit hatte eingreifen müssen, um die Häftlinge in die Zellen zurückzutreiben. Von einer Bestrafung hatte der Gefängnisleiter jedoch abgesehen, denn die Sache sollte sich besser nicht hochschaukeln.

Die Spezialabteilung für psychisch gestörte Patienten in Sarreguemines war voll, und die in Villejuif nicht minder, doch ließ jene sich auf einen Austausch ein. Clairvaux musste einen Patienten von dort aufnehmen, um Thomas Autran verlegen zu können. So war es nun mal üblich in den chronisch überbelegten Anstalten. Man entließ den am wenigsten Verrückten, um jemanden aufzunehmen, der als der Verrückteste der Verrückten galt. Zu letzterer Kategorie zählte Thomas Autran. Seit fast einer Woche wurde er massiv sediert.

Als am Dienstagabend die Verlegung genehmigt wurde, atmete man in Clairvaux auf.

»Morgen kommt er weg«, verkündete der Direktor Autrans kleinem Wärtertrupp in seinem Büro. »Und zwar um drei Uhr morgens.«

»Um drei?«

»Ja, und zwar aus zwei Gründen. Zum Ersten will ich nicht, dass aus sämtlichen Zellenfenstern ›Verreck, du Schwein!‹ gebrüllt wird, und zum Zweiten wollen die Gendarmen nicht mitten im Morgenstau in Paris ankommen. Bei einem Früchtchen wie Autran ist das zu riskant. Also muss er schon heute Abend vorbereitet werden.«

»Ich glaube nicht, dass der irgendwas mitkriegt«, bemerkte der Oberaufseher, »bei dem, was ihm der Doc alles verabreicht hat. Der hat bloß noch Matsch im Hirn.«

»Mit ›vorbereiten‹ meine ich auch nur, dass alles bereit sein soll, wenn die Gendarmen kommen.«

»Vorhin hat er noch gesungen«, sagte ein Wärter.

»Gesungen?«

»Ja. Unverständliches Zeug. Hat sich angehört wie bei Indianern in einem Western.«

Verärgert schüttelte der Direktor den Kopf. »Und mit so was müssen wir uns herumplagen. Solche Verrückten haben hier nichts zu suchen.« Er bedachte die Wärter um sich herum mit einem traurigen Blick. »Vielen Dank, meine Herren,

Sie haben gute Arbeit geleistet. Ich weiß, wie schwer Sie es manchmal haben.«

Gegen 2.30 Uhr traf der Zellenwagen ein. Zwei Wärter öffneten sogleich die Zelle Nummer 34. Autran lag schlafend da, reglos. Im Gang standen weitere sechs Wärter bereit. Aus der Spezialabteilung in Villejuif waren zwei Psychiatriepfleger angereist, die Autran nun zu wecken versuchten, ohne rechten Erfolg zunächst. Autrans Körper schien nicht zu reagieren. Erst nach Minuten konnten die Männer ihn aus dem Dämmer herausholen, in den er sich geflüchtet hatte.

»Sie werden verlegt«, sagte der Ältere. »Woandershin, wo es Ihnen besser gehen wird. Hier ist nicht der richtige Ort für Sie.«

Mit totenschweren Lidern starrte Autran die beiden an. »Ich war noch nie am richtigen Ort«, brachte er mühsam heraus. Er konnte kaum die Lippen bewegen.

»Wie fühlen Sie sich denn?«, fragte der jüngere Pfleger.

»Wie ein Verrückter, den man ruhiggespritzt hat.«

Pfleger und Wärter sahen sich an.

»Jetzt setzen Sie sich mal da hin. Geht das alleine?«

Schwerfällig stand Autran auf, mit wackeligen Beinen, und schaffte es auf den Hocker, den ein Wärter ihm hinstellte.

»Gut so, Thomas. Wir müssen Sie jetzt fixieren. Verstehen Sie, was das bedeutet?«

Er nickte.

Mithilfe zweier Wärter halfen ihm die Pfleger in die Ärmel einer Zwangsjacke, die sogleich im Rücken mit Klettverschlüssen zugemacht wurde.

»So, das ist sicherer für Sie«, sagte der Pfleger sanft. »Sie brauchen keine Angst zu haben.«

Sein Kollege legte Autran eine stählerne Fußfessel um die Knöchel. Der Mann war jetzt nur noch ein Paket, das kaum einen Fuß vor den anderen setzen konnte.

»Ich will den Himmel sehen«, sagte Autran auf einmal. »Den Himmel!«

»Wir setzen Sie schon richtig hin im Wagen, dann können Sie auf die Straße raussehen. Keine Sorge.«

Schweigend gingen sie zu den Büros hinunter. Autran wurden von den Pflegern getragen, seine Füße schleiften am Boden. Der Schreibkram für die Verlegung dauerte eine Ewigkeit. Umgeben von Wärtern saß Autran in einer Ecke, das Haar zerzaust, während seine Augen sich nichts von dem entgehen ließen, was sich vor ihm abspielte. Nicht das leiseste Zucken in einem Gesicht, nicht die geringste zu so früher Stunde unbeholfen ausfallende Geste.

»So, los gehts«, sagte der eine Pfleger schließlich und stopfte die Papiere in eine schwarze Ledermappe.

Es schneite. In langen, glänzenden Streifen segelten die Flocken im rötlichen Licht der Scheinwerfer und den grünlichen Rechtecken der Wachtürme herab. Der gepflasterte kleine Hof zwischen den Verwaltungsgebäuden war bereits von einer dünnen Schneeschicht bedeckt. Unter dem Klicken seiner Fußfessel zockelte Autran dahin. Ein Polizist hielt ihn an einer Leine, die mit einem Karabinerhaken an der Zwangsjacke befestigt war.

»Stecken Sie ihn in die erste Zelle, da sieht er am besten.«

»Warum?«, fragte der Polizist.

»Er will während der Fahrt die Landschaft sehen«, knurrte der Pfleger. »Das stört Sie doch hoffentlich nicht?«

»Was?«

»Na, dass er die Landschaft sieht.«

Der Polizist gab keine Antwort. Er öffnete die Seitentür und hievte Autran reichlich rabiat ins Fahrzeug, indem er ihn von hinten anschob, während der Fahrer ihn an den Armen zog. Sobald Autran in dem winzigen Zellenabteil saß, drückte er die Nase an das vergitterte Fenster und blickte in eine imaginäre Ferne, weit über die steinernen Mauern hinaus, hinter die glänzenden Ziegeldächer und den Schneevorhang, der große Stille verbreitete.

Der Zellenwagen fuhr an, hinter ihm ein Polizeifahrzeug sowie eine Zivilstreife mit den beiden Pflegern aus Villejuif. Als der kleine Konvoi Clairvaux verließ, war noch immer stockdunkle Nacht. Die einsame Straße führte an Feldern und kahlen Wäldchen entlang. Zwischen die gepanzerten Fenster und die Karosserie fuhr ein Luftzug herein, den Thomas sogleich einsog und dadurch Clairvaux vergaß. Er starrte auf die noch gefrorenen Erdschollen, den weiten Raum und hielt Ausschau nach den großen Tieren, die dort leben mussten. Da sah er in der Ferne einen Hirsch.

15

Der Dirigent hob den Taktstock. Das Licht der Pultlampen zeichnete lauter goldene Schmetterlinge auf seine schmale Brille. Kurze Stille, dann der Einsatz. Zwei kurze Töne; ein langer. Das Agamemnon-Motiv. Die erste Magd trat vor.

Wo ist Elektra?

Die zweite Magd zuckte die Schultern.

Ist doch ihre Stunde,
Die Stunde, wo sie um den Vater heult,
Dass alle Wände schallen.

Die fünf Mägde trugen weiße Tuniken, ihre langen Haare fielen ihnen auf die Schultern. In der Ferne eine schwarze Mauer und eine riesige Büste.

Jeden Tag zur selben Stunde beweinte Elektra ihren toten Vater. Keine Magd trat da an sie heran. Keine wagte es, sich ihrem giftigen Blick auszusetzen, dem Blick einer wilden Katze.

Neulich lag sie da
Und stöhnte …

Elektra bekam ihr Essen zusammen mit den Hunden, aus einem Napf. Von Aegisth, der ihren Vater im Bett der Mutter ersetzte, wurde sie misshandelt. Dabei war Elektra eine Königstochter.

Sie würde sich rächen.

De Palma war allein gekommen. Er war müde. So müde wie nie zuvor. Seit er wusste, dass Dr. Caillol versucht hatte, an Fortins Boot zu kommen, fühlte er sich überall von Phantomen bedrängt. Diesen Psychiater konnte er nicht verhören wie einen x-beliebigen Zeugen. Dafür brauchte er schon einen triftigen Grund, und bisher hatte er nichts in der Hand, um ihn auf die Liste der Verdächtigen zu setzen.

Er wusste nicht, ob er nicht auf dem Holzweg war, wenn er einfach jede Spur verfolgte, die sich gerade auftat. In ihm wuchs das Bedürfnis, woanders zu sein, für niemanden erreichbar. Die Musik von Strauss war für ihn eine Zufluchtsstätte, die er mit keinem teilte. Nicht einmal mit Eva. Von dieser Oper kannte er jeden Geigenstrich, jedes Brausen der Bläser oder der Pauke, jede Nuance der dramatischen Themen. Wie oft hatte er sie schon gehört? Er wusste es selbst nicht zu sagen.

In der letzten Nacht war ihm wieder einmal sein Bruder erschienen. Lange war das nicht mehr geschehen. Pierre hatte ein friedliches Gesicht, einen sanften Blick. Um die Mundwinkel ein verschmitztes Lächeln. Er sagte etwas, seine Lippen bewegten sich, doch Michel verstand ihn nicht, und da war der Traum auch schon zu Ende, mit der anbrechenden Dämmerung. Michel war aufgestanden, genauso erschöpft wie am Abend, mit zerschlagenen Gliedern, er hatte Eva ihren Kaffee gekocht und sich dann noch mal in jenen Traum hineingedacht. Bevor alles verschwamm, war dem Mund des Bruders ein einziges Wort entfahren: *Elektra!* Der Titel einer Oper von Richard Strauss. Ein tiefdüsteres Meisterwerk, neben dem so manche blutrünstige Geschichte fast schon niedlich wirkte.

Beim Studieren des Marseiller Theaterprogramms hatte de Palma gesehen, dass noch am gleichen Abend Elektra gegeben wurde. Da noch einen guten Platz zu bekommen, war natürlich schwierig. De Palmas Jahresabonnement war seit der letzten Aufführung der *Hochzeit des Figaro* ausgeschöpft. Den alten Bekannten, der sich im Theater um die Reservierungen kümmerte, hatte er zunächst nicht behelligen wollen, doch Eva redete ihm zu, er solle doch hingehen. Angespannt wie er war, wollte sie ihn nicht verärgern, und ohnehin würde sie ihre Tochter Anita besuchen.

Elektras Arie war herzzerreißend. Es wurde darin erzählt, wie Agamemnon in seiner Badewanne ermordet wurde. Schon bei den ersten energischen Bogenstrichen der Cellos und der Kontrabässe verstummten die hysterischen Mägde eingeschüchtert. Die Blechbläser hauchten tiefe Noten. Und dann folgte das Klagelied:

Agamemnon! Agamemnon!
Wo bist du, Vater? Hast du nicht die Kraft,
Dein Angesicht herauf zu mir zu schleppen?

De Palma schloss die Augen. Elektra flüsterte nun. Außer sich vor Wut.

Es ist die Stunde, unsre Stunde ist's,
Die Stunde, wo sie dich hingeschlachtet haben,
Dein Weib und der mit ihr in einem Bette,
In Deinem königlichen Bette schläft.
Sie schlugen dich im Bade tot, dein Blut
Rann über deine Augen, und das Bad
Dampfte von deinem Blut.

De Palma dachte an seine erste einsame Nacht zurück.

Zwölf ist er damals. Sein Zwillingsbruder ist an dem Tag gestorben. Michel lauscht ins Dunkel hinein, um den kurzen Atem des Bruders zu hören. Pierre redet oft im Schlaf, dann schnappt er nach Luft und schläft wieder tief ein. Michel spitzt die Ohren, doch da quietscht nur der Fensterladen. Das hört sich an, als würde Pierre nach der Mutter rufen. Michel weint. Seine andere Hälfte ist weg. Niemand versteht das richtig, nur Zwillinge können es begreifen. Was ihm noch bleibt, sind Erinnerungen. Die darf er nicht verlieren. Nie darf diese Flamme erlöschen. Sonst gibt es die andere Hälfte nicht mehr. Wenn Michel allein ist, spricht er mit seinem Bruder, denn das Feuer soll nicht ausgehen.

Letzte Nacht hat Pierre ihn gebeten, sich die schreckliche Klage Elektras anzuhören.

Vater! Agamemnon! Dein Tag wird kommen!
Von den Sternen stürzt alle Zeit herab,
So wird das Blut aus hundert Kehlen stürzen auf dein Grab!
So wie aus umgeworfnen Krügen wird's
Aus den gebundnen Mördern fließen,
Und in einem Schwall, in einem geschwollnen Bach
Wird ihres Lebens Leben aus ihnen stürzen ...

Gegen Ende wies der lange Monolog Züge eines Bacchanals auf. Der Rhythmus war schwerfällig, im Dreivierteltakt. Jeder einzelne Takt ein Schrei nach Rache. Der Hass tanzte Walzer.

Nach der Oper hielt de Palma sich nicht lange in den Gängen auf, um mit jemandem über die Sänger herzuziehen, die er eher mittelmäßig fand. Er ging vielmehr schnurstracks nach Hause, den Kopf immer noch voller nebliger Gedankengänge. Es wollte nichts so recht zusammenpassen.

Eva empfing ihn lächelnd. »Stell dir vor, Anita und ich haben uns diesmal nicht gestritten!«

»Merkt sie allmählich, dass sie auch mal Kompromisse eingehen muss?«

»Ich denke schon.«

Eva duftete noch intensiv nach einem betörenden Parfüm. Weder war sie abgeschminkt, noch hatte sie Bleistiftrock und Strümpfe ausgezogen. Eine Falle also. De Palma leistete keinen Widerstand. Genüsslich zog er sie aus, und sie liebten sich in aller Ruhe, während draußen der Meerwind an den Kiefern zerrte. Als ihr Verlangen gestillt war, schlüpften sie unter die warme Decke ihres großen Bettes. Sie schmiegte sich an ihn. Er sah ihr in die Augen und sagte sich, so leuchtende habe er noch nie gesehen, und niemand sei imstande, sie zu malen.

Spätnachts, dem Schlaf schon nahe, deklamierte der Baron: »Es ist die Stunde, unsre Stunde ist's, die Stunde, wo sie dich hingeschlachtet haben ...«

»Darf ich fragen, was das jetzt ist?«, sagte Eva stirnrunzelnd.

»*Elektra*. Richard Strauss.«

»Hat dir deine Oper gefallen?«

Er nickte nur und sah lange schweigend an die Decke. Seine Lippen zitterten, als würden die Worte dort ersterben. »Dein Blut rann über deine Augen, und das Bad dampfte von deinem Blut ...«

Eva wagte nicht, ihn anzusehen. Sie schlang ein Bein um seine Beine.

»Die Aufnahme mit Leonie Rysanek ist mir auf alle Ewigkeit die liebste«, fuhr der Baron fort.

»Aha. Na, das beruhigt mich ja.«

»Und weißt du auch warum?« Die Frage heischte nicht nach einer Antwort. »Als wir nach den Geschwistern Autran gefahndet haben, hatte ich im Auto eine CD von *Elektra*, mit der Rysanek in der Titelrolle. Herrlich. Die habe ich mir wieder und wieder angehört.«

»So wie es dich manchmal mit den Bach-Suiten packt.«

»Genau.«

»Mal eine dumme Frage: Warum ausgerechnet *Elektra?*«

»Weil die Geschichte von Thomas und Christine fatale Ähnlichkeit mit der von Elektra und ihrem Bruder Orest hat.« De Palma fuhr mit dem Finger in der Luft herum wie ein Lehrer mit dem Zeigestock und verband imaginäre Punkte miteinander. »Agamemnon, der König von Mykene, wird unter Beihilfe seiner Frau Klytämnestra ermordet. Sieben Jahre danach rächt Agamemnons Sohn Orest den Vater mithilfe seiner Schwester Elektra. Eifersüchtig sind die Toten: und er schickte mir den Hass, den hohläugigen Hass als Bräutigam.«

»Kennst du das etwa auswendig?!«

»Die Geschichte hat mich ganz schön lange verfolgt. Sie ist wie eine Art Rätsel, und ich werde das Gefühl nicht los, dass ich noch mal davorstehen werde und eine Lösung finden muss.«

Eva knipste die Nachttischlampe aus. Auf die Häuser ringsum legten sich lange blaue Schatten.

16

Am nächsten Tag fuhr Pauline wieder nach Quinson hinauf. Der Himmel war grau. Auf den Anhöhen von Manosque und den Verdon-Kämmen lag Schnee. In der Ebene hielten sich in kümmerlichen Obstgärten und armseligen Dörfern noch Nebelfetzen.

Palestro stand vor seinem Haus, einen knotigen Stock in der Hand. Bereit für eine Wanderung. Der Winter war ihm die liebste Jahreszeit. Er sagte gerne, durch die Kälte trete er leichter in Verbindung mit prähistorischen Zeiten.

»Sie allein können uns helfen«, sagte Pauline gleich bei der Begrüßung. »Ich habe Ihnen nämlich letztes Mal noch nicht alles erzählt. Außerdem sind wir tatsächlich wieder angegriffen worden.«

Palestro verzog keine Miene, als hätte er schon erwartet, dass sie wiederkommen würde. »Jetzt gehen wir erst mal ein Stück«, sagte er in entschiedenem Ton. »Beim Dahinmarschieren in der Natur kommen dem Prähistoriker die besten Ideen. Der Mensch ist zum Gehen bestimmt, das darf man nie vergessen. Hinterher koche ich uns was.«

Über eine kleine Abkürzung gingen sie direkt zum Verdon-Ufer hinunter. Die wie alte Stoffe gefalteten Felsen waren mit schwarzen Zwergeichen und dem Rost der Zeit gesprenkelt. Zwischen Steilwänden und spärlichem Wald floss smaragdenes Wasser dahin.

Palestro wies auf Spuren im Schlamm. »Ein Wildschwein. Ein großer Keiler vermutlich. Der Bursche muss recht schnell unterwegs gewesen sein.«

»Jagen Sie noch?«

»Nein, das ist vorbei. Dazu bin ich zu alt. Jetzt bin ich bloß noch Sammler. Mit etwas Glück finden wir Totentrompeten. Was anderes gibt es hier nicht um diese Jahreszeit.«

»Man fragt sich, was die Steinzeitmenschen überhaupt zu beißen kriegten!«

Palestro blieb stehen und sog die kalte Luft ein.

»Alles Mögliche. Sie würden sich wundern. Wurzeln zum Beispiel, und natürlich Wild. Heutzutage sieht man nichts mehr, aber vor zwanzigtausend Jahren wären uns hier große Vögel, Felltiere und wer weiß was noch über den Weg gelaufen. Die Zeiten haben sich geändert. Leider!«

Palestro hatte eine Studie über die Essgewohnheiten der Menschen des Jungpaläolithikums veröffentlicht, und Ernährungswissenschaftler hatten daraus neue Diätmethoden abgeleitet. Ein paar Schritte vor dem Verdon blieb Palestro stehen. Das Wasser war an der Stelle ruhiger und dunkler.

»Thierry Garcia ist das Gleiche zugestoßen wie Fortin«, sagte Pauline.

»Garcia? Kenne ich nicht.«

»Ein junger Kerl von der Uni Bordeaux. Er hat es aber überlebt.«

Palestro knurrte. Was sich außerhalb seiner Sphäre abspielte, kümmerte ihn immer weniger.

Pauline begriff, dass er auf andere Nachrichten aus war. Sie spielte ihre wichtigste Karte aus. »Kurz vor seinem Tod hat Fortin einen Hirschkopfmenschen fotografiert.«

Palestro schien nicht weiter überrascht. In seinem alten Gesicht rührte sich kein Fältchen. »Erzählen Sie mir mehr davon«, sagte er in gleichgültigem Ton.

»Anscheinend hat er eine zwanzig Zentimeter hohe Figur gefunden. Der Kopf ist nur angedeutet. Über den Augen sieht man aus dem Holz zwei Ästchen herausstehen, wie ein Hirschgeweih. Ziemlich ungeschickt das Ganze, aber deutlich sichtbar.«

»Haben Sie die Fotos?«

»Natürlich.«

Mit strenger Miene sah er sich jedes Bild eingehend an. »Die Figur selbst haben Sie aber nicht gefunden?«

»Nein.«

»Ist das nicht unglaublich? Fortin fotografiert eine Figur, und die verschwindet dann. Völlig irrational, oder?«

Sie nickte. Das Gleiche hatte auch de Palma gefragt. Ohne eine Antwort zu bekommen.

Palestro hob einen Kiesel auf und warf ihn in das durchsichtige Wasser. Langsam trudelte er bis zum Grund hinab. »Das ist wie mit diesem Stein hier. In einer im Prinzip kohärenten Welt taucht auf einmal etwas Irrationales auf. Hier wo wir stehen, fällt sonst nie ein Stein ins Wasser. Das passiert höchstens, wenn ein Kind oder ein alter Professor sich mal amüsiert.« Er warf einen zweiten Kiesel hinein, als wollte er seine Theorie damit untermauern. »In der Le-Guen-Höhle sind schon immer seltsame Dinge passiert. Fürs Erste ist durch nichts zu erklären, wie so eine Figur dort hingekommen ist. Durch absolut nichts. So wie jemand auf dem Grund des Verdon sich das mit dem Kiesel nicht erklären könnte.«

Pauline steckte die Hände in die Taschen und sah dem Kiesel nach.

»Steine fallen nicht vom Himmel, Pauline. Verstehen Sie, was ich meine?«

»Ja.«

»Die Figur muss jemand dorthin gebracht haben.«

»Aber das ist doch unmöglich!«

Er wandte sich dem See zu. »Jemand oder etwas ...«, murmelte er in seinen Bart.

Sie schauderte bei dem Gedanken, der Professor versuche sie vor einer Gefahr zu warnen, die sie nicht wahrhaben wollte. Palestro ging weiter. Die Sonne schien zwischen den Felsschultern hindurch. Luftzüge ließen die rötlich gefärbten Blätter der Zwergeichen leise erzittern.

»Haben Sie schon mal an Geister gedacht?«, rief Palestro auf einmal aus, als er schon mehrere Meter von Pauline entfernt war.

»Geister?«

»Es muss doch seinen Grund haben, wenn seit Tausenden und Abertausenden von Jahren Menschen in diese Höhle kommen.« Mit kreisender Geste umfasste er die Fels- und Dickichtlandschaft um sie herum. »Höhlen gibt es zu Hunderten in dieser Gegend. Von hier bis zu den Calanques und wer weiß wie weit noch. Warum dann ausgerechnet die Le-Guen-Höhle?«

»Weil wir die als einzige entdeckt haben?«

Er lächelte blass. »Ausgezeichnetes Argument. Unsere ganzen Forschungen und Funde vermitteln uns nur ein sehr vages Bild. Die prähistorische Welt ist nichts weiter als die Vorstellung, die wir uns davon machen. Aber denken Sie mal, wie lange diese Stätte sich gehalten hat.«

»Ich verstehe schon.«

»Unermesslich lange!« Sein Blick flackerte.

»Für diese Dauer sollten Sie eine Erklärung finden. Sie haben schon die Werkstatt mancher Künstler gefunden, die in der Höhle gewirkt haben. Jetzt müssen Sie noch herausfinden, warum sie dort gewirkt haben! Das ist nämlich das große Geheimnis der Höhlenmalerei.«

Es verwirrte sie, dass er von Geistern redete. Im Gegensatz zu Christine Autran hatte er nie über prähistorische Religionen spintisiert. Man bekam von ihm nur brillante Schlussfolgerungen zu hören, die aus einer beeindruckenden Fülle von Lektüre und Forschung resultierten. Er fragte sie, ob sie an Geister glaube, und sie verneinte. An Geister glauben! Da würde sie ja verrückt werden. Oder ganz und gar zerrüttet.

Sie schlugen die Richtung der Baume-Bonne-Höhle ein. Zunächst ging es steil zu einem Plateau hinauf.

Außer Atem blieb Palestro stehen. »Hier waren meine Anfänge.«

Die in den Siebzigerjahren von Palestros Team gegrabenen Mulden waren längst überwuchert und das Dach der Ausgrabungshütte eingestürzt.

Pauline trat an einen Graben heran, in dem die archäologischen Schichten noch deutlich zu sehen waren.

»Wissen Sie, wer 1970 dabei war?«, fragte Palestro.

»Nein.«

»Pierre Autran, der Vater von Thomas und Christine. Kennengelernt hatten wir uns ein paar Jahre zuvor, weil er in Aix in meinen Unterricht kam.«

»Ich wusste ja gar nicht, dass er sich mit Prähistorie beschäftigte!«

»Er war besser als so mancher vom Fach.«

Palestro ging die Fundstätte entlang. Hin und wieder warf er einen Blick zu den tiefen Löchern in der toten Erde. An der Stelle, wo Jérémie Payet im Juli 1970 den Hirschkopfmenschen entdeckt hatte, blieb er stehen.

Payet war damals fast mit seiner Doktorarbeit fertig. Er veranstaltete praktische Übungen für Studenten, die mit ihren Magisterarbeiten nicht recht weiterkamen. Das Ausgraben der Figur war die Frucht seiner Arbeit und seiner Intuition. Für seine Karriere wäre diese Sache von enormer Bedeutung gewesen. Doch Leiter der Ausgrabung war Palestro, und als solcher beanspruchte er den Fund für sich. Die Welt der Koryphäen ist grausam. Payet drohte mit einem Prozess, dann verschickte er Briefe voller Beleidigungen ... Alles vergebens. Wenige Tage nach seiner Entdeckung war der Hirschkopfmensch plötzlich verschwunden. Eine Zeit lang wurde Payet von der Polizei verdächtigt, dann auch Autran und sogar Palestro. Schließlich aber wurde der Fall eingestellt.

»Da ist es!«, sagte Palestro auf einmal traurig und deutete auf eine dunklere Gravettien-Schicht in zwei Metern Tiefe.

»Was ist da?«, fragte Pauline.

Palestro musterte sie ein paar Sekunden. »Der Hirschkopfmensch auf Ihren Fotos … der ist hier entdeckt worden.«

* * *

»Erzähl mir die Geschichte von der heiligen Höhle.«

*Wie immer schließt Papa die Augen, um sich besser zu kon-
zentrieren.*

*»Vor Tausenden von Jahren lebten die Menschen nicht so wie
wir in festen Häusern. Wenn sie bei Einbruch der Dunkelheit
zu jagen aufhören mussten, bauten sie sich eine Hütte. Manchmal zogen sie sich auch in einen Unterschlupf an einem Felsen
zurück. Das kam ganz auf den Tag an. Die Menschen damals
waren frei.*

*Eines Tages sah ein Junge in deinem Alter am Fuß eines Ber-
ges ein großes Loch. Er trat näher heran und sah, dass das Loch
bis weit in den Berg hineinreichte. Es war ein langer Gang, und
ganz am Ende flackerte in der Dunkelheit ein schwaches Licht.*

*Neugierig ging er hinein. Er wagte kaum zu atmen. Höhlen
waren das heilige Territorium der Geister. Niemand durfte dort
hinein, nur wer den Zauber kannte.*

*Als der Junge auf das Lichtlein zumarschierte, hörte er auf
einmal eine seltsame Stimme ein Lied singen, das er nicht kannte.
Er musste seinen ganzen Mut zusammennehmen, um weiterzugehen. Die Höhle war feucht und kalt. Von einem unsichtbaren Gewölbe tropfte Wasser herab, eiskaltes! Der Junge ging
weiter, bis er auf einem riesigen Stein einen alten Mann sitzen
sah.*

*Der alte Mann sang mit schwacher Stimme, doch jedes seiner
Worte hallte von den Wänden der Höhle wider. Er hört sich an
wie die Klagen von Frauen, die einen Toten beweinen. Dann verstummte das Singen plötzlich.*

Der alte Mann ging auf die Wand zu. Im Schein einer Fackel

*sah der Junge auf die Wand gemalte Zeichen. Die Hände der hei-
ligen Männer. Kein Kind durfte diese magischen Zeichen sehen.
Als der alte Mann die Fackel über seinem Kopf schwenkte, sah
der Junge einen Hirsch, der über die Decke zu laufen schien. Er
kauerte sich zusammen und schloss die Augen, vor lauter Angst,
der Geist des Tieres könne ihn mit sich reißen.*

*Da sah er, wie der alte Mann seine Hand an den Felsen legte
und Erde daraufblies. An der Hand fehlten der Daumen und
noch zwei Finger.*

17

Villejuif, 20. Dezember

KLACK! hallte es durch den Gemeinschaftsraum. KLACK!
Mühsam hob Thomas die Augenlider.

Mit seinen Klodeckelhänden traktierte der dicke Lulu
den Tischkicker, und dazu ächzte und stöhnte er durch den
ganzen Raum. Pierrot ihm gegenüber, nur noch Matsch im
Hirn, starrte mit neuroleptisierten Augen dem hin und her
sausenden Korkball nach. Gleich bei Pierrots Ankunft hatten
die Pfleger so richtig zugelangt: Fixierung, Zwangsjacke und
die chemische Keule, die im zentralen Nervensystem herum-
pfuscht und Wölfe in Lämmer verwandelt.

Drei Wochen waren seit Autrans Verlegung vergangen,
und seit einiger Zeit durfte er in den Gemeinschaftsraum mit
einer Klimaanlage, wo es nicht nach Putzmittel, Pisse und
Elend roch wie in den anderen Gemeinschaftsbereichen.

Lulu trug seinen blauen Jogginganzug, dessen Beine spe-
ckig glänzten. Betäubungsmittel hatte ihm die Haare und die

narbige Haut verfettet. Er hatte das Gesicht eines gefallenen Engels, leere Augen, eine schmale Nase und gequälte Wangen. Lulu hatte jemanden umgebracht, und Pierrot war keinen Deut besser.

Der Oberpfleger durchmaß den Raum mit großen Schritten, umflattert von seinem offenen Kittel, den er trug wie einen makellosen Umhang. Durch die großen Fenster drang schmutziges Licht herein, der trübe Tag wollte und wollte nicht enden. Die Kastanien im Hof mit den mageren Ästchen, die aus der verkrüppelten Rinde herausstanden, sahen aus wie Wachposten. Autran saß auf einer Bank, die in den Boden aus hellgelben, weinroten und grauen Fliesen zementiert war. Als der Oberpfleger wieder zurückkam, blieb er vor ihm stehen.

»Na, Autran, gehts besser?«

Autran antwortete nicht sofort.

»Obs besser geht?«

Darauf wiegte Autran den Kopf und vollführte eine vage Geste. »Alles in Ordnung.«

Auf dem Stuhl daneben saß François, ein Wahnsinniger, der Blick abgestumpft von jahrelangem Zellendasein und Neuroleptika. Er hatte sich das T-Shirt vors Gesicht gezogen und präsentierte das schwarze Nabelloch in seinem glatten Bauch. Schon eine ganze Weile pflegte er sich so hinzusetzen. Wenn er die Gesichter der Irrenanstalt nicht mehr sehen wollte, flüchtete er sich hinter ein paar Zentimeter Stoff, die für ihn dann das ganze Universum mit all seinem Zauber ausmachten, mit Visionen von einem Jenseits in paradiesischen Farben.

Thomas schloss die Augen und atmete durch. Die abgestandene Luft in der Anstalt störte ihn nicht mehr. Seit einiger Zeit riet Papa ihm, ruhig zu bleiben, die Aufmerksamkeit der Pfleger nicht auf sich zu lenken. Ein Vorzeigeverrückter zu sein, ein Durchgeknallter, der sich heilen lässt. Den man mit ein paar Pillen zähmt und mit schwachsinnigen Aktivitäten wie Modellieren oder Töpfern.

Seine Stunde nahte. Papa hatte es vorhergesagt.

Beim Hofspaziergang setzte er sich immer an der gleichen Stelle auf den Boden, unter die Kastanie neben der Mauer. Dann legte er diskret eine Hand auf den Boden und lauschte auf die Geister, so wie Papa es ihm beigebracht hatte. Aus dem Bauch der Erde kroch unverständliches Gemurmel empor: die Klagen der Seelen. Verzerrtes Gewisper, dann Sätze, die sich langsam, Wort für Wort, herausbildeten. Eine Seele nannte ihren Namen, dann noch eine und noch eine. Ein langer Stimmenreigen, der sich seiner bemächtigte.

Der Gesang der Unterwelt drang über seine Finger in ihn ein und durchzog ihn wie Tausende von glitzernden Pailletten. Er war nun die Erde, war das Schnauben der Tiere, die Kraft der Bäume und die Vitalität der Blumen im Frühling. All das zugleich.

Die drei Pfleger, die ihn betreuten, fragten ihn nie nach seinem Gebaren und der seltsamen Manie, an den Pforten des Jenseits zu horchen. Ohnehin hätten sie nichts davon verstanden. Der Stämmigste der drei fragte ihn immer wieder: »Na, Thomas, spielst du mit Fußball?«

»Nein, mir sind meine Bücher lieber.«

»Die mit der Urgeschichte, was? Das ist wohl das Einzige, wofür du dich begeistern kannst?«

»Ja. Das war eine Zeit unendlicher Reinheit.«

Die Pfleger verströmten einen säuerlichen Geruch. Angst quälte sie. Sie fürchteten Urmann, weil er das Wunder ihres Gewissens war, ihr edelster Instinkt. Der Teil von ihnen, der in ihrem tiefsten Inneren schlummerte. Der unverdorbene Urmensch, der sich die Kraft aller Wesen angeeignet und die Seele der Besiegten in sich aufgenommen hatte. Die Pfleger kannten seine wahre Stärke nicht, fürchteten ihn aber instinktiv.

Einmal hatte Thomas belauscht, wie sie mit dem Neuen, Jacques, redeten, einem Kleiderschrank mit bartlosem Gesicht.

»Nimm dich vor Autran in Acht. Nummer 17, Trakt 36. Lass den ja nie aus den Augen! Der macht mir Angst, seit er da ist.«

»Dabei sieht er ganz manierlich aus.«

»Ist aber der härteste Typ von allen.«

Darauf hatte jener Jacques einen diskreten Blick auf ihn geworfen. Und Thomas hatte ihm zugelächelt. Aber ohne ihn anzustarren. Nur ja nicht starren.

Am nächsten Tag verließen drei Pfleger gleichzeitig den Gemeinschaftsraum; ein Notfall in Trakt 38, bei den Krisenpatienten. Der Verrückte mit den Oberarmen so dick wie Schinkenkeulen hatte wieder mal einen Wahnsinnsanfall. An seinem ersten Tag in der Modellierwerkstatt hatte er Gilbert gebissen, einen Simpel, der gar nicht begriff, was er dort sollte.

Thomas Autran versteckte sich in einem toten Winkel. Durch das Bullauge sah er den Oberpfleger mit einer Zwangsjacke in der Hand vorbeigehen. »Schinkenarm« würde es an den Kragen gehen. Fixierung. Wovon die Verrücktesten der Verrückten nur noch verrückter wurden.

Ein kurzer Blick zur Küche. Der Pfleger konnte ihn nicht sehen. Thomas schätzte ab, wie viel Zeit er hatte, um die Tür des Gemeinschaftsraums zu öffnen, zum Baum zu laufen, hinaufzuklettern und über den Graben zu springen. Um dann weiter bis zur Außenmauer zu hetzen. Bei seiner Ankunft hatte er durch das Fensterchen des Zellenwagens eine Stelle ausgemacht, an der die Mauer nur einen Meter fünfzig hoch war. Im Windhundtempo konnte er in vier Minuten dort hingelangen.

Am schwierigsten war es, aus dem Verrücktenkäfig herauszukommen. Seit zehn Jahren bereitete er sich darauf vor. Mit der Verbissenheit von jemandem, der weiß, dass er nie einen Straferlass oder einen Hafturlaub bekommen wird. Keinerlei Nachsicht. Nichts. Als zu gefährlich eingestuft.

Er blickte noch mal zur Küche, die durch eine Glasfront vom Gemeinschaftsraum getrennt war. Wenn der Pfleger von dort herüberspähte, konnte er ihn in seiner Ecke nicht sehen.

Lulu war über den Tischkicker gebeugt, und Pierrot verfolgte noch immer, wie der Ball zwischen den Spielern zirkulierte, die so starr blieben wie Bleisoldaten. François, reglos hinter seinem Stoff, verharrte in seiner Sternenwelt.

Vorsichtig öffnete Thomas die Tür und ging hinaus. Er vergaß nicht, die Tür hinter sich zu schließen. Gebückt und dennoch geschmeidig wie ein junger Leichtathlet lief er unter den Fenstern durch. Der Stimmenbaum war von keinem Beobachtungspunkt aus einzusehen. Mit seinen kräftigen Händen krallte Thomas sich in den Stamm und kletterte empor. Sobald er auf dem Hauptast war, konnte er vom Küchenpersonal des Krankenhauses gesichtet werden. Rittlings rückte er auf dem Ast so weit vor wie möglich, stellte sich mit beiden Füße darauf und duckte sich, um an Schwung zu gewinnen. Dann sprang er. Einen drei Meter langen Satz tat er. Ein anderer hätte sich dabei die Knochen gebrochen.

Er war über den Graben hinweg und nun im Krankenhausbereich. An einem dreistöckigen Sandsteinhaus führte eine Teerstraße entlang. Die Außenmauer war hier viel zu hoch. Er musste zu den Verwaltungsgebäuden, also zweihundert Meter weit über freies Gelände.

Am anderen Ende der Straße tauchte ein Auto auf. Er versteckte sich hinter einer Mülltonne. Die Muskeln taten ihm weh. Durch seine Oberschenkel fuhren Zuckungen. In ein paar Stunden würde ihm das Dreckszeug, das sie ihm hier verabreichten, schon fehlen. Sein ganzer Körper würde danach schreien, aber er würde durchhalten. Er massierte sich die Beine. Es begann bereits zu dämmern. Auf den Asphalt fiel blaues Licht. Bald würden auf den Mauern die Scheinwerfer angehen.

Thomas kam aus seinem Versteck und schnupperte die Luft. Kein Feind in der Nähe. Mit langen Schritten ging er los. Bald war er nur noch hundert Meter von der Stelle entfernt, an der die Mauer niedrig genug war.

Aus Gebäude C trat ein Arzt heraus, in eine Akte vertieft. Ein Assistent gesellte sich zu ihm und zündete sich eine Zigarette an. Autran ging noch schneller. Er kam an Krankenhausbesuchern vorbei, die ihn nicht beachteten.

Nur noch sechzig Meter.

Plötzlich verkrampfte er sich. Der Assistent und der Arzt wandten ihm den Rücken zu. Am Parkplatz tauchte wieder ein Auto auf, schon mit eingeschalteten Scheinwerfern.

Nur mehr vierzig Meter. Er versteckte sich hinter einem Baum, dann hinter einem Lieferwagen. Fünf Minuten war er nun aus der Abteilung weg. Jeden Augenblick konnte Alarm ausgelöst werden.

Er atmete tief ein. Seine Muskeln waren hart wie Holz und wurden von unzähligen Zuckungen heimgesucht. Sein Körper streikte, als hätte jedes einzelne Gelenk Sand im Getriebe. Bei seinem ersten Ausbruch war es ihm ähnlich ergangen, doch erst zu einem späteren Zeitpunkt. Sein Körper war vollgepumpt mit Chemie, jedes Neuron damit gesättigt. Kein Wunder, wo man ihn seit Jahren mit Schlafmitteln und Neuroleptika traktierte! Mal bekam er sie gespritzt, mal in kleinen Tabletten in allen Farben, je nachdem, wie unruhig er gerade war. Oder wie gefährlich für sich selbst und für andere, laut den weisen Bestimmungen der Gesundheitsfürsorge.

Thomas sammelte sich. Nach und nach lockerte er die Mechanismen seines Körpers. Der Sand im Getriebe wurde ausgeblasen. Dann lief er los. Jeder einzelne Schritt war

ungeheuer kraftvoll, war jeweils von einem neuen Ruck erfüllt, den er sich gab, um nur ja aus dem Käfig der Verrückten
herauszukommen. Er legte beide Hände auf den Mauerrand
und schwang sich hinüber.

In die andere Welt.

ZWEITER TEIL

Der verwundete Mann

Die *Jagdmagie* sollte erfolgreiche Jagdzüge herbeiführen; zu diesem Zwecke bemächtigte man sich der Darstellung des Tieres, das man erlegen wollte, und dann des Tieres selbst.

JEAN CLOTTES UND DAVID LEWIS-WILLIAMS,
Schamanen

18

Waffe in den Gürtel! Drei Schritte, stehen bleiben, ziehen, schießen.«

Mit einem Gehörschutz auf dem Vogelkopf stand Schießlehrer Robert etwas hinter den beiden Polizisten. De Palma schielte zu Bessour hinüber und streichelte über den Knauf seiner Bodyguard. Er hatte das Schießtraining nie gemocht, aber dieses wollte er sich nicht entgehen lassen, denn es war sein allerletztes.

»Ich will lauter Treffer, verstanden! Achtung, auf mein Kommando!«

Er pfiff laut und kräftig. De Palma tat zwei große Schritte und stellte sich in Schießposition, Oberkörper aufrecht, die langen Beine gebeugt. Einen Sekundenbruchteil nahm er die Pappsilhouette gegenüber ins Visier, dann feuerte er mit unbeweglicher Miene seinen Revolver ab. Bessour war entspannter, hielt die Arme lockerer. Er war noch in dem Alter, in dem man Waffen und Geballer etwas abgewinnen kann.

»Waffe in den Gürtel!«

De Palma nahm seinen Gehörschutz ab, als würde er sich von einem Joch befreien. Seine Haare waren schweißverklebt. Am Schießstand roch es säuerlich nach Kordit.

»Nicht schlecht!«, sagte Robert. »Dass die Kripo auch mal was trifft …«

»Dafür können wir lesen und schreiben«, scherzte de Palma.

»Hoffentlich kannst du auch rechnen, jetzt schauen wir uns nämlich die Ergebnisse an.«

Sie folgten dem Schießlehrer.

»Karim, perfekt. Alle sechs. Schön zusammen. Bravo. Da gibt es nichts zu sagen. Man merkt eben, dass du deinen Schützenschein hast.«

»Jetzt müsste er mir nur noch was bringen!«, seufzte Bessour und holte aus der Gesäßtasche seiner Jeans eine zweite Ladung.

De Palma besah sich kurz die Löcher der drei Kugeln, mit denen er das Herz der Menschengestalt getroffen hatte. Die waren alle drei tödlich. Zwei waren danebengegangen und eine wohl ganz woanders gelandet.

»Gar nicht schlecht, Michel, aber mehr wäre besser. Ausgerechnet die beiden ersten Schüsse waren daneben, also wenn der Typ zurückgeschossen hätte, wärst du jetzt mausetot.«

»Ich bin aber nicht tot, sondern in Pension. Finito! Das ist mein letztes Schießtraining.«

Darauf hätte Robert bestimmt etwas Substanzielles erwidert, doch am Eingang des Übungsplatzes stand auf einmal Kripochef Legendre und winkte de Palma zu sich.

»Hallo Chef, willst du schauen, ob deine Leute gut schießen können?«

»Da mache ich mir bei dir keine Sorgen mehr. Leider!«

De Palma musterte Legendre. »Was ist denn das für ein Gesicht?«, fragte er lächelnd. »Gefällt mir überhaupt nicht. Ist dir der Direktor über den Weg gelaufen?«

»Nein. Aber Autran ist abgehauen.«

De Palma versuchte sich nichts anmerken zu lassen. Er drückte die Patronenhülsen aus dem Revolver und lud ihn mit sechs .38 special.

»Autran, das ist eine alte Geschichte«, sagte er kühl.

»Der Richter hat uns beauftragt.«

»Wieso uns? Für solche Ausbrüche ist doch die Zentrale zuständig!« Der Baron ließ die Trommel einschnappen und steckte den Revolver in den Halfter. »Und überhaupt: Warum kommst du mit so was zu mir? Du hast doch noch mehr Leute.«

»Nun, sagen wir mal, du bist der Qualifizierteste.«

Mit hartem Blick sah der Baron seinen Vorgesetzten an. »In genau zwanzig Tagen ist für mich hier Schluss. Bis dahin ist Autran noch nicht erwischt worden. Da wäre es doch besser, du nimmst einen, der dann noch da ist.«

Legendre seufzte. »Ich kenne deine Personalakte, Michel. Du musst in drei Wochen noch nicht aufhören. Ich kann beantragen, dass du verlängert wirst.«

»Und dann?«

»Ich möchte, dass Bessour und du die Sache in die Hand nehmt.«

»Dann habe ich wohl keine Wahl?«

»So meine ich das nicht. Aber wir brauchen dich. Macht eure Schießübung fertig und kommt dann zu mir ins Büro, da gehen wir die Sache durch.«

De Palma und Bessour wandten sich wieder dem Schießlehrer zu, der sie in die Mitte des Standes bat.

»So, letzte Serie. Diesmal ohne langes Zielen. Zwei Schritte, Waffe ziehen und zwei Mal schießen. Wieder zwei Schritte und noch mal schießen. Kapiert?«

Bessour konzentrierte sich und legte gleich die Hand an seine Beretta.

»Nein, Karim, Arme am Körper. Fertig?«

Ein schriller Pfiff, und wieder knallten dumpfe Schüsse. De Palma leerte sein Magazin und platzierte die Kugeln auf engstem Raum, mitten im Herzen des Ziels.

»Bravo, Michel!«

»Wut inspiriert«, murmelte der Baron.

Eifersüchtig sind die Toten: und er schickte mir den Hass, den hohläugigen Hass als Bräutigam.

Der Besprechungsraum der Kripo war ein öder Ort. Die Möbel neu und »funktionell«, mehrere Tische aus Furnierholz, die zusammengesteckt ein Oval bildeten. Legendre nahm an einem Tischende Platz und legte eine Akte vor sich hin.

»Thomas Autran, Patient in der Spezialabteilung für psychisch Gestörte in Villejuif, ist gestern am späten Nachmittag ausgebrochen. Psychisch gestört heißt bei ihm gemeingefährlich. Zu absolut allem fähig. Verhaftet worden ist er vor zehn Jahren, von Michel und seinen Leuten. Darum hast jetzt du das Wort, Michel.«

Der Baron ließ das Gummiband des Aktendeckels zurückschnellen und schlug das Dossier auf. »Thomas Autran. Geboren am 27. Februar 1958 in Marseille. Einen Meter fünfundachtzig groß. Braune Haare. Hier ein Foto von ihm. Ein Engelsgesicht!« Der Baron reichte das Polizeifoto an den links von ihm sitzenden Karim Bessour weiter. »Sohn von Pierre Autran, verstorben im September 1970, Bauingenieur, und Martine Autran, geborene Combes, verstorben im März 1982, bei einem Autounfall. Letzte bekannte Adresse: Rue des Bruyères 36 in Marseille.«

Die Aufnahme von Thomas Autran sah wie ein Schulfoto mit satten Farben aus. Mit seinem kaum angedeuteten Lächeln hatte Autran tatsächlich etwas Engelsgleiches. Zwei Mandelaugen blickten sorglos ins Objektiv, als hätten sie nichts mit der Szene zu tun, die sich beim Polizeifotografen abspielte. Darunter eine Nummer und die Aufschrift »Kripo Marseille«.

»Erwischt haben wir ihn in der Le-Guen-Höhle«, sagte de Palma.

»In der Le-Guen-Höhle!«, rief Bessour aus, der sich eifrig Notizen machte.

»Ja, in den Calanques von Marseille. Er hat einen mystischen Fimmel für die Urgeschichte, die Rückkehr zu den Anfängen der Menschheit. Damals wollte er gerade eine gleichaltrige Frau opfern, Sylvie Maurel, nach irgendwelchen urzeitlichen Riten.«

»Die müssen wir unbedingt benachrichtigen«, warf Legendre ein und schrieb sich den Namen auf. »Für den Fall, dass er zu Ende bringen will, was er vor zehn Jahren begonnen hat.«

»Haben wir schon gemacht«, erwiderte der Baron. »Sylvie Maurel lebt inzwischen in Südafrika und macht dort Ausgrabungen. Ich habe sie angerufen und ihr die frohe Botschaft übermittelt.«

Legendre gab de Palma das Polizeifoto zurück. »Eins hat euch Michel noch nicht gesagt, und zwar dass Autran ihn damals bei der Verhaftung ums Haar erschlagen hätte. Mit einer Axt hat er ihn mitten auf die Stirn getroffen. Ohne den Helm und die Stirnlampe ... Nicht wahr, Michel?«

»Kein Kommentar, Chef«, gab de Palma trocken zurück und schlug eine violette Akte auf.

Ein erstes Foto. Fast unerträglich. Selbst für langjährige Kripobeamte. Mit dickem Blut bespritztes Laub, eine Frauenleiche, mit gespreizten Beinen und zerrissenen Strümpfen.

»Hélène Weill«, sagte der Baron monoton. »Fünfundvierzig Jahre. Ledig. In einem Wald bei Cadenet aufgefunden, etwa sechzig Kilometer von Marseille entfernt. Für den Gerichtsmediziner war es der erste Fall von Kannibalismus. Für mich übrigens auch.«

Bessour bemühte sich, nicht allzu genau hinzusehen. Er reichte das Foto nach rechts weiter und nahm die nächste Aufnahme, die de Palma ihm hinhielt.

»Autran hat einen Teil des Oberschenkels aufgegessen und das Bein mit einer Steinaxt oder einem primitiven Messer abgetrennt. Genau haben wir das nicht herausgekriegt. Der Schädel wurde mit einer ähnlichen Waffe zertrümmert.«

Das dritte Foto war eine Gesamtaufnahme. Neben der Leiche hatte Autran auf einem gewöhnlichen DIN-A4-Blatt sein Markenzeichen hinterlassen, eine Negativhand, mit einer Schablone ausgeführt.

Hélène Weill wurde auf dem Weg zu ihrem Psychoanalytiker entführt. Autran hatte sich für einen Patienten von jenem ausgegeben und so ihr Vertrauen gewonnen. Schon bei seinem ersten Mord ging er sehr raffiniert vor. Er hatte offenbar ein großes Geschick, sich an seine Opfer heranzumachen und sich zu verstellen. Und hinterließ am Tatort keine verwertbaren Spuren. Außer jenen gemalten Händen.

De Palma ging zu einer zweiten Fotoserie über. »Julia Chevallier. In ihrer Wohnung aufgefunden. Die Einzelheiten erspare ich euch. Nur so viel: Der Horror wurde noch einmal gesteigert. Wieder war am Tatort eine Negativhand. Diesmal hatte er sich anscheinend als Priester ausgegeben. Julia Chevallier litt unter Angstzuständen und suchte Hilfe bei einem Geistlichen.«

Die Fotos gingen von Hand zu Hand. Bessour blickte diskret zu de Palma. Der kaschierte seine Narbe an der Stirn mit einer Haarlocke. Bei der Erwähnung bestimmter Details aus den Ermittlungen verschleierte sich sein Blick.

Autrans Morde wurden unter Beihilfe seiner Schwester Christine begangen, die damals an der Universität der Provence Urgeschichte unterrichtete. Eine außergewöhnlich begabte Frau. Vom Gericht wurde sie für psychisch gestört, jedoch zurechnungsfähig befunden. Nach Auffassung von Sachverständigen hatten die beiden Geschwister ein äußerst inniges und höchstwahrscheinlich inzestuöses Verhältnis. Christine wurde zu zwölf Jahren Haft verurteilt.

»Zusammen mit den üblichen Straferlässen«, sagte de Palma, »kann sie in einem Jahr rauskommen, vielleicht auch schon früher. Womöglich schon morgen.«

Legendre trank einen letzten Schluck Kaffee und verzog das Gesicht. »Mist. Eiskalt.« Geübt warf er den Becher in den Papierkorb. »Irgendwelche Fragen?«

»Das mit dem Ausbruch«, sagte Bessour, an seinem Kugelschreiber herumfummelnd.

»Darauf wollte ich gerade kommen«, fuhr Legendre fort. »Für die Gefängnisverwaltung ist Autran ein D 339, also ein Häftling, der aus Sicherheitsgründen in eine Spezialabteilung verlegt wurde. Und einen Grund gibt es bei Autran wahrlich!«

Aus einer Mappe zog er ein großformatiges Foto und drehte es ruckartig um. Auf einem weißgefliesten Boden lag ein Mann mit zerschmettertem Schädel.

»Grégory Morales. Achtundzwanzig Jahre alt. Strafanstalt Clairvaux. Ein Zigeuner mit lebenslänglich. Bewaffneter Raubüberfall, Totschlag und so weiter und so fort. Er war in der Gefängnisbücherei, um mal ein bisschen Bildung mitzukriegen. Autran saß da auch, und die Wärter ein bisschen weiter weg. Kein Mensch weiß, wie und warum die Sache plötzlich passiert ist, aber jedenfalls hat Autran dem anderen den Schädel eingeschlagen.« Legendre legte das Foto auf den Tisch und massierte sich die Stirn. »Es wird vermutet, dass er ein bisschen Hirn gegessen hat, und dass … Na ja, egal.«

Wie gebannt starrte Bessour auf das Foto.

»Auf jeden Fall«, fuhr Legendre fort, »sollen wir im Bereich der Kripo Marseille die Fahndung von Polizei und Gendarmerie koordinieren. Bislang haben wir nicht die mindeste Spur. Die vollständige Akte von dem Kerl kriegen wir demnächst.« Feierlich wandte Legendre sich an de Palma. »Danke, dass du noch ein bisschen weitermachst, Michel.«

Als Antwort deklamierte de Palma: »Vater! Agamemnon! Dein Tag wird kommen! Von den Sternen stürzt alle Zeit herab, so wird das Blut aus hundert Kehlen stürzen auf dein Grab! So wie aus umgeworfnen Krügen wirds aus den gebundnen Mördern fließen, und in einem Schwall, in einem geschwollnen Bach wird ihres Lebens Leben aus ihnen stürzen …«

19

Der Morgen graute. Thomas Autran war müde. Die Straße endete auf einem Innenhof zwischen heruntergekommenen Wohnblöcken. In den höheren Etagen, die wenigstens ein bisschen was von der dürftigen Pariser Sonne abbekamen, kümmerten in Balkonkästen ein paar immergrüne Pflanzen vor sich hin. Im Erdgeschoss waren Läden oder Werkstätten untergebracht, die auf die Rue de la Folie-Méricourt hinausgingen. Im Hof stapelten sich leere Kartons und Styroporverpackungen.

Zwischen zwei Müllcontainern setzte er sich auf eine Stufe und schloss die Augen. Das Zittern ging immer von seiner Fußsohle aus und erfasste in unkontrollierbaren Wellen das ganze rechte Bein. Dann war das linke dran. Es folgten Muskelverkrampfungen. Das Gefühl, ganz aus Holz zu sein. Verknotet. Eingeschnürt.

Er musste schlafen, sich umziehen, von der Bildfläche verschwinden. Die Nacht in Paris hatte ihn erschöpft. Zu viele Bullen. Polizeistreifen ohne Ende, vor allem da, wo es Licht und Zaster gab.

Wieder zog sich schlagartig alles in ihm zusammen. Das Herz raste plötzlich, stockte auf einmal wie ein stotternder Motor und pochte dann wieder los wie verrückt. Das waren die Nebenwirkungen des letzten Neuroleptikums, das man ihm in der Irrenanstalt noch verpasst hatte. Jene Wärter hatte er wohl mehr zu fürchten als jede Streife. Die Spezialabteilung für psychisch Kranke: Tiefer konnte man nicht sinken.

Zwischen glänzenden Pflastersteinen lugten klägliche Grasbüschel hervor. Denen musste Thomas es gleichtun: sich eingepfercht in einer feindlichen Umgebung dennoch behaupten. Widerstehen. Aus unendlich Kleinem die Kraft zum Weiterleben schöpfen.

Er stand auf und ging zurück in die Rue de la Folie-Méricourt. Ein Mann von etwa seiner Statur bog in die Rue Oberkampf ein. Ein Kerl um die vierzig, trug Klamotten wie ein Junger, Jacke, Jeans, Turnschuhe. In den zehn Jahren hatte sich die Mode kaum geändert. Er ließ dem Mann an die fünfzig Meter Vorsprung und folgte ihm dann. An einem Geldautomaten blieb der Mann stehen.

Um die Zeit waren die Straßen noch leer. Paris schien noch auf den Tag zu lauern, mit dem es sich wieder abquälen würde. Im faden Morgenlicht standen Verkaufsfahrer vor den Rollläden ihrer Geschäfte, graugesichtige Kellner zogen an der besten Kippe des Tages und warteten darauf, den ersten Espresso zu servieren, die erste Butterstulle, das erste Glas Weißwein. In einer knappen Stunde würde hier ein Wimmeln und Wuseln herrschen, ein lautes, ungeduldiges Werken und Wirtschaften, und keiner würde mehr hinaussehen aus dem Tohuwabohu und den Windungen dieses riesigen kranken Gehirns.

Der Mann verstaute die Scheine in seiner Brieftasche. Ein ganz schönes Bündel. Der Kellner in der Brasserie an der Ecke ging an seine Theke zurück. Auf einmal war die Straße menschenleer. Ein begnadeter Augenblick für einen Jäger. Mit einem Satz sprang Autran den Mann an, versetzte ihm einen heftigen Schlag auf die Schädelbasis, ganz nah an der Halsschlagader.

Niemand hatte etwas gesehen. Autran schleifte den Mann zwischen ein Auto und einen VW-Bus, zog ihm die Jacke und das Polohemd mit dem Dodgers-Emblem aus, streifte ihm die Schuhe ab und wickelte alles in die Jacke. Dann lief er in Richtung Boulevard Richard-Lenoir davon.

Der Verkehr auf dem Boulevard nahm allmählich zu. Ein Blechstrom ergoss sich in die Adern der Stadt. Die ersten

Vorstädter, die nach Paris kamen, um sich dort abzuarbeiten, suchten nach Parkplätzen. Auf einer Verkehrsinsel zog Autran sich um. Die Schuhe, fast neue Nike Multisport, passten ihm ausgezeichnet, das Polohemd und die Jacke waren etwas zu weit.

In der Brieftasche fand er neben zweihundert Euro aus dem Geldautomaten noch zwei Zwanzigeuroscheine und Metrokarten, die er behielt. Die Brieftasche warf er in einen Busch, dann verschwand er im nächsten Metroeingang.

Da zwang ihn ein Schmerz in die Knie. Er verrottete von innen. Durch einen Arm fuhr ein Zittern, das er nicht zu beherrschen vermochte. Das Herz raste wieder, dicke Schweißtropfen rannen ihm von der Stirn. Um den entsetzlichen Schrei zu dämpfen, der sich ihm entrang, biss er sich in die Faust. Er dachte sich in seine Neuronen hinein, fahndete nach Synapsen, aber umsonst. Der Anfall schien ewig zu dauern, dann zog er sich auf einmal zurück, wie der Mistral in seiner Heimat, der aufs Meer hinauszieht und dort auf geheimnisvolle Weise verschwindet, so wie Schlitzohren das tun.

Er trat aus der Metro auf die Straße. Keine Visionen mehr, keine Stimmen. Die Zuckungen hatten aufgehört. Die Maschinerie funktionierte noch. An den afrikanischen Läden, aus denen es nach Zuckerrohr, gesalzenem Fisch und Curry roch, trotteten mit leerem Blick und herunterhängenden Mundwinkeln Passanten vorbei. Vor indischen Verkaufsbuden standen palavernd bärtige Männer und schielten auf das Gewese um sie herum. Kinder sausten im Slalom zwischen den Leuten durch, mit hopsender Schultasche auf dem Rücken. Thomas dachte sich, dass sie wohl spät dran waren. Da fiel ihm wieder ein, wie ewig lang er schon am Leben vorbeilebte, sei es in Anstalten oder im Gefängnis.

Zwischen den grauen Mauern des Boulevard de la Chapelle schwoll eine dumpfe Melodie empor. Das Rattern der Hochbahn, der Generalbass der sich stauenden Autos,

Stimmengewirr aus Lokalen, schrilles Hupen, bellendes Sirenengeheul, das zu Soli anschwoll, bis es Autran in den Schläfen pochte und ihm fast einen Schmerzensschrei entriss. Einen Rentner, der seinen Pudel gegen einen Lieferwagen pissen ließ, fragte er nach der Uhrzeit.

»Halb neun, Monsieur.«

Mit dem Taxi fuhr er zum Nordbahnhof. Der Fahrer, ein nervöser kleiner Asiate, wechselte ständig die Spur und pfiff dabei durch die Zähne. Er roch nach kalter Asche und billigem Deo, dem gleichen, das der Oberaufseher von Trakt B trug.

»Lange Nacht gewesen?«, fragte Autran.

»O ja, Sie letzte Fahrt!«, rief der Fahrer und lächelte dabei wie ein Klavier aus altem Elfenbein. »Zwölf Stunden fahren … Zu viel!«

Die Geldbörse des Chinesen lag neben dem Taxameter. Da musste ein hübsches Sümmchen drin sein.

»Lassen Sie mich nach der Ampel da raus, ich gehe zu Fuß weiter.«

Das Taxi hielt vor dem Eingang eines Textilgrossisten am Boulevard Magenta. Autran hielt dem Fahrer einen Zehneuroschein hin.

»Kein Kleingeld?«

»Nein.«

Der Fahrer griff zu seiner Geldbörse. In diesem Moment schnellte Autrans Hand zu einem präzisen und kraftvollen Schlag hervor.

Vierhundertzehn Euro! Genug für neue Klamotten, eine Sporttasche, eine neue Frisur und ein gutes Essen.

Beim Davoneilen fiel Urmann ein, dass er bei dem Typen in der Rue de la Folie-Méricourt und auf dem Taxisitz bestimmt Spuren hinterlassen hatte. Ganz in der Art von Wolf und Fuchs, die den Jäger auf eine falsche Fährte locken.

Wenn die Spürhunde nicht allzu dumm waren, würden

sie gegen Abend über genügend Hinweise verfügen, um ihn bis zum Boulevard Magenta zu verfolgen. In eine Sackgasse.

Und dann würde er, der Verrückte, die Karten mischen.

20

Clairvaux war erst mal nur eine lange Steinmauer, aus der spitzwinklig ein Wachturm hervorstand. Gegenüber ein armseliges Dorf, ein Portalvorbau mit Spitzbogen, ein paar Läden und eine Kneipe, in der die Trunkenbolde der Gegend abhingen und Angehörige von Häftlingen sich hin und wieder einen genehmigten.

»Da links ist es«, murmelte de Palma und setzte den Blinker.

Am Gefängniseingang hingen links und rechts des grauen Tors zwei französische Fahnen traurig von den in Quadersteine gebohrten Stangen. Darüber hob sich ein renovierter Dreiecksgiebel von den langen Dächern aus braunen Ziegeln ab. In den kalten Stein war in Großbuchstaben »Haftanstalt Clairvaux« gemeißelt.

»Ich mache Ihnen auf.« Der Wärter hatte sein himmelblaues Hemd bis ganz oben zugeknöpft. Ein Blinzeln begleitete jedes seiner Worte. In die gerötete Stirn fiel ihm eine fade blonde Locke. »Haben Sie eine Waffe?«

De Palma nahm seinen Holster ab und reichte ihn dem Wärter.

Über einen leicht abschüssigen Hof ging es zu einem nüchternen Gebäude von klassischem Zuschnitt, in dem die Verwaltung sowie Büro und Wohnung des Direktors untergebracht waren. Am Ende des Hofes eine blinde Mauer mit einem riesigen, schweren Tor. Und einem Wachturm. Die abgekapselte Welt der Schwerverbrecher. Zuchthaus.

De Palma nieste. Es lag etwas in der Luft, das die Augen reizte.

»Wir hatten hier gestern eine Meuterei«, erklärte der Wärter. »Spezialkräfte haben im Trakt B Tränengas eingesetzt.«

De Palma hatte das Gefühl, in einem zu engen Anzug zu stecken. Wieder musste er niesen. In diesem Knast vermoderten zwei seiner früheren »Kunden«. Er überschlug, dass der eine seit bald zwanzig Jahren hier sein musste. Das war ein halbes Leben, und was hatte sich bei ihm selbst inzwischen nicht alles getan! Eine Heirat, eine Scheidung, tausend kleine Freuden, die Frauen seines Lebens. Eva. Auf der einen Seite wirbelndes Dasein, auf der anderen permanenter Stillstand.

Eine beige Tür ging auf, und es erschien, breit lächelnd, ein etwa fünfzigjähriger Mann. »Guten Tag, de Palma«, sagte er. »Wie gehts?«

»Hier nicht so gut wie draußen, trotz der Kälte.«

»Tja, das kann ich verstehen.«

»Darf ich vorstellen, mein Kollege Karim Bessour.«

Der Direktor bat die beiden in sein geräumiges Büro, in dem ein alter Schreibtisch aus massiver Eiche stand. Keinerlei Schnickschnack darauf, gerade mal das Foto einer Frau, vermutlich der Gattin, und davor ein Namensschild: Bernard Monteil, Direktor. Nüchterne Strenge. Clairvaux war ursprünglich eine Abtei gewesen und erst dann zu einem riesigen Käfig umgewandelt worden, zum bestbewachten von ganz Frankreich.

»Bei dieser Autran-Sache sind wir gerade noch mal davongekommen«, seufzte Monteil. »Haarscharf! Fast hätten wir die Kontrolle über das Gefängnis verloren. Die Häftlinge wollten dem Kerl an den Kragen.« Er drückte auf einen Knopf seines Tischtelefons. »Lassen Sie bitte Longnon kommen«, forderte er eine unsichtbare Sekretärin auf.

Durch das vergitterte Fenster sah man den üppigen Wald in seinem Nebelmantel stehen. Es klopfte an der Tür, und Longnon kam herein, mit wie in der Kirche vor sich gefalteten Händen.

»Herr Direktor …«

Monteil stellte die Anwesenden einander vor.

Der Wärter wirkte angespannt. Aufmunternd hielt Bessour ihm die Hand hin. »Was hat Autran getan, bevor er sich auf Morales stürzte?«, fragte er sanft.

Von der Frage anscheinend verunsichert, wandte der Wärter sich dem Direktor zu. »Das weiß ich noch ganz gut, er hat in der Zeitschrift *Geschichte* gelesen.«

»Aha. Und was genau dort?«

»Es war ein Sonderheft über die Urgeschichte.«

»Hat er was gesagt?«

»Ja.«

»Wissen Sie auch noch, was?«

»Er hat gesagt: ›Das ist das Zeichen …‹«

»Das Zeichen!«, rief de Palma aus.

»Ja, genau«, erwiderte Longnon heftig nickend. »So was vergisst man nicht!«

De Palma kümmerte sich nicht weiter um die Aufregung des Wärters und fragte den Direktor: »Dürfen wir uns seine Sachen mal anschauen?«

»Selbstverständlich.«

Der Direktor stand auf und deutete auf zwei Kisten am Boden. »Da ist alles drin. Links die Kleider, die schicken wir ihm nach, und rechts die Bücher und sonstiger Kram. Die Kleider sind mehrmals durchsucht worden, aber da war rein gar nichts drin.«

»Ich würde gern mal einen Blick auf die Bücher werfen«, bat de Palma.

Der Direktor hob eine der Kisten auf den Tisch. »Bitte schön, nur zu.«

Das eine war *L'Homme premier* von Henry de Lumley, das zweite *Schamanen* von Jean Clottes, in einer Taschenbuchausgabe. Autran hatte in die Bücher nichts hineingeschrieben. Bestellt hatte er sie zwei Wochen vor seinem Verbrechen.

»Den Artikel da hat er rausgerissen und aus der Bücherei rausgeschmuggelt«, sagte Longnon. »Auch aus *Geschichte*.«

De Palma faltete den Mittelteil der Zeitschrift auf, den Autran möglichst klein gefaltet und hinter einem Regal in seiner Zelle verborgen hatte.

»Sagt Ihnen das was?«, fragte der Direktor.

»Das ist eine prähistorische Höhle bei Marseille«, erwiderte de Palma. »Auf die fährt er vollkommen ab, soweit wir wissen.«

Der Direktor stieß einen Pfiff aus. »Der hat sie ja wirklich nicht alle.«

»Er sucht nach einem anderen Menschentum«, fuhr de Palma fort. »Ihm schwebt etwas Mythisches vor wie ein Zurück ins Leben vor der neolithischen Revolution, also die Zeit, als die Menschen weder Viehzucht noch Besitz kannten, so was in der Richtung. Laut psychiatrischem Gutachten ist er schizophren, mit einer Neigung zu Paranoia. Zuzutrauen ist ihm also alles. Aber wer weiß, ob die Diagnose heute überhaupt noch zutrifft. Als er damals die Frauen massakriert hat, hat ein Psychiater das so erklärt, dass er damit das Bild seiner Mutter auslöschen wollte und dass Frauen generell für ihn quasi bibelmäßig die Vertreibung aus dem Paradies darstellten, das Ende aller glücklichen Tage. Aber ob das heute noch so passt? Nach all den Jahren im Gefängnis …«

»Die Verrückten, die hier reinkommen«, knurrte der Direktor, »und das werden immer mehr, die lassen ihren Wahnsinn an der Garderobe, und wenn sie rauskommen, nehmen sie ihn wieder mit. So ist das nun mal. Ich schlage mich seit Jahren mit der Verwaltung herum, damit so was mal berücksichtigt wird, aber von denen ist ja nichts zu erwarten.«

»Das wird auch nicht besser mit der Zeit«, versetzte Bessour.

»Das können Sie laut sagen«, erwiderte der Direktor mit betrübter Miene. Er stand auf und legte die knochige Hand auf die Kiste. »Möchten Sie die Sachen mitnehmen?«

»Ja«, antwortete Bessour. »Man weiß ja nie. Wir möchten uns eine Vorstellung davon machen, in was für einem geistigen und seelischen Zustand er ist.«

»Wenn Sie gestatten«, warf Longnon ein, »er war ein richtiger Vorzeigehäftling. Also echt. Aber ehrlich gesagt hat er mir manchmal Angst gemacht. So richtig getraut habe ich ihm nie.«

»Und das zu Recht!«, sagte de Palma. »Könnten wir mal seine Zelle sehen?«

»Klar. Longnon wird Sie hinbringen. Die Zelle ist noch nicht wieder belegt. Mit Überfüllung haben wir hier keine Probleme.«

Die Tür zum Zellentrakt ging auf einen breiten ungeteerten Weg zwischen zwei Mauern hinaus; links und rechts davon Glaskäfige hoch oben auf Türmen, die sich wie die Kommandobrücke eines Kriegsschiffs ausmachten. Mit Gewehren bewaffnete Wärter beugten sich hin und wieder über den tristen Weg, der das Gefängnis zwischen zwei parallele Wälle einzwängte.

Dann noch ein Tor, genau wie das erste. Dick und grau. Dahinter der riesige Innenhof, moderne weiße Gebäude mit vergitterten Fenstern, jeweils drei Etagen in Habachtstellung. Etwas abseits die Krankenstation, in der einst, in den Siebzigerjahren, zwei Häftlinge gemordet hatten und als letzte in Paris unter die Guillotine gekommen waren. Zur Rechten der denkmalgeschützte Kreuzgang, hinter dem nun die Werkstätten untergebracht waren.

»Wir sind gleich da«, sagte Longnon und deutete auf ein Gebäude.

Eine dick vergitterte Glastür ging auf. Drinnen war es sehr sauber und anscheinend frisch gestrichen, hellblau und cremefarben. Im ersten Stock war ein Rechteck auf drei Seiten von Gittern umschlossen, auf der vierten Seite ging es zur Krankenstation. Rechts ein langer, von mehreren Gittern unterbrochener Zellengang. Bei jeder Schleuse, durch die sie mussten, starrte der Wärter auf seinen Schlüsselbund, bis das Gitter aufging. In den engen Räumlichkeiten stieg einem das Tränengas noch stärker in die Nase.

Autran hatte in Zelle 34 eingesessen, der letzten einer langen Reihe, länglich, sieben Quadratmeter, zur Rechten ein Bett und am Fenster eine Kochnische. Weder Fernseher noch Radio.

Über dem Bett war mit einer Schablone eine Hand gezeichnet worden, an der Daumen und Zeigefinger fehlten. De Palma machte eine Aufnahme davon.

»Wissen Sie, was das bedeutet?«, fragte Longnon.

»Das war seine Signatur!«, erwiderte de Palma und stellte sich ans Fenster.

Über die Mauern hinweg sah man auf den ansteigenden Wald, in dem die Äste der mächtigen Eichen vor Kälte starrten. Der Abend brach herein und goss sein bläuliches Licht über den Kreideboden. Clairvaux wurde von Tristesse eingehüllt.

»Sonst nichts?«, fragte Bessour den Wärter, der sie aus wasserblauen Augen ansah.

»Nein, außer der Zeichnung nichts.«

Sie fuhren in den Abend hinein. De Palma grübelte vor sich hin. Eva hatte sich nicht gemeldet, und in Gegenwart von Bessour wollte er sie nicht anrufen. Sie verfluchte ihn wohl und fragte sich, was sie eigentlich mit einem Mann wollte, der hinter einem Verrückten her war. Seit über einem Jahr nahm sie den gesamten Freiraum ein, den er in seinem Leben bisher hatte. Er wusste nicht, ob er sie wirklich liebte, spürte in diesem Augenblick aber ganz genau, wie sehr sie ihm fehlte. Seit ihre Tochter Anita schwanger war, wirkte Eva distanzierter, weniger zugänglich. Insgeheim war der Baron eifersüchtig. Mit dem Alter wird man egoistisch, dachte er oft. Und kapselt sich immer mehr ab. Wohl aus Angst vor dem Tod verschrumpelt man wie altes Holz. Ist das Herz davon auch betroffen?

Bessour hatte ein freudloses Hotel südlich von Paris gebucht, jenseits der Ringautobahn. Am nächsten Morgen würden sie die Spezialabteilung in Villejuif aufsuchen, die ihm nicht recht geheuer war. Alles Verrückte machte ihm Angst, ohne dass er recht wusste, warum.

Auf der Höhe von Troyes begann es leicht zu schneien. De Palma verlangsamte seine Fahrt. Bessour machte das Autoradio an und tastete sich vor bis zu France Musique. Das Abendprogramm lief. Ein Violinkonzert.

»Nach allem, was man mir so erzählt hat, dürfte dir das gefallen.«

»Sibelius. Violinkonzert in d-Moll. Zweiter Satz. Wahrscheinlich Hilary Hahn. Eine schöne, großartige Geigerin.«

* * *

Thomas ist elf, als er zum ersten Mal »seine Tabletten nimmt«, wie seine Mutter das nennt.

Für den Anfang Largactil, in kleinen Dosen. Weiße Kapseln zu je fünfundzwanzig Milligramm, in einer orangefarbenen Verpackung.

»Ist das ein Neuroleptikum?«

»Ja ... Selbstverständlich. Damit wird er sich gleich besser fühlen.«

Dr. Caillol trägt einen weißen Kittel, in dessen Außentasche ein goldener Füller steckt. Mit seiner Igelfrisur und der Brille mit

125

Goldrand sieht er aus wie ein Gelehrter. Er hat kein Stethoskop umhängen wie gewöhnliche Ärzte. Die Krankheiten, die er behandelt, sind die Albträume seiner Patienten.

»Falls es wieder zu einem Anfall kommt, müssen wir die Dosis erhöhen. Nozinan käme infrage.«

Während der Sprechstundenzeiten stand die Eingangstür zu Dr. Caillols Villa immer offen. In der Diele musste Thomas mit seiner stets ungeduldigen Mutter warten, bis die Sprechstundenhilfe sie ins Wartezimmer bat. Das konnte ein paar Minuten dauern, die ihm jeweils vorkamen wie eine Ewigkeit. Mama trug grundsätzlich ein dezentes Kostüm, glänzende Strümpfe und nüchterne Pumps.

Das Fischgrätparkett knarzte jedes Mal unerbittlich. Stets derselbe Chippendale-Stuhl und derselbe Sessel aus altem Schafsleder. Auf einem Beistelltisch lagen alte Magazine. Bei jedem Besuch vertiefte Mama sich unweigerlich in Jour de France und würdigte ihn keines Blickes.

Thomas dachte: »Papa, meinst du, ich werde wieder gesund?«

»Ganz bestimmt, Junge. Mit dem nötigen Willen überwindet man alles.«

21

Es war keine Stimme. Es war eine Spannung, die er reduzieren musste, sonst würde alles explodieren. Eine tyrannisierende Kraft, die ihn dazu zwang, sich zu sagen: Verlier sie nicht.

»Warum?«

»Denk mal zurück. Sie trägt einen geraden Rock, hochhackige Schuhe und dünnere Strümpfe denn je. Aber sie leidet, genau wie die anderen. Sie muss befreit werden.«

Die junge Frau überquerte den Boulevard und stieg in die Metro hinunter. Das hastige Klacken ihrer Absätze auf dem nassen Asphalt hörte sich an wie eine Gebetstrommel. Klack, klack, klack ... Dann das Rasseln der Ticketschranken, der stinkende Luftschwall der einfahrenden Metro, das Dröhnen vor dem Schließen der Türen.

Die junge Frau setzte sich auf einen der Klappsitze, dabei schob sich ihr Rock an den langen Beinen hoch. Sie hatte einen Schmollmund und schwere Augenlider. Die Metro fuhr in die Station Richard-Lenoir ein. Sie stand auf und zupfte ihren Mantel zurecht.

»Geh ihr weiter nach.«

Sie wohnte im Erdgeschoss eines Hauses in der Rue du Chemin-Vert. In der Buchhandlung gegenüber wurden mystische Literatur, Weihrauch, Kristallkugeln und buddhistischer Schnickschnack feilgeboten. Allmählich brach die Nacht herein. Die junge Frau machte das Licht an. Die Vorhänge waren zu dicht, als dass man etwas hätte sehen können.

»Los!«

Ein Mann tippte den Türcode ein, drückte an die schwere Tür und hielt sie dem Nachkommenden auf.

»Danke!«

Keine Concierge-Loge. Rechts ein Innenhof und ein Mülltonnenhäuschen. Ideal, um hinter den Behältern zu warten, den Blick auf die Tür und die Fensterluke geheftet, die vermutlich zu ihrer Wohnung gehörte. Geschirrklappern, aber kein einziges Wort. Sie lebte also allein.

Nach einer schieren Ewigkeit gingen nacheinander die Lichter aus.

»Warte nicht länger!«

Die Tür stellte keinerlei Hindernis dar. Die junge Frau sah sich eine fade Show an, in der das Publikum jedes Mal auf Befehl klatschte. Sie hatte es sich bequem gemacht und einen afrikanischen Boubou angezogen. Der Fernseher war laut gestellt, und so hörte sie jenes seltsame Gebet nicht gleich.

Von der Ohrfeige wurde sie völlig überrascht. Der Schlag dröhnte ihr durch den ganzen Kopf. Als sie aufstand, brannte ihr das Gesicht wie damals, als sie beim Springreiten vom Pferd gefallen war. Sie riss die Augen auf und wollte schreien, doch eine schweißfeuchte Hand drückte ihr die Kehle zu. Der Schrei blieb in ihrem Bauch stecken.

Der Schmerz war nichts im Vergleich zu dem fürchterlichen Gefühl, nicht den geringsten Laut von sich geben zu können. Und das Fernsehpublikum lachte auch noch über ihr Verstummen.

Von einer zweiten Ohrfeige sprang ihr die Lippe auf. Sie schluckte etwas Blut. Vor dem Schein des Fernsehers glitt ein Gesicht vorbei. Ein Mann ohne Haare hielt sie fest. Er roch nach Aftershave, und zwar einem ganz alten, so wie das ihres Opas damals, als er in seinem Altersheim verkümmerte.

Sie kannte diesen Geruch. Kannte dieses Dämonengesicht. Köpfe ändern sich nicht. Es ändern sich lediglich die Schichten aus Vergangenheit, von denen sie unweigerlich überzogen werden.

Lange, nageldünne Finger bohrten sich in sie hinein. Ein dumpfer, heißer Schmerz. Dann sauste die Axt zum ersten Mal herab. Sie sah das Dunkel und die Leere kommen, wie bei einem endlosen Fall in den Abgrund. Und sah sich wieder in jener alten Cafeteria voller Filmplakate. Der Mann, der sie angeschaut und ihr schüchtern zugelächelt hatte. Wie oft hatte sie sich schon gesagt, dass ihr Leben an jenem Tag zu Ende gegangen war? Dass alles Weitere gar nicht hätte geschehen sollen? Und davor ... Was davor war, ging über ihre Kräfte.

Auf dem rechten Auge sah sie nichts mehr. Mit dem linken erkannte sie wie durch eine schmutzige Scheibe hindurch das Gesicht, das ihr zugelächelt hatte. Er war es, ganz ohne

Zweifel! Der Schmerz machte ihr nun eigentlich nichts mehr aus, wo doch ihre Liebe aus dem Nichts zurückgekehrt war. Nie mehr würde ihre Liebe weggehen, sondern auf immer da bleiben, wo sie ihr Leben hatte anhalten wollen wie ein Bild. Der Rest war nicht von Bedeutung.

Die Axt sauste zum zweiten Mal herab.

22

Am Gitter des Paul-Guiraud-Krankenhauses in Villejuif hingen Spruchbänder.

PFLEGESTREIK
WIR SIND KEINE GEFÄNGNISWÄRTER

So stand es in roten Lettern auf große weiße Bettlaken gesprüht.

Der Ausbruch von Thomas Autran hatte in der Strafvollzugsverwaltung einen wahren Sturm ausgelöst. Der oberste Leiter stellte die Sozialfürsorge an den Pranger, der die Spezialabteilung in Villejuif unterstellt war. Unverzüglich wurde der Pfleger sanktioniert, der für die Überwachung des Gemeinschaftsraums zuständig gewesen war: Zurückstufung, Ausschluss aus der Abteilung. Daraufhin war das Pflegepersonal der Anstalt in den sofortigen Ausstand getreten, unterstützt von den Gewerkschaftern des restlichen Krankenhauses. Durch den Ausbruch waren erhebliche Missstände in der Abteilung zutage getreten, insbesondere was die Sicherheit anging, die vom notorisch unterbesetzten Personal nicht zu gewährleisten war.

Eine Krankenschwester mit Gewerkschaftsbutton am Revers und einem krakeligen »Streik« auf dem weißen Kittel hielt den beiden Kripobeamten ein Flugblatt hin.

»Danke«, sagte Bessour.

»Sie müssen uns unterstützen! Es ist schlimm, was hier passiert!«

Bessour wollte schon loslegen und seine soziale, ja fast kämpferische Ader sprechen lassen, doch de Palma würgte ihn ab.

»Wir suchen die Abteilung Henri-Colin.«

»Die Spezialabteilung? Ganz sicher?«

»Ja.«

Misstrauisch beäugte sie die beiden. »Sind Sie von der Polizei?«

»Ausgezeichnet beobachtet«, murmelte de Palma. »Man merkt, dass Sie Psychiatrie gelernt haben.«

Sie warf ihm einen abschätzigen Blick zu. »Fünf Pfleger sind bedroht, obwohl sie nichts verbrochen haben! Sie könnten drei- bis vierhundert Euro im Monat verlieren. Bei dem, was wir hier verdienen …«

»Ich verstehe Sie sehr gut«, sagte Bessour.

»An dem Ausbruch sind die schuld, die die Abteilung renoviert haben, nicht die Pfleger, die nur ihre Arbeit tun. Das ist schließlich kein Knast hier!«

»Sie haben völlig recht.«

De Palma rollte mit den Augen. »Wir sind hier, um einen Mörder zurück ins Zombiehaus zu bringen, und nicht zum Diskutieren von Psychiatrieproblemen.«

»Schon gut … schon gut …«, seufzte die Krankenschwester. »Gehen Sie durch bis ganz hinten. Sie können es gar nicht verfehlen. Sieht aus wie eine Festung. Letzte Station vor dem Schrottplatz. Aber so einfach kommen Sie da nicht rein. Haben Sie einen Termin?«

»Ja, mit Dr. Kauffmann.«

»Dann ist es kein Problem.«

Auf dem Weg zu der Abteilung ganz am Ende des Krankenhauses kamen sie über einen großen Hof, der an ein Priesterseminar erinnerte, dann ging es über einsame, schnurgerade Alleen mit winterleeren Kastanienbäumen, entlang an einstöckigen Gebäuden aus Quadersteinen. Mit Wellblech überdachte Gänge führten von Abteilung zu Abteilung.

Obwohl die meisten Pavillons im Lauf der Zeit renoviert worden waren, hatte das Krankenhaus noch immer das typisch strenge Gepräge eines Anstaltsbaus vom Ende des 19. Jahrhunderts. Die weißen Kalksteine, die blutfarbenen Dachziegel und die hohen abgerundeten Fenster schienen von den geheimen Tragödien zu zeugen, die sich hinter jenen Mauern abgespielt hatten, von der Kehrseite der menschlichen Seele.

Das Wetter war trostlos. Zwar regnete es nicht, doch spiegelte sich in den Scheiben der Psychiatrieabteilung ein düstergrauer Himmel. Vor einem der Pavillons hielt ein Krankenwagen, zu dem ein zerlumpt wirkender, zusammengesackter Patient von zwei Pflegern fast schon getragen werden musste.

»Ich finde es furchtbar hier«, brummte Bessour. »Verrückte machen mir echt Angst.«

»In manchen Kulturen ist man der Überzeugung, dass Verrückte ganz bestimmte Kräfte haben. Dass sie Dinge sehen, die wir nicht sehen können.«

»Glaubst du etwa daran?«

»Ja … Aber ich habe ja vor Verrückten auch keine Angst.«

Die Abteilung Henri-Colin am Ende einer Allee wirkte mit ihrer Steinmauer und ihren dicken Gitterstäben wie ein Miniaturgefängnis. Es war die Endstation der Psychiatrie. Der letzte Ort, an dem man landete, wenn einen niemand mehr haben wollte, nicht mal ein Zuchthaus. Hinter jenen Gittern hatte unter anderem ein japanischer Kannibale gesessen, der

es zu Berühmtheit gebracht hatte, ebenso ehemalige Links-
terroristen, die in Isolierhaft verrückt geworden waren, sowie
Leute, die man nach Paragraf 122 des neuen Strafgesetzbuches
verurteilt hatte, der da lautete: »Nicht straffähig ist, wer zum
Zeitpunkt der Tat an einer psychischen oder neuropsycho-
logischen Störung leidet, durch die er seine Urteilsfähigkeit
und die Kontrolle über sein Handeln verliert.«

Neben einer gepanzerten Tür eine abgenutzte Sprech-
anlage. Bessour klingelte. »Kommissar Bessour und Hauptkommissar de Palma.«

Ein metallisches Klicken, und die Tür ging auf. Dahinter
stand ein Kleiderschrank von einem Wärter.

»Guten Tag. Kann ich Ihre Ausweise sehen?«

Wieder Mauern, wieder Gitter. Und verhuschte Patienten,
von denen keiner zu den Polizisten aufsah.

»Da lang, der Arzt erwartet Sie schon.«

Chefarzt Dr. Martin Kauffmann, ein sympathischer
Schlaks mit Bürstenschnitt, dem die zu langen Arme spin-
nenartig aus dem Kittel herausragten, hatte volle Lippen und
etwas Entgegenkommendes im Blick.

»Die Polizisten aus Marseille, nehme ich an?«

»Da nehmen Sie völlig richtig an«, entgegnete de Palma
lächelnd.

»Kommen Sie mit.«

Der alte Bau war innen vollkommen neu gestaltet worden. Im ersten Stock sah es eher nach Kinderkrippe aus als
nach einem Trakt für gemeingefährliche Patienten. Viel Rosa
und Blau, vereinzelt grüne Mauern mit gelben Streifen. Die
Gänge nie schnurgerade. In jeder Tür ein Sichtfenster, damit
zumindest theoretisch dem Personal nichts entgehen konnte.
Jedes Zimmer war vom Gang aus einzusehen, und die Möbel
waren unverrückbar mit dem Boden verschraubt.

In Zimmer 37 schlief ein etwa dreißigjähriger Mann mit
angezogenen Beinen, den Daumen im Mund.

»Autran hätte gar nicht bei uns landen sollen«, sagte der Psychiater, »sondern in Sarreguemines, das ist nämlich näher bei Clairvaux. Aber Sie wissen ja selber, wie voll es überall ist.«

»Leider ja!«, erwiderte Bessour.

»Und ausgerechnet uns hat es dann getroffen.«

Sie gingen durch den fast leeren Gemeinschaftsraum. Die meisten Patienten waren in einer der Werkstätten oder im Spazierhof, je nach Pavillon. De Palma suchte nach den toten Winkeln, von denen im Bericht der Kollegen aus Versailles die Rede gewesen war. Auch hier waren alle Mauern mit Sichtfenstern ausgestattet.

»Hier ist er zum letzten Mal gesehen worden«, sagte Dr. Kauffmann und blieb am Kickertisch stehen. »Vermutlich hat er sich in der Ecke dort versteckt und abgewartet, bis mal niemand aufgepasst hat.«

Im Hof standen vier in regelmäßigen Abständen gepflanzte Kastanienbäume, der letzte davon in unmittelbarer Nähe der Mauer und damit nicht weit vom Graben entfernt.

»Er muss da raufgeklettert und dann gesprungen sein«, sagte der Baron.

»Aber das sind doch gute drei Meter!«, rief der Psychiater aus.

»Tja, Sie kennen den Mann eben nicht richtig!«, versetzte de Palma.

Dr. Kauffmann setzte eine zweifelnde Miene auf und sah zu Bessour, der auch nicht ganz überzeugt schien.

»Könnten Sie uns bitte noch mal schildern, was genau vorgefallen ist?«, bat de Palma.

Der Psychiater verzog das Gesicht. »Die fünf Pfleger, die hier Dienst taten, waren alle beschäftigt. Zwei haben die Zimmer gefilzt, zwei hatten in der Küche da drüben zu tun, und der fünfte war mit einem Patienten auf der Toilette. Die in der Küche konnten von dort diesen Raum und die acht

Patienten überwachen, aber das Problem ist der tote Winkel hier. Innerhalb von zwei Minuten hat Autran sich davongemacht.«

Draußen spielten drei Pfleger mit einem Patienten in der sogenannten Stabilisierungsphase Fußball. Der Mann zeigte seine Zahnstümpfe, und jedes Mal, wenn er den Ball auf den Kopf bekam, stieß er einen spitzen Schrei aus und sah mit leeren Augen in die Luft.

»Kommen Sie mit, dann sehen wir uns mal sein Zimmer an«, sagte Dr. Kauffmann. »Und ich möchte Ihnen noch etwas zeigen.«

Über einen weiß und grün gestrichenen Gang gelangten sie in Pavillon 38, wo zwei Pfleger einen nackten, zerzausten Patienten zu beruhigen versuchten, der auf dem Boden kauerte.

Dr. Kauffmann blieb stehen. »Sehen Sie, das ist unser tägliches Brot. Extrem schwierige Patienten und chronischer Personalmangel. Der da weigert sich, unter die Dusche zu gehen. Er ist noch ganz jung.«

»Wie alt?«, fragte Bessour.

»Neunzehn.«

Bessour blickte durch das Sichtfenster. Die Pfleger gingen auf den jungen Mann zu, mit erhobenen Händen, um ihre friedliche Absicht zu bekunden.

»Den müssten Sie eigentlich kennen. Jérémie Castel.«

»Ach ja«, erwiderte de Palma. »Die Sache in Bordeaux. Der hat seine Eltern umgebracht.« Zum Zeitpunkt der Tat war der blonde Junge erst vierzehn gewesen.

»Gehen wir weiter«, sagte der Psychiater. »Die mögen es gar nicht, wenn sie angestarrt werden.«

Autrans Zimmer war nach dem Eingang gleich rechts. Dr. Kauffmann warf einen Blick in die Nachbarzimmer und zum Aufsichtsposten. Für den ganzen Gebäudeteil war nur ein einziger Pfleger zuständig. Dann öffnete er die Tür zu Autrans Zimmer. Ein Metallbett mit hohen Füßen, die mit dem

Boden verschraubt waren, nirgendwo eine scharfe Ecke, alles abgerundet, die Bodenfliesen dunkelgrau und gelb.

Auf einem Tisch, der aus der Wand herausragte, lagen ein paar Bücher: der von einer Forschergruppe herausgegebene Band *Urzeit in der Provence* und ein paar Ausgaben der Zeitschrift *Forschung* über neueste paläontologische Entdeckungen.

Der Arzt nahm eine der Zeitschriften in die Hand. »Die beiden Male, wo ich bei ihm war, haben wir uns über Urgeschichte unterhalten. Das schien mir die einzige Möglichkeit, mit ihm einen Kontakt aufzubauen. Er machte einen unheimlich beschlagenen Eindruck, wahrscheinlich ist er hochbegabt. Ich habe die beiden Male wahnsinnig viel über die neuesten Theorien im Bereich Anthropologie und Paläontologie erfahren. Echt beeindruckend!«

De Palma suchte die Wände genauestens nach irgendwelchen Inschriften oder Zeichen ab, doch umsonst. Der graue Anstrich glänzte im Licht der in die Decke eingelassenen Neonlampe. »Was hat er zuletzt gelesen?«, fragte der Baron.

»Könnte ich Ihnen nicht sagen.«

»Und von welchem Buch hat er Ihnen als Letztes erzählt?«

»Hm, von einem alten Kriminologie-Schinken. *Der Verbrecher* heißt das Buch. Ich habe im Internet nach dem Autor suchen müssen …«

»Cesare Lombroso«, unterbrach ihn de Palma. »Ende des 19. Jahrhunderts.«

»Ach, den kennen Sie?«

»Ja. Warum hat er sich dafür interessiert?«

Dr. Kauffmann schüttelte den Kopf. »Keine Ahnung. Er hat mich lediglich gefragt, ob ich das gelesen habe, und das wars dann auch schon. Aber ich wollte Ihnen noch was zeigen, das habe ich nämlich vergessen, als die Polizei da war. Kommen Sie bitte mit in mein Büro.«

Sie kamen wieder durch eine Reihe von Türen mit Fenstern

darin, begegneten aber nur einem einzigen Patienten, der von gleich drei Pflegern begleitet wurde.

Viele Patienten hielten sich in der Werkstatt auf, eigentlich alle, die dazu in der Lage waren. Man versuchte sie mit einfachen Arbeiten zu resozialisieren, was für eine Therapieeinrichtung ja eigentlich das Mindeste war. Man war nicht im Gefängnis, aber die Gefängnisse sahen die Anstalt als ihre Müllhalde an, zur Verbannung der Verrücktesten unter den Verrückten. An den Rand des Randes mit ihnen.

Theatralisch öffnete Dr. Kauffmann die Tür. »Mein Büro. Nehmen Sie doch Platz.«

Auf dem Schreibtisch lag, dick wie ein Telefonbuch, ein Verzeichnis aller lieferbaren Medikamente, daneben Papiere und Filzstifte in diversen Farben. An den Wänden hingen zwei Poster von den Rocky Mountains und ein aus roten und blauen Tupfern zusammengesetztes Bild, das Bessour sehr ergreifend fand. Bei genauerem Hinsehen schälte sich aus den Tupfern ein Porträt heraus, und es starrten einen, kaum erkennbar, zwei Augen an. Das Bild war von einem Patienten gemalt worden.

Fast schon feierlich machte Dr. Kauffmann seine Schreibtischschublade auf und zog eine Figur heraus. »Thomas war ein Künstler. Bei unserer ersten Begegnung hat er gesagt, dass er gern irgendetwas modellieren würde, da habe ich ihm einen Block Ton gegeben und ein bisschen Holzwerkzeug, lauter harmlose Gegenstände. Und da hat er das hier geformt. Nicht schlecht, was?«

De Palma fuhr zusammen. Was der Arzt da auf seinen Schreibtisch stellte, war nichts anderes als ein Hirschkopfmensch, etwa fünfzehn Zentimeter hoch. Das Geweih war ziemlich gut gelungen, die Augen wiederum nur angedeutet, was jedoch dem Ganzen nur noch mehr Ausdruck verlieh.

»Was meinen Sie, warum er gerade so was modelliert hat?«, fragte Bessour.

»Das wollte ich herauskriegen, nachdem er geflohen war, aber leider warte ich immer noch auf seine Psychiatrie-Akte. Aber ich gebe die Hoffnung nicht auf. Es scheint leichter zu sein, von hier auszubrechen, als eine Akte reinzubringen. Verkehrte Welt!« Ein paar Sekunden lang konzentrierte sich der Psychiater, wobei sich auf seinem Stirnansatz eine s-förmige Falte bildete. »Thomas war sich seiner Krankheit bewusst. Und zwar, wie er das ausgedrückt hat, seit sie ihm auf seinen armen Kopf mal Elektroden platziert haben. Und nie, hören Sie, nie hat ihm jemand diese eine simple Frage gestellt: Sollen wir über die Frauenstimme, die dir Befehle gibt, mal reden? Nie. Darin liegt wahrscheinlich das Geheimnis.«

Heftige Schneefälle verzögerten die Abfahrt des TGV nach Marseille. In der Bahnhofshalle standen sich Reisende vor der Anzeigetafel die Beine in den Bauch. Im besten Fall würde der Zug mit zwei Stunden Verspätung losfahren.

Taxifahrer standen rauchend herum und stampften immer wieder mit den Füßen, um sich etwas aufzuwärmen. Ein polarer Wind schnitt eisige Couloirs in den Bahnhofsvorplatz. De Palma und Bessour flüchteten sich in die Brasserie *Deux Cadrans* und setzten sich an einen runden Tisch. Sofort kam der Kellner herbei, ein langwangiges Pummelchen. Sie bestellten Kaffee.

»Weißt du, was in der Le-Guen-Höhle ist?«, fragte de Palma unvermittelt.

»Äh, Wandmalereien.«

»Vor allem ist da eine sehr seltene Gravur: der getötete Mann.«

»Und was ist das?«

»Na ja, die Darstellung eines getöteten Mannes. Symbolisch zumindest. Quasi die erste Abbildung eines Mordes in der Menschheitsgeschichte. In anderen Höhlen findet sich so was auch, zum Beispiel in Chauvet.«

»Du bist ja ein richtiger Spezialist!«

De Palma sah zur Straße hinaus. Schließlich lächelte er. »Nein, das nicht. Ich versuche einfach, einen Typen zu verstehen, der außerhalb jeder Norm steht: Thomas Autran. Und natürlich auch seine Schwester Christine. Für unsere Gesellschaft ist ja immer alles, was irgendwie fern ist, gleich barbarisch. Ob jetzt zeitlich oder räumlich fern. Und Autran ist jemand, für den das zeitlich Ferne zu seinem Ich gehört.«

»Also schlägt er sich auf die Seite der Barbaren.«

»Nein. Da treiben wir ihn hin.«

Bessour rührte seinen Kaffee um. »Und wer genau ist dieser Lombroso?«, fragte er. »Auf der Polizeischule muss ich von dem schon mal gehört haben.«

»Das war ein bekannter italienischer Kriminologe, für den Verbrecher quasi eine Wiedergeburt des Cro-Magnon-Menschen waren. Als hätten sie sich aus dem Paläolithikum in unsere zivilisierte Welt verirrt.«

»Schwachsinn.«

»Mag sein, aber mit Schwachsinn lässt sich in dem Bereich oft Schule machen. Dann muss man sich nicht mit dem Menschen befassen, der hinter dem Verbrecher steckt.«

Mitte des 19. Jahrhunderts hatte der italienische Arzt Cesare Lombroso die Schädel von Tausenden von Verbrechern untersucht, von denen die meisten gemeinsame Merkmale aufwiesen. Daraus hatte Lombroso bestimmte »Gesetze« abgeleitet, eine Anthropologie des Verbrechers aufgestellt und bei über einem Drittel der Kriminellen ihre Tat auf erbliche Veranlagung zurückgeführt. Er behauptete, Verbrecher wiesen ganz bestimmte körperliche Merkmale auf, die leicht zu identifizieren seien und allesamt auf einen Urzustand der Menschheit zurückgingen, bis hin zu unserem Vorfahren, dem Affen. Bei manchen Schwerverbrechern diagnostizierte Lombroso überlange Arme und rückte sie somit in die Nähe von Primaten.

»Meinst du wirklich, solches Gedankengut ist heute noch im Umlauf?«, fragte Bessour.

»Und ob. Solche Klischees sind hartnäckig.«

Neben den Schädeln hatte Lombroso sich auch noch anderen anatomischen Kriterien gewidmet. Am augenfälligsten waren seine Befunde über Gebissfehlstellungen und überzählige Finger oder Zehen.

»Laut Lombroso entwickelt sich die gesamte Gesellschaft rückläufig«, sagte de Palma. »Sie versinkt in Dekadenz. Und die Verbrechen können eigentlich nur zunehmen.«

»Hier und da habe ich so was auch schon gehört.«

»Bedenklich ist nur, dass solchen Theorien auch noch manche Wissenschaftler anhängen. Einen davon wirst du bald kennenlernen.«

»Wen?«

»Dr. Caillol. Ein Psychiater, der Autran behandelt hat.«

De Palmas Handy klingelte. Nach kurzem Gespräch fummelte der Baron nervös sein Telefon in die Tasche und verlangte die Rechnung. »Tut mir leid, Junge, aber der Zug nach Marseille wird ohne uns fahren.«

23

Drei Polizeifahrzeuge verstellten die Straße und ließen nur Anlieger durch. Aus einer Wohnung im Erdgeschoss kamen laufend Männer in Schutzanzügen, wühlten in großen Kisten und gingen mit einem neuen Werkzeug wieder hinein. De Palma und Bessour bahnten sich einen Weg in die Wohnung.

»Eine gewisse Lucy Meunier«, sagte Reynaud von der Pariser Kripo. »Ich habe gleich an den Typen gedacht, hinter dem Sie her sind.«

Bessour hielt sich die Hand vor den Mund. Er musste mehrfach schlucken, um sich nicht zu übergeben. »Mein Gott«, entfuhr es ihm. »Und ich dachte, ich hätte schon einiges gesehen …«

»Tja, das kannst du jetzt nicht mehr behaupten«, konterte de Palma.

Die Leiche Lucy Meuniers lag auf dem noch laufenden Fernseher. Ihre Arme hingen zu beiden Seiten herab, die Brust war geöffnet. Auf dem Bildschirm wurde ein Hochdruckreiniger angepriesen, zu nunmehr gesenktem Preis.

»Das Herz ist weg«, murmelte einer der Kriminaltechniker.

De Palma versuchte alle Eindrücke zu registrieren, die sich ihm aufdrängten. Die Anwesenheit der Pariser Kollegen störte ihn, doch war er nun mal nicht auf seinem Territorium und musste sich damit abfinden.

Sein Blick blieb an Lucys totenstarren Augen hängen. Das eine Auge war von einem Hämatom halb bedeckt, das andere weit aufgerissen. Am liebsten hätte er sich irgendwo verkrochen oder wäre abgehauen. Er versuchte sich Notizen zu machen, konnte aber vor lauter Zittern nicht schreiben. Einen Whisky hätte er gebraucht, irgendwas Hartes, das einem die Eingeweide zusammenzieht.

»Schreib auf, dass sie auf der Couch ausgezogen wurde«, diktierte er mit betont fester Stimme, um seine Gefühle in den Griff zu bekommen, doch Bessour war bereits im Nebenzimmer verschwunden.

»Meinen Sie mich?«, fragte der Kriminaltechniker und nahm seine Schutzbrille ab.

»Nein nein«, erwiderte Palma, sehr bemüht, die Leiche nicht mehr ansehen zu müssen. »Darf ich mich in den anderen Zimmern mal umschauen?«

»Nur zu. Dort sind wir fertig.«

»Irgendwelche Abdrücke?«

»Ja, zwei. Ein Daumen und ein Zeigefinger auf Büchern, die wir schon gesichert haben. Nummer 30, glaube ich.«

»Gut. Können Sie uns die Ergebnisse dann übermitteln?«

»Klar.«

Das Schlafzimmer ging auf die Straße hinaus und war vergittert. Lucy Meunier hatte Gardinen angebracht, die mit der Zeit vergilbt waren, und schwere Vorhänge, um sich vor indiskreten Blicken zu schützen.

Auf einem Bücherbord voller alter Bücher fielen de Palma *Schamanismus und die Religion des Cro-Magnon-Menschen* und *Schamanen* von Clottes und Lewis auf.

»Das gleiche Buch wie in Clairvaux«, sagte er leise.

»Und schau mal auf die Wand!«, rief Bessour aus.

Eine Negativhand.

De Palma suchte in den Fotos, die er in Autrans Zelle gemacht hatte. »Die gleiche!«

Bessour sah ihm über die Schulter. »Sogar haargenau die gleiche!«

Es lässt sich nie genau vorhersagen, womit die nächsten Radionachrichten eröffnen. De Palma hätte geschworen, dass der Mörder von Lucy erst am folgenden Tag in der Presse zu Ehren kommen würde, doch hatte er sich getäuscht. Schon in den Kurznachrichten um zwanzig Uhr wurde alles, was er und Bessour bezeugt hatten, gnadenlos ausgeplaudert. Wer wohl die undichte Stelle war? Reynaud? Die Presseabteilung der Polizei? Irgendein einfacher Wachtmeister?

»Serienmörder« hieß es im Radio, »Ungeheuer«, »Scheusal«. Von Kannibalismus war allerdings noch nicht die Rede. Bestimmt morgen dann, dachte de Palma. Man will ja nicht gleich seine ganze Munition verschießen.

Auf der Rückfahrt vermied er alles, was ihn über den Fall noch weiter hätte »informieren« können. Er hatte die Nase voll von Polizeichefs und Staatsanwälten, die alles Mögliche durchsickern ließen, um sich bei Schreiberlingen wichtigzumachen. Bald würde auf Bildschirmen und unter Schlagzeilen Autrans Gesicht zu sehen sein. Er würde wieder zu etwas werden, was de Palma hasste: ein über mehrere Spalten hinweg fett gedruckter Name.

Die Kiste mit der Akte Autran stand auf dem alten Spiegelschrank, den er von seinen Eltern hatte. Umstandslos schüttete er deren Inhalt auf den Teppichboden.

Die Protokolle über die Verhaftung der Zwillinge waren von zwei Polizeibeamten verfasst worden, die vor Ort gewesen waren. De Palma interessierte vor allem, was damals beschlagnahmt worden war: ausschließlich Taucherausrüstung.

– zwei gebrauchte Taucheranzüge, schwarz, noch nass
– zwei gebrauchte Paar Taucherflossen
– zwei Taucherhelme
– zwei halb volle Pressluftflaschen

Zur Zeit der Verhaftung konnte man die Höhle noch durch einen Kamin betreten, der ins Freie hinausführte und erst einige Jahre später durch einen Erdrutsch verschüttet wurde. Ein Tauchgang war damals gar nicht nötig gewesen, und es gab keinen objektiven Grund für eine so umfangreiche Ausrüstung. Wozu also dieser Aufwand?

De Palma rief Pauline Barton an. »Haben Sie schon alle Höhlenteile untersucht, die unter Wasser liegen?«

»Ja. Sämtliche Gänge, die vom überschwemmten Raum ausgehen. Es führt keiner irgendwo hin. Warum fragen Sie?«

»Weiß auch nicht genau. Ich versuche, mich irgendwie zurechtzufinden.«

»Hm. Eins muss aber noch überprüft werden.«

»Was denn?«

»Der sogenannte Schlund.«

»Schlund?«

»Das ist der große Brunnen neben dem Faltenwurf mit den Händen. Da ist noch nie jemand runtergetaucht.«

24

Das Haus stand hinter einem Felsen, der wie ein sitzender Hund aussah. Seit den letzten Ferien mit seiner Schwester war Autran nicht mehr hier gewesen. Erinnerungen schwemmten in ihm hoch, doch verjagte er sie mit nüchternen Überlegungen.

Er sah zum Himmel hinauf. In wenigen Minuten würde sich eine große, einsame Wolke vor den Mond schieben. Er schulterte den Rucksack und marschierte so schnell dahin, wie die vielen Kiefernwurzeln es zuließen.

Der Wind war stärker geworden und pfiff wütend durch die gekrümmten Finger der Eichen. Die aufgewühlte Luft roch nach Harz, Mandeln und Nelken. Kurz bevor der Mond hinter der Wolke verschwand, erblickte Thomas das Haus und die weißen Steinmauern, von denen ein seltsam totes Licht ausging. Der Weg war nicht mehr lang, doch jahrelang nicht unterhalten worden. Vorsichtig arbeitete Thomas sich durch das kratzige Gestrüpp. Hin und wieder hielt er inne und lauschte.

Soweit er sich erinnerte, musste der Schlüssel hinter dem kleinen Waschhaus sein, das wohl keiner mehr benutzt hatte, seit die Quelle versiegt war. Er konnte nur hoffen, dass niemand sich in dem Haus eingenistet oder es verwüstet hatte. Zu stehlen war dort nie etwas gewesen, mal abgesehen von

Erinnerungen, die einem aber nichts und niemand nehmen kann. Selbst in der Irrenanstalt hatte der Arzt es nicht geschafft, sein Gedächtnis zum Schweigen zu bringen. Die Chemie war da machtlos.

Zwischen den Bäumen, die auf dem Hügelrücken gewachsen waren, flog mit schwerem Flügelschlag eine Eule. Autran blieb stehen und schnupperte in den Wind. Kein Hund zu riechen, kein Mensch, kein gefährliches Tier. Nur der säuerliche Geruch des Nadelteppichs.

Mit angespannten Sinnen schlich er sich voran. Die Rundungen der Dachziegel glänzten im Mondschein. Das Haus hatte sich nicht verändert. Lediglich der Fensterladen der kleinen Garage war aufgebrochen worden und hing nur noch an wenigen Schrauben im morschen Holz. Seit rund zehn Jahren war niemand hier gewesen. Auf der von Dornenranken und Efeu überwucherten Terrasse lagen eine auseinandergefallene Bank und ein zum Skelett zerfranster Korbstuhl. Dort hatte oft sein Vater gesessen und den Kindern beim Spielen zwischen den nunmehr von Gestrüpp umgebenen Kiefern zugesehen.

Der Schlüssel lag noch immer hinter dem Becken, unter einem Berg herbeigewehter Blätter und Nadeln. Thomas nahm ihn an sich und streichelte ihn zärtlich. Im Unterholz knackte es. Wildschweingrunzen. Thomas steckte den Schlüssel ins Schloss und öffnete die Tür. Ein Geruch nach Asche und vermoderten Laken schlug ihm entgegen. Er schloss die Tür hinter sich und stand eine Weile im Dunkeln. Das Haus ächzte unter den Windstößen. Hin und wieder war es ihm, als hörte er die Stimme seiner Schwester, die vor dem Einschlafen die unmöglichsten Geschichten erzählte. Oder das Knistern der Schaumkopfpfeife, an der sein Vater immer so bedächtig zog.

Aus dem Rucksack holte er die in Paris gekaufte Taschenlampe und leuchtete umher.

Es war noch alles da. Überzogen nur von einer dicken Schicht Zeit. Der massive Eichentisch im Wohnzimmer, die Flechtstühle, auf denen sie als Kinder immer hin und her schaukelten, bevor es mittags die unvermeidlichen Nudeln mit Tomatensauce und abends die Gemüsesuppe gab. Als Koch war ihr Vater erbärmlich.

Er zog sich aus, um die Kälte auf sich wirken zu lassen. Sein Körper schmerzte ihn noch, doch zitterte er nicht mehr, und dass er die Wintertemperaturen aushielt, beruhigte ihn. Noch war er Herr über seine Muskeln und Nerven. Er würde sich nicht gehen lassen. Seine Hände waren bestimmt noch kräftiger als zum Zeitpunkt seiner Verhaftung. Das stundenlange Training im Zuchthaus und in der Spezialabteilung hatte Früchte getragen.

An den von Salpeter zerfressenen Wänden hingen zwei Stiche, die die Sainte-Marie-Passage zur Zeit der Ozeandampfer darstellten, welche nach New York oder Rio ablegten, von schwer rauchenden Schleppkähnen aus dem Hafen gezogen.

Das halb verbrannte Scheit im Kamin sah aus wie eine große Eidechse mit Schuppen aus Kohle. Auf dem Kaminsims stand eine Vase mit einem verwelkten Lavendelstrauß darin, und ein bescheidenes Bild, das Christine gemalt hatte: der Marseiller Fischmarkt.

Thomas holte ein in Marseille gekauftes Sandwich und eine Literflasche Wasser aus dem Rucksack. Er setzte sich und biss herzhaft in das weiche Brot. Er hatte noch zwei weitere Sandwichs und eine zweite Flasche Wasser.

Die Polizei wusste nichts von diesem Haus, da brauchte er sich keine Sorgen zu machen. Wenn nötig, würde er es wochenlang aushalten in dieser abgelegenen Waldgegend mit ihren kleinen Tälern. Aufs Überleben in der Natur verstand er sich. Es mangelte nicht an Wild, und aus einer Felsritze in kaum zweihundert Metern Entfernung sprudelte Wasser.

Als er sein Sandwich gegessen hatte, ging er ins Schlafzimmer seines Vaters. Das Bett war umgestürzt worden. Der Kerl, der den Fensterladen aufgebrochen hatte, hatte wohl nach einem Sparstrumpf unter der Matratze gesucht. Thomas stellte alles wieder an seinen Platz. Die gelbe Bettwäsche erinnerte ihn daran, wie der Vater ihm und seiner Schwester stundenlang Geschichten erzählt hatte. Die violette Blümchentapete hing in Fetzen herunter, und von der Decke war der Gips auf den Nachttisch gebröckelt.

Thomas ging zur Tür zurück und schloss die Augen, um die Erinnerungen zu vertreiben. Er durfte nicht schwach werden.

Ein schmaler Gang führte in das größere Kinderzimmer, in dem sich zwei mit bunten Strickdecken überzogene Betten gegenüberstanden. Der ausgebleichte Teppich in der Zimmermitte war voller Staub und abgeblätterter Farbe. Auf den Nachttischen lag geduldig je ein Buch: *Traurige Tropen* von Claude Lévi-Strauss bei Christine und *Chronik einer Reise in die Steinzeit* von Peter Matthiessen bei Thomas. Das Zimmer wirkte wie eine nüchterne Mönchszelle. Ein Fensterchen ging aufs Waschhaus hinaus.

Autran fasste unter sein Bett und zog ein rechteckiges Holzkistchen hervor. Er stellte es vor sich und öffnete es. In ein Gamsfell waren eine Axt und eine Speerschleuder eingewickelt. Die Axt bestand aus einem etwa dreißig Zentimeter langen, leicht gekrümmten Eschenast und einem mit getrockneten Gedärmen daran befestigten großen messerscharfen Faustkeil. Er prüfte den Sitz des Faustkeils und ließ die Axt mehrfach durch die aschige Luft sausen.

25

Der Baron suchte im Autoradio der Giulietta nach France Musique. Ganz vorsichtig musste man an dem verchromten Knopf drehen, denn der gelbe Pfeil tat nur je nach Laune seinen Dienst. Und seit Eva daran herumgedreht hatte, verweigerte er sich hartnäckig allen öffentlich-rechtlichen Sendern, nachdem er gut vierzig Jahre lang auf einen solchen eingestellt gewesen war. Entnervt verharrte de Palma bei einem Nachrichtensender, auf dem mit tragischer Stimme verkündet wurde, französische Flugzeuge hätten Libyen angegriffen. Das mit dem Krieg würde wohl niemals aufhören. Mitten in einer Ansprache des Präsidenten rauschte es auf einmal nur noch im Radio, und als de Palma weiterdrehte, stieß er plötzlich doch auf den Klassiksender. Serielle Musik. Stockhausen und Boulez. Er stellte das Radio lauter und schloss das Fenster. Es war noch wenig Verkehr auf dem Boulevard Michelet, und durch die absichtslos wirkenden Töne aus dem Radio bekam das schicke Marseiller Viertel einen geradezu surrealistischen Touch.

Die Familie Autran hatte in der Rue des Bruyères im Viertel Mazargues gewohnt, in einem gegenüber den traditionellen dreifenstrigen Fassaden etwas zurückversetzten Einfamilienhaus mit Garten und ein paar Bäumen, einem Rundbalkon, ockerfarbenen Mauern und breiten Fenstern.

Der Baron war nicht im Dienst, aber er hasste freie Tage. Er parkte den Alfa Romeo halb auf dem Gehsteig.

Nur ein paar Meter vom Haus der Autrans entfernt schwatzten zwei alte Frauen. Die eine erkannte er sofort an ihrem abgezehrten Kinn und den schwarzen Augen: Lucienne Libri. Seit er sie vor zehn Jahren vernommen hatte, hatte sie sich kaum verändert: die gleichen hochgesteckten weißen Haare, die gleiche gebeugte Haltung und die verkrümmten Hände. Lucienne hatte in der Kolonialhelmfabrik gearbeitet, bevor sie geheiratet und auf dem Markt an der Place Castellane einen Gemüsestand aufgemacht hatte. Seit dem Tod ihres Mannes ging sie in Schwarz. Die andere Frau war wohl kaum jünger. De Palma grüßte die beiden.

»Sie kenne ich doch irgendwoher …«

»Und ob Sie mich kennen, Madame Libri. Ich bin der Polizist, der Sie vor zehn Jahren vernommen hat.«

»Ja, genau, jetzt hab ichs wieder! Dann müssten Sie sich auch noch an Germaine Alessandri erinnern«, sagte Lucienne und deutete auf ihre Plaudergefährtin.

»Selbstverständlich.«

»Gibts denn was Neues?«, fragte Germaine. »Der Junge soll ja ausgebrochen sein.«

»Ich weiß nichts Besonderes. Ich vertiefe mich nur wieder in die Ermittlungen von damals, ob da nicht was zu holen ist. Zum Beispiel frage ich mich, was mit den Eltern von Thomas passiert ist.«

»Ach, die Eltern!«, rief Germaine aus. »Mögen sie in Frieden ruhen. Zum Glück müssen sie das jetzt nicht mit ansehen.«

»Gott sei Dank!«, pflichtete Lucienne ihr bei. »Der Vater war ja ganz in Ordnung, aber sie …«

»Wie meinen Sie das?«

»Ein Miststück war sie, anders kann man es gar nicht sagen. So, wie sie die Kinder behandelt hat. Was soll da schon herauskommen? Nichts als Taugenichtse.«

»Oh ja«, sagte Germaine, die jeden ihrer Sätze mit einem Nicken punktierte. »Der arme Thomas. Bei seiner Schwester ging es ja noch, aber der Junge ist nach dem Tod des Vaters völlig ins Schleudern gekommen, und die Mutter hat ihn schleunigst in eine Anstalt abgeschoben.«

Die Mutter der Zwillinge war als Martine Combes in Cassis geboren. Laut den Nachbarinnen war sie schon als junges Mädchen immer hinter den Männern her gewesen.

Ein Motorroller schlängelte sich zwischen zwei Lieferwagen durch und ließ sein Gefährt am Ende der Straße so sehr aufheulen, dass er Lucienne damit übertönte.

Als Martine von Zwillingen entbindet, ist sie entsetzt. Sie weint nur noch. Für Kinder fühlt sie sich nicht gemacht. Mutterschaft kann manchmal zum Drama werden. So äußerten sich vor zehn Jahren alle Zeugen. Pierre Autran dagegen ist ein vorbildlicher Vater. Seine Kinder sind ihm wichtiger als alles andere. Er wird als ein Mann geschildert, der einiges einstecken muss, sich aber stets schützend vor seine Kinder stellt.

De Palma war immer misstrauisch, wenn Paare so schwarzweiß beschrieben wurden. Aus Erfahrung wusste er, dass die Wirklichkeit meist ganz anders aussah. »Und wie hat der Vater reagiert, wenn seine Frau so hart zu den Kinder war?«, fragte er.

»Das hat sie ja nicht vor ihm gemacht!«, erwiderte Lucienne. »Immer hinter seinem Rücken, verstehen Sie?«

Der Baron nickte.

Martine ist am Steuer eines dicken grünen Mercedes ums Leben gekommen. De Palma hatte von Anfang an gedacht, dass die Kinder den Unfall verursacht hatten. Zumindest hatten sie ihren Tod ersehnt, vielleicht hatten sie auch einen konkreten Plan gehabt. Ihm fielen Worte Elektras ein. *Eifersüchtig sind die Toten: und er schickte mir den Hass, den hohläugigen Hass als Bräutigam.*

»Passiert ist es auf der kurvigen Route des Termes, in der Nähe von Peypin«, sagte Lucienne. »Aber wo genau, könnte ich Ihnen nicht sagen.«

Die Route des Termes ist sehr beliebt bei Hobbyradlern, die sich am Wochenende zwischen der Garrigue hindurch die Serpentinen hinaufquälen. Sie beginnt im Norden von Marseille, führt durch die öden Viertel von Logis Neuf, und danach geht es beinhart weiter bis zu einem einsamen Pass oberhalb von Peypin. Im Sommer ist es wegen der Hitze dort die reinste Hölle.

»Hatte der Junge schon Probleme, bevor seine Mutter starb?«, fragte der Baron.

»Sie schleppte ihn schon immer zu Spezialisten«, erwiderte Germaine verschwörerisch. »Und einmal war er ja auch schon in einer Anstalt. Ich weiß noch, was für entsetzliche Anfälle er manchmal hatte, und danach hat er tagelang nicht geredet.«

Lucienne wischte sich eine Träne von der Wange. »Wie oft habe ich ihn damals trösten müssen!«, sagte sie. »Als er so sieben, acht war. Dann hat ihn sein Vater oft in ihr Landhaus mitgenommen, das hat ihm gutgetan.«

»Ein Landhaus?«

»Ja, aber ich weiß nicht mehr, wo genau das war. Irgendwo bei Saint-Maximin, glaube ich.«

Die Route des Termes war gewiss nicht der kürzeste Weg, um von Mazargues nach Saint-Maximin zu gelangen, dachte de Palma. Über die Autobahn in Richtung Aubagne und dann Aix-en-Provence würde es viel schneller gehen. Der Nachbar aus der Nummer 32 öffnete sein Fenster und sah neugierig zu ihnen hinüber. Aus seinem Wohnzimmer tönte es geistlos nach einer Spielshow, dann machte der Mann seine Läden wieder zu.

»Furchtbar scheu ist er geworden durch das ganze Unglück«, sagte Lucienne mit auf einmal ganz erstickter Stimme. »Manchmal sind sie mit Polizei und Krankenwagen angerückt, um ihn in die Anstalt zu schaffen!«

»War er viel mit seiner Schwester zusammen?«

»Ständig! Aber nach dem Tod der Mutter wurde er für lange Zeit eingewiesen, das habe ich nicht so recht kapiert. Aber na ja, diese Gehirnkrankheiten sind ja kompliziert.«

»Als er dann wieder raus durfte«, warf Germaine ein, »da hat er vielleicht ausgesehen! Käseweiß. Von den ganzen Medikamenten, die sie dort kriegen. Da war er schon recht groß. Und zu mir hat er gesagt: Diese Ärzte bringe ich alle um. Furchtbar schlecht hat er ausgesehen. Und dieser Blick, mein Gott, den werde ich nie vergessen! Das war nicht mehr der kleine Junge, den ich immer gekannt hatte. Aus und vorbei.«

»Hatte er Freunde?«

»Mit meinem Sohn war er ziemlich gut befreundet«, erwiderte sie. »Bis er so ungefähr elf war. Na ja, und dann war er eben kaum mehr da.«

»Mit meinem Jungen«, sagte Lucienne, »hat er sich noch öfter getroffen. Sie haben zusammen getaucht, die zwei und Franck. Franck Luccioni. Und dann hat es geheißen, Thomas habe den umgebracht. Das würde mich aber wirklich wundern, denn die waren ja wie Brüder. Nur weil man verrückt ist, macht man doch nicht gleich so was!«

Der Mord an Franck Luccioni war etwas voreilig Autran angelastet worden. Dabei war die Vorgehensweise gar nicht seine Art gewesen: ein als Schwimmunfall getarnter Mord ganz in der Nähe der Le-Guen-Höhle. De Palma musste an Fortin denken, an Thierry Garcia. Ganz allmählich kam ein Mechanismus in Gang.

»Was war sein Vater sonst für ein Mensch? Erinnern Sie sich noch an ihn?«

»Und ob. Ein ausgesprochen guter Mann. Aber eben ein bisschen anders als wir. Ingenieur. Bessere Gesellschaft.«

»Hatte er Hobbys?«

»Er tauchte viel. Und anscheinend auch gut. Den Kindern hat er es auch beigebracht. Fast jedes Wochenende ist er losgezogen.«

»In die Calanques?«

»Ja.«

»Waren Sie auch bei denen im Haus?«

»Ja, oft! Eine Weile habe ich dort geputzt.«

»Und wie sah es drinnen aus?«

Lucienne schloss kurz die Augen. »Schön! Elegante Sessel, überhaupt teure Möbel. Die hatten schon Geld.«

»Auch Kunstgegenstände?«

»Ach, jede Menge. Überall stand was rum. Und das durfte man nicht anrühren!«

»Warum nicht?«

»Weil es prähistorisches Zeug war«, sagte sie leise, als ob sie ein Geheimnis verriete. »Ihm gefiel das alles, aber mir war es unheimlich.«

»Wieso das?«

»Na, das war eine solche Menge. Kleine Statuen, Messer, Steine … Weiß auch nicht. Wie im Museum ist man sich da vorgekommen. Vor allem im Gang. Aber nicht mal abstauben durfte man das. Auf keinen Fall!«

»Und die Kinder?«

»Durften auch nichts anrühren.«

»Diese kleinen Statuen, von denen Sie gesprochen haben, wissen Sie noch, wie die aussahen?«

Lucienne überlegte eine Weile. »Eigentlich nicht«, sagte sie dann. »Monsieur Autran hat aber gesagt, dass die furchtbar teuer sind. Und ganz selten. Unikate!«

»Können Sie sich vielleicht noch an eine Figur erinnern mit einem Menschenkörper und einem Hirschkopf?«

Sie schüttelte den Kopf. »Nein, das ist zu lang her. Und das Schlechte merkt man sich ja nicht so lange wie das Gute!«

In seinem kleinen Büro zu Hause stellte de Palma einen Versuch an. In einem Geschäft hatte er sich natürliche Pigmente besorgt. Er nahm zwei Teelöffel Ockerfarbe in den Mund, mischte sie dort mit etwas Wasser, legte dann eine Hand auf ein Blatt Papier und blies die Mischung darauf. Das Ergebnis war nicht gerade umwerfend, doch begriff de Palma nun, wie Autran vorging.

Daraufhin versuchte er das Gleiche an der Wand. Mit katastrophalem Erfolg. Er musste sein Experiment noch ein paar Mal wiederholen, bis ihm ein Abdruck gelang, von dem es nicht allzu sehr herabtropfte. Da kam Eva herein.

»O je! Hältst du dich jetzt für einen Cro-Magnon-Menschen?« Als sie die Abdrücke an der Wand sah, stieß sie einen Schrei aus.

»Keine Sorge, mache ich alles wieder sauber«, sagte der Baron.

»Und was für eine Musik ist das?«

»John Cage. *Roaratorio*.«

»Grauenhaft!« Sie musterte ihn lange und wusste nicht, ob sie lachen oder weinen sollte. Sein Mund war mit Ocker verschmiert und das weiße Hemd mit der paläolithischen Mischung besprenkelt. »Du wirst doch hoffentlich deine Versuche nicht noch weiter treiben, oder? Vergiss nicht, dass ich wie die Stammmutter der Menschheit heiße. Ich bin nicht essbar! Tabu!«

»Schon gut.« De Palma eilte zum Waschbecken, um sich den Mund auszuspülen. Einen Moment lang glaubte er, er würde sich die Eingeweide herauskotzen. Als er sich wieder einigermaßen erholt hatte, rief er bei Reynaud von der Kripo Paris an. »War auf dem Abdruck an der Wand DNA?«

»Nein. Keine Spur.«

26

Die Sprechstunde Dr. Caillols fand donnerstags zwischen vierzehn und achtzehn Uhr im Krankenhaus Edouard-Toulouse statt, das mit seinen zwei rechtwinklig zueinander stehenden Plattenbauten zwischen die Hochhaussiedlungen im Norden von Marseille eingezwängt war. De Palma wurde im Sekretariat der Erwachsenenpsychiatrie vorstellig. Der Boden war frisch gebohnert, und mit ihren sanften Farben machte die Abteilung einen ansprechenden Eindruck. Eine mit Make-up zugekleisterte Sekretärin, Lesebrille auf der Nase, empfing de Palma mit einem verkniffenen Lächeln.

»Haben Sie einen Termin mit Dr. Caillol?«

»Nein. Sagen Sie ihm einfach, dass Hauptkommissar de Palma ihn sprechen möchte.«

Gleichmütig tippte die Sekretärin etwas in die Telefonanlage. »Dr. Caillol wird Sie in wenigen Minuten empfangen. Wenn Sie bitte solange im Wartezimmer Platz nehmen?«

In dem langen Warteraum mit den vielen Wandlampen hingen neben idyllischen Landschaftsbildern Infoplakate über den Schutz vor Aids. Auf einem Tischchen lagen die gleichen dümmlichen Zeitschriften wie bei jedem Arzt. Hochglanzfotos aus dem Leben von Mächtigen und Schmarotzern standen bei Patienten anscheinend hoch im Kurs.

Eine junge Frau mit wächsernem Gesicht und verhangenem Blick blätterte in einer primitiven Zeitschrift. Zwischen zwei Seiten bugsierte sie jeweils ihren Kaugummi von der einen Backe in die andere und sah kurz mit leeren Pupillen zu de Palma hinüber. Ihre Hände waren mit blauen Tattoos übersät. Eine Liebe namens Marc war darauf verewigt, ein Herz, eine Blume ohne Farben. Stigmen der Haft.

Nach ein paar Minuten erschien der Arzt. Der gleiche eindringliche Blick wie vor zehn Jahren, das gleiche eckige Brillengestell aus Stahl, die breite, strenge Stirn, die fiebrigen, wie Pauken gespannten Schläfen. Das Gesicht war lediglich faltiger geworden, seit de Palma den Mann zum letzten Mal gesehen hatte. Eine Ewigkeit schien ihm das her.

»Guten Tag, Monsieur de Palma. Ehrlich gesagt hätte ich nicht gedacht, dass wir uns jemals wiedersehen würden.« Seine Stimme war müde, die hingestreckte Hand steif.

An der Wand hing Aborigines-Kunst; Zeichnungen und Gemälde. »Herrlich!«, rief de Palma aus und deutete auf die Bilder, um die Stimmung aufzulockern.

Dr. Caillol setzte ein höfliches Lächeln auf, das nur schlecht seine Ungeduld verbarg. »Bilder von der Traumzeit«, sagte er, »der zentralen Legende der Aborigines. Dafür haben die meisten meiner Patienten was übrig, als würden sie diese Werke besser verstehen als irgendjemand sonst.«

Eines der Bilder war ein Flechtwerk aus gelben, weißen und roten Farben. In der Mitte schälte sich eine Menschengestalt mit einem halbkreisförmigen Kopfschmuck heraus. Daneben eine kleinere Silhouette: die Mutter der Traumzeit, umgeben vom Volk der Sterne.

Caillol setzte sich und griff zu einem herumliegenden Stift. Sorgenvoll sah er de Palma an. »Das letzte Mal haben wir uns vor Gericht gesehen, in Aix-en-Provence«, sagte er.

»Vor dem Schwurgericht des Departments Bouches-du-Rhône. Das haben wir wohl beide in schlechter Erinnerung.«

»Und jetzt ist Thomas ausgebrochen. Alles geht praktisch wieder von vorn los.«

»Leider ja. Und darum versuche ich herauszukriegen, was mir damals vielleicht entgangen ist. Wir müssen ihn wiederfinden, und zwar schnell.«

Die Sekretärin trat ein und legte einen dicken Pappordner auf den Tisch, der mit einem grauen Band verschlossen war.

In großen Buchstaben stand mit grünem Markierstift »Autran« darauf.

»Das ist seine Krankenakte«, sagte Dr. Caillol. »Eigentlich gilt hier die ärztliche Schweigepflicht, aber ich suche Ihnen gerne etwas heraus, wenn es Ihnen weiterhilft.«

»Ich möchte mit Ihnen über Autrans Vergangenheit sprechen. Und mehr darüber erfahren, was für ein Mensch er überhaupt ist.«

»Ein unheimlich intelligenter. Der schneller denkt als Sie und ich. Er weiß bestimmt, dass wir jetzt gerade hier sind und in der Akte wühlen, um seiner habhaft zu werden. Autran ist ein ganz bestimmter Typus von Schizophrenem. Bei ihm stehen Symptome von Wirklichkeitsverlust verzeichnet, von akustischen Halluzinationen, die ihm das Gefühl geben, seine Gedanken werden ihm auferlegt. Gewaltausbrüche, wie man sie kaum bei anderen Patienten sieht. Diese Art von Schizophrenie wird schon vor der Adoleszenz diagnostiziert. Im Allgemeinen verhindert sie eine normale Entwicklung. Autran müsste eigentlich ein Idiot sein, aber er ist das genaue Gegenteil. Seine Intelligenz hat sich gegen die Krankheit durchgesetzt.«

»Haben Sie sich deswegen so für ihn interessiert?«

»Ja.«

»Und in was für einem geistigen Zustand ist er wohl jetzt?«

Caillol ließ seinen Blick über die Akte schweifen. »Das lässt sich unmöglich sagen. Die haben ihn wohl in eine chemische Zwangsjacke gesperrt. Das sind recht wirksame Sachen, sofern sie in der richtigen Dosis verabreicht werden. Aber Sie wissen ja bestimmt, dass man Neuroleptika nicht ohne Weiteres absetzen kann, sonst kommt es zu einem Rückfall und zu unvorhersehbaren Reaktionen. Stellen Sie sich einen rasenden Rennwagen vor, bei dem keiner mehr am Steuer sitzt. Irgendwann kracht es. Es kann leicht zu neuen Massakern kommen.«

Caillol nahm die Brille ab und rieb sich die Stirn, wohl vor Müdigkeit. Es mit den Psychosen einer ganzen Abteilung aufzunehmen, musste einen erschöpfen. Ohne die Brille sah sein Gesicht ganz anders aus, nicht mehr so streng, leicht naiv sogar, da er ein bisschen schielte. De Palma befragte ihn nach Autrans Anstaltsaufenthalten, erfuhr aber nicht viel Neues.

Als Junge wird Thomas zum ersten Mal in Marseille eingewiesen, danach ist er eine Zeit lang in der riesigen Anstalt Ville-Evrard untergebracht, in Neuilly-sur-Marne vor den Toren von Paris, damals eine der am besten ausgestatteten Einrichtungen. Der junge Patient bekommt dort eine Erstlinientherapie und muss sich einer unangenehmen Prozedur unterziehen, die fachsprachlich als Elektrokonvulsionstherapie bezeichnet wird, während der Volksmund von Elektroschocks spricht. Angewandt wird diese Therapie bei bestimmten Wahnpsychosen, die nicht chemisch behandelt werden können. Als Vierzehnjähriger hat Thomas achtzehn Sitzungen, also sechs Wochen lang, denn pro Woche finden nur drei Sitzungen statt. Jedes Mal löst der Arzt einen etwa dreißig Sekunden dauernden Epilepsieanfall aus.

»Haben Sie Thomas damals in Ville-Evrard behandelt?«

»Nein«, erwiderte Caillol und setzte die Brille auf, wodurch er gleich wieder strenger wirkte. »Ich habe ihn in eine andere Abteilung überwiesen. Zu meinem Kollegen Dr. Dubreuil. Falls Ihnen das weiterhilft.«

Nach Ville-Evrard kommt Thomas zu seinen Eltern nach Marseille zurück, in häusliche Pflege. Einer neuen Strömung in der Psychiatrie gemäß werden nämlich reihenweise Einrichtungen geschlossen. Zu Hause aber ist Thomas nicht weniger von der Gesellschaft abgetrennt als hinter den Gittern einer Anstalt. Er frisst seine Tabletten, igelt sich ein und verkümmert. Seine Schwester umgibt ihn mit einem unsichtbaren Gitter.

Ruckartig klappte de Palma seinen Notizblock zu. Er

beschloss, Caillol auf ein anderes Terrain zu locken. »Was ist mit dem Hirschkopfmenschen?«

»Hirschkopfmensch?«, fragte Caillol sichtlich beunruhigt zurück. »Dazu kann ich Ihnen nichts sagen.«

»Das stimmt nicht. Vor etwa zehn Tagen sind Sie nach Porquerolles gefahren und haben das Boot von Rémy Fortin inspiziert. Darf ich fragen, warum?«

»Haben Sie irgendeinen Beweis für diese Behauptung?«

»Selbstverständlich. Sonst wäre ich nicht hier.«

»Nun, es tut mir leid, Ihnen mitteilen zu müssen, dass ich vor zehn Tagen gar nicht in Porquerolles gewesen sein kann. Da war ich nämlich in den USA. Ich bin vor drei Wochen hingeflogen und erst vorgestern heimgekommen.«

»So? Und warum haben Sie dann beim Hafenmeister Ihre Telefonnummer hinterlassen?«

Wütend straffte sich Caillol. Seine plötzliche, kaum bezähmbare Wut hatte etwas Fürchterliches an sich. Sein Blick war eiskalt, wie jeglicher Menschlichkeit entleert. Er brauchte mehrere Sekunden, um sich zu beruhigen.

De Palma ließ nicht locker. »Ich warte auf eine Erklärung.«

»Ich habe Ihnen schon geantwortet. Ich habe ein Alibi, wie das in Ihrem Jargon heißt.«

»Für jemanden, der sich so überlegen fühlt, finde ich Sie reichlich unvorsichtig. Ich werde Sie aber nicht der Justiz überführen, obwohl ich das vom Gesetz her dürfte. Sie sollten jedoch wissen, Herr Psychiater, dass ich Sie für einen der Menschen halte, die Thomas Autran an den Rand des Abgrunds getrieben haben. Aus wissenschaftlichem Interesse. Und mehr noch: aus Perversion.«

»Unser Gespräch ist beendet. Ich rufe sofort meinen Anwalt an.«

»Von mir aus können Sie die Menschenrechtsliga anrufen, wenn Sie Lust dazu haben. Vom Juristischen her erscheint mir Ihre Zukunft recht düster. Aber da ist noch was Schlimmeres.«

Er deutete mit dem Zeigefinger auf Caillol. »Thomas Autran ist ganz in der Nähe. Das weiß ich, das fühle ich. Ich kann Ihnen nur raten, sich vor ihm in Acht zu nehmen. Er wird nämlich kommen. Ich bin nur ein alter Bulle, kein Seher, kein Zauberer und erst recht kein Schamane, aber ich kann Ihnen versichern, dass Sie von ihm Besuch bekommen werden. Und eigentlich ist das nur gerecht.«

Eva kam von einem langen Spaziergang auf dem Pfad am Mont Puget zurück, von dem man aufs Meer hinabsieht. Sie war am frühen Nachmittag losgegangen, allein, wie sie das oft tat. Am Col de la Chèvre hatte sie den Ostwind genossen, der von den felsigen Tälern heraufblies.

De Palma hatte erst vor Kurzem entdeckt, was für eine leidenschaftliche Spaziergängerin sie war. Jedes Mal wenn sie von einem Ausflug zurückkam, erfreute er sich an ihrem sonnenwarmen Gesicht und dem Kräuterduft in ihren Haaren.

»Du bist aber früh zu Hause, mein schöner Mann«, rief sie ihm zu. »Und mit reichlich finsterer Miene!«

De Palma deutete ein Lächeln an.

»Warst du wieder auf der Jagd nach bösen Gedanken?«

»Nein, Eva. Ich versuche, den Wahn eines Menschen zu verstehen.«

»Der Typ, der aus der Anstalt abgehauen ist?«

»Ja.«

Sie legte ihm die Hände auf die Schultern. »Du solltest dich mal zu neuen Ufern aufmachen. Dreißig Jahre Kripo sind doch mehr als genug. Warum versuchst du jetzt auch noch, den zu verstehen?«

»Weil ich mich nicht damit abfinden kann, einfach nur einen Mörder in den Knast zu bringen. Am Anfang habe ich einfach nur Befehle ausgeführt, aber irgendwann fragt man sich halt nach dem Grund für all das Blutvergießen. Autran könnte schließlich mein Sohn sein, oder mein Bruder. Und dann habe ich darüber haufenweise Bücher gelesen.«

Eva drehte sich ostentativ zum Bücherregal um, in der eine ganze Batterie kriminologischer Werke thronte. »Und was ist die Antwort?«

»Diese Leute haben alle eines gemeinsam: ein großes Leid in ihrer Kindheit. Manchmal sieht man es nicht, findet es einfach nicht. Aber es ist da und tut seine Wirkung. Wir haben die Mörder, die wir verdienen. In vielen Kulturen gibt es keine Mörder wie Autran, denn dort werden solche Menschen erkannt, bevor sie entgleiten. Sie sind dort Teil der Gesellschaft. Wir dagegen machen da keinerlei Fortschritte.«

»Er hätte dich fast umgebracht vor zehn Jahren.«

»Der Weg vom Menschen zum wahren Menschen führt über den verrückten Menschen.«

»Ein schöner Spruch.«

»Von Michel Foucault.«

Sie trat einen Schritt zurück. »Dein Verrückter hätte dich fast umgebracht.«

»Das weiß ich, aber das ist keine Entschuldigung. Nicht mich wollte er treffen, sondern das, was ich verkörpere. Daran kannst du nichts ändern. Das Stück ist schon zu Ende gespielt und der Vorhang gefallen. Autran wird getötet werden! Oder für immer eingesperrt. Was aufs Gleiche rauskommt. Es geht nicht anders!«

Eva setzte sich auf die Couch. Ihre Hände waren von Sträuchern zerkratzt. »In einem deiner Bücher habe ich gelesen, dass man den Wahnsinn durch die Poesie verstehen und heilen kann«, sagte sie. »Das finde ich interessant.«

»Ich auch«, erwiderte de Palma, während er auf dem Regal nach einer CD suchte. Schließlich zog er *Elektra* heraus und legte die CD ein.

Es ist die Stunde, unsre Stunde ist's,
Die Stunde, wo sie Dich hingeschlachtet haben,
Dein Weib und der mit ihr in einem Bette,
In Deinem königlichen Bette schläft.

Eva stand auf. »Ich dusche jetzt, und dann gehen wir aus. Vom Hügelwandern habe ich Hunger bekommen, und außerdem habe ich keine Lust, die Hausfrau zu spielen und dabei eine Musik zu hören, für die sich vielleicht mein Urgroßvater begeistert hätte.«

»Aber sie ist doch so schön!«

»Es behauptet ja keiner das Gegenteil.«

Sie schlugen dich im Bade tot, dein Blut
Rann über deine Augen, und das Bad
Dampfte von deinem Blut.

De Palma sah ihr nach, wie sie mit diesem ihr eigenen leichten Hüftschwung elegant davonging. Er hatte das Gefühl, mit den Menschen, die ihm lieb und teuer waren, in einer Parallelwelt zu leben. Viele waren es ohnehin nicht.

Die letzten Tage waren ihm vorgekommen wie eine Ewigkeit. Die Spuren, die er auf der Suche nach Autran fand, passten irgendwie nicht ganz zusammen.

Vater! Agamemnon! Dein Tag wird kommen!
Von den Sternen stürzt alle Zeit herab,
So wird das Blut aus hundert Kehlen stürzen auf dein Grab!

Die Mutter von Christine und Thomas war auf der Route des Termes ums Leben gekommen, bei der Abzweigung nach Regage, nicht weit von Peypin und Gréasque. De Palma wählte die Nummer der Gendarmerie von Gréasque. Eine junge Stimme antwortete ihm.

»De Palma, Kripo Marseille.«

»Was kann ich für Sie tun?«

»Ich bräuchte nur eine Information. Bei einem Verkehrs-unfall in der Gegend von Termes, wer bekommt da den Auf-trag, die Unfallfahrzeuge zu entsorgen?«

»Einen Moment, ich erkundige mich.«

De Palma wartete. Vom Band kam *Eine kleine Nachtmusik* und alle zehn Sekunden die Ansage: »Sie sind mit der Gen-darmerie verbunden, bitte warten Sie …« Eine sanfte, bei-nahe erotische Stimme.

»Hallo, entschuldigen Sie, hat ein wenig gedauert. Also, das macht immer unsere Vertragswerkstatt Gilbert in Peypin.«

Eifersüchtig sind die Toten: und er schickte mir den Hass,
Den hohläugigen Hass als Bräutigam.

27

Nach den Villenvierteln von Plan-de-Cuques im Nord-osten von Marseille kreuzte die Route Départementale 908 die Hauptstraße des Dorfes Logis Neuf, wo sich die letzten Häuser ans weiße Felsgestein schmiegten, mit ihren Gärten auf dem bisschen lockerer Erde, das der Hügel ihnen gnädig überließ.

Auf die diffizile Feinregulierung seines Autoradios wollte de Palma sich nicht einlassen, darum hatte er seinen MP3-Player dabei und hörte Lieder von Zemlinsky, gesungen von Anne Sofie von Otter. Eine relativ neue Aufnahme, die ihm einigermaßen gefiel. Am liebsten war ihm das *Lied der Jung-frau.*

Allen weinenden Seelen, aller nahenden Schuld
Öffn' ich im Sternenkranze meine Hände voll Huld.

Die Straße wand sich in unberechenbaren Serpentinen zu den
Ausläufern der Bergmassive Etoile und Garlaban hoch. Bis zu
einem Pass hinauf ging es an Hängen voller Geröll und Kiefern vorbei. Brände hatten schwarzschuppige Baumstümpfe
hinterlassen, die aus einem Gestrüpp von Stechginster herausstanden.

Alle Schuld wird zunichte vor der Liebe Gebet,
Keine Seele kann sterben, die weinend gefleht.

Weiter oben, auf dem Plateau, überblickte man das lichtgesät-
tigte Sainte-Baume-Massiv ganz im Osten, das vom Abend-
licht bestrahlte Etoile-Massiv im Norden und das weite
Auriol-Tal, durch das sich die Autobahn von Aubagne nach
Aix-en-Provence pflügte.

Verirrt sich die Liebe auf irdischer Flur,
So weisen die Tränen zu mir ihre Spur.

Widerwillig stellte der Baron die Musik ab, als er am Orts-
schild von Peypin vorbeifuhr. Die Werkstatt war gleich am
Ortseingang. Zwischen zwei riesigen knotigen Platanen ein
blaues, sonnengebleichtes Schild, darunter ein Abschlepp-
wagen mit verchromtem Unterboden. Hinter einem arg lä-
dierten BMW tauchte mit zerknitterter Miene ein junger
Mechaniker auf.

»Ja bitte?«

»Hallo, ich bräuchte eine Auskunft, und zwar den genauen
Ort, an dem so um 1982 hier ein Unfall passiert ist.«

Der junge Mechaniker blies ratlos die Backen auf. »Da
muss ich meinen Vater holen. Der ist im Büro.«

Er verschwand hinter einer mit Abziehbildern vollgeklebten Trennwand. Auf einem ölverschmierten Schild stand der Stundensatz für Reparaturen. Der Vater kam heraus.

»Guten Tag, sind Sie der Chef?«

»Ja, ich bin Gilbert Monteil. Welchen Unfall meinen Sie denn?«

»Einen auf der Route des Termes. 1982. Eine Frau, Martine Autran. Anscheinend auf der Stelle tot.«

Monteil musterte den Baron von oben bis unten. »Sind Sie von der Polizei?«

»Ihnen kann man wohl nichts vormachen.«

Monteil rieb sich das Kinn. Vor der Werkstatt hielt ein Renault Scénic zum Tanken. »Das kann nur der Unfall an der Abzweigung nach Regage gewesen sein. Wenn Sie Richtung Marseille fahren, ist da ein bisschen weiter oben, nach Termes, ein Weg, der nach links abgeht.« Er gestikulierte, um die Richtungen anzuzeigen. »Und direkt nach der Abzweigung kommt vom Hügel her ein Weg runter. Vom Etoile-Massiv. Und genau da gegenüber ist sie den Abgrund runter. Hat sich zwei Mal überschlagen.« Monteil drehte sich um und rief seinen Sohn herbei, um die Scheine zu kassieren, die ihm der Fahrer des Scénic hinhielt.

»Sie erinnern sich also noch gut daran!«

»Als wäre es gestern! Eine so schöne Frau. Mausetot. So was vergisst man nicht einfach.« Er wischte kurz über den frisch gespachtelten Kotflügel eines Peugeot.

»Sind Ihnen Bremsspuren aufgefallen oder sonst etwas Besonderes?«

»Nein, nichts. Ich weiß nur noch, dass die Gendarmen sich gewundert haben, wie das überhaupt passieren konnte. Das Auto hat sich nämlich nicht seitlich, sondern nach vorn überschlagen.« Er deutete den Unfallhergang mit der Hand an. »Die Seiten waren so gut wie intakt und die Steuerung blockiert.«

»Kann die Steuerung durch den Unfall selbst blockiert worden sein?«

»Nein, eben nicht.« Er schaute auf den Boden und kickte eine herumliegende Schraube weg. »Es war ein Mercedes 300, das weiß ich noch ganz genau. Mit Servolenkung, was damals eher selten war.« Er hielt kurz inne. »Ich hatte einen Kollegen, der hatte das gleiche Modell, aber ohne Servolenkung. Ich sage zu ihm, he, Jacques, ich habe da einen schrottreifen 300er, da kann ich dir die Servolenkung ausbauen. Da hat er nicht lange überlegt, so eine Lenkung war sauteuer.« Aus einem schmutzigen Päckchen zog Monteil eine Zigarette und steckte sie sich in den Mund, ohne sie aber anzuzünden. »Ich mache mich also daran, das Ding auszubauen, und da merke ich auf einmal, dass da kein Tröpfchen Öl drin ist. Kein bisschen Öl in der Hydraulik! Mensch, habe ich mir gesagt, das gibts doch gar nicht, in einem fast neuen Mercedes!«

»Und woran lag das Ihrer Meinung nach?«

»Weiß nicht … Irgendwo ein Leck, vielleicht eine Dichtung … Irgendein Krümmer … Wer weiß. Ich bin der Sache nicht weiter nachgegangen und habe meinem Freund nur gesagt, dass die Lenkung hinüber ist. Tja.«

Monteil log. Das sah man daran, wie er mit den Augen rollte. Die echte Version war vermutlich ganz anders: Der Mann hatte sich keinen Ärger einhandeln wollen. De Palma dankte ihm und stieg wieder in seinen Alfa Giulietta Sprint Veloce mit Bertone-Karrosserie. Ein solches Coupé hatte Monteil vermutlich schon seit dreißig Jahren nicht mehr gesehen.

Der Weg nach Regage war keine zwei Kilometer entfernt. Der Baron parkte am Straßenrand und ging die paar Meter zum Unfallort zurück.

Es war völlig ruhig auf der Straße. Abends nahmen die Grate des Etoile-Massivs eine blassrosa Färbung an, sodass die Felsschatten noch dichter wurden. Der Wagen war damals nach vorn in den Abgrund gestürzt und hatte sich überschlagen, nachdem er auf den Kühlergrill aufgeprallt war.

De Palma war verdutzt. Jahrelang hatte er an einer Theorie gebastelt, und nun schien diese sich auf einmal zu bewahrheiten. Jemand hatte auf irgendeine Weise dafür gesorgt, dass das Hydrauliköl abhandenkam. Entweder war ein Krümmer angeschnitten oder das Öl mit einer Spritze herausgesaugt worden. Dadurch blockierte die Steuerung nicht augenblicklich, sondern erst nach mehreren Stunden Fahrt. Der Saboteur wusste also, dass Martine Autran auf dieser ganz besonders kurvenreichen Straße unterwegs sein würde.

Ein leichter Wind ließ von der Garrigue tausend Aromen aufsteigen. Langsam fuhr ein Auto vorbei. Der Fahrer warf de Palma einen scheuen Blick zu.

Der Unfall hatte etwa um diese Zeit stattgefunden. Praktisch kein Verkehr. Eine schwierige Straße. Was hatte Martine an einem solchen Ort zu suchen gehabt?

De Palma stieg ein paar Meter den Weg hinauf und besah sich die Unfallstelle von einer höheren Warte. Der Wagen war schnurgerade auf den Abgrund zugefahren, was von der Straße aus unmöglich war. Martine musste zweifellos von dem Weg her gekommen sein, auf dem er gerade stand. Eine andere Möglichkeit gab es nicht.

Es kam nur dieser eine Ablauf infrage: Martine kam von einer Spazierfahrt zurück und bremste am Ende des Weges, um dann auf die Landstraße abzubiegen. Als sie wieder beschleunigte, blockierte die Steuerung, und es kam zu dem Unfall.

Wer aber hatte die Rettungskräfte alarmiert? Feuerwehr und Gendarmerie waren weniger als eine halbe Stunde nach dem Unfall eingetroffen. Von der Straße aus war das Auto aber nicht zu sehen, sodass bestimmt kein Passant angerufen hatte.

Dreihundert Meter weiter schmiegte sich ein Häuschen in die Senke eines kleinen Tals, das in ein Kiefern- und Eichenwäldchen auslief. Es war eine nette Gegend für einen Ausflug, doch Dutzende von Kilometern von Mazargues entfernt, wo die Familie Autran gelebt hatte, also ganz in der Nähe der Calanques und des Puget-Massivs, wo es sich tausend Mal besser spazieren gehen ließ als hier.

Der Baron stieg wieder in seine Giulietta. In seinem Kopf sah es in etwa so aus wie in dem Napoleons bei Waterloo. Er suchte in seinem MP3-Player nach dem *Lied der Jungfrau*, steckte sich die Ohrhörer ein und drehte den Ton auf, bis er nichts mehr von den Geräuschen hörte, die ihn von überall her bedrängten.

Verirrt sich die Liebe auf irdischer Flur,
So weisen die Tränen zu mir ihre Spur.

28

Vor seiner Umwandlung in eine ultramoderne Bibliothek war das Alcazar eine der anspruchsvollsten Bühnen von ganz Frankreich gewesen. Stars und Debütanten des Varieté-Theaters hatten dort glanzvolle Triumphe oder auch Proteststürme mit Buhrufen, üblen Schmähungen und Gemüsebewurf erlebt.

Maistre und de Palma hatten sich im Lesesaal verabredet, in dem nichts mehr an Operettengrößen wie Réda Caire, Andrex oder Serge Bessière erinnerte, zum Verdruss des krankhaft nostalgischen de Palma, der für die Glaskäfige mit den Büchern, CDs und Filmen nichts übrighatte.

»Ich komme mir wieder vor wie an der Uni«, scherzte Maistre und zeigte auf den Stapel Bücher vor sich. »Gar nicht schlecht für einen Rentner. Ich habe so einiges gefunden.«

Schon nach fünf Minuten meinte de Palma zu ersticken. Die lange Reihe von Computern ließ keine Freude in ihm aufkommen. Er hielt Ausschau nach einem guten alten Karteikasten, in dem er in abgenutzten Karteikarten hätte blättern und sich an einzelnen Buchtiteln träumend festsehen können. Aber nichts dergleichen. Mit der Poesie der Karteikarte war es vorbei.

Die meisten Tische waren unbenutzt. Es saßen wenig junge Leute da, und insgesamt fast nur Frauen, so im Durchschnittsalter von sechzig. Sehe ich auch schon so aus?, fragte sich de Palma. Noch nicht, antwortete ihm seine innere Stimme, aber bald. Er warf einen Blick auf Jean-Louis Maistre mit seiner Brille auf der Nasenspitze und seinen grauen Schläfen. So sehr er selbst allen Fortschritt hasste, so sehr war Maistre davon angetan. Es war ihm nicht anzusehen, dass er mehr als ein Vierteljahrhundert lang Polizist gewesen war und sich immer noch mitten in der Nacht in den Calanques von einem Felsen abseilen konnte!

»Ich habe vier Bücher gefunden, die für uns was sein könnten«, sagte Maistre, »und noch ein paar Unistudien.«

Höhlenreligionen war eine Mitte der Neunzigerjahre entstandene akademische Arbeit von Christine Autran, die sich an ein sachkundiges Publikum richtete. Dreihundertsiebenundvierzig derart mit Quellenangaben und Verweisen gespickte Seiten, dass de Palma nirgends einen rechten Einstieg fand.

In der mehr als fünfzig Seiten umfassenden Einführung wurde die wissenschaftliche Vorgehensweise erläutert. Grundlage waren zwei von Christine Autran unternommene Reisen. Die erste hatte im Winter 1992 nach Südafrika und Botswana geführt, zu den letzten San-Stämmen. Über die dortigen

Höhlenmalereien hatte Christine Autran umfangreiches Notizenmaterial angefertigt. Die zweite Reise ins Altai-Gebirge hatte sich im Frühjahr und Sommer 1993 über etwas mehr als drei Monate hingezogen und zu Begegnungen mit ewenischen Schamanen geführt.

Im ersten Kapitel wurde auf frühere Arbeiten zum Symbolismus in der Höhlenkunst eingegangen. Die Namen der meisten Wissenschaftler waren de Palma unbekannt. Am häufigsten wurden André Leroi-Gourhan und Henri Breuil zitiert.

In den beiden folgenden Kapiteln ging es um konkrete Beispiele menschlicher Darstellung in prähistorischen Höhlen, und zwar um sogenannte »getötete Männer«.

Auf Seite 134 wurde ein Vogelmensch beschrieben, dem Christine Autran die Rolle eines vorgeschichtlichen Schamanen zuschrieb. Sie gab an, die gleiche Symbolik sei auch bei den San in Südafrika anzutreffen.

Gegen Ende des Buches hatte Maistre ein Lesezeichen eingelegt. Dort ging Christine Autran über mehrere Seiten hinweg auf eine Gravur in der Trois-Frères-Höhle ein, ein seltsames Wesen, halb Mensch, halb Hirsch, das in einer Höhe von dreieinhalb Metern abgebildet war. Bestimmten Quellen zufolge wurde jenes Geschöpf »Hexer« oder »gehörnter Gott« genannt. De Palma musste an die Nachbarin der Familie Autran denken, die von den Figuren dort im Haus berichtet hatte. Gehörte auch ein Hirschkopfmensch dazu?

Ein langer Abschnitt war einer Gravur aus dem Jahr 1705 gewidmet. Sie stellte einen Mann dar, der ein Hirschgeweih aufhatte und Trommel spielte. Es war ein tungusischer Schamane. Hatte sie so jemanden auf ihrer Reise nach Sibirien getroffen? War ihr Bruder damals dabei? Schamanen sagten die Zukunft vorher, heilten Kranke, ließen Regen fallen oder die Sonne scheinen. Sie wussten mit menschlichen und tierischen Geistern zu sprechen. Mörder waren sie keine. Den Priestern der damaligen Zeit galten sie als vom Teufel

Besessene, der ihnen in Gestalt eines Raben oder eines ähnlichen Vogels erschien, seltener als Gespenst.

Im Folgenden hieß es: »Hier nun der ›getötete Mann‹ aus der Le-Guen-Höhle. Oft hat man sich gefragt, was er eigentlich zu bedeuten hat. Wurde hier ein tatsächlicher Mord abgebildet? Ein symbolischer Mord? Oder etwa nur ein Jagdunfall? Schließlich sind menschliche Darstellungen bei Höhlenmalereien und -gravuren äußerst selten anzutreffen. Wenn, dann findet man eher Figuren, und auch diese sind fast immer Zwitterwesen aus Mensch und Tier. Wie seltsam doch! Der vorgeschichtliche Mensch stellt sich selbst so gut wie gar nicht dar. Als überließe er seinen Platz dem Tier. Als schämte er sich seines Gesichts und fühlte sich bemüßigt, es durch eine Maske zu ersetzen, etwa einen Vogelschnabel. Ein weit verbreitetes Phänomen. Der Körper dagegen wird ziemlich grob gestaltet, oft mehr oder weniger kartoffelförmig. Nur der Kopf wird stilisiert.«

De Palma blätterte zurück zur Beschreibung des »getöteten Mannes«.

»… Striche, von denen der Mann offensichtlich durchbohrt wird. Daher geht man allgemein von einer Tötung aus, doch erscheint mir das eine gewagte Interpretation. Ich tendiere zu magischen Bezügen. Wie zahlreiche meiner Kollegen bin ich der Auffassung, dass es eine Magie der Darstellung gibt. Leider wissen wir sie noch nicht zu deuten.

Dieser ›getötete Mann‹ spricht uns aus verschiedenen Gründen an, zum einen wegen dieser Striche. Wurden sie zur gleichen Zeit ausgeführt wie die Gravur oder erst später? Es wäre nicht das erste Mal in der Geschichte der Höhlenkunst, dass derlei hinzugefügt wird. Dann kämen diese Striche der Absicht gleich, den abgebildeten Menschen durchzustreichen und ihn somit zu leugnen. Solche mysteriösen Striche sind in vielen Höhlen anzutreffen, in der Chauvet-, der Trois-Frères- und eben auch der Le-Guen-Höhle.«

Christine Autran beschrieb in der Folge eine Fülle geheimnisvoller Zeichen und Zeichnungen, die sich oft derart überlagerten und überlappten, dass die ursprüngliche Darstellung darunter verschwand. Dann ging sie auf eine der rätselhaftesten Abbildungen ein, nämlich den gehörnten Gott.

»Selbstredend handelt es sich bei diesem um ein imaginäres Wesen. Der Kopf ist der einer Schnee-Eule, mit einem unglaublich durchdringenden Blick. Wiederum haben wir es mit einem Geschöpf zu tun, das mehrere tierische Attribute aufweist, siehe etwa das Rengeweih auf dem Kopf. Animalität und Menschlichkeit gehen Hand in Hand. Die beachtliche Größe des Geschlechtsteils verweist darauf, in welches Zeitalter unsere Phantasmen zurückgehen. Als ob da etwas Unbewusstes in uns fortdauert. Menschliches und Tierisches vermischen sich. Die Sexualität spielt eine Rolle, sodass die Wege von Psychoanalytikern und Prähistorikern sich kreuzen.«

De Palma schlug das Buch zu. Er sah angespannt aus. Von weit her schienen ihm Stimmen etwas Unverständliches zuzuflüstern, zusammenhanglose Satzfetzen, wie durch einen dicken Vorhang.

»Darauf müssen wir uns erst mal einen Reim machen«, sagte Maistre leise und blickte zu einem Grüppchen lesender Frauen.

»Ich weiß, Jean-Louis. Aber Fortin ist nicht von tungusischen Schamanen umgebracht worden, und die tauchen auch nicht nachts in der Calanque von Sugiton.«

»Meinst du, der Mann wollte sich die Figur holen?«

»Das ist anzunehmen. Aber eben nur anzunehmen. Diese Höhle hat noch ein Geheimnis in petto, und dem kommen wir nicht so schnell auf die Spur. Es sei denn, wir sehen uns dort noch mal genauer um.«

»Wie meinst du das? Pauline Barton wird ja wohl ganze Arbeit geleistet haben.«

»Ja, Prähistorikerarbeit, aber keine Polizeiarbeit. Ist ja auch nicht ihre Aufgabe.«

»Hältst du unsere Methoden für besser?«

»Es sind einfach andere. Wir müssen den Schlund untersuchen. Unbedingt. Fortin war bestimmt heimlich dort und hat irgendetwas gesehen, und zwar etwas ganz Reales, keine Geister. Wir müssen rauskriegen, was das war!«

Maistre steckte seine Notizen in eine Mappe und legte die Brille darauf. »Und was ist mit Thomas Autran?«

»Der steckt da genauso mit drin. Er macht sich aus dem Gefängnis davon, weil jemand dem letzten Geheimnis der Le-Guen-Höhle auf die Spur kommt.«

»Bist du dir da sicher?«

»Natürlich nicht! Aber das klingt doch wenigstens plausibel. Thomas Autran hat Indizien hinterlassen. Seine Lektüre im Gefängnis und die kleine Figur, die er in Villejuif modelliert hat. Das geht alles in die gleiche Richtung.«

»Es sei denn, damit legt er nur falsche Spuren. Bald wird doch seine Schwester entlassen. Wer sagt denn, dass er nicht deshalb ausgebrochen ist? Vielleicht will er einzig und allein Christine wiedersehen und mit ihr abhauen.«

Das wäre ein ernsthaftes Motiv gewesen. Doch hatten die Zwillinge während ihrer Gefängniszeit nie kommuniziert, weder per Brief noch telefonisch. Und ihre Anwälte hatten sie seit dem Haftantritt nie mehr besucht und waren auch nicht besonders darauf aus, je wieder von ihnen zu hören.

29

Steif erhob Dr. Caillol sich hinter seinem Schreibtisch. »Ich wünsche Sie nicht mehr zu sehen, Monsieur de Palma!«

»Ich bin nicht Monsieur de Palma, ich bin die Polizei. Soll ich Sie lieber vorladen?«

Augenblicklich kapitulierte Caillol. Er setzte sich wieder und nahm gereizt seine Brille ab.

»Erzählen Sie mir doch was über diese etwas seltsame Therapie, mit der Sie Autran behandelt haben.«

Caillol schien peinlich berührt. »Dazu haben ich Ihnen doch schon alles gesagt, damals vor zehn Jahren. Was Neues wüsste ich nicht zu berichten.«

»Mich lässt aber oft das Gedächtnis im Stich. Helfen Sie mir doch auf die Sprünge.«

Caillol räusperte sich. »Ich wusste, dass Autran sich für die Urgeschichte begeisterte. Und ich mich ja auch. Seine Schwester kannte ich gut. Sie gehörte zu den bemerkenswerten Wissenschaftlern, die die Höhlenkunst der Altsteinzeit mit magischen Bräuchen in Verbindung brachten, mit Schamanentum und so etwas. In die Richtung ging ja auch der Mystikwahn von Thomas.«

Ein paar Sekunden lang sammelte sich Caillol und starrte dabei auf die Akten vor sich. »Während der Therapie hat sich Christine immer mehr zu einer Verbündeten entwickelt. Zusammen haben wir Sitzungen ausgearbeitet, die auf den Wahn von Thomas eingegangen sind.«

»Sie haben also die Schamanen des Magdalénien nachgeahmt?«

Caillol setzte ein süffisantes Lächeln auf. »Gewissermaßen, ja. Was die Elektroschocks in Thomas' Gehirn ausgelöst hatten, wollte ich durch eine Art Magie wiederholen. Aber einem Laien kann man das nur schwer erklären.«

»Dann werden Sie sich eben Mühe geben müssen, Herr Doktor. Und von Ihrem hohen Ross herunterkommen.«

De Palma hatte nur ein klein wenig lauter gesprochen als zuvor, doch hatte das schon genügt, um Caillol einzuschüchtern. Dann ließ der Baron eine halbe Minute lang Stille walten. War man nur zu zweit, erschien das wie eine Ewigkeit. Alte Verhörtechnik. De Palma sah in sein Notizbuch, blätterte aufs Geratewohl darin herum und blickte dann den Psychiater scharf an. »Sie haben Thomas in Trance versetzt, und dann haben Sie seine Reaktionen beobachtet, nicht wahr?«

»Ich bin von dem Prinzip ausgegangen, dass nicht die Psychologie den Wahnsinn erklärt, sondern der Wahnsinn die Psychologie. Im Wahnsinn steckt nämlich die Wahrheit. Wir haben also versucht, die Anfälle zu kontrollieren, indem wir sie anders ausgelöst haben als durch Strom, und vor allem haben wir sie in eine harmlose Welt abgeleitet. Der Verrückte ist zum Arzt geworden, zu jemandem, der mit der Welt der Geister in Kontakt treten und sich mit den Urahnen um die Lösung durchaus realer Probleme bemühen kann.«

»Und das hat funktioniert?«

Caillols Gesicht verdüsterte sich. »Ich muss sagen, ja. Ich weiß, das ist mir vorgeworfen worden, aber ich bleibe dabei: Die durch Schamanismussitzungen ausgelösten Epilepsieanfälle haben den Zustand von Thomas verbessert.«

»Ich würde gerne mehr hören über seine Fähigkeiten, mit Geistern in Kontakt zu treten und Lebende zu heilen, so wie das Schamanen können.«

»Wozu soll ich Ihnen antworten, wenn Sie mir doch nicht glauben?«

»Da täuschen Sie sich. Ich glaube wirklich, dass Thomas Autran über solche Fähigkeiten verfügt. Ich weiß auch, dass er ein Mörder ist, und stelle fest, dass Sie mit einem außerordentlich gefährlichen Menschen irgendein Experiment angestellt haben. Aber erzählen Sie mal weiter. Sie können sicher sein, dass ich Ihnen glauben werde.«

Caillol starrte ein paar Sekunden lang auf seine Fingerspitzen. Er konnte ein leichtes Zittern nicht unterdrücken. »Eines Tages hat Thomas mir berichtet, was er bei einer der Sitzungen empfunden hatte. Auf einer mit hohen Gräsern bewachsenen Ebene hätten die Geister sich seiner bemächtigt. Sie hätten ihn enthauptet und ihn dann in eine Höhle geschafft, die mit magischen Zeichen geschmückt gewesen sei, darunter mit Negativhänden. Dort hätten die Geister ihn wiederhergestellt, und zwar indem sie in seinen Körper Kristalle und andere Substanzen einführten, denen bestimmte Zauberkräfte innewohnten. Dann sei er in einem Zustand vorübergehenden Wahnsinns zu uns zurückgekommen. Dieser Wahnsinn sei dann verflogen, weil er sich zähmen ließ. Begreifen Sie, Monsieur de Palma? Er hat mir da ein Schamanenritual beschrieben, wie es bei den Arrernte im hintersten Australien betrieben wird. Damals konnte er von diesen Gepflogenheiten gar nichts wissen, und erst recht nicht von den Arrernte. Absolut nichts! Wie erklären Sie sich das?«

»Wollen Sie damit behaupten, dass Schamanismus eine Art Wahnsinn ist?«

»Ich erzähle Ihnen lediglich meine Wahrheit, Monsieur de Palma. Deswegen sind Sie doch hier, oder?«

Der Baron nickte kurz, und Caillol sprach weiter.

»Christine Autran war der Auffassung, dass es zwischen der Geistesverwirrung eines Schamanen und seinem künstlerischen Antrieb einen Zusammenhang gibt. Ganz neu war diese Theorie nicht. Andreas Lommel hatte sie in den Sechzigerjahren schon aufgestellt, und sie hat praktisch den Auftakt zu Hippietum und New Age gegeben, also zu Strömungen, denen der Schamane als der gesündeste Mensch überhaupt galt. Denken Sie nur an die psychedelischen Drogen und solche Sachen.«

De Palma stand auf und stellte sich an eines der beiden Fenster, von denen man die Plattenbauten und die Hochhaustürme der Marseiller Nordviertel sah.

»Das sind Ausflüge in die Tiefen der menschlichen Seele«, fuhr Caillol fort, »ins völlig Unvorhersehbare. Schamanismus wird auch heute noch weltweit in vielen Kulturen betrieben. Den hat die Menschheit sich aus ihrer Urzeit erhalten, und noch dazu gut über die Erde verteilt. Von den tibetischen Hochplateaus über Australien und Nordamerika bis hin nach Sibirien gibt es noch solche Praktiken, und sie stehen in hohem Ansehen. Ich denke, dass Christine die Negativhände aus den Höhlen ganz zu Recht als schamanische Zeichen angesehen hat.«

»Tatsache ist aber, dass die Schamanen in den Gesellschaften, in denen sie leben, gar nicht als so anders gelten, wie wir uns das hier vorstellen. Sie werden eher als ziemlich normal angesehen, manchmal sogar als völlig unbedeutend. Diese Leute verstehen sich darauf, im rechten Moment ›verrückt‹ zu sein, wogegen Thomas Autran ein Perverser ist, der seine Verbrechen mit solchen Zeichen signiert hat. Der Schamanismus soll bei ihm als Entschuldigung durchgehen. Als Wahnsinn!«

»Ja, mag sein«, erwiderte Caillol und setzte sich.

Stille. Um den Polizisten und den Psychiater stiegen die Schatten der Vergangenheit auf.

»Autran hat im Gefängnis etwas ausgeheckt«, sagte de Palma. »Das Eingesperrtsein hat ihn zur Introspektion gezwungen, und für diese Art von Kranken ist das nie gut. Mönchsleben und Schizophrenie sind einander spinnefeind. Sie als Arzt wissen das am besten. Nachts im Gefängnis sitzen und von Stimmen verfolgt werden.«

Caillol drehte sich zur Seite, sodass sein Gesicht nicht mehr zu sehen war. »Sein Vater ist sehr jung gestorben«, sagte er. »Ein Unfall, bei der Rückkehr von einer Ausgrabung.«

»Einer Ausgrabung?«

»Er hat mit Professor Palestro gearbeitet, von dem Sie bestimmt schon gehört haben. Er war einer der freiwilligen Helfer, die ganz stolz darauf sind, zusammen mit Wissenschaftlern buddeln zu dürfen.«

»Wissen Sie was Genaueres über den Unfall?«

»Ganz was Blödes anscheinend. Er ist auf einen Hocker gestiegen und runtergefallen, und dabei ist er mit dem Kopf an irgendetwas Hartes gestoßen.«

Noch immer wandte Caillol dem Baron den Rücken zu.

»Sie wissen ja so einiges über die Familie Autran«, sagte de Palma.

»Ich habe Thomas schließlich behandelt.« Ruckartig drehte er sich um. »Es ist ja wohl das Mindeste für einen seriösen Arzt, dass er über das Leben seines Patienten Bescheid weiß. Vor allem in der Psychiatrie!«

»Und was wissen Sie über seine Mutter?«

Caillols Blick verschleierte sich. »Eine schöne Frau. Auch verstorben. Zwölf Jahre nach ihrem Mann.«

»Eines natürlichen Todes?«

»Nein. Autounfall.«

Caillol nahm einen Stift vom Schreibtisch und drehte ihn zwischen den Fingern. Diesen Tick nahm de Palma zum ersten Mal bei ihm wahr.

»Wo waren die Kinder damals?«

Caillol schien nach Worten zu ringen. Der Stift drehte sich immer schneller. »Thomas war in einer Anstalt«, sagte er schließlich. »In Ville-Evrard.«

»Warum nicht in Ihrer Abteilung? Und warum so weit weg?«

»Weil die damals neue Behandlungsmethoden hatten. Die Psychiatrie hatte sich verändert. In Ville-Evrard haben sie mit

Sachen experimentiert, die für Thomas vielversprechender waren.«

De Palma sah die ganze Fassade seines Theoriegerüsts einstürzen wie ein Kartenhaus. Martine Autran war nicht von ihren Kindern getötet worden. Hier verklang womöglich das Lied Elektras. Dennoch war der Baron überzeugt davon, dass die Mutter der Zwillinge umgebracht worden war.

Caillol hielt noch immer den Stift in der Hand. Er sah mitgenommen aus. De Palma fiel auf, dass die Finger des Arztes sehr lang und dünn waren, fast weiblich.

»Wie hat Thomas auf den Tod seiner Mutter reagiert?«

Caillols Hände begannen zu zittern. Fest umklammerte er seinen Stift. Mit gepresster Stimme sagte er dann: »Überhaupt nicht. Weder Trauer noch Freude. Erschreckend.«

30

Kommen Sie mit.« Die Wärterin war eine gedrungene Frau von beinahe männlichem Auftreten, die ihre Kreppsohlen über den Fliesenboden schleifen ließ. »Die Autran ist unsere beste Kundin hier. Nervt überhaupt nicht. Kein Problem mit der. Hockt meistens da und liest, oder sie ist im Sportraum. Total fit ist die.«

Ein Frauengefängnis betrat de Palma zum ersten Mal. Er kannte aber die Gerüchte darüber, wie streng und unmenschlich es in solchen Anstalten zugehen solle. Wärterinnen in Frauengefängnissen galten als härter als ihre Kollegen bei den Männern. Hier in Rennes wies schon mal keinerlei Dekoration darauf hin, dass gerade Weihnachtszeit war.

Das Gefängnisrumoren verfolgte de Palma, eilte ihm voraus, drängte sich an ihn heran. Er fühlte sich unwohl, ja, fast hässlich in seiner schwarzen Stoffhose und dem ebenso schwarzen Pullover. Überall das tausendfache Flüstern und die Schreie der Eingesperrten. Ein Gefängnis ist ein langes, unaufhörliches Murmeln, Tag und Nacht.

»Das Problem mit der Autran ist bloß, dass sie fast nicht redet. Nur mal kurz, wenn sie was von einem will.«

Nach etwa zwanzig Metern blieb die Wärterin vor einer Schleuse stehen. Eine Aufseherin mit Dutt sah von ihren Überwachungsbildschirmen auf und nickte ihr zu. »Ich mache auf!«

Das erste Schloss wurde automatisch entriegelt und ging wieder zu, als die beiden durch waren. Dann klackte das zweite Schloss.

»So, hier übergebe ich Sie an meine Kollegin, die bringt sie zu Autran. Ich weiß ja nicht, inwieweit sie auf dem Laufenden sind, aber die hat in zehn Jahren keinen einzigen Besuch gekriegt. Viel wird die Ihnen nicht erzählen.«

»Ich versuchs einfach mal«, sagte de Palma lächelnd.

»Na, man weiß ja nie. Die ist eigentlich ganz o.k.«

Die weißen Wände des viereckigen Besuchszimmers waren mit grünen Bordüren geschmückt. Ein festgeschraubter Tisch, zwei Metallstühle. De Palma wuchtete seine Aktentasche auf den Tisch und hängte seine Jacke über einen der Stühle. Aus irgendeinem Grund fürchtete er sich, Christine Autrans Blicken zu begegnen. Fürchtete sich, das Gesicht wiederzusehen, das bei ihrem einzigen Zusammentreffen im Schwurgericht von Aix-en-Provence solchen Eindruck auf ihn gemacht hatte.

»Ich hole sie. Dauert nicht lange.«

Die Wärterin hatte ein ebenmäßiges Gesicht, große blaue, lebhafte Augen und braunes Haar, das sie hinten mit einem Haargummi aus schwarzer Seide zusammenband, dem einzigen Anflug von Koketterie in jener farblosen Welt.

Türen schlugen. De Palma strich sich das Haar zurück und legte sich ein Blatt Papier und einen Stift zurecht. Die Sekunden vergingen in Zeitlupe. Durch den Lautsprecher wurde der Hofgang von Trakt B angekündigt, worauf ein langes Schlösserklacken und immer lauteres Gerede anhob.

Durch das Fenster fiel ein Sonnenstrahl. Man hörte die Seevögel, die sich wohl am Inhalt der Gefängnismülltonnen gütlich taten.

»Hier ist sie«, sagte die Wärterin.

Mit ernster Miene stand de Palma auf. Christine Autran fixierte ihn kalt und gab ihm damit gleich zu verstehen, dass sie sich schon denken konnte, weshalb er gekommen war.

»Guten Tag«, sagte de Palma. »Nehmen Sie bitte Platz.«

Christine trug einen himmelblauen Jogginganzug aus Ballonseide, der ihre Formen durchscheinen ließ. Unter dem weißen T-Shirt war ihr fester Busen zu erkennen. Sie war im Gefängnis nicht körperlich verfallen, sondern hatte sich die stolze Haltung einer Frau bewahrt, die sich niemals gehen lässt. Ihr Gesicht hatte etwas zugleich Hinreißendes und Beunruhigendes. Der Kurzhaarschnitt, der die Ohren frei ließ, betonte ihre mageren Wangen und den asketischen Blick. Sie setzte sich und kreuzte die langen, feingliedrigen Hände. Ihre grauen Augen glänzten tief aus ihren Höhlen heraus und verrieten schweren Schmerz.

»Ich bin Hauptkommissar de Palma. Der, den Ihr Bruder damals fast umgebracht hätte.«

Die Worte des Barons schienen an einer unsichtbaren Wand abzuprallen.

»Ihr Bruder ist aus der Spezialabteilung für psychisch gestörte Patienten in Villejuif entwichen. Jetzt suchen wir ihn.«

Keine Antwort. Keinerlei körperliche Reaktion. Nur ein kaum wahrnehmbares Aufleuchten in ihrem Blick.

»Hören Sie, Christine, ich weiß, dass Sie keine Lust haben, mit der Polizei oder der Justiz zu sprechen, die Sie hierhergebracht haben. Aber nur Sie können uns helfen. Deshalb appelliere ich an Ihre Menschlichkeit. An die Frau in Ihnen, die nicht will, dass ein kranker Mann noch weitere schlimme Verbrechen begeht.«

Christine Autran blickte zum Fenster und atmete tief ein. Eine Wolke schob sich vor die Sonne und zehrte am Licht.

»Hören Sie mir zu, Christine?«

Sie wandte sich wieder de Palma zu und sah ihn an.

»Christine, ich bin gekommen, um Sie um Hilfe zu bitten. Der geringste Hinweis könnte von Bedeutung sein.« De Palma verfluchte sich dafür, nichts weiter als ein Bulle zu sein und jemanden um Informationen anzuflehen, der Lichtjahre von ihm entfernt war. Eine von der Gefängniswelt gebeutelte Seele. Eigentlich hatte er von Lucy Meunier berichten wollen, doch intuitiv vermied er es nun, auf den Mord auch nur anzuspielen. »Wenn Sie mitarbeiten, könnte ich vom Haftrichter Vergünstigungen für Sie erwirken. Verstehen Sie mich?«

Sie sah ihn so intensiv an, dass er schließlich den Blick senkte.

»Sie haben nur noch ein paar Jahre abzusitzen. Es könnte sogar ein ziemlicher Straferlass herausspringen.«

Die Wärterin hinter der Tür ließ ihre Schlüssel in der Hand hüpfen.

»Glauben Sie, dass die Tage hier im Gefängnis lang sind?«, murmelte Christine schließlich.

»Ich denke schon!«

»Sie dauern eine Lebensewigkeit, immer von Neuem. Für die meisten Hysterikerinnen um mich herum wird diese zähe Zeitmasse schnell unerträglich, aber bei mir ist es genau umgekehrt. Ich lebe von dieser Unbeweglichkeit. Ich lasse die Ewigkeit auf mich wirken.« In ihren Augen dämmerte ein schwarzer Morgen heran. Sie lehnte sich zurück und ließ den Blick über die monotonen Wände schweifen.

»Beschäftigen Sie sich noch immer mit der Urgeschichte, Christine?«

Ihre langen Finger krümmten sich zusammen. »Ja«, erwiderte sie mit silbriger Stimme. »Warum sollte ich damit aufhören?«

»Und sind Sie noch am gleichen Thema? Urgeschichte und Schamanismus?«

Sie nickte nur kurz. De Palma zögerte. Jedes Wort zählte, und die Frau, die er vor sich hatte, war ihm eine Länge voraus. Durch die Haft hatte sich wohl ihre Fähigkeit geschärft, zum Wesentlichen vorzudringen.

»Viele Fachleute halten Ihre Theorien für abwegig«, fuhr de Palma fort. »Höhlenmalerei durch Schamanismus zu erklären, erscheint ihnen als grobe Vereinfachung.«

Christine Autran sah auf ihre Finger. »Die haben eben nicht meine Erfahrung. Und Sie ja wohl auch nicht!«

»Sibirien, Afrika … Habe ich alles gelesen.«

»Das ist altes Zeug. Ich habe neue Entdeckungen gemacht.«

»Was für welche?«

Wieder wandte sie sich zum Fenster. Sie hatte ein sehr regelmäßiges Profil, wie in weißen Marmor gehauen.

»Was ist mit dem Hirschkopfmenschen?«

»Hirschkopfmensch?«

»Ja.«

Es ging nur ein ganz leichtes Zittern über ihre Lippen, aber de Palma merkte doch, dass er ins Schwarze getroffen hatte.

»Ich habe gelesen, was Sie über den gehörnten Gott geschrieben haben. Denken Sie über den Hirschkopfmenschen auch so?«

»Ja.«

»Können Sie mir mehr dazu sagen?«

»Was möchten Sie wissen?«

De Palma kam ins Schwimmen. Er wusste nicht, wie er weiterfragen sollte, denn sicher war er sich bei gar nichts.

In der steten Hoffnung, sich Glaubwürdigkeit zu verschaffen, lavierte er zwischen diversen Vermutungen hin und her. Schließlich versuchte er sein Glück. »Ich denke, diese Figur gehörte Ihrem Vater, und jemand hat sie Ihnen gestohlen. Stimmt das?«

Christine blickte zu de Palma auf und musterte ihn. »Wo ist der kleine Gott?«

»Das können nur Sie mir sagen!«

»Ich weiß es aber nicht.«

De Palma legte die Hand auf den Eckspanner seiner Mappe. Christine sah ihm dabei zu. Als er die Hand schon am Gummiverschluss hatte, hielt er inne. Es waren mehrere Fotos von der Figur in der Mappe, doch instinktiv sah er davon ab, sie Christine zu zeigen. Er zog die Hand zurück. Christines Blick verfolgte diese Bewegung genau, dann glitt er langsam wieder hoch zu de Palmas Gesicht und ruhte ein paar Sekunden auf seinem Mund.

»Kennen Sie einen gewissen Rémy Fortin?«, fragte de Palma.

»Ich weiß, dass er tot ist.«

»Sie lesen also die gleichen Zeitungen wie Ihr Bruder?«

»Ich denke schon.«

»Sie haben meine Fragen nicht beantwortet.«

»Sind Sie wegen Rémy Fortin hergekommen oder wegen meines Bruders?«

»Wegen beiden. Ich glaube, dass die Flucht Ihres Bruders mit der Öffnung der Höhle zu tun hat, mit den neuen Entdeckungen dort und mit diesem Hirschkopfmenschen. Oder täusche ich mich da?«

»Das weiß ich nicht.«

»Sie haben meine Fragen noch immer nicht beantwortet.«

Christines Blick tauchte in den von de Palma und drang bis in seine innere Festung vor.

»Die Antwort auf die erste Frage kennen Sie schon. Der

Hirschkopfmensch war tatsächlich eine der beiden Figuren, die meinem Vater gehörten.«

»Wo hatte er sie gefunden?«

»Das ist eine lange Geschichte ohne weitere Bedeutung. Aber die Figur gehörte ihm.«

Sie musterte ihn lange. De Palma wandte die Augen nicht ab, so sehr der starre Blick der Frau ihn auch verunsicherte.

»Mein Vater ist in seinem ganzen Leben nur ein Mal unehrlich gewesen. Ein einziges Mal. Bei einer Ausgrabung mit Palestro. Damals ist er eine Stunde nach Arbeitsschluss zurück auf die Ausgrabungsstätte und hat sich die Figur geholt.«

»Und warum?«

»Weil er dachte, der Hirschkopfmensch könne meinen Bruder heilen.«

»Was aber nicht der Fall war.«

In aller Ruhe legte sie beide Hände flach auf den Tisch. »Wie können Sie das behaupten?«

»Es ist nur eine Vermutung.«

»Solange mein Bruder den Hirschkopfmenschen bei sich hatte und ihn berühren, ihn anrufen, mit ihm sprechen konnte, ist nie etwas passiert. Erst als er uns gestohlen wurde, hat das Furchtbare begonnen.«

»Wer hat ihn gestohlen?«

»Woher soll ich das wissen?«

Trotz all seiner Erfahrung stieß de Palma an eine Mauer, deren Schwachstellen er nicht auszumachen vermochte. »Ich frage Sie noch einmal: Wer hat Ihnen die Figur gestohlen? Ich bin überzeugt, dass Sie es wissen.«

Sie sah ihn nicht mehr an, hinter unsichtbaren Mauern verschanzt.

»War es Dr. Caillol?«

Die Frage glitt an ihr ab. Christine war woanders, unerreichbar. Ihr Blick schien durch de Palmas Brust hindurchzugehen.

»Der große Jäger ist zurück«, sagte sie auf einmal mit dunkler Stimme.

»Wen meinen Sie damit?«

»Für das Opfer ist eine gegabelte Lärche nötig, die auf einem Hügel steht. In der Gabelung steckt ein Stock, der einen Pfeil symbolisiert. Die Richtung, in die der Stock deutet, zeigt an, für welchen Geist das Opfer gedacht ist.«

De Palma beugte sich vor und legte seine Hand auf die von Christine. Der Kontakt war kalt. Christine zog ihre Hand nicht zurück, als fühlte sie gar nichts. »Sagen Sie mir, wo Ihr Bruder ist! Das ist die letzte Chance, um ihn vor dem sicheren Tod zu bewahren! Ich beschwöre Sie!«

»Wenn der Stock in Richtung Süden und nach oben zeigt, ist das Opfer für einen *Abaasy* aus der oberen Welt. Wenn er in Richtung Norden und nach unten zeigt, ist es für einen *Abaasy* aus der unteren Welt.«

»Was ist ein *Abaasy?*«

»Ein Geist!«, rief Christine aus und blickte hoch, als tauchte sie aus einem unterirdischen Universum auf.

De Palma nickte der Wärterin zu und wandte sich dann wieder an Christine. »Ich lasse Sie erst mal nachdenken und melde mich in ein paar Tagen wieder. Hoffentlich haben Sie mir dann was zu sagen.«

Die Tür ging auf. Christine stand auf wie ein Roboter und drehte sich um.

»Auf Wiedersehen, Christine Autran!«

Mit hängenden Armen ging sie den Korridor entlang. Am ersten Gitter blieb sie stehen. »Versuchen Sie rauszukriegen, wer Rémy Fortin wirklich war«, rief sie zurück.

De Palma tat ein paar Schritte auf sie zu. »Wie meinen Sie das?«

Hämisch lächelnd sah sie ihn an. »Versuchen Sie rauszukriegen, wer Rémy Fortin wirklich war.«

Sie betrat die Schleuse und verschwand bald in dem Wald

aus Gittern und klackenden Schlössern. Die Tür des Besucherzimmers ging zu.

»Wann soll sie entlassen werden?«

»Ziemlich bald«, erwiderte die Wärterin. »Wahrscheinlich noch vor dem Frühjahr.«

31

Für Besprechungen hatte de Palma nichts übrig, und für solche am frühen Morgen erst recht nicht. Er war zu spät aufgewacht, um mit Eva noch seinen Kaffee trinken zu können, wie er es Tag für Tag tat, seit sie zusammenlebten.

Ihm gegenüber saß trübäugig Karim Bessour, der wohl einen Gutteil der Nacht hindurch gegrübelt hatte. Legendre leitete die Besprechung auf seine übliche hemdsärmelige Art, unter der sich einiges an Ängstlichkeit verbarg.

»Karim hat sich um die Kontrolle an Grenzen, Bahnhöfen und Flughäfen gekümmert. Er hat gute Arbeit geleistet, aber bis jetzt hat es nirgendwo geklingelt. Entweder Autran hat Frankreich schon verlassen, oder er ist gewiefter als die gesamte Polizei. Was nicht unmöglich wäre. Wie siehts bei dir aus, Michel?«

»Ich trete auf der Stelle, um es mal vorsichtig zu sagen. Es tut sich schon was, aber nichts Konkretes, gar nichts. Wir tappen im Dunkeln. Bis jetzt bestimmt Autran, wo es langgeht. Und ich bin mir sicher, dass ihm jemand nacheifert oder ihm sogar vorauseilt, und zwar der Taucher, der Fortin umgebracht hat und um ein Haar auch Thierry Garcia abgemurkst hätte. Und der auch Lucy Meunier getötet hat.«

Legendre und Bessour blickten sich verblüfft an.

»Autran kenne ich gut«, sagte de Palma. »Ich habe mir den Kopf zerbrochen, aber das mit Lucy Meunier passt einfach nicht zu ihm.«

»Und wen siehst du dann als Meuchler alleinstehender Frauen?«, fragte Legendre.

»Ich schwanke zwischen Dr. Caillol und dem Taucher. Es sei denn, dabei handelt es sich um ein und dieselbe Person.«

»Interessant«, sagte Legendre und fuhr sich über die vom Rasieren noch ganz rote Wange.

»Das mit der Negativhand in der Wohnung, das war nicht Autran. Der Typ, der ihn nachmachen wollte, hat sich auf zweierlei Weise vertan.« De Palma machte es gern spannend, so wie in den Opern Verdis, in denen einer Arie oft eine energische Cavatine vorausgeht. Er stand auf und ging zur Wand. »Es ist einfach eine andere Technik. Autran hat immer Wasser und Pigmente im Mund vermischt, dann die Hand auf ein Blatt Papier gehalten und die Mischung draufgepustet. Genau so, wie es die Urmenschen machten und wie es noch heute bei den Aborigines und bei Völkern wie den Kanaken oder den Ureinwohnern von Borneo praktiziert wird.«

De Palma legte eine Hand an die Wand und spielte den Eiszeitmaler. »Auf diese Weise hinterließ Autran seine DNA. Bei Lucy Meunier aber wurde keine DNA gefunden, und den Umrissen der Hand sieht man an, dass da mit einem Blasgerät gearbeitet wurde, oder mit einer Farbspritzpistole. Die Umrisse sind nämlich zu sauber. Tja.«

Bessour und Legendre nickten. Der eine, um anzuzeigen, dass er die Lektion des Meisters akzeptierte, und der andere, weil sein Untergebener ihm schon wieder mal den Rang abgelaufen hatte.

»Beeindruckend«, sagte Legendre. »Bleibt noch das Motiv. Wozu die arme Lucy so zerfleischen?«

De Palma stockte. Er hatte nichts mehr in petto. »Das werden wir bald erfahren«, sagte er lediglich.

»Und Christine Autran?«, fragte Legendre.

»Macht einen auf unbeteiligt. Ich habe alles probiert, aber ohne Erfolg. Beim Weggehen hat sie mir noch eine Art Rätsel aufgetischt. Ich habe es mir aufgeschrieben und knoble dran herum, aber ehrlich gesagt kapiere ich bisher gar nichts.«

»Was hat sie denn gesagt?«

»Was von einer Opferstätte und von Geistern, bei irgendwelchen Völkerschaften in Sibirien. Ich habe das Gefühl, das soll eine codierte Botschaft sein. Nur weiß ich nicht, was ich davon halten soll.«

»Meinst du nicht, dass sie einfach einen Knacks hat? Die war ja schon damals ziemlich durch den Wind, und im Gefängnis ist das bestimmt nicht besser geworden.«

»Das mag zum Teil schon stimmen, Chef, aber ich glaube, ihr Bruder wird jemanden umbringen, und davor wollte sie mich warnen. Ganz schön pervers um die Ecke gedacht. Denn das wird sich bestimmt vor unseren Augen abspielen, oder so gut wie.«

Legendre strich seine Krawatte glatt, so wie immer, wenn er unruhig wurde. »Karim hat sich durch die alten Akten gewühlt und möchte uns was mitteilen. Bitte, Karim.«

Bessour beugte sich zu einer dicken Aktenmappe hinunter, die zu seinen Füßen lag. Er hatte in den Verhörunterlagen aus der Zeit gestöbert, als Thomas und Christine verhaftet worden waren. »An keiner Stelle«, sagte er, »haben Christine oder Thomas je irgendetwas zugegeben. Es gibt also keine richtigen Geständnisse und auch praktisch keine Beweise für ihre Schuld.«

»Was unterstellst du da?«, fragte de Palma empört. »Dass sie unschuldig sind?«

»Das meine ich damit überhaupt nicht.«

»Warum schnüffelst du dann im Dreck herum? Natürlich sind sie schuldig. Für das Schwurgericht gab es keinen Zweifel.«

Legendre schlug mit der flachen Hand auf den Tisch. »Michel, beruhig dich wieder. Was Karim uns zu berichten hat, ist interessanter, als du denkst.«

Der Baron biss die Zähne zusammen.

Bei der Akte Autran war damals nicht alles hinreichend ausgeleuchtet worden. So manches kam erst jetzt ans Licht. Bessour hatte sich der Familienmitglieder angenommen, um herauszubekommen, ob Autran nicht bei irgendjemandem unterkriechen konnte. Schließlich war er auf einen alten Cousin gestoßen, der in der Nähe von Avignon wohnte und zuerst nicht recht mit der Sprache herausrücken wollte, dann aber zugab, dass er mit den Autran mal Ferien in einem Landhaus verbracht hatte, das in keinem Protokoll und auch keinem anderen Dokument aufgeführt war. Die Autrans hatten also ein Landhaus besessen, und niemandem war es aufgefallen.

»Hast du eine Ahnung, ob das in der Nähe von Saint-Maximin sein könnte?«, fragte de Palma.

»Das ist das Problem«, erwiderte Bessour. »Der Cousin ist nicht mehr der Jüngste, und das mit den Ferien war vor circa vierzig Jahren. In der Marseiller Gegend soll es sein, hat er gesagt. Ich werde mich durch die Archive arbeiten müssen, und das kann dauern.«

De Palma dachte sofort an die Stelle, wo Martine Autran ihren Unfall gehabt hatte. Auf der Straße nach Termes, bei der Abzweigung nach Regage. Er behielt den Gedanken aber lieber für sich. Legendre löste die Besprechung auf. Bessour verschwand sang- und klanglos mit seiner Akte unter dem Arm. De Palma rief Maistre an und beschrieb ihm den Weg zum Unfallort.

»Ich bin in einer halben Stunde dort«, sagte Maistre. »Aber warum fährst du nicht mit Legendre und der ganzen Bande hin?«

»Eben, weil es die ganze Bande ist.«

Der Herbstregen hatte den Weg nach Regage an mehreren Stellen ausgeschwemmt. De Palma hielt in der Nähe einer Felsschulter an und gab Maistre, der noch unterwegs war, seine endgültige Position durch.

Zweihundert Meter von dort stach aus der Garrigue ein Häuschen heraus. Der Pfad, der dorthin führte, war mit Büschen überwachsen. Es war der einzige ansprechende Ort auf diesem Ausläufer des Etoile-Massivs, denn ansonsten führte der Weg nur zu lauter kahlen, von den heißen Sommern verdorrten Stellen.

Der Baron stieg zu einer Weggabelung hinab. Noch knapp hundert Meter trennten ihn von dem Häuschen. Zu seiner Linken ragte ein großer Felsen aus der Zwergvegetation heraus wie der Kopf eines Ungeheuers. Rund herum nichts als verkohlte Baumstümpfe, rostige Steine und dichtes Gestrüpp.

Etwas weiter rechts waren ein paar Kiefern dem Brand entgangen. Von dort war es nur noch ein Steinwurf bis zum Häuschen. Wegen der dichten Vegetation musste de Palma etliche Kletterpartien und Umwege auf sich nehmen.

Nach ein paar Minuten blieb er schweißgebadet stehen, zog die Jacke aus und band sie sich um die Taille. Bei jedem Herzschlag pochte es in seinen Schläfen. Er wollte schon umkehren und auf Maistre warten, als er auf einmal etwas knacken hörte, wie ein brechendes Stück Holz. Dann Stille. Nur die Natur, die lästigen Fliegen und das ferne Brummen eines Lastwagens, der sich die steile Straße hinaufquälte.

Er beschloss weiterzugehen und wäre fast über die Wurzel einer Kermes-Eiche gestolpert. Wütend fragte er sich schon, ob er hier nicht seine Zeit mit Unfug vertat, als auf einmal ein Schatten vom Haus zu einer kleinen Hütte huschte.

»He!«, rief der Baron. »Ist da jemand?«

Die Gestalt erschien erneut. De Palma erstarrte. Dieses Gesicht konnte er nicht vergessen. Er hatte Thomas Autran vor sich. Der blitzschnell wieder verschwand.

Der Baron zog seine Bodyguard und kämpfte sich weiter durch das Gestrüpp, das ihn überall zerkratzte. Sein Herz schlug heftig. Wenn er im Halbkreis um das Haus herumging, würde er den Eingang in seinem Schussfeld haben. Nichts rührte sich.

»Polizei! Kommen Sie raus, Autran! Sie haben keine Chance!«

Ein Fenster war geschlossen, die Tür stand halb offen. Einen Hinterausgang schien es nicht zu geben. Er hob seine Waffe in Augenhöhe.

Auf der Seite, die er nicht einsehen konnte, mochte noch eine weitere Tür sein. Er beschrieb weiter seinen Bogen um das Haus, an das sich zur Linken eine Art Waschhaus anschloss. An einem Lattenverschlag schlug das Blechdach bei jedem Windstoß an die Mauer.

Plötzlich schwirrte zwischen dem Waschhaus und einer alten Trockenmauer aus dem Nichts etwas heraus. Instinktiv duckte de Palma sich zur Seite. Die Lanze traf ihn am Arm und ließ ihn aufschreien.

Autran nutzte den Überraschungseffekt, sprang hinter dem Waschhaus hervor und auf den Kiefernwald zu. Er trug eine Jeans, eine Lederjacke und einen ziemlich großen Rucksack. De Palma gab einen ersten Schuss ab, der sein Ziel aber völlig verfehlte und an eine junge Kiefer prallte. Er zielte, so gut er konnte, und schoss ein zweites Mal. Autran lief nicht, sondern sprang im Zickzack, und zwar auf de Palma zu. Plötzlich blieb er stehen. Im Rücken des Barons knallte ein viel lauterer Schuss. Autran drehte sich ruckartig um und lief auf den Wald zu. Ein zweiter Schuss. De Palma schnellte herum. Hinter ihm stand Maistre, mit einem halbautomatischen Jagdgewehr im Anschlag. Er schoss noch zwei Mal, doch war Autran aus solcher Entfernung nicht zu treffen.

De Palma blutete. Eine drei Zentimeter lange Schnittwunde am Unterarm. Nichts Ernstes.

Autran war weg, und so leicht würde er nicht mehr zu finden sein. Meister Zufall war ein geiziges Wesen.

De Palma fühlte sich zutiefst gedemütigt. Hier stand er hilflos, mit einer Waffe in der Hand, von der er gedacht hatte, er würde sie nie wieder gebrauchen. Er wollte nicht zeigen, wie weh ihm das tat, und grub seinen Schmerz und seine Scham tief in sich hinein. Maistre ging zu ihm hin.

»Ich … Ich weiß nicht, was ich sagen soll«, stammelte der Baron.

»Dann sag nichts«, erwiderte Maistre und besah sich die Lanze.

Das war der gleiche Satz, den de Palma sich als kleiner Junge von seinem Vater hatte anhören müssen, wenn er eine Dummheit begangen hatte. »Dann sag nichts«, dieser schlichte Satz war wie eine Ohrfeige. Der Baron verdiente nichts als Verachtung und konnte sich nicht einmal entschuldigen.

Maistre fand die richtigen Worte. »An deiner Stelle hätte ich genau das Gleiche gemacht.«

»Wirklich?«

»Ja. Falls dir das ein Trost ist.« Maistre legte die Lanze weg und sah sich forschend um.

»Ich bin wie besessen von dem Kerl!«, rief de Palma. »Ich halte das nicht mehr aus, verstehst du das?«

Maistre drehte sich um und sah ihn an. »Ist das dein Ernst? Allmählich machst du mir Angst.«

Der Baron krempelte den Ärmel seines Hemdes hoch und besah sich die Wunde. Die Lanzenspitze hatte sich durch den Stoff gebohrt und die Haut aufgerissen. Nun müsste er eigentlich zum Handy greifen und Verstärkung anfordern, Hubschrauber, Spürhunde und das ganze Trallala. Aber er zögerte.

»Also los«, sagte Maistre.

»Wohin?«

»Rat mal«, erwiderte Maistre und zeigte auf das Haus.

»Gut. Gib mir Feuerschutz, Jean-Louis.«

Maistre hob die Patronenhülsen auf und schob drei neue Patronen in sein Gewehrmagazin. Eine Weile sah er zu dem Wäldchen, in dem Autran verschwunden war. Dahinter war ein kleines Tal zartgrün überwuchert. »Kein Risiko. Mit zwei bewaffneten Bullen legt der sich nicht an. Geh du ins Haus, ich bleibe davor.«

De Palma legte vier Patronen in seinen Revolver und steckte die vier leeren Hülsen in seine Jacke. »O.k., dann gehe ich mal.«

Auf der Betonterrasse standen ein alter Korbstuhl und eine ramponierte Bank. In der nackten Steinfassade des Hauses waren zwei schmale Fenster. Vom Schatten begünstigt hatten kräftige Dornenranken sich um die verrosteten Scharniere eines Fensterladens gewickelt.

Sobald de Palma das Haus betrat, schlug ihm der Geruch von alten Kleidern, Asche und Schweiß entgegen. Es drang kaum Tageslicht herein. Das erste Zimmer war ziemlich geräumig. In der Mitte standen sich je zwei von Ratten schon ziemlich in Mitleidenschaft gezogene Korbstühle gegenüber. An den Spuren im Staub ließ sich ablesen, dass nur ein Stuhl verrückt worden war, und zwar der gegenüber des kleinen Kamins. Der Baron stellte sich vor, das müsse der Platz vom jungen Thomas gewesen sein. Vielleicht saß er dem Vater gegenüber, hatte seine Schwester neben sich und die Mutter schräg gegenüber. Der Baron sah die Zwillinge streiten, während ihre Mutter sich in der Küche zu schaffen machte. Der Gedanke war ihm peinlich. Wie konnte er sich bloß in die Kindheit eines Mannes versetzen, der soeben versucht hatte, ihn zu töten? Er ging weiter ins Schlafzimmer. Autran war offensichtlich gestört worden, während er sich zum Aufbruch vorbereitete.

Auf dem Boden lag ein Feuerstein, ein etwa zwanzig Zentimeter langer weidenförmiger Faustkeil.

»Der bringt dich nicht um«, sagte Maistre, der ihm nachgegangen war.

»Wie meinst du das?«

»Du hast doch hoffentlich kapiert, dass er dich am Leben gelassen hat? Du warst ihm ausgeliefert. Um dich zu töten, hätte er bloß warten müssen, bis du ins Haus kommst.«

* * *

»Ich habe das Gefühl, dass Mama uns nicht mag!«

Pierre Autran sieht zu Boden. Wenn Thomas von seiner Mutter spricht, wird sein Blick entsetzlich finster.

»Mama mag uns schon, aber auf ihre Art.«

»Du lügst, Papa! Irgendwann mal bringt sie uns alle um. Sie will uns nicht haben.«

Pierre Autran vergräbt sein Gesicht in den Händen. Er weint. Er hat Martine geheiratet, weil sie die Allerschönste war. Sie betrügt ihn seit jeher und versucht das nicht einmal zu verhehlen. Er weiß nicht genau, warum er dieser Frau so hörig ist, aber so ist es nun mal. Er hat nur ihren Körper, um sich zu berauschen, nur ihren sinnlichen Mund, um in Ekstase zu geraten. Gelegenheit dazu ist selten, doch gäbe er mehr als sein Leben für einen einzigen Augenblick mit ihr. Unaufhörlich muss er daran denken. Diese Besessenheit erschreckt ihn manchmal, doch behält er das für sich.

Sie ist vor der Hochzeit schwanger geworden und wollte abtreiben, doch hat er sie umstimmen können. Seither rächt sie sich. Ihm wäre am liebsten, sie würde gehen, würde sterben. Er möchte sie töten. Doch kann nicht einfach böse sein, wer will!

Heute ist Thomas beim Arzt.

»Komm, Thomas«, sagt der Arzt.

Er betritt das Sprechzimmer. Seine Mutter wendet den Blick ab.

»Wie fühlst du dich?«

Er antwortet nicht. Wenn der Doktor diese Frage stellt, bedeutet das: Krankenhaus!

»Wir müssen noch ein paar Untersuchungen machen, Thomas. Du kommst nach Ville-Evrard, das ist eine große Anstalt bei Paris. Einverstanden?«

Thomas antwortet nicht. Der Doktor lächelt genauso wie der Autohändler, der Papa einen Renault 16 mit Lenkradschaltung andrehen wollte. Der hat von Papa eine ganz schöne Abfuhr bekommen!

»Bist du einverstanden, Thomas?«

Mit »einverstanden« sind Elektroden gemeint, und diese seltsame Flüssigkeit, die ihm ins Gehirn steigt und dort alle Visionen verschwinden lässt. Dabei ist er doch glücklich mit den Visionen einer alten Welt. Sie geben ihm Kraft zum Leben.

32

Donnerstags hielt Dr. Caillol bis zwanzig Uhr Sprechstunde, allerdings nur für Patienten, die ein Vermögen dafür bezahlten, vor allen anderen dranzukommen.

Das Krankenhaus Edouard-Toulouse war Thomas vertraut. Dort hatte er seine Grundausbildung als gefährliches Subjekt absolviert. Nun ging er auf den Hintereingang zu. Den beiden Afrikanern, die die Mülltonnen leerten, winkte er freundlich zu.

Die Wäscherei war rechts. Der Geruch nach heißer Wäsche und Desinfektionsmittel drehte einem den Magen um und erinnerte an den säuerlichen Duft aus der Haftanstalt, der überall der gleiche ist.

Doch ist das alles nun weit weg, das weiß Thomas genau. Hat man erst mal getötet, kann man nicht mehr zurück. Das ist so, wie wenn man ins Leere springt. Er war das Böse an sich. Ein Monster gar, wie ein Journalist einmal geschrieben hatte. Er weiß, dass er Dinge getan hat, die man nicht tun darf, doch konnte er nicht anders.

Er öffnete die Tür zur Wäscherei. Ein heißer Luftschwall fuhr ihm ins Gesicht. Zügig ging er weiter. Seiner Erinnerung nach war die Tür, die zu den Sprechstundenräumen führte, am Ende des Ganges. Er musste sich entlang der Wand halten, um von der Sekretärin nicht gesehen zu werden. Auch wenn anscheinend alles renoviert worden war, dürfte sich das nicht geändert haben.

In der Diele musste Thomas mit seiner stets ungeduldigen Mutter immer warten, bis die Sprechstundenhilfe sie ins Wartezimmer bat. Das konnte ein paar Minuten dauern, die ihm jeweils vorkamen wie eine Ewigkeit. Mama trug grundsätzlich ein dezentes Kostüm, glänzende Strümpfe und nüchterne Pumps.

Thomas schlich sich in den Gang. Alles war ruhig. Zwei Verrückte unterhielten sich mit der Sprechstundenhilfe. Mit ein bisschen Erfahrung erkennt man Verrückte sofort. Schräger Blick, leicht glänzendes Gesicht wegen der Neuroleptika und irgendwie charakteristische Züge. Nichts wirklich Auffälliges, aber doch ein Unterschied.

Die beiden Verrückten beschwerten sich, dass man in den Zimmern nicht mehr rauchen durfte. Verrückte rauchen immer viel. Auch Bernard war ein starker Raucher.

Dr. Caillol war in seinem Sprechzimmer. Er telefonierte, auf Englisch, und zwar so laut, dass Thomas Fetzen davon mitbekam. Hin und wieder sprach er einen medizinischen Fachbegriff eher französisch aus, und über jedes »the« und »that« lispelte er hinweg. Auf Zehenspitzen trat Thomas näher.

Die Zimmertür war halb geöffnet. Der Psychiater wandte

ihm den Rücken zu, an die Schreibtischkante gelehnt. Nun bekam Thomas alles mit. Dr. Caillol war in Vorbereitungen auf einen Psychiatriekongress begriffen, der in Marseille zum Thema vorzeitige Demenz stattfinden sollte.

Thomas glitt hinein wie ein Schatten, wartete ab, bis Caillol auflegte, und trat dann mit der Axt in der Hand einen Schritt vor.

Caillol fuhr herum. Brachte erst keinen Ton heraus. Autrans Blick wanderte von den zitternden Händen des Arztes langsam hinauf bis zum Gesicht, das durch die Furcht zur Fratze verzerrt war.

»Ich …«, stammelte Caillol, »weißt du … Ich freue mich, dich wiederzusehen.«

Seine Stimme war brüchig. Er verströmte den widerlichen Geruch der Angst, den Thomas über alles hasste. Dr. Caillol, der Mann im weißen Kittel, der sich während der Elektrodensitzungen über ihn beugte, mit dem immer gleichen wohlwollenden Lächeln; der Psychiater, der versucht hatte, den Geheimnissen der Schizophrenie auf die Spur zu kommen, indem er sich mit den letzten Schamanen anlegte, dieser Mann stank nach Urin und nach Angstschweiß.

»Du bist doch wegen mir gekommen, oder? Ach, Thomas, wie mich das freut!«

Mit herunterhängenden Armen stand Autran unbewegt da. Er ließ sich von dem Arzt nicht mehr verführen. Ließ sich nicht mehr von dem Menschen verzaubern, der nach dem Tod seines Vaters zum einzigen männlichen Anhaltspunkt in einer verschwimmenden Welt geworden war.

Früher hatte der Arzt ihn zu beruhigen gewusst. Mit Verrückten zu reden, ist eine Kunst für sich. Man muss dabei zugleich stark und sanft sein. Darf nichts überstürzen wollen. Das war nun vorbei. Jetzt hörte er ihm gar nicht mehr zu. Das Lächeln und die Blicke des Arztes prallten an Autrans Schutzpanzer ab.

Caillols Blick fuhr suchend über den Schreibtisch. Da lag ein Zeitungsausschnitt über den Mord an Lucy Meunier. Den schob er hastig unter die Briefablage. Eine ungeschickte Geste. Seine Nerven gehorchten ihm nicht mehr. Sein Kinn zitterte, als wäre er in Trance.

»Ich bin gekommen, um mich von Ihnen zu trennen«, knurrte Autran. Seltsam starr blickte er dabei auf das Bild, das die Traumzeit darstellte, als könnte er aus den Farbtupfern etwas herauslesen.

»Die Traumzeit«, sagte Caillol, um Zeit zu gewinnen. »Weißt du noch, wie du das Bild immer viel besser verstanden hast als jeder andere?«

Autran riss sich von dem Gemälde los und blickte dem Arzt auf die Stirn.

»Wie fühlst du dich?«, stammelte Caillol.

Als einzige Antwort wurde dem Arzt ein Blick von der Seite zuteil, wie von einem Raubtier, das weiß, dass es mit seinem Opfer noch eine Weile spielen kann.

»Ich verrate dir jetzt unser Geheimnis, Thomas. Wir haben nämlich ein Geheimnis, und bisher habe ich nur deine Schwester eingeweiht. Aber du sollst es natürlich auch erfahren. Nur weil du krank bist, darf man dir doch nichts verheimlichen! Es geht dabei um deinen Vater. Sollen wir über deinen Vater sprechen?«

Von Thomas wieder nur so ein seitlicher Blick, der Gleichgültigkeit vorspielen sollte.

»Dein Vater ist nie ein Freund gewesen. Ein hochintelligenter Mann, das ja. Er sagte immer, dass er dich mehr liebte als alles auf der Welt. Ja, das behauptete er. Du warst sein einziger Sohn. Nun ja, ein bisschen lieber als deine Schwester hatte er dich schon, und deshalb war sie eifersüchtig. Aber nun gut, das sind Kindergeschichten. Nicht wahr?«

Caillol gewann an Selbstsicherheit.

»Dein Vater ist zu den Sprechstunden nie mitgekommen.

Du wurdest immer von deiner Mutter gebracht. Sie hat sich bis zur Erschöpfung um dich gekümmert. Oh ja! Du hast immer gedacht, dass dein Vater besser war als deine Mutter, aber da hast du dich getäuscht!«

Nun schrie Caillol regelrecht.

»Jawohl, getäuscht! Thomas! Dein ganzes Leben ist auf diesem Irrtum aufgebaut. Diese Lüge steckt tief in dir drin. Deine Mutter hat dich geliebt, über alles geliebt. Für deinen Vater warst du nichts als ein kranker Sohn, der seinen Stolz verletzte und geheilt werden musste, weil der Schein schließlich mehr galt als das Sein. Die Autrans, diese große Familie! Und dann ein völlig verrückter Sohn ... Das war unerträglich. Er war überzeugt, dass das Gen des Wahnsinns von deiner Mutter in die Familie gebracht wurde. An allem war sie schuld. Und soll ich dir jetzt das Geheimnis sagen?« Caillol war nahe daran überzuschnappen. »Soll ich es dir sagen?«

In diesem Moment stieß Thomas einen gellenden Schrei aus und hob die Hand. »Hier ist das Zeichen. Hier ist Urmann.«

Der Arzt wurde von dem Schlag gefällt. Er sah noch das Gesicht, das sich über ihn beugte. Spürte den heißen Atem, der ihn zum Blinzeln brachte.

»Die Stimmen müssen fort.«

Das war alles, was er noch hörte. Diesen einzigen, verhallenden Satz. Er spürte, wie er gleich einem Sack Kartoffeln vom Boden aufgehoben wurde, dann verlor er das Bewusstsein. Er war nur noch ein Paket Mensch, das in so starken Armen nicht besonders schwer wog.

Als Caillol erwachte, hielt die Kälte ihn in ihrem Schraubstock. Er war nackt an einen Baum gebunden, dessen Rinde ihm in den Rücken schnitt.

Thomas beobachtete ihn, seltsam glucksend. Er hatte sich zwei lange Blutstriche auf die Brust gemalt. Der Schnee segelte in schweren Flocken herab und versah die abgestorbenen Finger der Bäume mit weißen Fransen. Ein Rabe tat durch den weißen Vorhang hindurch einen kaum vernehmbaren Schrei.

Caillol brüllte, doch das Brüllen schaffte es nicht aus seinem Mund hinaus. Ein böser Geist hatte den Ton des Lebens durchschnitten. Caillol sah zum Himmel hinauf und erblickte den großen Pfeil. Wieder schrie er. Nichts.

»Die Stimme muss verstummen«, murmelte Autran mit verdrehten Augen. »Die Stimme darf nicht mehr sprechen.«

Caillol bekam einen Lachkrampf, dem er nicht mehr Einhalt zu gebieten wusste. Ein Lachen, wie es Menschen packt, die sterben müssen, ein irrationaler Trieb angesichts entsetzlicher Ausweglosigkeit. Mit jedem Zusammenziehen seines Bauches, jedem Schlag seines Herzens machte das Leben sich weiter davon.

Er hatte das Gefühl, dass Thomas die Ohren spitzte und seinen Mund beobachtete. Sein heiseres Lachen erreichte ihn nicht. Er versuchte eine letzte Botschaft zu entziffern, doch diese letzte Erklärung von der Schwelle zum Nichts vermochte Caillol nicht mehr zu artikulieren.

»Die Stimmen schweigen«, knurrte Autran. »Sie kehren in die Nacht zurück.« Er hob die Axt zu seinen Füßen auf und schlug sie dem Arzt mitten in die Brust.

Caillol spürte den Schmerz nicht so stark, wie er erwartet hatte. Er senkte den Blick und sah sein Blut herausquellen und in lauter dünnen Fäden zu seinen Füßen hinunterrinnen. In seinem Kopf wirbelten Bilder herum. Frauengesichter, alle mit der gleichen Frisur und dem gleichen leichten Silberblick. Die Pupillen, die ihn vor Glück überwältigt hatten.

»Das Herz hört auf zu schlagen«, sagte Autran. »Der Geist muss weg.«

Caillol sah nur noch den ehernen Blick, der ihn durchdrang. Die Axt erhob sich hoch in den weißlichen Himmel.

DRITTER TEIL

Das Haus der Verrückten

Es gilt mehr und mehr als bewiesen, dass vor der neolithischen Revolution, also dem Übergang vom Jäger- und Sammlertum zur Landwirtschaft, die meisten Menschen frei lebten, nach den Prinzipien von Autonomie, Geschlechtergleichheit, Egalitarismus und Teilung, ohne jegliche organisierte Gewalt.

JOHN ZERZAN, *Why Primitivism?*

33

De Palma zeigte an der Absperrung seinen Polizeiausweis vor. Der füllige Wachtmeister nickte ihm mit ernster Miene zu. Vor dem Sprechzimmer von Dr. Caillol besahen sich Bessour und Legendre einen Gegenstand, den ihnen ein Techniker der Spurensicherung zeigte.

»Hallo Michel«, sagte Legendre. »Wir haben lieber auf dich gewartet, bevor wir den Tatort betreten.«

»Autran?«

»Wir wissen noch gar nichts«, erwiderte Bessour.

Der Psychiater war verschwunden. Die Sprechstundenhilfe hatte ihn nicht zur üblichen Zeit aus seinem Büro kommen sehen. Beunruhigt habe sie nach einer Weile mehrfach angeklopft und sei schließlich eingetreten. Caillol sei nicht drin gewesen. Sie habe eine Zeit lang gewartet, doch er sei nicht zurückgekommen. Seine Aktenmappe stand neben dem Schreibtisch, und der Mantel hing am Kleiderständer, mit dem Handy darin. Mit den zuletzt ein- und ausgegangenen Anrufen war nicht viel anzufangen, es waren lauter Nummern aus seinen Handykontakten.

Es fehlte die Signatur Autrans, die Negativhand.

»Ich glaube, er will uns irgendwo hinführen«, sagte Bessour.

»Messerscharf beobachtet«, spöttelte de Palma. »Ich würde sogar sagen, er will uns direkt zu Caillols Leiche führen.«

Karim Bessour musste schmunzeln. Er besah sich jeden Gegenstand im Büro. Sein Blick blieb auf dem Schreibtisch hängen. Da lag etwas, ein zusammengerolltes Stück

Zeitungspapier. Mit der Spitze seines Stiftes rollte Bessour das Papier auf. »Ein Finger! Da ist ein Finger drin!« Er sah auf seine eigene Hand, dann wieder auf seinen Fund. »Eventuell ein rechter Zeigefinger.«

Auf dem zerknitterten, blutbeschmierten Zeitungsfetzen war nur eine Schlagzeile lesbar: *Lucys Martyrium.*

Die Fingerabdruckdatei spuckte einen Namen aus: Thomas Autran. Und die Bemerkung: Derzeit in Haft. Die Datei war nicht aktualisiert.

De Palma besah sich lange den Abdruck auf seinem Bildschirm: dicke schwarze Striche, lange, komplexe Kurven, Linienenden, Inseln, Gabelungen. Dieser Abdruck sagte ihm etwas, aber in einer Sprache, die er noch nicht verstand. Ein Mörder, der sich verstümmelte, war ihm noch nicht untergekommen, und das war für ihn ein Alarmsignal. Entgegen der allgemeinen Auffassung musste der Wahnsinn Thomas Autrans sich in den zehn Jahren Haft noch gesteigert haben.

Warum ein Finger? Und warum in einen Zeitungsartikel gewickelt, in dem es um den Mord an Lucy Meunier ging?

Eine Hausdurchsuchung bei Dr. Caillol war zwingend geboten, doch Legendre sperrte sich zunächst. Solange der Psychiater nicht offiziell tot war, durfte die Polizei nicht ohne triftigen Grund bei ihm eindringen. De Palma verwies auf die Dringlichkeit der Situation. Sollten sie etwa untätig abwarten? Schließlich gab Legendre nach.

Als Bessour und der Baron vor dem stattlichen Haus des Psychiaters ankamen, war die Tür aufgebrochen. In der Eingangshalle lag ein umgeworfener Stuhl. Rasch sahen sie sich im Erdgeschoss um. Ein großes Wohnzimmer, ein Büro und zwei Schlafzimmer, die wohl seit Jahren unbenutzt waren. Die große Küche und das Esszimmer gingen auf ein ungepflegtes Gärtchen hinaus. Die Regale im Büro waren voller wissenschaftlicher Werke. Die Tür zum Untergeschoss stand offen.

Zum in den Fels getriebenen Keller führte eine Wendeltreppe hinab. Im Heizungsraum und in der ehemaligen Waschküche war schon lange nicht mehr gekehrt worden.

Bessour fielen am Boden frische Barfußspuren auf. »Er muss hier durch sein.«

»Mach nachher einen Abguss davon«, sagte de Palma.

Zwei Spuren endeten vor einem Wandschrank. De Palma öffnete ihn vorsichtig, doch enthielt er nichts als alte Krankenhauslaken und sorgsam gefaltete Handtücher, alles muffig und vergilbt.

»Wozu bist du bloß hierhergekommen?«, murmelte de Palma.

In einem Zimmer am Ende des Ganges hatten wohl früher Kinder gespielt. Neben einem verstaubten Schaukelpferd lagerten Kartons an der Wand.

»Mach mal das Licht aus, Karim. Und gib mir die Taschenlampe.«

Der Lampenschein fuhr über den Boden. Keinerlei Spuren.

Bessour machte das Licht wieder an. »Dass er in die Waschküche geht, aber nicht in diesen Raum, bedeutet vielleicht, dass er sich hier auskennt.«

»Oder dass er etwas ganz Bestimmtes sucht«, meinte de Palma.

»Irgendwelche Tücher! Als ob er etwas sauber machen wollte!«

Durch einen langen Gang gelangten sie in die weiteren Kellerräume. Der Boden war mit roten Tonplatten gefliest, die Wände weiß gestrichen. Auf zwei Regalen stapelten sich von der Feuchtigkeit in Mitleidenschaft gezogene Exemplare von *American Research*. Mit bloßem Auge waren nirgends Spuren zu entdecken.

Bessour blieb vor einer massiven Tür stehen, der einzigen im ganzen Keller, die nicht offen stand. Er holte ein Taschentuch heraus und drehte den Türgriff. Der lange Raum war als Krankenhauszimmer eingerichtet, in der Mitte stand ein Bett, von dem Lederriemen herabhingen. »Was ist das denn?«

»Das Labor des Dr. Caillol!«, rief de Palma aus.

Am Kopfende stand ein Metallwägelchen mit einem Kasten und Elektrokabeln darauf. Das Wägelchen war über mehrere Kabel an ein Oszilloskop und einen Plotter angeschlossen.

»Sieht aus wie ein EKG-Apparat«, sagte Bessour.

»Es sei denn, das ist ein Gerät für Elektroschocks.«

»Meinst du?«

De Palma fuhr mit der Hand über den Bettrand. Auf dem Kopfkissen lagen Drähte in mehreren Farben. »Hier haben bestimmt die Patienten gelegen, bei denen er Epilepsieanfälle ausgelöst hat. Normalerweise wird das unter Betäubung gemacht, mit ganz schwachem Strom. Und höchstens vier Sekunden lang.« Der Baron drehte an einem Bakelitknopf des Kastens. Auf einer halbkreisförmigen Skala standen in silbernen Ziffern Joule-Grade: 20, 30, 40, 50 … »Normalerweise nimmt man vierzig Joule.«

»Du scheinst dich ja auszukennen, Michel?«

Der Baron hob die Elektroden hoch. »Ich habe mich ziemlich eingelesen. Psychiatrie hat für mich was Anziehendes und zugleich was Abstoßendes.« Er sprach in frostigem Ton und sah dabei nur auf die Instrumente vor sich. »Succinylcholin, zur allgemeinen Betäubung. Zwei bis vier Sekunden, 79 Hertz, zwischen 50 und 70 Joule. Manuelle Beatmung. Der Patient wacht schwer verwirrt auf, mit mehr oder minder schlimmem Gedächtnisverlust.«

»Das ist ja furchtbar!«, rief Bessour aus.

Auf den staubbedeckten Geräten waren frische Fingerspuren sichtbar.

»Er ist also hier gewesen«, knurrte de Palma. »Die Abdrücke sind garantiert von ihm.«

Auf dem reichlich vergilbten Millimeterpapier des Plotters

war ein Enzephalogramm mit regelmäßigen Ausschlägen abgebildet. Mit rotem Stift war ein Name dazugeschrieben: Bernard Monin.

»Den müssen wir finden. Und zwar so schnell wie möglich.«

Der graue Metallschrank am Ende des Raums stand offen. Im obersten Fach waren Phiolen und Medikamentenschachteln aufgereiht, allesamt mit verblichenen Etiketten: Chloralhydrat, Largactil, Haloperidol, Leponex … Von dem Schrank ging ein staubiger Apothekengeruch aus. Im unteren Fach waren elektrische Geräte verstaut. Ein Haufen Drähte endete auf Bündeln von Gummi- oder Silikonsaugern, die mit der Zeit aufgesprungen waren wie schmutzige Blütenblätter.

»Das Zeug ist ja schon ewig alt!«, rief Bessour aus. »Sieht aus wie Radios aus den Fünfzigerjahren.«

»Er spielt eben schon lange nicht mehr den Zauberlehrling«, grummelte de Palma. »Aber sowieso klar, dass er eher alte Gerätschaften hatte. So was kostet ein Vermögen.«

Im mittleren Fach standen weiße Porzellantöpfe, mit jeweils einem Namen auf einem aufgeklebten Pflaster: *Ayahuasca, Iboga, Peyotl, Cannabis, Psilocybe semilanceata, Psilocybe cubensis …*

Bessour lüpfte ein paar Deckel. »Getrocknete Blätter und Pilze«, kommentierte er enttäuscht.

»Das sind Halluzinogene«, sagte de Palma. »Manche bekannter, andere weniger. Alles völlig natürlich und seit ewigen Zeiten benutzt.«

»Meinst du, zwischen zwei Elektroschocksitzungen hat der Doktor sich einen Trip gegönnt?«, scherzte Bessour.

Damit kam er bei de Palma nicht an. »Wahrscheinlich hat er die Sachen vor oder nach den Elektroschocks eingesetzt. Oder beides.«

»Das ist ja grauenhaft.«

»Damals haben die Psychiater nach neuen Wegen gesucht.

Siebzigerjahre, LSD und so. Caillol ist nur ein Mann seiner Zeit. Er experimentiert herum und zieht etwas durch, das ihm für seine Patienten gut und richtig erscheint.«

Bessour blickte zur Decke hoch. Im trägen Licht der Neonlampen sah sein Gesicht beunruhigt aus. Er bewegte sich auf einem Terrain, das ihm völlig unbekannt war. An der linken Wand stand ein zugesperrter Holzschrank. Bessour zog heftig am Griff, doch das Schloss gab nicht nach.

»Was sollen wir tun, Baron?«

»Aufmachen.« De Palma setzte die Schneide seines Taschenmessers an und brach das Schloss auf. Darin waren alphabetisch aufgereihte Ordner. Drei davon standen etwas abseits ganz oben links. De Palma griff zum ersten und blätterte darin. »Da ist ein Krankendossier von Autran! Wahrscheinlich das vollständigste seit Beginn seiner Behandlung. Sogar die ersten Dosen Largactil hat Caillol aufgeschrieben.« Er fächerte die Blätter auf und hielt bei einer dickeren Akte inne, die Autrans Aufenthalt in Ville-Evrard betraf. Eine Klarsichthülle enthielt mehrere psychiatrische Berichte.

Bessour griff zum dritten Ordner und legte ihn auf einen Tisch neben dem Bett. »Da sind Fotos drin!« Er beugte sich über eine Aufnahme, dann schob er sie von sich. »Bei so was kriege ich Gänsehaut.«

Auf dem Schwarz-Weiß-Foto sah man Autran auf dem Bett im Labor liegen, Elektroden auf dem kahl rasierten Schädel.

In den Akten war Thomas Autrans Weg durch die Psychiatrie von seinem elften bis zum achtzehnten Lebensjahr nachgezeichnet. Eine dunkle Chronik des Wahnsinns. Nach einer extrem gewalttätigen Schlägerei in seiner Schule im Viertel Mazargues war er zwangsinterniert und der Abteilung Dr. Caillols überantwortet worden. Dort hatte man ihm in hohen Dosen Beruhigungsmittel verabreicht und ihn eine ganze Nacht lang fixiert.

»Was genau ist mit fixiert gemeint?«, fragte Bessour.

»Eine Zwangsjacke oder eine Fesselung mit Bettriemen.«

Bessour verzog das Gesicht.

»Er war gefährlich, Karim! Außerordentlich gefährlich. Für sich selbst und für andere.«

»Aber er war doch erst elf!«

»Schon, aber das war in den Sechzigern. In der Psychiatrie ging es damals zu wie im Gefängnis. Wer nicht spurte, den hat man dazu gezwungen.«

»Und heute ist das anders?«

»In der Psychiatrie schon. Im Knast nicht.«

Bessour legte den zweiten Ordner auf den Tisch.

Nach dem Tod seines Vaters wird Autran in eine Anstalt eingeliefert und kommt erst 1972 wieder heraus, anscheinend geheilt. Dr. Caillol diagnostiziert juvenile Schizophrenie.

1972 ist die große Zeit der Antipsychiatriebewegung. Die Anstalten sollen geleert werden und die Kranken hinaus ins Leben. Hinaus in die Würde, die die Gesellschaft ihnen schuldet. Die Gesellschaft selbst ist aber nicht so würdig, und es werden Stimmen laut, man lasse Mörder frei herumlaufen. Fälle wie Autran sind äußerst selten. Einer pro Jahrzehnt, mehr nicht! Dem Baron ist in seiner ganzen Laufbahn nur dieser eine untergekommen.

Bessour beobachtete, wie de Palma sich in der Akte festlas. Er kannte den Baron seit Jahren, aber so hatte er ihn noch nie gesehen. »Darf ich dich mal was fragen?«, sagte er.

»Nur zu, Junge.«

»Wie kommt es eigentlich, dass du dich mit Psychiatrie so gut auskennst?«

»Ich habe ein paar Mal im Leben damit zu gehabt. Da bleibt was hängen.«

»Meinst du jetzt beruflich oder privat?«

»Beides.«

Bessour bereute seine Fragen. Sie hatten den Baron in eine

seltsame Stimmung versetzt. Er sah jetzt so streng aus wie ein Katafalk.

Da traf Legendre ein, besorgt wie eigentlich immer. Die Entführung Caillols sorgte allmählich für Wirbel. Andauernd riefen Journalisten an. Mit dem Ausbruch Autrans brachten sie die Sache noch nicht in Verbindung, doch war das nur eine Sache von Stunden. Momentan jedenfalls spielte der Mord an Lucy Meunier in die Spekulationen noch nicht hinein.

Der Baron zog ein großes Foto aus dem Papierstapel heraus, den er auf Bessours Schreibtisch geschichtet hatte. Es war eine Aufnahme von dem Abdruck, den Autran an seiner Zellendecke hinterlassen hatte.

»Wer wird der Nächste sein? Oder die Nächste?«

»Wie meinst du das?«

»An der Hand fehlen drei Finger. Daumen, Zeigefinger und kleiner Finger. Den Zeigefinger hat er sich schon abgeschnitten.«

Legendre erbleichte. »Mensch, Michel, meinst du etwa …«

»Ich meine gar nichts, ich stelle lediglich gewisse Dinge fest. Falls er uns ein Zeichen sendet, dann ist es vielleicht das. Er wird drei Mal töten, und zwar drei Menschen, die viel mit ihm oder seiner Krankheit zu tun haben. Wir müssen herauskriegen, wer das sein kann. Und da kann ich uns schon mal viel Glück wünschen.«

Legendre setzte sich breitbeinig an den Schreibtisch und stützte einen Ellbogen auf. Der Baron räumte das Foto wieder ein.

»Und was meinst du, wie er sie umbringen will?«, fragte er.

»Nicht das Wie beunruhigt mich, sondern das Warum!«, antwortete de Palma. »Warum Lucy Meunier? Warum der Finger in einem Zeitungsartikel, in dem es um den Mord an ihr geht?«

Da kam ein Anruf von der Staatsanwaltschaft. Im Wald von Saint-Pons, etwa zwanzig Kilometer von Marseille entfernt, sei ein Spaziergänger auf die Leiche Caillols gestoßen. Die Gendarmerie habe am Tatort die ersten Ermittlungen eingeleitet. Der Psychiater befand sich schon in einer eiskalten Schublade des Gerichtsmedizinischen Instituts. Mit all seinen Geheimnissen.

34

Endgültig den Geist aufgegeben hatte das Autoradio der Giulietta in einem Stau an der Joliette, mitten in einer Aufzeichnung von Dutilleux' *Mystère de l'instant* aus dem Konzertsaal Pleyel in Paris.

Ohne Musik fuhr de Palma nur äußerst ungern. Bei Entzugserscheinungen fing er meist ein Selbstgespräch an und dozierte über dies und das. An diesem Morgen versuchte er, etwas mehr Ordnung in den Fall Autran zu bekommen, und unterhielt sich daher mit sich selbst über den Mord an Lucy, der noch allerhand Fragen aufwarf.

So verging die Zeit recht schnell. Nach Gémenos war die Straße wegen der Schneefälle gestreut. Dennoch steckten schon zwei Autos fest.

Der Wald von Saint-Pons war über Nacht ganz weiß geworden. De Palma parkte neben einem Holzstoß und dachte kurz nach. Caillols Leiche war am Ende eines vereisten Weges entdeckt worden, etwa hundert Meter von der Straße entfernt, die sich nach Sainte-Baume hinaufwand. Die Gendarmen hatten den Tatortbefund erhoben und die Spuren gesichert. Er hatte auch schon Fotos bekommen.

Die nackten Äste bogen sich unter dem Raureif. Alles war ganz still und zauberhaft, wie in einem Weihnachtsmärchen.

Der Baron rieb sich frierend die Hände, dann schlug er seinen Notizblock auf. Die Kälte überraschte ihn. Am Vorabend hatte es sogar an der Küste geschneit, und auf den Anhöhen sah es aus wie im hohen Norden.

In Großbuchstaben schrieb er auf eine neue Seite das Wort »Auto«, denn anders konnten Caillol und Autran nicht hierhergekommen sein.

Die von den Tatortspezialisten der Gendarmerie angefertigte Skizze ließ nichts zu wünschen übrig. Legendre konnte sagen, was er wollte, aber auch die Konkurrenz leistete gute Arbeit. Das Waldstück war aufgeführt, die Allee, der große Nadelbaum inmitten zahlreicher Eichen und Buchen. Dahinter ein Wasserfall, eine große Wiese und nach dieser seltsam anmutenden Grünfläche eine Zisterzienserinnenabtei aus dem Mittelalter. Im Sommer lockten die Konzerte dort viele Besucher an, doch im Winter war es ein düsterer beziehungsweise romantischer Ort, je nach Geschmack.

De Palma sah sich erst den Boden an. Keinerlei Spuren. Die Kälte hatte alles mit einer Kristallschicht überzogen, die bei jedem Schritt knirschte. Unter der Kruste stieß er auf die Abdrücke der Gendarmerie-Fahrzeuge und auf Hufspuren älteren Datums.

Auf der Landstraße fuhr ein Auto vorbei, am Straßenrand knackten Äste. De Palma war überrascht, durch die Bäume hindurch eine Art Echo zu vernehmen. Das Geräusch wurde lauter. Angespannt riss de Palma die Augen auf. Ein paar Dutzend Meter von ihm entfernt ging jemand oder etwas im Schnee. Ruckartig drehte er sich um und fasste an seine Bodyguard. Es wurde still. Er öffnete den Sicherheitsriemen des Holsters und ging weiter.

Nach etwa zwanzig Schritten machte er ein Überblicksfoto. Den von den Gendarmen erwähnten Nadelbaum sah er nun ganz deutlich. Aus Erfahrung wusste er, dass die Polizei am Tatort meistens etwas übersah. »Immer wieder an den Tatort zurück«, hatte das Motto eines seiner Ausbilder damals geheißen. So oft es dir nötig erscheint. Die vergessen dort immer was.

Durch die Wipfel stachen die ersten Sonnenstrahlen durch. Der vereiste, beinharte Weg verwandelte sich in einen blendenden Spiegel. De Palma tastete in den Anoraktaschen nach seiner Sonnenbrille und fluchte. Sie lag im Auto, zwanzig Gehminuten entfernt.

Die Spurensicherung hatte wenige Meter neben der Leiche Schuhspuren der Größe 45 gesichert. Es seien Sohlen der bei Wanderschuhen verbreiteten Marke Vibram, hieß es im Bericht. 45 war Autrans Schuhgröße.

»Bestimmt hatte er vorgehabt, genau hierher zu kommen.«

Der Stamm des großen Baumes hatte einen Durchmesser von mehr als einem Meter und wuchs zuerst kerzengerade empor, bevor er sich in eine riesige, in den Himmel hinaufragende Gabel teilte. Es war eine Lärche. De Palma fiel wieder die von Christine Autran in dem Besuchszimmer in Rennes ausgestoßene Drohung ein. Ganz aufgeschrieben hatte er sie nicht, doch die letzten Worte hatte er noch parat: »Für das Opfer ist eine gegabelte Lärche nötig, die auf einem Hügel steht.«

Er sah an dem Baum empor. Die ersten Äste waren von den Förstern bis in Mannshöhe abgesägt worden. Der Nadelteppich zu Füßen des Baumes war nicht von Raureif bedeckt und Caillols Blut noch gut sichtbar. De Palma trat ein Dutzend Schritte zurück und fotografierte den Baum. Unter der Eisschicht, die so dünn war wie Glanzpapier, sah er eine der von den Technikern entdeckten Schrittspuren. Sie führte direkt auf den großen Baum zu.

Eins lag auf der Hand: Autran hatte gewollt, dass die Leiche gefunden würde. Bis dahin war er vorgegangen wie gehabt. Er hatte im Schlamm Spuren hinterlassen und die Leiche wie eine Art Opfergabe auf die dicken, knotigen Wurzeln gelegt, die aus der schwarzen Erde herausquollen.

»Das ist schon mal eine Art Signatur!«

De Palma erinnerte sich an die von den Gendarmen übermittelten Tatortfotos. Caillols Gesicht war darauf gen Osten gewandt. Mit kreuzartig ausgebreiteten Armen.

De Palma ging zum Baum zurück. Der Nadelteppich war aufgewühlt. Laut Bericht musste ein Kampf stattgefunden haben.

»Es ist Freitagabend. Er fährt mit dem Auto hierher. Parkt bei dem Holzstoß. Da lebt Caillol noch. Dann tötet er ihn.«

Wieder knackte es im Wald. Dann schwere, unregelmäßige Schritte und Farnrascheln. De Palma spitzte die Ohren. Die Schritte entfernten sich. Der Baron kam zu dem Schluss, dass in der Gegend ganz schöne Kaliber an Wild herumlaufen mussten.

Die Rinde der Lärche wies Einschnitte auf, laut Spurensicherung vermutlich von einem Messer. Ein Ast war an der Spitze abgebrochen. De Palma suchte um den Stamm herum nach dem fehlenden Stück, doch vergebens. Er schrieb ein paar Details in seinen Notizblock. Der Rest des Tatorts offenbarte ihm nicht mehr, als er schon gelesen hatte.

»Wenigstens hast du dir ein Bild davon gemacht.«

Er sah zu der Gabelung hinauf. Genau an der Stelle, an der der Stamm sich teilte, steckte ein langer, vertrockneter Zweig, dessen Spitze pfeilartig nach Osten zeigte. Er konnte nicht von oben dort hingefallen sein, denn alle Zweige darüber waren dünner.

»Jemand muss da raufgeklettert sein und den Zweig hingesteckt haben«, dachte de Palma, als er ein Foto davon schoss. Er sagte sich wieder Christines Worte vor: »Wenn der Stock in Richtung Süden und nach oben zeigt, ist das Opfer für einen *Abaasy* aus der oberen Welt. Wenn er in Richtung Norden und nach unten zeigt, ist es für einen *Abaasy* aus der unteren Welt.«

Ein *Abaasy*, wiederholte de Palma. Ein Wort aus dem

hintersten Sibirien, und ein Ritual, das mit unserer Kultur nichts zu tun hat. Auch nichts mit dem Cro-Magnon, es sei denn in den verworrensten Theorien Christine Autrans.

Nicht weit entfernt war auf einmal ein Pfeifen zu hören. Zwischen knotigen Eichen glitt eine schwere Masse hindurch. De Palma erstarrte, nicht einmal mehr fähig, zur Waffe zu greifen.

Hinter seinem Rücken schnaubte etwas, kräftig, tierisch. Zitternd fuhr er herum. Keine zwei Meter vor ihm stand ein großer Hirsch und sah ihn aus dunklen Augen an. Ein Vorderfuß war leicht angehoben. Das Geweih erschien ungeheuer groß. Aus dem Maul strömte bei jedem der langsamen, tiefen Atemzüge eine dicke Dampfwolke.

»Hast du mich erschreckt!«, rief de Palma laut, um das Adrenalin loszuwerden, das ihm den Magen verkrampfte.

Der Hirsch stieß ein heiseres Röhren aus und senkte den Kopf, als wollte er angreifen.

»Schon gut, schon gut«, murmelte de Palma. »Ich will dir nichts Böses. Ganz ruhig …«

Er legte die Hand an seinen Revolver und zog ihn langsam. Der Hirsch hob den Kopf und scharrte am Boden. Sein Blick hatte etwas Menschliches an sich.

»Nein, nein, ich will dir nichts Böses. Ganz ruhig.«

Der Hirsch gab einen kehligen Laut von sich und tat einen Schritt nach vorn. Ohne das Tier aus den Augen zu lassen, ging der Baron rückwärts bis zur Straße. Mehrfach wäre er beinahe auf den vereisten Stellen ausgerutscht, bis zu denen die Sonne noch nicht vorgedrungen war. Der Hirsch beobachtete ihn bei seinem Rückzug, dann drehte er sich um und verschwand im Wald.

35

Christine Autrans Wohnung lag am Boulevard Chave. Sie gehörte ihr noch immer und stand seit der Inhaftierung leer. Einen richterlichen Durchsuchungsbefehl zu erwirken, hätte Stunden, wenn nicht Tage gedauert. Unter Umständen bekam man ihn überhaupt nicht. De Palma informierte Legendre, dass er zur Wohnung fahren und versuchen würde, hineinzukommen. Sein Chef murrte, willigte aber schließlich ein, wenn auch unter der Bedingung, dass er den Baron nicht decken würde, falls etwas schiefgehen sollte. Legendre konnte durchaus mutig sein, aber nicht so kurz vor Weihnachten.

Christine hatte in einem stattlichen Gebäude aus dem Ende des neunzehnten Jahrhunderts gewohnt. Einen Concierge gab es nicht. De Palma klingelte auf allen Etagen, und schließlich ging die Haustür auf. Im ersten Stock erkannte er gleich das Gesicht der Frau, die sich über das Treppengeländer beugte: Yvonne Barbier. Sie musste über neunzig sein. Er hatte gedacht, sie sei längst tot.

»Erkennen Sie mich?«, fragte er und setzte sein breitestmögliches Lächeln auf.

»Nein«, erwiderte sie mit gerunzelter Stirn.

»Ich bin der Polizist, der wegen Christine Autran ermittelt hat. Ich bin damals zwei oder drei Mal gekommen. Erinnern Sie sich nicht mehr?«

»Heilige Mutter Gottes, doch, natürlich! Kommen Sie rein.«

Seitdem er zuletzt dort gewesen war, hatte sich nichts verändert. Es roch noch immer nach Ylang-Ylang, Mandelcreme und Gemüsesuppe. Yvonne war schon festlich geschminkt und trug ein schwarzes Seidenkleid. Lackierte Fingernägel, rotblond gefärbte Haare. Sie bat den Baron ins Wohnzimmer und forderte ihn auf, sich auf die rosafarbene Samtcouch zu setzen.

»Möchten Sie etwas trinken? Einen Kaffee vielleicht?«

»Nein, danke. Keine Umstände bitte.«

Yvonne setzte sich ihm gegenüber und sah ihn ein paar Sekunden lang an. Ihre Augen waren nicht mehr so blau wie zehn Jahre zuvor, doch ihren Glanz hatten sie sich bewahrt.

»Ich bin dienstlich hier«, sagte de Palma mit ernster Miene. »Ich muss in der Wohnung von Christine Autran etwas überprüfen. Haben Sie noch die Schlüssel?«

»Und ob ich die noch habe! Ich würde sie ja gern loswerden, aber aufgehoben habe ich sie. Ich hole sie Ihnen, Sie können sie behalten.«

Sie stand auf und verschwand irgendwo in ihrer riesigen Wohnung. Umgeben von künstlichen Blumensträußen, Gemälden unbekannter Meister und barockem Nippes saß der Baron eine Weile allein da.

»Hier sind sie. Ich weiß nicht mehr genau, mit welchem man den Riegel oben aufsperrt, aber der große da ist für das Schloss in der Mitte.«

»Danke.«

»Warum müssen Sie denn in die Wohnung? Hat sie wieder was angestellt?«

»Nein. Sie ist immer noch im Gefängnis, aber man hat uns um ein paar zusätzliche Ermittlungen gebeten.«

»Aha!«

De Palma bedankte sich bei Yvonne, ging eine Etage höher, betrat Christine Autrans Wohnung und schloss die Tür hinter sich.

Ein staubiger Geruch stieg ihm in die Nase. Durch die Fensterläden fielen lange schräge Lichtstrahlen herein, während die meisten Ecken der mit Möbeln vollgestellten Wohnung im Halbdunkel blieben.

Der Baron schaltete seine Maglite ein. Lang besah er sich den mit einer dicken Staubschicht bedeckten Boden. Hier war schon lange niemand mehr hereingekommen, vermutlich seit Christines Verhaftung nicht. Ihm fiel auf, dass die Kollegen von der Kripo nach der Durchsuchung die meisten Schubladen hatten offen stehen lassen.

»Weder Palestro noch Caillol sind hier gewesen.«

De Palma suchte nur eines, nämlich Hinweise auf den Hirschkopfmenschen. In seinem Haus in Mazargues hatte Pierre Autran Figuren besessen. De Palma vermutete, der Hirschkopfmensch sei eine davon gewesen, doch was war mit den anderen geschehen?

Er wusste nicht so recht, wo er mit dem Suchen anfangen sollte. Eine Weile sah er sich in dem kleinen Zimmer neben der Küche um. In einem Regal rechts hatte Christine ihre Veröffentlichungen und ihr Unterrichtsmaterial eingeräumt. An der Wand gegenüber standen alphabetisch geordnet lauter Bücher über Urgeschichte. De Palma hatte keine Zeit, um sich die Veröffentlichungen oder gar die Bücher näher anzusehen. Er hob einen Stapel nach dem anderen hoch, aber nirgends war ein Versteck. Er ging ins Schlafzimmer hinüber.

Das Bett war ungemacht. Die Polizisten hatten damals wohl unter der Matratze und in sämtlichen Ecken herumgewühlt. De Palma ging zum Kamin und öffnete ihn. Ein klassischer Ort, um etwas zu verbergen, doch Christine war ja keine gewiefte Hehlerin.

Er ging ins Wohnzimmer zurück. Auch dort stand ein Kamin mit einer marmornen Einfassung. De Palma steckte den Kopf in die Öffnung, womit er sich aber nichts als Rußflecken im Gesicht einhandelte.

Allmählich hatte er das Gefühl, auf dem Holzweg zu sein. Seine Intuition spielte ihm wohl einen Streich. Er nahm noch die Badewannenklappe ab und sah sich zwischen den Röhren um, aber auch das ohne Erfolg. Zuletzt ging er ins Esszimmer und durchwühlte die Schubladen.

»Wenn du irgendeinen Wertgegenstand hast, wo versteckst du ihn dann?«

Er setzte sich hin und dachte nach. Aus Christines Wohnung würde er nichts herauskitzeln, hier verlor er nur seine Zeit. Thomas war nicht hierhergekommen, und er würde es auch nicht tun.

»Dass er nicht hier war, bedeutet doch nur, dass hier nichts zu holen ist. Hätte ich mir gleich denken können.«

Sein Blick fiel auf eine bronzene Medaille in einem Regal. Sie war von etwa fünf Zentimetern Durchmesser und ziemlich schwer. Außen eine blauweißrote Einfassung und in der Mitte ein Taucheranzug. Auf der Rückseite stand:

CALANQUE-PREISTAUCHEN
Christine Autran
Club La Grande Bleue
Marseille

De Palma erinnerte sich, was Christine gesagt hatte: »Versuchen Sie rauszukriegen, wer Rémy Fortin wirklich war.«

Er rief Karim Bessour an und erfuhr sofort, dass Rémy Fortin in jenem Club La Grande Bleue Tauchlehrer gewesen war. Darauf rief er Pauline Barton an. Sie verbrachte die Weihnachtsfeiertage in der Gegend von Toulouse. De Palma wollte von ihr wissen, ob Fortin und Christine sich gekannt hatten. Nach ein paar Sekunden Schweigen gab Pauline an, ihr früherer Assistent habe ihr nie etwas von irgendeiner Bekanntschaft erzählt. Sie habe ihn erst vor ein paar Jahren kennengelernt, als sie sich auf die Untersuchung der Le-Guen-Höhle vorbereitet habe.

»Ist er auch ohne Sie in die Höhle getaucht?«

»Natürlich. Genauso wie ich ohne ihn. Solchen Druckunterschieden darf man sich nicht jeden Tag aussetzen, das wäre zu gefährlich.«

Irgendetwas stimmte nicht mit dem Dekompressionsunfall Fortins. Es hieß, er sei nur an die zehn Minuten im Wasser gewesen. De Palma rief den Gerichtsmediziner an, der ihn obduziert hatte. Der meinte, zu einem solchen Dekompressionsproblem könne es nur kommen, wenn ein Taucher mehr als dreißig Minuten unter Wasser verbracht habe. Gemeinhin passiere das nur Leuten, die sehr viel tauchten und keine Ruhetage einhielten. Dann könne sich schon der kleinste Zwischenfall dramatisch auswirken.

Der Baron war verdutzt und rief noch einmal Pauline Barton an. Der Unfall war an einem Montag geschehen. Übers Wochenende war nicht gearbeitet worden, und Fortin musste im Prinzip ausgeruht sein. Die Höhle war verschlossen gewesen.

»Hatte er die Schlüssel dazu?«

»Selbstverständlich!«

Der Baron sperrte die Wohnung Christine Autrans wieder zu und verabschiedete sich von Yvonne Barbier.

»Ich habe ihre Post aufgehoben. Wollen Sie die sehen?«

»Ich werfe mal einen Blick darauf.«

Yvonne stellte ihm eine Schachtel voller Briefe auf den Küchentisch, vorwiegend Verwaltungskram und Schreiben ihrer Bank Crédit Lyonnais. De Palma sah sich rasch die Poststempel an, die meisten waren mindestens acht Jahre alt. Er stieß auf Mahnungen, unter anderem vom Finanzamt, und schließlich auf Briefe jüngeren Datums. Ein Schreiben des Crédit Lyonnais stammte von Juni 2007. Der Leiter des Kundendienstes kündigte Christine an, falls sie sich nicht melde, sehe er sich gezwungen, ein Suchverfahren einzuleiten. Sie verfügte über ein Sparguthaben und einen Safe.

»Danke, Yvonne, Sie sind ein Engel!«

Die alte Dame sah ihn verwundert an.

»Den Brief hier behalte ich«, sagte der Baron. »Den werde ich gut brauchen können.«

Er nahm schließlich doch eine Tasse Kaffee an, blieb noch auf ein kleines Schwätzchen und verabschiedete sich dann. »Fröhliche Weihnachten!«

»Ich fahre zu meiner Tochter«, sagte die alte Dame zwinkernd. »Da geht es immer recht lustig zu.«

De Palma gab ihr eine Visitenkarte und bat sie noch, sich bei ihm zu melden, falls sie in der Etage über sich ein verdächtiges Geräusch höre oder sich jemand bei ihr nach Christine erkundige.

Die Filiale des Crédit Lyonnais am Boulevard Chave lag keine hundert Meter weiter in Richtung Place Jean-Jaurès. De Palma zeigte seinen Polizeiausweis vor und bat um eine Unterredung mit dem Direktor. Sofort wurde er in einem Büro hinter dem Kassenraum empfangen.

»Was kann ich für Sie tun?«, fragte der Bankier, dessen Miene in etwa so einladend war wie ein überzogenes Konto.

»Jemand, nach dem wir fahnden, ist der Bruder von jemandem, der einen Safe bei Ihnen hat. Ich würde gern wissen, ob der Safe in letzter Zeit mal geöffnet wurde.«

Der Bankier schnitt ein Gesicht, als habe er nicht recht verstanden. De Palma hielt ihm das Schreiben hin, das 2007 an Christine verschickt worden war. »Derzeit ist sie in Haft, aber ihr Bruder ist ausgebrochen und hat schon jemanden getötet. Die Zeit drängt also.«

»Ich verstehe durchaus, Monsieur, aber das sind vertrauliche Informationen, die wir nicht so leicht herausgeben können.«

»Sie können auch einen Kriminalbeamten bei seinen Ermittlungen aufgrund eines Rechtshilfeersuchens behindern. Wissen Sie, was das kostet?«

In dem Mann arbeitete es sichtlich. »Ich kann Ihnen lediglich mitteilen, ob aus dem Safe etwas entnommen oder etwas deponiert worden ist. Weiter nichts. Alles Weitere müsste ich mit meinen Vorgesetzten besprechen.«

»Mehr verlange ich gar nicht.«

Der Bankier wandte sich seinem Bildschirm zu, gab eine Menge Codes ein und gelangte schließlich zu den gesuchten Informationen. »Jemand hat eine Vollmacht für ihr Konto.«

»Da bräuchte ich schon den Namen.«

»Das ist etwas heikel.«

»Den Namen will ich, nicht die Kontonummer! Wenn Sie mir das verweigern, rücke ich mit der Kavallerie an, und dann gehts hier rund, das kann ich Ihnen garantieren, Weihnachten hin, Weihnachten her.«

»Schon gut, schon gut … Es handelt sich um einen Herrn. Einen gewissen Pierre Palestro.«

»Hat der dem Safe etwas entnommen?«

»Nein. Der ist leer.«

»Und seit wann?«

»Schon lange.« Er fuhrwerkte mit seiner Maus umher. »Seit 1999. 23. September.«

»Und wer hat die Öffnung verlangt?«

»Christine Autran selbst.«

»Können Sie mir sagen, was drin war?«

»Nein. Es wurde keine Wertdeklaration abgegeben.«

»Ist das normal?«

Der Bankier zuckte bedauernd die Schultern. »Ich denke schon«, sagte er und schlug seinen Sakkokragen um.

Wieder ein Schlag ins Wasser. De Palma rief Palestro an, geriet aber an den Anrufbeantworter. Der Abend nahte. Der Baron hatte gerade noch Zeit, Eva abzuholen und sich weihnachtlich in Schale zu werfen.

Maistre hatte sich mächtig ins Zeug gelegt. Foie gras, Langustenschwänze und Kaviarhäppchen. De Palma und Eva hatten Champagner und Wein mitgebracht.

»Mit Hirschragout wollte ich dich verschonen«, scherzte Maistre.

De Palma überhörte das geflissentlich und linste zu den Kaviardosen. »Mensch, Jean-Louis, Kaviar habe ich noch nie gegessen!«

»Ich auch nicht. Seit Jahren will ich das Zeug schon probieren. Und jetzt, wo meine Frau weg ist, lasse ich mich zu den übelsten Ausschweifungen hinreißen.«

Eva lachte auf. Sie trug ein schwarzes Kleid und den etwas klobigen Schmuck ihrer Mutter, wie alte Italienerinnen ihn nun mal gern hatten. De Palma kam es vor, als sähe er, durch den Schleier der Jahre hindurch, das junge Mädchen, das er vor Jahrzehnten gekannt hatte. Ihr braunes, fast divenhaft strahlendes Gesicht erinnerte ihn an seine Mutter und all die Frauen, die aus dem Golf von Neapel gekommen waren, aus Genua oder den Bergen Siziliens. Die Frauen seiner Kindheit, stets in Trauer gekleidet, legten zur Messe einen Spitzenschleier an und murmelten in sämtlichen klangvollen Sprachen Italiens endlose Gebete.

»Die Kinder kommen erst morgen früh«, sagte Maistre.

Eva sah ihm zu, wie er sich abmühte, damit auch ja alles perfekt war. Ihre und de Palmas Hilfe hatte er abgelehnt.

»Hast du an die dreizehn Desserts gedacht, Jean-Louis?«, fragte der Baron.

»Die Navettes habe ich bei Saint-Victor gekauft, und den Nougat in Allauch«, erwiderte Maistre, dem die provenzalische Weihnachtstradition heilig war.

»Und die Pompes?«

»Da macht der Konditor von L'Estaque die besten, die ich kenne. Sonst noch Fragen?«

»Nein, Euer Ehren«, sagte de Palma und zwinkerte Eva

zu. Dann ging er hinaus in Maistres Garten, um zu rauchen. Man überblickte von dort die gesamte Marseiller Bucht, von den dunklen Hafenbecken und den verlassenen Docks bis hin zum Cap Croisette.

Eva ging dem Baron nach und schlang ihm die Arme um die Taille. »Woran denkst du?«

»Eigentlich an gar nichts, zum ersten Mal seit Langem.«

»Ist es nicht schön hier?«

»Und ob. Eine der schönsten Landschaften, die ich kenne. Maistre hat verdammtes Glück, hier zu wohnen.«

36

De Palma fummelte am Radio herum, seit er das Gelände der Mietwagenfirma verlassen hatte, doch war nichts anderes hereinzukriegen als all die Sender, die elektronische Musik mit plumpen Rhythmen verwursteten. Bald war ihm klar, dass er mit den vorprogrammierten Stationen sein Glück nicht finden würde. Am schlimmsten erwischte es ihn, als er die Nummer sechs drückte. Michel Sardou flog ihm um die Ohren, der Lieblingsschnulzensänger aller Bullen alten Schlages. Resigniert schaltete er das Radio aus und konzentrierte sich auf den Verkehr.

Auf der Route Nationale 34 ging es durch einen Vorort von Paris, der sich zwischen Stadt und Land noch nicht so recht entscheiden konnte. Hinter einem schier endlosen Drahtzaun waren Einfamilienhäuser aus Sandstein oder roten Ziegeln und menschenleere Rasenflächen zu sehen.

Der Eingang zur einst berühmt-berüchtigten Anstalt von Ville-Evrard war geradezu einladend. Keine Schranke, kein

Wächter, und überhaupt wurde man nicht auf Schritt und Tritt nach dem Grund für seinen Besuch gefragt. Ein langer Weg führte zu den Wäldchen und den Kanälen eines Parks, von dem es nicht mehr weit zur schlammigen Marne mit ihren großen Lastkähnen voller Schüttgut war. Die Außenanlagen waren so proper unterhalten wie die einer Kaserne, mit sauber getrimmten Rasen und Beeten. Nichts verwies darauf, dass man sich in einer der größten und ältesten psychiatrischen Anstalten Frankreichs befand; keine Spur von den Hunderten von Patienten, die die riesige Anlage bevölkert hatten. In den massiven Pavillons mit den von Wahnsinnigen zerkratzten Gängen hatten einst auch Camille Claudel und Antonin Artaud deliriert.

»Dr. Dubreuil erwartet Sie im Pavillon Orion«, sagte die junge Frau hinter der dicken Scheibe des Empfangs. »Sie können zu Fuß hin, ist aber schon ein Stück. Falls Sie mit dem Auto da sind, fahren Sie einfach bis zum Ende des Weges, da ist es dann rechts.«

De Palma parkte seinen kleinen Mietwagen unter einem riesigen Fenster voller Weihnachtsmänner und künstlicher Schneesterne. Zwei große Zedern ragten neben dem Gebäude empor, das eher an ein Provinzgymnasium erinnerte als an eine frühere Irrenanstalt.

»Guten Tag, Monsieur de Palma«, begrüßte ihn Dr. Dubreuil auf der Freitreppe. »Ich habe alles gefunden, was Sie interessiert.«

Der Arzt war sehr herzlich. Stattlich gebaut, riesige Hände und ein Gesicht, das Lebensfreude ausstrahlte.

»Ich war hier vierzig Jahre Arzt und kann Ihnen sagen, dass sich in dieser Zeit so einiges geändert hat.«

»Dann sind Sie jetzt in Rente?«

»Noch nicht ganz, aber verdient hätte ich es mir schon lange.«

Sie durchquerten den gesamten linken Flügel des Gebäudes. In dem langen, blau gestrichenen Gang war es trotz des grauen Himmels draußen sehr hell. Im großen Büro Dr. Dubreuils thronte ein Schreibtisch, der wohl so alt war wie die Anstalt selbst, also gute hundert Jahre.

Autran war drei Mal in Ville-Evrard gewesen. Das erste Mal, im Frühjahr 1967, war er in der Kinderabteilung behandelt worden. Das zweite Mal wurde er im Herbst 1970 eingeliefert, kurz nachdem sein Vater gestorben war. Damals ging es ihm sehr schlecht, und er wurde mehrfach unter starker medikamentöser Sedierung in eine Spezialzelle gebracht. Beim dritten Aufenthalt im Winter 1973 ging es wieder ähnlich streng zu, obwohl die Psychiatriereform gerade in vollem Gange war und Patienten reihenweise entlassen wurden. Gegen seinen Willen eingeliefert wurde man nur noch in Notfällen oder aus Sicherheitsgründen. Die Akte trug den Vermerk »suizidgefährdet«, und tatsächlich hatte Autran am 27. Januar 1973 einen Selbstmordversuch unternommen und ihn nur knapp überlebt.

»Warum ist er gerade hierhergekommen?«, erkundigte sich de Palma.

Der Arzt blätterte in den Papieren vor sich. »Weil er in Paris lebte. Bei seiner Mutter.«

»Hätten Sie da eine Adresse?«

»31, Rue de Chine. Im 20. Arrondissement.«

De Palma notierte sich das rasch. »Hatte er Freunde? Ich meine andere Patienten, mit denen er sich angefreundet hat?«

»Allerdings«, sagte der Psychiater lebhaft. »Man stellt sich ja Patienten wie Autran oft so vor, dass sie ganz verschlossen sind und sich nur über Gewaltakte ausdrücken. Ist aber überhaupt nicht so. Abgesehen von seinen Anfällen war er ein durchaus umgänglicher junger Erwachsener. Recht freundlich sogar, nach dem, was die Pfleger so berichteten.«

»Er hatte also Freunde?«

»Genau. Ich denke, Sie haben sogar ziemliches Glück, denn einer von denen, Bernard Monin, ist gerade hier. Ein Stammgast sozusagen, den ich jahrelang behandelt habe.«

»Glauben Sie, mit dem könnte ich reden?«

»Und ob«, erwiderte Dubreuil augenzwinkernd. »Der erwartet uns schon ganz ungeduldig. Bestimmt hat er schon ein halbes Päckchen Zigaretten weggeraucht. Kommen Sie mit!«

Sie gingen hinüber in den Pavillon Alizé, der genauso aussah wie der andere. Dubreuil marschierte bedächtig vor sich hin.

»Weiß Bernard, was Thomas getan hat?«, fragte de Palma.

»Schwer zu sagen. Vielleicht hat er es erfahren und dann verdrängt. Er war nicht gerade ein Engel, als er jung war.«

»Was hat er denn so angestellt?«

»Manche Sachen darf ich Ihnen nicht sagen. Nur so viel: Er ist seit seinem achtzehnten Lebensjahr hier und hat zehn Jahre in der geschlossenen Abteilung verbracht.«

»Und wie alt ist er jetzt?«

»Fünfundsechzig.«

Dubreuil nahm jeweils zwei Stufen auf einmal, als er die Freitreppe zum Pavillon Alizé hinaufging. An der Tür hielt er inne. »Einen Rat noch: Stellen Sie keine zu direkten oder eindringlichen Fragen. Lassen Sie Pausen zu, ruhige Momente.«

»Ich hoffe, ich werde der Situation gewachsen sein.«

Bernard saß am Fenster und rauchte. Zeige- und Mittelfinger seiner linken Hand waren mit Nikotinflecken übersät, die Nägel vom Rauch verfärbt. Er trug einen gepflegten, aber tabakvergilbten Schnurrbart, zurückgekämmte Haare, ein elegantes beigefarbenes Sakko und eine dunkle Hose.

»Guten Tag, Bernard«, begrüßte ihn Dubreuil. »Darf ich Ihnen Monsieur de Palma vorstellen, er kommt aus Marseille, um Näheres über Thomas Autran zu erfahren.«

Bernard stand auf. Er war ziemlich groß und hatte ein Bäuchlein. »Guten Tag, meine Herren«, tönte er. »Ich habe Sie schon erwartet.«

»Bernard ist ein Dichter«, sagte der Arzt zu de Palma gewandt. »Na, haben Sie in letzter Zeit was geschrieben?«

»Ja, Herr Psychiater.«

De Palma fiel auf, dass er das Wort »Psychiater« beinahe flüsterte und nicht »Doktor« sagte.

Bernard trat einen Schritt zur Seite, das Gesicht zur rosafarbenen Wand gedreht. Dann rezitierte er mit näselnder Stimme:

»Vor lauter Kälte bin ich ganz schwach,
Und schwer zu ertragen ist dieses Dach.
Der bewegte Himmel weint über die betende Frau.
Dass ich sie liebte, weiß sie nicht genau,
Ihre schwarzen Haare auf meinem Gesicht
Wie tanzende Schamanen im Mondenlicht ...«

»Wunderschön!«, rief Dubreuil aus. »Herrlich! Aber das ist doch ein altes Gedicht, oder? Ich habe das Gefühl, das habe ich schon mal gehört.«

»Halt!«, rief Bernard mit schriller Stimme. »Ich bin noch nicht fertig.«

Er schloss die Augen, um Stille walten zu lassen.

»Wo es geradewegs ins Jenseits geht,
Wachsen Regentropfen stet;
Verwischen dieses Antlitz mir.
Wird je mein Herz erblühen hier?
O nein, mein Fleisch ist tot. Vereist.
Ein Kleeblatt in meinen Nasenlöchern speist.
Das Auge nur noch die Lider versteht;
Ach, wüsste ich doch wenigstens ein Gebet.«

Leuchtenden Blickes wandte Bernard sich zu seinen Besuchern um. »Das habe ich vor dreißig Jahren geschrieben. Damals war Thomas bei mir, das weiß ich noch, als wäre es gestern gewesen.«

»Wann genau war das?«, fragte Dubreuil.

Bernard schnitt eine seltsame Grimasse, bei der sich seine Schnurrbarthaare aufstellten. »Das war damals, als ich nichts als ein Haufen Mist war. Anfang der Siebzigerjahre. Winter, würde ich sagen. Kann auch Sommer gewesen sein. Wenn man voll mit Chemie ist, vergisst man die Farben der Jahreszeiten.« Er schlug sich mit der Hand auf die Schläfe. »Da! Da drin ist er, der Wahnsinn, Monsieur!« Dann rezitierte er wieder.

»Unermüdlich wie ein Insekt baue ich die Welt
Die unter deinem Eisenwort zerschellt.
Geb dir nur mehr meine Federn, meinen blutigen Geist,
Meine müden Augen, alles schmierig und dreist.
Doch zeige ich dir die Schönheit, die du nicht siehst,
Die Wärme der Liebe am Abend, die stets du fliehst.«

Bernard setzte sich an seinen Platz zurück wie ein Schüler, der eine Aufgabe gemeistert hat.

Dr. Dubreuil stand inzwischen etwas abseits an einen kleinen Tisch gelehnt. »Was war Thomas' Lieblingsgedicht?«, fragte er.

Statt zu antworten, zog Bernard aus seinem halb leeren Päckchen eine Zigarette. »Ich habe kein Feuer mehr«, sagte er, nachdem er in seinen Taschen herumgetastet hatte. Dr Palma hielt ihm sein Feuerzeug hin. Bernard schnappte danach, als fürchtete er, es würde ihm wieder weggenommen, noch bevor er es benutzen konnte. »Vielen Dank, Monsieur!« Er tat einen tiefen Zug, bei dem seine mageren Wangen ganz hohl wurden, dann stieß er den Rauch durch die Nase aus. »Das

Lieblingsgedicht von Thomas, das sage ich nicht. Das ist ein Geheimnis zwischen ihm und mir. Er hat gesagt, ich soll es nicht verraten. Und ich breche nie mein Wort.«

Bernard starrte geradeaus vor sich hin und zwinkerte nur hin und wieder de Palma kurz zu.

»Wann haben Sie ihn das letzte Mal gesehen?«, fragte Dubreuil.

»Ach, erst vor Kurzem.«

De Palma wollte etwas erwidern, doch der Arzt gebot ihm mit einer Geste Einhalt.

»Mir scheint, ich habe ihn neulich irgendwo draußen gesehen«, sagte der Arzt mit beiläufiger Stimme. »Oder täusche ich mich da?«

»Nein!«, rief Bernard. »Er ist hierhergekommen und hat zu mir gesagt, dass ich ihn nie wiedersehen werde. Da habe ich geweint, und er hat mich getröstet.«

»Und wie?«

»Er hat gesagt, er werde ein freier Mensch sein, und er wartet im Paradies der Verrückten auf mich.«

Sie schwiegen. Irgendwo draußen im Park stieß ein Mann wilde Schreie aus. De Palma sah sich plötzlich im Krankenhaus Conception in Marseille wieder, wo er damals, nach dem Tod seines Bruders, einen Termin mit einem Psychiater gehabt hatte.

»Ich weiß nicht mehr genau, an welchem Tag Thomas gekommen ist«, sagte der Arzt.

»Letzten Mittwoch.«

Verblüfft sahen de Palma und Dubreuil sich an.

»Er ist um vierzehn Uhr mit dem 113er Bus gekommen und direkt in mein Zimmer gegangen. Und um sechzehn Uhr ist er wieder weg. Nicht eine Minute früher und nicht eine Minute später.«

»Wissen Sie, wo er jetzt wohnt?«, fragte de Palma.

»Nein. Hat er mir nicht gesagt. Er ist ja nicht dumm.«

229

»Warum sagen Sie das?«

»Weil Sie Polizist sind und er wahrscheinlich was ausgefressen hat.«

De Palma gab sich geschlagen. Dubreuil hatte ihn vermutlich als Angehörigen Autrans ausgegeben. Danebengegangen! Bernard schaukelte immer schneller vor und zurück.

»So, dann gehen wir wieder«, sagte Dr. Dubreuil und gab de Palma ein Zeichen. »Ruhen Sie sich jetzt aus. Und vielen Dank für Ihre Hilfe.«

Mit starrem Blick schaukelte Bernard weiter und stöhnte dabei leise. Dann hörte er plötzlich damit auf und holte sich eine Zigarette aus dem Päckchen, das er auf dem Fensterbrett abgelegt hatte. Aus der rechten Hosentasche fischte er ein Feuerzeug.

Es fing an zu regnen. De Palma und Dr. Dubreuil gingen den überdachten Gang entlang, der zum Hauptweg führte. Eine Krankenschwester kam ihnen mit einem jungen Mädchen entgegen, das mit erloschenem Blick vor sich hinsah und seinen Schlafanzug am Boden dahinschleifen ließ.

»Glauben Sie an diesen Besuch?«, fragte der Baron.

»Es gibt keinen Grund, Bernard nicht zu glauben. Ich gebe zu, dass ich völlig baff bin. Er war also hier!«

»Ohne dass jemand das gemerkt hat?«

»Ja, klar. Das ist hier eine offene Anstalt. Außerdem erkennt ihn niemand außer mir, und ich war letzten Mittwoch nicht da.«

»Jedenfalls haben Sie echt einen guten Riecher gehabt, dass Sie diesen Bernard zum Sprechen gebracht haben.«

»Manchmal klappt so was eben! Bernard ist kein Dummkopf, wie Sie ja selber gemerkt haben. Er ist sehr sensibel und intelligent. Er hat uns wohl alles gesagt, was er weiß. Und zwar vermutlich deshalb, weil er weiß, wozu Thomas imstande ist.«

Plötzlich tauchte Bernard an der Ecke des Pavillon Orion

auf. Er musste ihnen über einen anderen Ausgang zuvorgekommen sein und hielt etwas in der Hand.

»Lassen Sie mich nur machen«, sagte der Psychiater zu de Palma.

Er ging langsam auf den Patienten zu und ließ ihn dabei nicht aus den Augen. De Palma kam in zwei Metern Abstand nach.

»Etwas nicht in Ordnung, Bernard?«, fragte Dubreuil in auf einmal autoritärem Ton.

Bernard trat merkwürdig von einem Fuß auf den anderen. »Ich habe mich von dem Herrn nicht richtig verabschiedet!«, sagte er. Darauf drückte er dem Baron kräftig die Hand. Seine Augen waren gerötet. »Ihr Auto ist da vorn«, sagte er beinahe schluchzend. »Ich warte noch, bis Sie weg sind.«

De Palma ging zu seinem Mietwagen und fuhr unverzüglich los. Der Anstaltsgefährte Thomas Autrans sah ihm nach. Auf dem Beifahrersitz lag ein Päckchen, auf dem in großen schwungvollen Lettern »Thomas Autran« stand.

In einiger Entfernung von Ville-Evrard hielt de Palma auf dem Weg nach Paris auf dem Parkplatz eines Supermarkts. Vorsichtig machte er das Klebeband ab, das das Päckchen zusammenhielt. Zum Vorschein kamen eine Minikassette und ein altes Buch: *Der Verbrecher* von Cesare Lombroso.

37

Die Hausnummer 31 der Rue de Chine lag auf der Seite der Straße, die von der Avenue Gambetta zur Rue des Prairie hinunterführt. An der Ecke war ein Bistro. Zu dieser Tageszeit waren nur wenige Passanten und Autos unterwegs. Wenn es kurz aufheiterte und der Regen verschwand, brannte sogleich die Sonne auf die Natursteine der Häuser.

De Palma sah auf die Tastatur, auf der man einen Code eintippen musste, um in das Gebäude zu gelangen. Solche Geräte waren ihm ein Symbol für eine von Ängsten geplagte, sich einigelnde Gesellschaft. Er wartete ein paar Minuten, aber niemand kam, weder von draußen noch von drinnen. Er beschloss, sich lieber bei den Geschäftsleuten des Viertels umzuhören, und begann bei einer Bäckerei, die schon ewig da zu sein schien. Die dicke Frau an der Kasse bestätigte ihm, dass sie bereits seit vierzig Jahren dort stand und noch nie etwas von einer Mutter und ihrem Sohn gehört hatte. Der Baron dankte ihr und ging in die Bar Clairon.

»Hm, eine Mutter und ihr Sohn in der 31?« Der Wirt stammte aus dem Viertel. Er hatte wohl ein paar Jahre im Knast verbracht, bevor er sich aufs Getränketechnische verlegte. »Nein, das sagt mir nichts. Ist es wichtig?«

»Ziemlich«, erwiderte de Palma in der Gewissheit, dass sein Beruf erraten worden war.

»Was Schlimmes?«

»Ja. Der junge Mann von damals ist heute um die fünfzig. Ein Mörder, auf der Flucht.«

Der Wirt ließ sich daraufhin über das lasche Gefängnissystem, über gemeingefährlichen Wahnsinn und die Todesstrafe aus und servierte schließlich einem über die Theke gebeugten Rentner ein Bier. Dann machte er sich ans Nachdenken und zog dabei die Stirn in drei hässliche Falten. »Sie sind doch aus Marseille, oder?«

»Ihnen kann man nichts verheimlichen.«

»Schon lustig, weil ich kann mich weder an die Frau noch an den jungen Mann erinnern, dafür aber an einen Typen, der in der Nummer 31 wohnte und ausgerechnet auch aus Marseille war.«

»Und wie hieß der?«

»Ach, das ist schon so lange her … Aber ich weiß noch, dass er morgens hier oft einen Kaffee getrunken hat, und dann haben wir über Fußball geredet. Er war ein Marseillefan, da haben die Gäste ihn ein wenig aufgezogen. Aber ganz harmlos.«

»Und er war wirklich aus Marseille? Ich meine, hatte er so einen Akzent wie ich?«

»Ganz so wie Sie nicht, aber ein bisschen schon.«

»Und was tat er in Paris?«

»Das weiß ich genau, weil er mal meine Tochter behandelt hat. Er war Arzt.«

»Allgemeinarzt?«

»Nein, Facharzt. Psychiater oder so was. Der kannte sich aber auch mit normalen Krankheiten aus. Meine Tochter hatte Übelkeitsanfälle, und unser Hausarzt war nicht da, da hat der Mann uns ein Rezept ausgestellt.«

»Lebte er allein?«

»Nein, der war verheiratet und hatte einen Sohn, wenn ich mich recht erinnere.«

Eva war nicht daheim. De Palma stellte sein Gepäck im Flur ab und ging sofort unter die Dusche, wo er eine ganze Weile blieb, in der Hoffnung, das Wasser würde ihn wieder in Form bringen. Gegen Mittag kam Eva mit einem Baguette unter dem Arm nach Hause.

»Na, wie gehts dem rasenden Polizisten?«

Er küsste sie. »Mir geht es wie jemandem, der aus der Irrenanstalt heimkommt. Der Kopf ist voller Fragen und das Herz so schwer wie das einer Dirne.«

»Aber es geht doch hoffentlich besser als vor deiner Abfahrt?«

»Ganz im Gegenteil. Ich komme mir vor wie in der Geisterbahn. Keine Ahnung, was mich als Nächstes erschreckt.«

Er zog eine Jeans und ein sauberes Hemd an, polierte seine Stiefel ein wenig und ging dann auf den Balkon, um eine

Gitane zu rauchen, die erste des Tages. Ihm fiel auf, dass er immer weniger rauchte, ohne so recht zu wissen, warum.

»Ich muss irgendeine Aufgabe für dich finden, für wenn du in Rente bist«, sagte Eva.

»Eigentlich wollte ich ja ein Segelboot kaufen, aber das mit dem Segelschein habe ich schon lange aufgegeben.«

»Dann fängst du eben wieder damit an!«

»Gar nicht so einfach. Ich bin ein älterer Herr und will nicht wieder auf die Schulbank.«

»Dann vielleicht ein Haus auf dem Land«, schlug sie vor.

»Warum nicht? Ich wüsste zwar nicht wo, aber wir können ja mal überlegen. Irgendwas zum Renovieren.«

Sie kamen auf Evas Tochter zu sprechen, doch der Baron brachte zum Zuhören keine Konzentration auf, und als Eva das merkte, wurde sie wütend. Er entschuldigte sich und flüchtete sich in das kleine Zimmer, das ihm als Büro diente.

Der Verbrecher war im Koffer, vorsichtshalber in eine Plastiktüte gewickelt. De Palma wusste nicht, ob er das Buch dem Kripolabor übergeben sollte. Die Untersuchungen konnten tagelang dauern und womöglich auch dann nichts ergeben. Er holte das alte Buch aus seiner Schutzhülle und schlug mit einem Brieföffner den Deckel auf. Es war keine Notiz darin, keinerlei Widmung. Die Ausgabe stammte aus dem Jahr 1902, vermutlich war es die erste Übersetzung ins Französische. De Palma hatte das Buch Jahre zuvor gelesen. Aus reiner Neugier.

Lombroso war wirklich aus einem anderen Jahrhundert. Was er betrieb, nannte man damals Kriminalanthropologie. Darwin lässt grüßen. Der Franzose Bénédict Augustin Morel schrieb seine *Abhandlung der menschlichen Entartung*, und es war viel von Atavismus und Phrenologie die Rede. Lombroso wiederum hatte sage und schreibe 5907 lebende Kriminelle und 383 Schädel von Verbrechern untersucht. An manchen Schädeln hatte er eine besonders ausgeprägte

Hinterhauptsgrube ausgemacht, die ihm als Anzeichen für Verbrechertum galt. Kriminelle hatte er in fünf Gruppen eingeteilt: den geborenen Verbrecher, den verrückten Verbrecher, den Verbrecher aus Leidenschaft, den Gelegenheitsverbrecher und den Gewohnheitsverbrecher. Bei den letzteren drei Kategorien hatte er zugebilligt, dass auch soziale Faktoren in die Tat hineinspielen konnten, doch für die beiden ersten und mit Abstand gefährlichsten gab es für ihn nur eine Erklärung, nämlich Atavismus.

Vorsichtig blätterte de Palma Seite für Seite um. Über Autran erfuhr er in dem Buch nichts Neues. Es war kein Absatz angestrichen oder sonst wie markiert. Dennoch war ihm, als tue sich ein gangbarer Weg vor ihm auf. Er ging zu dem alten Schrank, in dem er alle Notizhefte aufbewahrte, die er während seiner Laufbahn benutzt hatte. Rasch fand er dasjenige mit den Kommentaren, die er sich damals zu dem Buch notiert hatte. Es stand kaum etwas über den Eindruck da, den die Lektüre bei ihm hinterlassen hatte. In Rot hatte er geschrieben: *Bedeutung des sozialen Milieus. Siehe Lacassagne und Durkheim ... »Der Selbstmord« (1897).*

Die beiden Autoren standen in scharfem Gegensatz zu Lombroso. Ihnen galt bei der Untersuchung von Verbrechen der soziale Faktor als ausschlaggebend. Der Baron hatte sich notiert, dass es zu den absurdesten Studien gekommen war, daneben aber auch zu ernsthaften wissenschaftlichen Ansätzen.

In den Sechzigerjahren des zwanzigsten Jahrhunderts hatten Forscher sich bemüht aufzuzeigen, dass eine Anomalie an bestimmten Chromosomeneigenschaften auf ein förderliches sogenanntes biologisches Terrain treffen konnte. Bei den dreiundzwanzig Chromosomenpaaren einer Zelle könnten Störungen von der Art auftauchen, die auch zu Mongolismus führten. Britische, amerikanische und französische Biologen machten sich daran, in der geschlossenen Abteilung psychiatrischer Anstalten zu arbeiten. Bei Schwerverbrechern diagnostizierten sie eine besondere Häufigkeit solcher Chromosomenabweichungen, nämlich ein bis zwei Prozent, gegenüber ein bis zwei Promille bei der Normalbevölkerung.

Der einzige Mensch aus Autrans Umfeld, der sich nach de Palmas Wissen für solche Studien hatte interessieren können, war Dr. Caillol.

»Ich muss noch mal weg heute Nachmittag.«

»Wohin denn?«

»Ins Krankenhaus Edouard-Toulouse.«

»Ein neues Gespenst suchen?«

»Genau.«

38

Ich möchte alles sehen, was er hier zurückgelassen hat!« De Palma wedelte mit seinem blau-weiß-roten Sesam-öffne-dich.

Die Sekretärin Dr. Caillols schnaufte erst, dann machte sie sich von ihrem Drehstuhl los und holte von dem Brett neben dem Dienstplan die Schlüssel von Caillols Sprechzimmer. »Viel ist da nicht«, gab sie zu bedenken, während sie ihre Absätze auf den weißen Fliesen knallen ließ. »Abgesehen von Patientenakten.«

»Wir ermitteln eben in alle Richtungen«, erläuterte de Palma. »Ein schwieriger Fall.«

Schwungvoll machte die Sekretärin die Tür auf, wurde dann aber scheinbar von ihren Gefühlen überwältigt. »Ich lasse Sie dann allein hier«, sagte sie schnell. »Ich muss zurück an meinen Platz.«

Nach und nach zog de Palma die Schreibtischschubladen auf. Er fand ein Stethoskop, eine Schachtel mit Chirurgenhandschuhen und anderen medizinischen Kram, zusammen mit Stiften und Post-it-Päckchen.

»Nicht eben strukturiert, der Herr Doktor.«

Das Schrankinnere dünkte de Palma ergiebiger. Den Schlüssel dazu musste er sich wieder von der Sekretärin holen. Es hatte also inzwischen niemand den Schrank geöffnet, auch Autran nicht. In den unteren Fächern stapelten sich in einem ziemlichen Durcheinander Medizinzeitschriften. Die beiden obersten Fächer enthielten Studien, zum Teil maschinengeschrieben, in denen es um Exorzismus, Schamanismus und Praktiken wie etwa den Magnetismus ging. Vorläufer der Psychiatrie wie etwa Franz Anton Mesmer wurden erwähnt. Auf zwei Seiten hatte Caillol die Gliederung einer Art Dissertation skizziert. Der Titel lautete:

URMENSCH UND MÖRDER
Ein Neuansatz in der klinischen Psychiatrie

»Der wollte das also veröffentlichen«, sagte de Palma halblaut.

Die Dossiers stammten allesamt aus der Feder Caillols und stellten eine Art ersten Entwurf dar. Ein Heft enthielt Fotos. Manche zeigten Ritualgegenstände primitiver Kulturen, auf einem anderen war eine Gruppe von Menschen abgebildet, darunter eine Frau. Dazu hatte Caillol mit der Hand geschrieben: Magnetismus-Sitzung. Es folgte eine ganze Reihe von Aufnahmen aus einer Höhle. Die Gesichter waren nicht erkennbar, doch von der Kleidung her war auf die Gruppe von davor zu schließen.

De Palma wühlte sich weiter durch die Papierstapel. Er konnte nicht alles lesen und suchte eigentlich nur nach dem einen Namen: Thomas Autran. Der aber stand nirgends.

Der Baron streckte den Kopf zur Tür hinaus und fragte die

Sekretärin: »Ist seit dem Verschwinden Dr. Caillols jemand hier drin gewesen?«

»Äh, kann schon sein. Ich bin ja nicht immer da.«

Die Kripo hatte die Tür nicht versiegelt, denn am Anfang war es nur um ein Verschwinden gegangen. Es hatte also jedermann das Archiv des Arztes durchsuchen können.

An manchen Stellen fehlte jede zweite Seite oder sogar mehr.

»Das war nicht Autran«, sagte sich der Baron. »Er ist zwar verrückt, aber nicht leichtsinnig. Und er kennt die Polizei gut genug, um zu wissen, dass er hier erwischt werden kann.«

Dem Baron schoss das Bild des Tauchers in den Kopf, der versucht hatte, in die Le-Guen-Höhle einzudringen. Rémy Fortin hatte die Begegnung mit ihm in achtunddreißig Metern Tiefe mit dem Leben bezahlt.

War es so, wie der Baron es sich schon gedacht hatte? Dass nämlich jemand Thomas Autran nacheiferte oder ihm gar vorauseilte?

In der Einleitung wurde kurz auf die klassischen Definitionen des Unbewussten und des Mörders eingegangen, wobei Caillol sich bei letzterer auf die Typologie der Schizophrenen beschränkte.

Das erste Kapitel lautete *Stimmen, die töten* und enthielt Allgemeinheiten über verbrecherische Triebe und ihre Umsetzung in eine Tat. Es folgten Beispiele berühmter Mörder.

Das zweite, ebenfalls ziemlich allgemein gehaltene Kapitel handelte von der Entwicklung der Verbrechensforschung. Eine lange, den Theorien Lombrosos gewidmete Passage stützte sich hauptsächlich auf das Werk *Der Verbrecher*. Es war darin die Rede vom genetischen Weiterleben des Urmenschen.

Caillol ging noch weiter als Lombroso. Dessen Theorie mochte überholt sein, doch wirkte sie noch immer auf die Vorstellung ein, die man sich von Mördern macht. Am Ende des zweiten Kapitels hieß es: *Unsere westliche Gesellschaft assoziiert seit jeher alles zeitlich oder räumlich Ferne mit Barbarentum. Und wie man sich lange die Urvölker als tierähnliche Wilde vorstellte, so beschreibt man den Urmenschen an sich als gefühllosen Primitivling, der tötet, ohne mit der Wimper zu zucken. Beides ist unzutreffend, doch haben sich solche Vorstellungen stark in uns festgesetzt, wie in der folgenden Fallstudie aufgezeigt werden soll.*

Das nächste Kapitel hieß: *Der Fall der Le-Guen-Höhle. Der Cro-Magnon-Mensch als Mörder.* Der Arzt war nahe daran, sein Opus magnum zu verfassen, nämlich zu den Ursprüngen der Entdeckung des Unbewussten vorzudringen. Stufe um Stufe. Bis weit vor Freud, den Erfinder der modernen Psychoanalyse. In den vorhergehenden Jahrhunderten hatten Gelehrte bereits gezeigt, dass der Mensch nicht wirklich Herr über seinen Verstand ist. So wie Galilei verlautbart hatte, dass die Erde sich um die Sonne drehe und nicht umgekehrt und somit nicht im Mittelpunkt des Universums stehe.

Caillol entstammte einer Generation, in der man an die Tugenden eines urtümlichen Lebens glaubte. Die Welt um einen herum wurde als Wust an Illusionen und Truggebilden angesehen und eigentlich als Rückschritt gegenüber einem Leben, wie es früher einmal war.

Beim Weiterblättern stieß de Palma auf ein Foto, das Caillol an eine Seite geklammert hatte. Es war ein Gerichtsfoto und zeigte einen etwa vierzigjährigen Mann in einem roten Hemd und mit einem gequälten Gesichtsausdruck: Theodore Kaczynski, auch Unabomber genannt, ein amerikanischer Mathematiker und Terrorist, der gegen den Dämon des technologischen Fortschritts gekämpft hatte. Eine der längsten Verfolgungsjagden des FBI. Fast zwanzig Jahre lang hatte der Unabomber an Leute, die seiner Ansicht nach für die Dekadenz der heutigen Welt verantwortlich waren, Paketbomben geschickt: an Informatikspezialisten, Vorstandsmitglieder von Flugzeuggesellschaften, Wissenschaftler ...

Der Unabomber war ein Anhänger eines naturzentrierten Anarchismus. Der Mensch sei durch die Technologie entfremdet und müsse daher von ihr befreit werden. Zurück zu einem Leben wie vor der neolithischen Revolution, ohne Tierzucht oder Eigentum. Es gab eine Bewegung namens Green Anarchy, die sich auf John Zerzan berief, ebenfalls Amerikaner, der davon träumte, zu den Urzeiten der Menschheit zurückzukehren. Vor der neolithischen Revolution sei der Mensch glücklich und von keiner Macht abhängig gewesen. Er habe nichts besessen, allein der Begriff Eigentum sei ihm schon fremd gewesen, und so sei er von Jagdgebiet zu Jagdgebiet gezogen und habe sich nur um sein Glück gekümmert.

De Palma hatte schon eine Weile den Verdacht gehabt, Caillol sei ein Anhänger dieser Art von Anarchismus gewesen und mit seinen Experimenten sehr, sehr weit gegangen. Er war über die Grenzen dessen hinausgeschossen, was zu Anfang nichts weiter als eine Vermutung gewesen war. Um den wahren, den gewissermaßen nackten Menschen zu erreichen, musste man seiner Meinung nach den Weg über den Wahnsinn nehmen.

Das schloss alles nahtlos an das an, was der Baron in den letzten Tagen erfahren hatte. Als sehr junger Mensch hatte Caillol unter einer Psychose gelitten. Er war in eine Anstalt eingeliefert worden und hatte sich von dort auf brillante Weise zum Chefarzt einer Psychiatrieabteilung hochgearbeitet. So hatte er später genau die Art von Patienten behandelt, wie er selbst mal einer gewesen war.

»Er hat einen Weg gefunden«, murmelte der Baron. »Einen Weg, der uns mit unseren Urahnen verbindet!«

39

Bei hohem Wellengang umschiffte die *Archéonaute* die Insel Maïre. Der Wind zog weiße Striche in das aufgewühlte Wasser.

Pauline Barton lächelte de Palma zu, der die von Steuerbord heranrollenden Wellen beobachtete. Das Boot schlingerte stark und bekam immer wieder Brecher ab.

»Dieser verdammte Wind!«, rief der Steuermann von der Brücke her. »Wenn wir erst mal hinter dem Cap Morgiou sind, wird es besser.«

»Das Problem ist die Rückfahrt«, erwiderte Pauline. »Hoffentlich wird es nicht noch schlimmer.«

»Nein, keine Sorge, laut Wetterbericht bleibt es bis zum späten Nachmittag gleich, erst dann wird der Wind noch stärker. Wir holen uns also die Kohleproben und fahren dann zurück. Anlegen möchte ich bei dem Wetter nicht.«

Pauline und de Palma flüchteten sich vor den nassen Böen in den Mannschaftsraum der *Archéonaute*. Auf dem Tisch in der Mitte hatte Pauline die Plastikbehälter abgestellt, in die die letzten Proben aus der Le-Guen-Höhle kommen sollten, in erster Linie Kohlestücke.

»Da kommen die Sachen von gestern rein, und dann machen wir zu.«

»Heute?«

»Heute oder Montag. Vielleicht warten wir lieber, bis das Meer ruhiger wird.«

Gischt prasselte an das Bullauge. De Palma sah auf das weißgraue Meer hinaus. Er liebte Unwetter, das Toben der Elemente, den Salzgeruch in der wilden Luft. »Vielen Dank, dass Sie mich mitgenommen haben«, sagte er.

»Hoffentlich gefällt sie Ihnen.«

»Na ja, wegen der Fahrt selber bin ich ja nicht hier.« Er legte die mitgebrachten Fotos auf den Tisch. »Fällt Ihnen hier was auf?«

Pauline beugte sich über das Foto, auf das er gedeutet hatte. »Das ist der chinesische Schatten, von dem ich Ihnen erzählt hatte«, sagte sie. »Eine Menschengestalt.«

»Und das kommt aus der Höhle?«

»Ja. Das sind die letzten Fotos, die in Rémy Fortins Apparat gefunden wurden.«

»Ich weiß, aber aus welchem Teil der Höhle stammen sie?«

»Lassen Sie mich nachdenken. Ist das von Bedeutung?«

»Sogar sehr.«

Sie dachte an Palestro, der nahegelegt hatte, die Fotos stammten nicht aus der Höhle. Aus einer Schublade holte sie eine Lupe und besah sich das Foto noch einmal. »Ich weiß nicht so recht, was ich darauf eigentlich entdecken soll.«

De Palma hielt ihr andere Fotos aus der Höhle hin, lauter Überblicksaufnahmen. »Und wenn Sie sie damit vergleichen?«

Er ließ ihr ein wenig Zeit, um sich zu konzentrieren. Das Geschaukel schlug ihm allmählich auf den Magen, und er ging hinaus an die frische Luft. Im sonnen- und gischtgetränkten Licht zeichnete sich das Cap Morgiou ab. Die *Archéonaute* wechselte den Kurs. Von einem Brecher geschoben, sackte sie in ein Wellental hinab.

»Ich glaube, ich habs gefunden!«, rief Pauline.

De Palma ging wieder hinein.

»Das Foto ist getürkt«, sagte Pauline. »Es stammt gar nicht aus der Le-Guen-Höhle. Das sind nicht die gleichen Stalagmiten und nicht die gleichen Tropfsteingebilde. Und es müssten Negativhände zu sehen sein. Ich bin mir ganz sicher.«

»Ist es nicht die Le-Guen-Höhle oder nur nicht derselbe Höhlenraum?«

Verdutzt sah sie ihn an. »Was meinen Sie damit?«

»Das Foto hier stammt aus der Mitte einer ganzen Serie. Auf der Speicherkarte des Apparats sind alle Fotos davor und danach in der Le-Guen-Höhle aufgenommen worden, das wissen wir ganz genau. Nur die Fotos mit dem chinesischen Schatten und dem Hirschkopfmenschen nicht.«

Pauline schüttelte den Kopf. »Ich weiß nicht, worauf Sie hinauswollen.«

»Wir müssen in den Schlund hinunter«, sagte de Palma. »Vieles von dem, was wir suchen, werden wir dort finden.«

Schweigend räumte sie ihre Lupe weg.

»Fortin hat dort getaucht«, setzte de Palma nach. »Und zwar am Wochenende vor seinem Tod.«

»Wie können Sie das behaupten?«

»Sein Dekompressionsunfall lässt sich nur so erklären, dass er zu oft und zu lange getaucht ist. Als er sich am Montagabend vor dem Unfall von Ihnen verabschiedet, hat er schon Gasblasen im Körper, weil er das ganze Wochenende in dem Schlund dort getaucht und vielleicht die Dekompressionsstopps nicht eingehalten hat. Und sogar wenn er aufgepasst hat, hat vielleicht einfach sein Körper nicht mitgespielt.« De Palma hielt inne. Die Scheibenwischer mühten sich quietschend ab. »Er ist am Samstag getaucht«, fuhr er schließlich fort. »Da ist er wahrscheinlich zum ersten Mal in den Schlund. Vielleicht hat er in der ersten Höhle übernachtet. Dann ist er wieder hinuntergetaucht, diesmal weiter. Ich möchte wetten, er hat einen zweiten Höhlenraum gefunden.«

Pauline sah ausdruckslos vor sich hin. »Womöglich haben Sie recht«, flüsterte sie. »Das alles macht mir Angst.«

»Das begreife ich durchaus. Denn dieses Foto kommt aus dem zweiten Raum. Er hat nur Zeit für dieses eine gehabt, denn im Blitzlicht sieht er etwas, eine fürchterliche Gestalt. Und da merkt er, in welch großer Gefahr er sich befindet.«

»Und der Hirschkopfmensch?«

De Palma atmete tief durch. »Wahrscheinlich hat er ihn gefunden und ist kurz darauf gestört worden. Er beschließt zu fliehen, den gleichen Weg zurück.« De Palma legte den Zeigefinger auf das Foto der kleinen Statue. »Genau werden wir es nie erfahren. Aber anders kann ich es mir nicht erklären.«

Pauline Barton war niedergeschmettert. Sie hatte Fortin immer blind vertraut. Im Rückblick kamen ihr nun einige seiner Verhaltensweisen nicht ganz normal vor. Er war immer sehr darauf bedacht, den Wachdienst über die Grotte am Wochenende zu übernehmen. Außerdem tauchte er immer als Erster hinab und hielt sich lange dort auf.

An Steuerbord erschien der mehr als hundert Meter hohe Felseinschnitt der Calanque von Sugiton. Inmitten dieser Minibucht rissen die Wellen an dem vor Anker liegenden Torpedoboot und bedrängten es mit gischtigweißen Wellen. Techniker bauten das rote Zelt ab, das der Expedition als Zentrale gedient hatte. Das Zelttuch knatterte im Wind.

»Ich fahre hinter das Torpedoboot«, rief der Steuermann, »an Steuerbord, wie immer. Dort sind wir einigermaßen geschützt. Da sind aber auch Untiefen, also sollten wir uns beeilen.«

»Soll ich über Funk was durchgeben?«, fragte Pauline zur Brücke hinauf.

»Schon erledigt. Die Kohleproben sind oben. Manu und Claude bringen sie uns mit dem Schlauchboot.«

Als der Forschungsingenieur Claude die *Archéonaute* in die Calanque einfahren sah, schwenkte er die Arme. Pauline winkte kurz zurück.

»Alles klar?«

Der Steuermann drosselte den Motor und ließ sich von den Wellen bis zum Bug des Torpedoboots treiben, dann korrigierte er den Kurs und schaltete den Motor um, damit das Boot langsamer wurde. Pauline sah traurig auf die weißen

Felssteine um sie herum, als hätte der Baron ihr die letzten Träume geraubt.

Das Schlauchboot legte an der Breitseite der *Archéonaute* an. Claude hielt Pauline eine hermetisch verschlossene Schachtel hin, die sie gleich an sich drückte und in den Mannschaftsraum brachte. Die letzten Kohleproben aus der Le-Guen-Höhle hatten soeben die Welt der Stille verlassen. Pauline sah die in Watte gepackten Proben liebevoll an, und am liebsten hätte sie geweint. Irgendwie schien alles kaputtzugehen. Fortin hatte sie ausgenutzt. Und die Expedition hatte nicht erbracht, was sie so sehr erhofft hatte.

»Schließen Sie die Höhle heute Nachmittag ab?«, fragte de Palma.

»Nein.«

»Dann tauchen wir am Montag in den Schlund.«

»Wer? Sie und ich?«

»Nein, ich werde zu Ihrer Begleitung Polizeitaucher anfordern.«

»Ich habe jetzt auf einmal Angst.«

»Sie haben nichts zu befürchten. Die Leute, die ich Ihnen schicke, sind keine Anfänger.«

De Palma bat darum, an Land gebracht zu werden. Die *Archéonaute* fuhr wieder aufs Meer hinaus und verschwand gischtumspritzt. Über einen Pfad war es nicht weit bis hinauf zum Sugiton-Pass und von dort nach Luminy. De Palma rief Eva an und sagte ihr, sie solle ihn dort abholen. Am Abend würden sie ins Kino gehen und dann im Stadtzentrum in ein Restaurant.

Auf der Passhöhe drehte de Palma sich noch ein letztes Mal zu den Calanques und dem Riou-Archipel um. Das Meer sah aus wie mit brauner, zerknitterter Seide bedeckt. Hier in der Gegend war Saint-Exupéry abgestürzt und dort hinabgesunken, wo schon massilische Galeeren, deutsche Jagdflugzeuge und alte Frachter lagen, und eben auch großartige Fresken, die noch in stillen Höhlen ruhten. Mit einst verschlungenen Geheimnissen rückt das Meer niemals heraus.

* * *

Immer bestimmt Christine, was sie spielen. Immer. Vor allem seit ihre kleinen Brüste groß geworden sind wie schöne Äpfel.

An dem Weg, der von der Straße herführt, sind tausend Plätze, an denen sich spielen lässt. Wenn Mama da ist, dürfen die Kinder eigentlich nicht über die kleine Böschung hinaus, die den zerfurchten Feldweg begrenzt. Das schert die Kinder aber nicht.

Thomas spielt am liebsten bei dem Felsen, der wie ein Hundekopf aussieht. Im kühlen Schatten dieses Steins fühlt er sich wohl. Wie ein zweites Zuhause ist ihm der Ort. Neulich hat er neben einem Busch eine graugelbe Kröte gesehen. Christine wollte sie fangen, um sie Papa zu zeigen, aber Thomas war dagegen. Da haben sie sich gestritten. So fest, dass Thomas einen Anfall bekommen hat. Er ist sicher, dass sie das mit Absicht getan hat. Damit Thomas ihr gehorcht. Thomas hält seine Schwester für eine Art Ungeheuer. Vor allem seit ihr Körper sich verändert hat. Sein eigener ist auch nicht mehr derselbe. Ihm wohnt nun eine seltsame Kraft inne, die vom Bauch her kommt und manchmal bis in Brust und Beine ausstrahlt. Dann wird sein Geschlechtsteil so hart, dass es wehtut.

Christine hat ihm gezeigt, was den Mädchen passiert. Blut. Lebensblut überall zwischen ihren Beinen. Ihm ist davon schlecht geworden, und er hat sich bei seinem Lieblingsfelsen verkrochen. Niemand weiß, dass er dort den Hirschkopfmenschen versteckt, hinter einem großen Stück Kalk. Niemand weiß das. Nicht mal Christine.

August 1961. Er ist noch klein.

Am Morgen hat Papa Mama vorgeworfen, ihre Gene seien schuld. In jeder Generation habe es in ihrer Familie Verrückte gegeben. Sie ist eine schöne Frau und noch sehr jung. Ihre Haare sind wie Honig. Er liebt ihren süßen Duft nach blühenden Akazien. Gerne streift er Mama unauffällig, und manchmal wagt er es auch, sie mit dem Finger richtig zu berühren, wenn auch nur flüchtig, die Falte ihres Nylonrocks etwa oder den Saum des Pullovers, den sie im Winter oft trägt.

Doch Mama misstraut ihm, und auch seinem manchmal so starren Blick. Wenn er wieder mal die Wirklichkeit wie von unten her betrachtet. Und man dabei das Weiße in seinen Augen sieht.

Sie gerät in Panik, wenn er zu zittern beginnt. Die Arme korbartig vor dem Körper haltend. Stocksteif. Als würde ihn ein Stromstoß durchfahren, vom Kopf bis in die Arme und Beine. Dann sieht er sie davonlaufen, mit schmalem Gesicht und Augen, die auf einmal senffarben werden.

Wenn Mama dem Doktor von dem Zittern berichtet, wird er in das Zimmer mit dem Durchfahrtsverbot eingesperrt.

Dann kommen die Neuroleptika, die Hypnotika, die Anxiolytika und die Beruhigungsmittel, die das Tier in einem einschläfern und die Laune heben. Die Liste ist lang. Er kann sie alle auswendig heruntersagen, denn er hat im Krankenhaus ein Buch mit allen Medikamenten stibitzt und liest oft darin. Ganz heimlich in seinem Zimmer. Chemische Formeln.

Mysteriöse Moleküle.

40

Ein Evangelist mit Krawatte verteilte vor der Kirche Saint-Eustache mitten in Paris Karten mit der Frohen Botschaft. Ein Grüppchen Japaner stellte sich auf die glänzenden Steinstufen und ließ sich vor den schweren Holztüren der Kirche fotografieren. Das x-te Andenken an Paris, mit dem üblichen gutmütigen Grinsen.

Thomas sah ihnen zu. Ein Abbild einfachen, glücklichen Lebens. Es roch nach Kälte, Hundekot und Kandiszucker. Vom rechteckigen Rasen des Halles-Parks tönte schrille Karussellmusik herüber. Sie klang nach seiner fernen Jugend.

Vor der Kirche rauften sich marodierende Tauben um ein Stück Brot. Dem trostlosen Schatten der alten Häuser in der Rue Montorgueil entquoll unablässig ein Passantenstrom und ergoss sich in das gefräßige Maul des Einkaufszentrums Les Halles mit seinem Großbahnhof. Autran schloss sich der wogenden Masse an und fuhr zur S-Bahn-Station hinunter. Je weiter die Rolltreppe ihn ins Innerste der Hauptstadt entführte, umso kleiner wurde das Stückchen blauer Himmel, das er noch über sich hatte. Er schnüffelte ein paar Mal. Sein Gesicht war aufgedunsen, die Augen gerötet. Ihm war, als hingen ihm die Lider bis zum Mund herunter.

Alles erstickte ihn: die Rolltreppen, die blasierte Reisende ausspien, die endlosen Gänge, die den Eiter der Stadt ausschwitzten, die trägen Lichter. Er ging dahin, die Fäuste in den Taschen geballt, und starrte nur auf die Schuhe der Leute vor ihm. Erst nach der Ticketschleuse blickte er auf und suchte nach der Richtung Saint-Germain-en-Laye. Die Schildchen an der Decke wiesen ihn nach links. Er musste noch ein bisschen weiter in den Bauch der Erde hinein, inmitten der sich vorwärtswälzenden Masse, und das behagte ihm gar nicht.

Die S-Bahn fuhr ein und schob mit der stählernen Schnauze einen mit Ozon und Moder angereicherten Gestank vor sich her. Thomas stieg geistesabwesend ein und setzte sich auf den erstbesten Platz. Eine dicke Frau musterte ihn kurz und beugte sich dann wieder über ihr Käseblatt. Thomas nickte ein, als die Bahn aus Paris hinausfuhr, und wurde erst im Bahnhof von Saint-Germain-en-Laye wieder wach. Auf der

Esplanade gegenüber dem Schloss merkte er erst, wie grau es war. Schlaffe Tropfen fielen vom Himmel und wirbelten den Staub auf dem Boden auf. Seit er das Schlachthaus des Gewissens verlassen hatte, war er noch nicht auf den Gedanken gekommen, zum Himmel aufzuschauen. Nun fehlte ihm die Sonne.

Das Archäologiemuseum war in einem Flügel des Schlosses von König Franz I. untergebracht, ganz in Bahnhofsnähe. Ein riesiges, strenges Steingebäude voller Rundbogenfenster mit rautenförmigen Scheiben.

Thomas löste bei einem gelangweilten Ticketverkäufer seine Eintrittskarte und folgte den Pfeilen, die die Besuchsrichtung anzeigten. Als er am Museumsladen vorbeikam, fiel ihm die junge Frau an der Kasse auf. Er sah sie an, und sie lächelte zurück.

Er war zum zweiten Mal in dem Museum. Zum ersten Mal war er vor ewigen Zeiten hier gewesen, mit seinem Vater, kurz vor dessen Tod. Christine war auch dabei gewesen. Sie war immer dabei. Ihre Berufung für die Prähistorie ging auf jenen Besuch zurück, als sie vor Faustkeilen, Harpunen, Schabern, Nadeln und knöchernen Speerschleudern gestanden hatte.

Das Museum hatte sich verändert seit damals. War moderner geworden, übersichtlicher gestaltet. Man geht an keltischen Antiquitäten vorbei, an Bronzewaffen und goldenen Kopfbedeckungen, dringt bis zur neolithischen Revolution und zu Statuenmenhiren vor, bis man schließlich die Wiege der Menschheit erreicht. Die Urzeit. Das Zeitalter des freien Menschen.

Es war Mittwoch. Eine Gruppe Kinder stürmte herein und drängte sich unter das Riesengeweih des an der Wand hängenden Megaloceros-Schädels. Ihre Führerin, ein junges blondes Ding mit stechendem Blick, versuchte sie zu beruhigen und sie zu einem Cro-Magnon-Schädel mit lächelndem Gebiss zu locken. Verlorene Liebesmüh.

Thomas wartete still ab, bis der Trubel vorbei war. Durch die Vitrinenbeleuchtung aus dem Halbdunkel herausgehoben, prangten die Waffen der großen Jäger in ihrer urwüchsigen Erhabenheit. Lange blieb Thomas davor stehen, ohne sich näher heranzuwagen. Zwei Besucher stellten sich vor ihn und machten dumme Bemerkungen über die Sammlung. Ein Kind zog quengelnd den Vater am Mantel. Urmann aber hörte nichts mehr. Er ging langsam auf die Mittelvitrine zu.

Da war sie. Winzig und souverän.

Wie lange hatte er darauf schon gewartet!

Was hatte er in den letzten zehn Jahren nicht alles hineingedacht in jenes feingestaltete ovale Puppengesicht mit den vollen Wangen und der schulterlangen, kästchenförmigen Frisur. Er kannte sie bis in ihre geheimsten Details. Sie hatte ein Jungfernantlitz, eine gerade Nase und große Augen mit nur angedeuteten Pupillen.

Auf einem Schild stand:

VENUS VON BRASSEMPOUY

Die älteste Darstellung eines menschlichen Gesichts! Dreiundzwanzigtausend Jahre alt! Göttliche Schönheit aus der Spitze eines Mammutstoßzahns herausgeschnitzt.

Er las weiter:

Faksimile des Originals

Plötzlich fühlte er sich unendlich leer. Das war gar nicht das Original. Als Kopie perfekt, das mochte wohl sein, aber eben nicht jene damals von der Ur-Eva geschnitzte Venus. Auch das Museum war ein Gefängnis, wo das Beste der Menschheit vor Blicken geschützt in dunklen Tresoren verwahrt wurde.

Alles fing an, sich zu drehen. Er sackte auf eine der Holzbänke vor der Vitrine. Auf seiner Stirn bildeten sich

Schweißperlen. Die Waden verkrampften sich, dann die Arme. Die braunen Museumswände schmolzen dahin, bis sie auf dem Boden breite Lachen bildeten. Irgendwo dozierte es aus einem Fernseher über die Größe der Feuersteine. Er sah auf und erblickte den Monitor zu seiner Linken. Dann verschwamm alles.

Es dauerte lange, bis der Anfall vorbei war. Danach stand er auf, durchquerte Neolithikum, Eisen- und Bronzezeit und gelangte zum Museumsladen. Die junge Verkäuferin begrüßte ihn schüchtern lächelnd. Sie trug einen geraden Rock, eine dicke schwarze Strumpfhose, einen groben Wollpullover und eine Kette mit großen silbernen Kugeln. Ihr in der Mitte gescheiteltes Haar fiel in bernsteinfarbenen Locken auf die schmalen Schultern herab und rahmte ein längliches, vornehmes Gesicht ein, aus dem Haselnussaugen herausblitzten. Augenblicklich fühlte er sich von ihr angezogen.

»Ich suche *Die Religionen der Vorgeschichte* von Leroi-Gourhan«, sagte er. Der Titel war ihm als erster eingefallen.

»Das haben wir leider nicht mehr, tut mir leid.«

Er mimte den Überraschten. »Das ist aber ein gutes Buch!«

»Ja, schon, aber es wird nicht mehr aufgelegt.«

»Schade. Man konnte viel damit anfangen.«

Aus der Miene, die sie daraufhin zog, schloss er, dass sie wohl noch Studentin war, aber schon einiges auf dem Kasten hatte. Darauf deuteten auch ihre etwas linkischen Gesten und der Blick, den sie auf die Bücher warf. Er vertat sich da nicht. Wer gelehrt ist, umschmeichelt Bücher.

»Haben Sie was über die Le-Guen-Höhle?«

»Nein, auch nicht, aber in circa einem Jahr dürfte was rauskommen. Über die letzten zwei Forschungsexpeditionen.«

Delphine hieß sie. Ihr Körper verströmte eine seltsame Lebendigkeit, irgendwelche Schwingungen, die Thomas als leichtes Kribbeln an der Nackenwurzel verspürte. Ihm war, als hüllte sich ein Schleier um ihn.

Sie unterhielten sich lange über die Le-Guen-Höhle. Er erzählte tausend Details über die Gravuren, die von den Jägern des Magdalénien an die Kalkwände geritzt worden waren. »Am bedeutendsten finde ich den ›getöteten Mann‹. Er ist achtundzwanzig Zentimeter groß und hat die Arme erhoben. Von hinten durchbohrt ihn eine Lanze.«

»Von dem habe ich schon gehört, aber was ist gerade an ihm so besonders? Mir gefallen die kleinen Pferde besser, und der Wisent im Dreiviertelprofil, den finde ich herrlich!«

»Warum mir der ›getötete Mann‹ so gefällt? Weil er gerade in seiner Einfachheit so ergreifend ist. Das Schematische an ihm, die Lanze … Das ist wahrscheinlich die älteste Darstellung eines Mordes in der Menschheitsgeschichte.«

»Eines Mordes?«

»Na ja, er wird ja von hinten durchbohrt.«

Immer wieder musste sie sich wundern, wie gut er sich auskannte. Über jene Gravuren – oft nichts weiter als grobe Kratzer in der mürben Felswand – wussten nur wenige Besucher Bescheid; die meisten interessierten sich nur für die Bilder. Thomas gab vor, er habe eine Dissertation über Höhlenmalerei verfasst und so die einzigartige Gelegenheit gehabt, zur Le-Guen-Höhle tauchen zu dürfen.

»Das muss wunderbar sein«, seufzte Delphine. »Das alles so vor sich zu sehen!«

»Es ist mehr als wunderbar. Man hat das Gefühl, man kommt in den Mutterleib zurück.«

Jener letzte Satz ließ sie nachdenklich werden. Bald würde das Museum schließen. Thomas schlug vor, sie könnten in der Brasserie gegenüber dem Schloss noch etwas trinken. Sie ging darauf ein. Aus ihrem Blick und jeder ihrer Gesten las er etwas jugendlich Unbeholfenes heraus, und noch dazu, obwohl sie versuchte, sich selbstsicher zu geben, eine ungeheure Einsamkeit.

Es war schon dunkel und regnete stärker als zuvor. Sie liefen über den Schlossplatz und flüchteten sich in die Brasserie. Dort empfing sie ein infernalischer Lärm: ausgelassene Studenten, die sich zuprosteten, schallend lachten und derbe Witze rissen.

Delphine musste fast schreien, um sich verständlich zu machen. »Kommen Sie, gehen wir hier raus. Ich lade Sie auf ein Glas in meine bescheidene Bude ein. Dann kann ich Ihnen auch meine Abschlussarbeit zeigen. Die Gliederung zumindest. Weiter bin ich noch nicht.«

Sie nahmen die erste Straße links und dann eine reizlose Gasse, die in die Altstadt führte. Der Regen peitschte an die Hausfassaden, in denen fast alle Fensterläden geschlossen waren. Die Schaufenster warfen elektrische Rechtecke auf die nassen, von Tropfen gesprenkelten Pflastersteine. Nach zweihundert Metern holte Delphine einen Schlüsselbund aus der Tasche und blieb vor einem Einfamilienhaus mit verrosteten Dachziegeln stehen. Das Haus hatte einen kleinen Vorgarten, dahinter erstreckte sich im Halbdunkel ein größeres Gartenstück.

»Da wohne ich. Erdgeschoss.«

»Nett.«

Die Läden im ersten Stock waren zu.

»Meine Vermieter sind nicht da. Die kommen erst nächste Woche wieder.«

Sie sperrte die Tür auf und machte das Licht an. Das Appartment roch nach kaltem Tabak und Räucherstäbchen. Auf einem schmiedeeisernen Tischchen, das stark nach Ikea aussah, thronte ein halb verwelkter Blumenstrauß. Die Kochnische war mit einer Theke aus massivem Holz vom Zimmer abgetrennt. Auf der Thekenkante reihten sich Konfitürengläschen aneinander.

Der Fliesenboden war mit einem billigen Perserteppich bedeckt, der sich mit den blassen Wänden biss. Rechts das

Bett mit einer geblümten Tagesdecke, gegenüber der mit Papierkram bedeckte Schreibtisch. Ein Diktafon auf einem aufgeschlagenen Buch: *L'Homme premier* von Henry de Lumley. Auf dem Boden stapelten sich wissenschaftliche Arbeiten, Zeitschriften und Bücher.

»Sie haben ja ganz nasse Haare«, rief Delphine aus. »Ich gebe Ihnen ein Handtuch. Das Bad ist da.«

»Nein, nach Ihnen, Sie sehen völlig durchgefroren aus.«

Sie wehrte ab. Er gab nicht nach.

Eine kleine Uhr auf dem Schreibtisch schlug halb sieben.

»Ich arbeite über Menschendarstellungen im Paläolithikum«, sagte Delphine, als sie mit einem Handtuch für Thomas aus dem Bad zurückkam. »Ich beschäftige mich mit Kinderskeletten, die mit einem virtuellen System dreidimensional rekonstruiert werden.«

»Davon habe ich schon gehört. Aber ich dachte, die machen das in einem Labor in der Schweiz.«

»Stimmt, aber ich arbeite an Darstellungen von Neandertalern. Ich versuche zu begreifen, wie man sich den Neandertaler heute vorstellt. Das ist hochinteressant. Schauen Sie mal.«

Sie klickte mit ihrer Computermaus, und auf dem Bildschirm erschien eine Reihe von Schädeln. Die durch eine Software zusammengesetzten Teile waren mit verschiedenen Farben abgegrenzt. »So sieht das aus. Beeindruckend, oder?«

»Unglaublich! Skelette haben Sie wohl auch?«

»Ja.« Mit zwei Klicks rief sie eine neue Seite auf. »Das da ist fast vollständig. Ein Kinderskelett.«

»Warum gerade Kinderskelette?«

»Ich arbeite einfach mit dem, was ich vom Labor bekomme, und fasse die Daten zusammen. Dann werte ich sie aus und vergleiche sie mit älteren, veröffentlichten Studien.«

Auf einmal sah sie ihn ganz zärtlich an. Es fiel ihr schwer zu schätzen, wie alt er eigentlich war. Vermutlich hätte er ihr

Vater sein können, doch dieser Altersunterschied störte sie nicht. Sie fand den Mann anziehend.

»Wir könnten uns duzen, oder?«, sagte sie schüchtern.

Er lächelte sie komplizenhaft an, und sie fuhr mit ihrer Demonstration fort.

»Man ist sich ziemlich sicher, dass Neandertaler-Kinder sich schneller entwickelten als Kinder vom Homo sapiens. Die Zähne und die maßgebenden Skeletteile machen einen reiferen Eindruck als bei Sapiens-Kindern im gleichen Alter.« Sie scrollte zu anderen Skeletten weiter. »Schau mal: kein Kinn wie bei uns. Sie sind gedrungen. Auf anderen Bildern von Erwachsenen sieht man gut das Becken, das länger ist als bei uns, die breitere, kräftige Hand, den viel größeren Schädel und den breiteren Rumpf. Also richtige Neandertaler.« Sie wandte sich vom Bildschirm ab. »Das Interessante passiert dann, wenn man die Skelette mit einem Gesicht, mit Fleisch und Haut ausstatten will. Dann meldet sich die Wissenschaft ab, und es geht los mit dem Fantasieren.«

»Wie meinst du das?«

»Man stellt sich den Neandertaler immer als grobschlächtigen Trampel vor, darum kriegt er ein eckiges Gesicht und überall Haare. Also eine richtige Verbrechervisage. Mit dem Cro-Magnon-Menschen ist es genauso.«

»Eine Verbrechervisage?«

Delphine klickte wieder mit ihrer Maus, und zwei alte Darstellungen von Cro-Magnon-Menschen erschienen. Sie stammten aus der Mitte des neunzehnten Jahrhunderts. Die Analogie zu Menschenaffen war auffällig. Auf anderen Abbildungen vom Anfang des zwanzigsten Jahrhunderts waren die Gesichtszüge feiner und dem heutigen Menschen ähnlicher.

»Zwischen diesen Bildern hat die Wissenschaft Fortschritte gemacht«, sagte Delphine. »Man sieht den Urmenschen nicht mehr mit den gleichen Augen. Heute gibt es sogar Darstellungen, auf denen uns der Mensch aus dem Paläolithikum noch ähnlicher sieht. Mir geht es hier darum aufzuzeigen, dass man auf diese Skelette draufpacken kann, was man will. Aus dem Cro-Magnon-Menschen kann man ein sensibles, zivilisiertes Wesen machen oder einen primitiven Barbaren. Kommt ganz darauf an, wie wir zu unserem Erbe stehen. Hast du von den Theorien Lombrosos gehört?«

»Ja.«

»Ich habe *Der Verbrecher* gelesen und alles über Atavismus, und ich finde, das passt gut zu den Darstellungen. In meiner Arbeit werde ich darauf eingehen. Was meinst du dazu?«

Thomas' Gesichtsausdruck war plötzlich ganz verändert, wie in einen kalten Schatten gehüllt. Er schloss die Augen und suchte in seinem Innersten nach der Kraft, um die Unruhe zu vertreiben, die sich seiner bemächtigt hatte. »Ich muss jetzt weg«, sagte er unvermittelt.

Sie riss die Augen auf. »Bist du sicher? Willst du nicht ...«

Er legte ihr die Hand auf die Schulter. »Nein, danke. Ich muss los. Aber ich komme bald wieder. Sobald ich Zeit habe.«

Sie wollte ihn zurückhalten, doch seine kräftige Gestalt war schon über die Schwelle ihres Apartments hinaus. Er drehte sich noch einmal um und sah sie verschleierten Blickes einen Moment lang an.

41

Die Kassette, die de Palma in Ville-Evrard von Bernard bekommen hatte, war aus dem Polizeilabor zurückgekommen. Ebenso wenig wie *Der Verbrecher* enthielt sie Fingerabdrücke oder sonst etwas Verwertbares.

Bessour hatte ein aufgeschlagenes Heft vor sich liegen und

war mit einem Bleistift und einem nagelneuen Radiergummi ausgerüstet. »Sollen wir loslegen, Baron?«

»Auf gehts!«

De Palma legte die Kassette in das Diktafon ein und drückte die Wiedergabetaste. Erst hörten sie Straßengeräusche, dann eine zufallende Tür.

»Bist du bereit, Thomas?«

Augenblicklich erkannte de Palma die ruhige, etwas dumpfe Stimme Caillols.

»Ja, ich bin bereit. Du nimmst das wieder auf, oder?«

»Ja. Stört dich das?«

»Nein.«

Es folgte ein Rascheln und Rumoren auf dem Tisch.

»Thomas duzt Caillol«, sagte de Palma und drückte auf die Pausentaste. »Hm, ein Patient, der seinen Arzt duzt, das ist ja eher selten.«

Der Baron ließ die Taste wieder los. Bessour lauschte angestrengt.

»Sollen wir über die Stimme reden, die du manchmal hörst?«

»Das ist schwierig.«

Langes Schweigen.

»Und warum ist das schwierig?«

»Wegen dieser Sache.«

»Welcher Sache?«

Wieder eine lange Pause.

»Wenn ich eine Frau sehe, muss ich sofort an meine Mutter denken, und dann …«

»Und dann?«

»Dann sind da so blutige Bilder. Überall Blut.«

»Du siehst also Blut?«

»Ja.«

Autran musste ziemlich nah am Diktafon gewesen sein, denn man hörte deutlich seinen tiefen Atem.

»Da ist Blut, und diese Stimme.«

»Erzähl mir von dieser Stimme. Was für eine Stimme ist das? Kennst du sie von irgendwoher?«

»Ja.«

»Du hast sie also schon mal gehört?«

»Es ist die Stimme von Christine.«

Autran atmete nun heftiger.

»Und was sagt diese Stimme?«

»Sie redet auf mich ein.«

Caillol hustete.

»Sie redet auf dich ein?«

»Ja. Ich bin jetzt ganz verwirrt.«

»Du musst mir aber eine Antwort geben!«

»Nein, nicht jetzt.«

Hier war die Aufnahme kurz unterbrochen. Es folgte eine kurze Stille, dann hörte man, wie etwas auf Metall schnappte.

»Warum bindest du mich an?«

»Weil ich ein paar Untersuchungen machen muss, durch die du vielleicht ein bisschen durchgeschüttelt wirst.«

»Ich will nicht angebunden werden.«

»Das muss aber sein.«

Wieder das metallische Schnappen. De Palma schaltete das Diktafon aus.

»Er muss auf einem Krankenhausbett sein«, sagte Bessour. De Palma nickte.

»Vielleicht auf dem Bett, das wir im Untergeschoss von Caillol gesehen haben«, fuhr Bessour fort.

»Sogar sehr wahrscheinlich«, erwiderte de Palma und machte das Gerät wieder an. »Sehen wir mal weiter.«

Erst hörten sie etwas klappern, dann ein Murren. Thomas zerrte vermutlich an den Riemen, die ihn gefangen hielten.

»Halt jetzt still, sonst muss ich die Riemen fester ziehen. Willst du das etwa?«

»Nein!«

Autran hechelte. Man hörte deutlich, wie Caillol aufstand.

»*So, entspann dich, du wirst gar nichts spüren. Wir machen jetzt ein kleines Experiment. Hast du schon mal vom* Amanita muscaria *gehört?*«

»*Ja, das ist ein Pilz.*«

»*Genau. Von dem heißt es zwar, dass er gefährlich ist, aber wir werden bloß eine ganz kleine Dosis verwenden. So wie früher die Schamanen. Dadurch wirst du eine Zeitreise unternehmen können, und noch dazu aus deinem Körper hinaus. Und damit wirst du gesund.*«

»*Ich will das aber nicht!*«

»*Aber du willst doch, dass wir diese Stimme zum Schweigen bringen?*«

»*Ja.*«

»*Willst du ein Medizinmann sein oder ein armer Irrer, den man in die geschlossene Anstalt sperrt?*«

»*Ich will von hier weg!*«

»*Dieser Pilz enthält eine Substanz, die dir guttut. Ich habe sie an mir selbst ausprobiert, und schau, was aus mir geworden ist. Der Patient ist zum Arzt geworden. Das ist doch einen Versuch wert, oder?*«

»*Na gut.*«

»*Dann setze ich dir jetzt die Elektroden an, wie üblich.*«

De Palma schaltete aus.

»Hast du eine Ahnung, was *Amanita muscaria* ist?«

Bessour suchte den Namen im Internet. »Der Fliegenpilz! Weit verbreiteter, besonders giftiger Pilz. Kann Fliegen betäuben, tötet sie aber nicht. Hm, ich nehme an, in einer bestimmten Dosis kann das ein Halluzinogen sein.«

»Christine Autran hat darüber was geschrieben. Eine kleine Abhandlung über das, was die Natur den Menschen des Paläolithikums so zur Verfügung gestellt hat. Da geht es unter anderem um Pilze. Muss ich mir noch mal anschauen.«

Er stellte das Diktafon wieder an.

»*Da, schluck das. Ist gar nicht gefährlich.*«

Langes Schweigen. Man hörte nur das Rauschen des Lautsprechers.

»*So. Bald wirst du was spüren.*«

Autran zerrte immer mehr an den Riemen herum und brachte damit das Bett zum Quietschen.

»*Du bist in einem langen Tunnel. Bald wirst du ein Licht sehen.*«

Autran stieß einen seltsamen Laut aus, ein Röcheln, das sich seiner Brust entrang. Caillol hantierte mit gläsernen Gegenständen umher.

»*Siehst du sie jetzt?*«

»*Ja.*«

»*Wie heißt sie?*«

»*Hélène Weill. Sie kommt oft in die Sprechstunde.*«

»*Was empfindest du, wenn du sie siehst?*«

»*Sie leidet sehr. Die Ketten, an die sie gefesselt ist, sind so dick.*«

»*Davon muss sie befreit werden!*«

»*Ja. Sie leidet zu sehr.*«

»*Befrei sie. Ich werde sie kommen lassen. Dann kannst du sie anschauen, so lange du willst.*«

Caillol ging vom Diktafon weg, bis seine Schritte kaum mehr hörbar waren. Eine Tür ging auf. Caillol sagte ein paar unverständliche Worte, dann kamen die Schritte wieder näher. Die Schritte mehrerer Personen.

»Sie sind zu zweit«, rief de Palma aus.

Die Aufnahme war zu Ende.

»Ich glaube, heute Nacht werde ich nicht gut schlafen«, murmelte Bessour. »Grauenhaft, das Zeug.«

»Ja, wirklich furchtbar. Hélène Weill war sein erstes Opfer.«

»Ja, eben, weiß ich ja. Gehen wir ins Labor, die kriegen wohl raus, was er sagt, als die Tür aufgeht.«

Das Labor für Stimmenanalyse war am Ende des Ganges. Zuerst kam man an zwei neonbeleuchteten Räumen vorbei, in denen gesicherte Spuren ausgewertet und DNA-Extraktionen vorgenommen wurden. An Bügeln hingen blutverschmierte Kleidungsstücke, eine Kapuzenmütze von einem Überfall, ein zerrissenes Seidennachthemd ...

»Ich komme so ungern hierher«, knurrte Bessour.

»Ich auch. Bei mir ist es ja hoffentlich das letzte Mal.«

De Palma öffnete die Tür des Tonlabors und war ganz überrascht, eine junge Frau anzutreffen. Eine Neue, die sich über ein Oszilloskop beugte.

»Ich bin Sabrina«, sagte sie und hielt den beiden die Hand hin. »Was kann ich für Sie tun?«

»Wir haben da eine Aufnahme, auf der wir den Schluss nicht verstehen.«

»Zeigen Sie mal her.«

Sabrina war gerade mal dreißig, groß, dunkelhaarig und hatte schwarze Augen. Bessour war auf der Stelle betört. De Palma hielt sich im Hintergrund.

»Haben Sie genau bei dem Ausschnitt gestoppt?«, flötete Sabrina.

»Äh ... Ja. Erst hört man nur Schritte, und dann kommt es.«

Sabrina isolierte den Ausschnitt und digitalisierte ihn. »Leider ganz schwach«, bemerkte sie. »Aber wir kriegen es wohl hin.«

Auf einem Monitor zeigte sie eine Grafik der Stimme auf. Je nach Stärke erschienen diverse Geräusche in Blau oder Rot. Caillols Stimme war grün.

»Da ist die Stelle, für die Sie sich interessieren«, sagte Sabrina. Sie setzte sich Kopfhörer auf und schob an ein paar Reglern herum. »Bei einem Wort verstehe ich das Ende nicht.«

»Bei welchem denn?«, fragte de Palma.

Sie nahm den Kopfhörer ab. »Er sagt ›Komm rein, Hél…‹, und der Rest ist ein einziger Brei.«

»Hélène Weill!«, rief de Palma aus.

Bessour blätterte in seinem Notizblock und deutete schließlich auf ein Datum, das er sich irgendwo ganz unten aufgeschrieben hatte. »Das war zwei Tage vor ihrem Tod!«

42

Aus kalten Augen verfolgte Christine Autran jede Geste des Barons.

Sie trug eine seit Ewigkeiten nicht mehr moderne geblümte Bluse. Ihre Haare waren seit dem letzten Besuch gewachsen und lockten sich auf den hohlen Wangen. Sie sah auf den Block, den de Palma vor sich hingelegt hatte und auf den er nun seinen Stift knallte.

»Dr. Caillol ist tot«, sagte er mit dumpfer Stimme. »Das wird Sie ja wohl nicht überraschen.«

Unter den halb geschlossenen Lidern hervor sah Christine dem Baron ins Gesicht. »Und was haben Sie gefunden?«, fragte sie.

»Ein große gegabelte Lärche. Und einen Pfeil, der in Richtung Sonnenaufgang oder weiß der Teufel wohin sonst zeigte. Aber noch ganz was anderes haben wir gefunden. Wissen Sie auch was?«

»Ich bin nicht von der Polizei.«

»Das weiß ich, Mademoiselle Autran. Wir haben auf dem Schreibtisch Caillols einen Finger Ihres Bruders gefunden. Ein Finger, ein Toter. Daher meine einfache Frage: Wer ist der oder die Nächste?«

Christine sah zum Fenster. Ihre Finger auf dem Tisch rührten sich nicht, sie wirkten wie aus Wachs.

»Eines wundert mich ja«, sagte de Palma und legte eine Kunstpause ein.

»Und was?«

»Warum haben Sie mir das mit der Lärche gesagt?«

»Das wissen Sie doch jetzt!«

»Ich weiß tatsächlich so einiges, aber warum haben Sie mich auf die Spur gesetzt?«

Streng sah sie auf ihre Hände. »Um Ihnen zu zeigen, was für ein Mensch Sie sind, Sie legendärer Oberbulle. Jemand, der meint, er habe alles begriffen, und der dann doch nichts vorhersieht.«

»Das ist nicht alles.«

Sie blickte auf. Zum ersten Mal machte de Palma hinter ihrem harten Gesichtsausdruck einen Rest von Menschlichkeit aus.

»Was soll da sonst noch sein?«, fragte sie.

De Palma hatte die halbe Nacht darüber gegrübelt, wie das, was er ihr zu sagen gedachte, wohl auf sie wirken würde. Er hatte an seinen alten Mentor bei der Kripo Paris gedacht und daran, was der wohl an seiner Stelle getan hätte. Irgendwie kühn wäre er vorgegangen, dachte er. Er hätte nicht versucht, zu täuschen und zu tricksen, sondern hätte da zugeschlagen, wo Christine es nicht erwartete.

»Ich glaube, Sie haben genug von allem«, sagte er in ruhigem Tonfall. »Ganz tief im Innersten haben Sie wohl nur einen einzigen Wunsch, und zwar, dass Ihr Bruder verhaftet wird.«

Ein sekundenlanges Schweigen zeigte dem Baron an, dass er vielleicht ins Schwarze getroffen hatte.

»Absurd!«, rief Christine dann aus.

»Ach ja? Und warum haben Sie mich dann auf den Mörder von Caillol angesetzt? Erklären Sie mir das doch mal. Um mir eine Ohrfeige zu verpassen? Nein, dazu sind Sie zu intelligent. Eigentlich wollen Sie nichts anderes, als endlich ohne Ihren Bruder leben.«

Christine fand wieder zu ihrer kühlen, herablassenden Art zurück, doch ihre Finger hatten sich verkrampft.

»Sie sagen sich, dass Sie bald rauskommen und Ihr Bruder womöglich noch frei herumläuft. Ein ziemlich tragisches Szenario: die erste Begegnung nach so langen Jahren der Trennung.«

Christine antwortete nicht. De Palma spürte, dass er einen Volltreffer gelandet hatte. Das musste er ausnutzen. »Ich denke, Sie sollten uns jetzt helfen.«

Christine lachte hämisch und zuckte die Schultern, doch ihre Verachtung wirkte gekünstelt. »Ich, den Bullen helfen?!«

Er stand auf und stellte sich, die Hände in den Hüften, ans Fenster. »Wissen Sie, Christine, man weiß nie so recht, was im Kopf eines Verrückten vorgeht. Früher konnten Sie Ihren Bruder noch manipulieren, aber heute …« Er stach mit dem Zeigefinger in ihre Richtung. »Heute könnte er sich gut und gerne gegen Sie wenden. Haben Sie daran mal gedacht? Sie könnten der zweite oder dritte Finger sein.«

Christine ballte die Hände zur Faust. Unter der dünnen Haut zeichneten sich die Knöchel ab.

»Haben Sie daran gedacht?«

»Mein Bruder und mir wehtun? Wenn Sie wüssten, wie sanft der ist.«

De Palma ging auf Christine zu und stellte sich hinter sie. »Ich bin kein Archäologe, ich bin Polizist. Mein Forschungsfeld ist das Verbrechen. Und glauben Sie mir, damit kenne ich mich aus.« Er beugte sich zu ihr hinab, bis sein Gesicht ganz nah an ihrem war. »Thomas ist ein Soziopath. Er liebt nur sich selbst und tötet zu seinem Vergnügen. Tabus gibt es für ihn nicht. Ganz gleich, was es mit seinem mystischen Wahn auf sich hat. Sie zu töten, dürfte ihm nicht schwerfallen. Für ihn sind sie ein Etwas, das ihm gehört, denn alles außer ihm selbst gilt ihm nur als Objekt, das man wegwerfen kann, sobald man es nicht mehr braucht. Es reicht schon, wenn die Stimmen ihn dazu auffordern.«

De Palma ging zu seinem Stuhl zurück und stützte die Fäuste auf den Tisch. »Ich habe eine gute Nachricht für Sie. Der Haftrichter hat sich bei uns wegen Ihrer Freilassung gemeldet. Er hat uns gefragt, was wir davon halten, und ich denke, wir werden sie befürworten. Sogar sehr.«

Christine starrte an de Palma vorbei an einen Punkt an der fahlen Wand. Ihre Gefühle hatte sie nun wieder im Griff. De Palma ließ ein paar Minuten verstreichen, um einen Stimmungswechsel zu bewirken. Von außen drangen Gefängnisgeräusche in den Besuchsraum.

»Was ist mit dem zweiten Raum der Le-Guen-Höhle?«

Auf diese Frage war sie nicht gefasst. Ein Treffer.

»Ich weiß nicht, worauf Sie hinauswollen.«

»Lassen Sie die Scherze. Ein Mann, den Sie durchaus kennen, Rémy Fortin nämlich, ist in den Raum eingedrungen. Und hat das mit dem Leben bezahlt.«

»Zu viele heilige Stätten sind geschändet worden.«

»Wissen Sie, was er in dem zweiten Raum gesehen hat?«

Sie senkte den Kopf und murmelte: »Den Hirschkopfmenschen …« Ihre Hände lagen wieder wie tot vor ihr.

»Was ist mit Caillol?«, fragte de Palma. »Warum hat Thomas ihn umgebracht?«

»Er hat wohl alles Schlimme, das uns widerfahren ist, ihm zugeschoben.«

»War Ihre Mutter seine Geliebte?«

»Ja. Schon lange vor dem Tod meines Vaters. Wussten Sie, dass Caillol schwer krank war?«

»Nein.«

»Ein Gehirntumor, mit dem er schon lange zu kämpfen hatte. Was meinen Sie, warum er sich so auf diese Schamanenriten gestürzt hat? Er hat meinen Bruder als Heiler benutzt, weil der ganz besondere Kräfte besitzt. Er war effizienter als Skalpelle und Chemotherapien. Der Tumor hätte ihn schon lange dahinraffen sollen, aber er hat ihm widerstanden.«

»Wissen Sie, dass Ihre Mutter und Caillol mal in der gleichen Anstalt waren?«

Auf Christines ausgezehrter Wange erschien eine Träne. Sie versuchte nicht, sie abzuwischen. De Palma ging das sehr nahe. Er legte eine lange Pause ein, bevor er weiterfragte.

»Wusste Caillol von der Figur?«

»Natürlich!«

»Und auch von dem zweiten Höhlenraum?«

»Ich glaube, Ihnen ist schon so einiges aufgegangen.«

Das einzige Problem, dachte de Palma, ist bloß noch, dass Caillol nicht der Beschreibung entspricht, die der Chef von Scubapro von dem nächtlichen Taucher gegeben hat.

»Wusste Caillol als Einziger von der Figur?«

»Das weiß ich nicht.«

De Palma stand auf und zog aus seiner Mappe die beiden Fotos, die Bessour in Caillols Schrank gefunden hatte. »Mit diesen Aufnahmen können wir bisher nichts anfangen. Erkennen Sie darauf jemanden?«

Sie sah nicht einmal hin. »Wie soll ich jemanden erkennen, wenn der Fotograf die Köpfe abgeschnitten hat?«

»Geben Sie sich ein bisschen Mühe.«

Lange schwieg sie. Ohne das Foto anzusehen, sagte sie dann: »Ich bin die Dritte von links. Und Lucy die Fünfte.«

43

Das von der Polizei eingesetzte Warnsystem hatte schließlich funktioniert. Wider jegliches Erwarten. Ein Hotelbetreiber hatte gemeldet, Autran habe in einem *Formule 1* in der Industriezone von Versailles eingecheckt. Am Vormittag habe er sein Zimmer verlassen, doch die Nacht würde er wieder dort verbringen.

Legendre war völlig nervös. »Bist du wirklich sicher?«, fragte er Bessour.

»Hundertprozentig. Die Kollegen vor Ort haben sich das Hotelregister angeschaut. Der hat sich tatsächlich unter seinem eigenen Namen eingetragen.«

»Das ist vielleicht ein anderer, der nur so heißt!«

Beleidigt straffte sich Bessour. »Ich habe den Hotelmenschen angerufen. Das ist ein eifriger Zeitungsleser, und durch einen Artikel im *Parisien libéré* hat er Autran eindeutig erkannt. Und gleich die Polizei angerufen.«

»Da sieht man, wie die Leute im Knast kaputtgehen«, sagte Legendre. »Was für ein Leichtsinn! Gibt seinen echten Namen an. Aber bei Typen, die geflüchtet sind, habe ich das schon öfter beobachtet. Die verlieren jeden Realitätssinn.«

»Vor allem, wenn man Autran heißt.«

»Gute Arbeit auf jeden Fall!«

Legendre informierte die Kollegen von der Kripo Versailles, die sogleich einen Einsatz der Spezialeinheiten vorbereiteten.

»Morgen früh um sechs schlagen wir zu. Du kommst mit mir mit nach Versailles.«

»Und Michel?«

»Der ist in Rennes. Mir ist es lieber, wenn er nicht dabei ist. Wer weiß, wie er reagiert. Jetzt ist er sowieso schon im Zug, und wir müssen mit dem ersten Flugzeug los. Ich schicke ihm eine Nachricht.«

Das Hotel stand am Ende des Industriegebiets. Lagerhalle neben Lagerhalle, hohe Gitter und schlummernde Sattelschlepper. Es war eiskalt so früh am Morgen. Die Straßenlampen warfen ihr fahles Licht auf das getarnte Einsatzfahrzeug, das schon seit dem Vorabend mit vier schwerbewaffneten Beamten vor dem Hotel parkte.

»Sein Auto wurde seit gestern nicht bewegt.«

»Der Peugeot 307 da?«

»937 XP 13. Genau, der.«

Legendre warf einen Blick auf seine Uhr. »In fünf Minuten.«

Zwei Zivilstreifen fuhren vor. Bessour erkannte einen stämmigen Kerl von der Spezialeinheit, den er mal beim Neujahrsempfang der Kripo gesehen hatte. Als die Fahrzeuge an ihnen vorbeikamen, zog sich der Mann die Stoffmaske übers Gesicht. Die beiden Autos parkten schräg vor dem Hotel.

»Mensch, die habens echt drauf«, stieß Legendre aus. »Pünktlich auf die Minute.« Er entsicherte seine Sig Sauer und musterte Bessour. »Alles okay?«

»Ja«, erwiderte Bessour in möglichst selbstsicherem Ton. »Ist ja nicht meine erste Verhaftung.«

»Aufregend, was?«

»Äh … Ja.«

Eigentlich hatte Bessour Schiss. Magenkrämpfe. Einen galligen Geschmack im Mund. Am Morgen hatte er nichts hinuntergebracht, nicht mal die Plörre aus Legendres Thermosflasche.

Auf einmal ging im Empfang des *Formule 1* das Licht an. Es warf einen gelben Schein auf den Teer des Parkplatzes. Den Fahrzeugen entstiegen acht Männer und gingen in großen Schritten auf die gläserne Eingangstür zu.

»Los jetzt«, sagte Legendre und legte seine Polizeiarmbinde an.

Sie stiegen aus und liefen zum Hotel. Der graugesichtige Betreiber lächelte Legendre an; schließlich schlug hier seine große Stunde. Bessour fand alles um sich herum von entsetzlicher Banalität. Die gelben Wände und die Automaten mit Cola, Mineralwasser, Zahnbürsten und Kondomen kamen ihm scheußlich vor.

Die bis an die Zähne bewaffneten Beamten der Spezialeinheit hatten sich vor dem Zimmer aufgestellt, in dem Autran schlief. Am Empfang traf ihr Kommandant ein, an dessen schusssicherer Weste zwei Handgranaten baumelten. »Wir sind so weit«, sagte er durch die Stoffmaske hindurch.

Betont feierlich sah Legendre ein letztes Mal auf die Uhr. »Los!« Er nickte Bessour zu und zog ungeschickt seine Waffe.

»Zurück«, befahl der Kommandant und streckte seine schwarzbehandschuhte Hand vor.

Vor dem Hotel hatten zwei Scharfschützen Position bezogen. Ihre schwarzen, hingekauerten Silhouetten nahm man auf dem Boden kaum wahr. Sie entriegelten ihre Gewehrverschlüsse und richteten die Infrarot-Zielfernrohre auf das Hotelzimmer.

Als Legendre auf dem Gang des zweiten Stocks ankam, holten zwei Männer schon mit einem stählernen Rammbock aus, und gleich darauf zersplitterte die Tür von Zimmer 38 unter einem Riesenkrach.

Zwei Männer mit Maschinenpistolen stürzten hinein.

»Polizei! Keine Bewegung!«

Der Kommandant folgte seinen Männern mit vorgehaltener Pistole.

»Wo ist er bloß, der Scheißkerl?«

Legendre hörte ein dumpfes Geräusch. Hörte Türen auf- und zugehen. Und dann das Klicken der Gewehre, die wieder verriegelt wurden.

»Verdammter Scheißdreck. Er hat uns reingelegt.«

»Das war eine Falle«, murmelte Legendre. Mit flackernden Augen stand er da.

»Schauen Sie mal!«, rief der Kommandant.

Auf dem Kopfkissen lag ein Finger.

44

Was genau machen wir hier?« Die Route Départementale 26 in Richtung Milly-la-Forêt führte durch spärlichen Wald. Delphine fuhr ziemlich schnell.

»Ich muss in den Süden«, erwiderte Thomas. »Aber vorher wollte ich dir noch etwas schenken und habe mir gedacht, das sollte an einem besonderen Ort geschehen.«

Sie sah auf seine verbundene Hand. »Das muss doch wehtun, oder?«

»Ich gewöhne mich allmählich dran. Zwei Mal schon in vierzehn Tagen.«

Linker Hand erschien eine Lichtung. Auf einem Holzschild stand »Parken nur hier«.

»Es soll eben ein mystischer, verzauberter Ort sein.«

»Und das rund um Paris?«

»Tja … Stell das Auto hier ab. Wir müssen noch ein bisschen zu Fuß gehen. Das stört dich doch nicht, oder?«

Ein ungeteerter Weg schlängelte sich zwischen niederen Sandsteinkuppen hindurch. Ein anderer bog nach rechts in ein Dickicht aus Kiefern und Zwergkastanien ab.

»Da gehts lang. Wenn ich mich recht erinnere.«

In der Luft, vom Morgenschauer noch ganz feucht, hing ein Duft nach Laub und Heidekraut.

Nach zweihundert Metern gelangten sie auf eine weite Lichtung. Freizeitkletterer hatten auf dem Boden eine Matte ausgebreitet und versuchten sich am Bouldern an einem frei stehenden Felsen namens Bilboquet, einer Mischung aus Sphinx und sitzendem Hund.

Thomas bog abrupt nach links ab, mitten in einen Farnteppich hinein, der ihm bis zur Taille reichte. Zwischen kerzengeraden Kiefern ragte auf einmal eine Ansammlung von Rundfelsen empor, einem Riesenelefanten nicht unähnlich.

»Wir sind fast da«, sagte Thomas, als er sich umwandte. »Da oben ist es.«

Schnaufend blieb Delphine stehen und sah dem schon Weitermarschierenden nach. Jedem seiner Schritte schien ein ungeheurer Elan innezuwohnen. Kaum zu glauben, dass er über zwanzig Jahre älter war als sie. Es entzückte sie, diesem schönen Mann mit den kräftigen Schultern zuzusehen.

Sie blickte zum Himmel empor. Durch das Nadelwerk warf die Sonne schräge, blassgoldene Strahlen auf den rostfarbenen Farn. Der Wind trug das Lachen von Kindern herüber, die sich an leichten Felsen versuchten. Als Delphine den Blick wieder senkte, war Thomas nur mehr ein Punkt in der Einbuchtung zwischen zwei Felsen. Und plötzlich verschwand er.

Mit großen Schritten eilte sie ihm bis zu den Felsen nach. Der eine, der von unten wie ein Elefantenrücken ausgesehen hatte, ähnelte, je höher sie kam, immer mehr einem Männerkopf mit Mütze. Ein anderer schien wie ein zorniger Finger zum Himmel emporzuragen. Sie wusste um den Ursprung dieser geologischen Absonderlichkeiten. Im Oligozän, also vor dreißig Millionen Jahren, war das Pariser Becken von einem Meer überzogen gewesen, dessen Boden aus Sand bestand. Nach dem Rückzug des Wassers hatten sich Sandsteinplatten gebildet, eine härter als die andere. Die Erosion hatte das ihrige getan. Manche Platten waren umgestürzt, andere waren

Abhänge hinabgerutscht und hatten dabei diesen Wirrwarr aus Riesensteinen und fantastischen Kathedralen gebildet.

Oben angekommen, rief Delphine nach Thomas. Keine Antwort. Sie ließ ihren Blick über die Felsen schweifen. Nichts. Sie ging um einzelne Felsen herum, stieg über Spalten, aber Thomas blieb verschwunden. Lächelnd setzte sie sich auf den Boden. Thomas musste sich ein Spiel ausgedacht haben. Auf einmal hörte sie hinter einem Felsen eine Stimme. Sie schlich sich vor, um ihn zu überraschen, und passte sehr auf, nicht auf irgendeinen trockenen Zweig zu steigen. Unter einem Sandsteindach sah sie eine Art Vorhang aus Stechginster, der den Eingang zu einem Hohlraum verdeckte.

»Delphine!«

Die Stimme kam aus dem Bauch der Erde, fern und dumpf.

»Delphine!«

Sie ging bis zu dem halbkreisförmigen Felsblock. Thomas hatte sich hinter dem Stechginster verborgen. Vorsichtig schob sie die Zweige beiseite. Ein schwarzes, feuchtes Loch tat sich vor ihr auf.

»Thomas!«

Er antwortete nicht, doch weit weg konnte er nicht sein, denn sie roch den herben Duft seines strapazierten Körpers. Das Loch reichte weit ins Erdreich hinein und endete irgendwo im Halbdunkel. Sie rückte ein paar Meter weiter vor. Es roch intensiv nach Moos und feuchtem Sand. An einer Verengung musste sie sich bücken. Dahinter war ein zweiter, vollkommen dunkler Raum. Sie streckte die Arme aus und wandte sich um. Verloren.

»Thomas! Thomas!«

Da hörte sie seinen Atem wie ein feines Echo von der Sandsteindecke.

»Thomas, das ist nicht mehr lustig!«

Von ganz hinten kam auf einmal ein gelber Lichtstrahl. Sie folgte der Richtung, die ihr der Lichtschein anzeigte, und gelangte in einen dritten Raum, der noch größer war als die vorhergehenden. Dort stand Thomas in der Mitte, eine Hand hinter dem Rücken. Zu seinen Füßen eine Campinglampe. Starr sah er Delphine an.

»Du hast mir Angst gemacht! Wie kannst du mich bloß hierherschleppen!«

Seine Porzellanaugen leuchteten seltsam auf. »Gefällt es dir hier nicht?«

Sie schüttelte die Mähne. »Doch, doch, ich finde es sogar toll hier. Die Überraschung ist dir gelungen!«

»Ich habe diesen Ort zusammen mit meiner Schwester entdeckt, als sie noch an der Sorbonne studierte. Damals sind wir oft nach Fontainebleau gekommen, und besonders hierher nach Trois-Pignons.«

»Es ist zauberhaft hier. Man kommt sich vor wie zur Zeit der Skelette, die ich untersuche.«

»Du weißt gar nicht, wie recht du hast.« Er holte die Hand hinter dem Rücken hervor. In seiner Faust glänzte ein riesiger Feuerstein. Es war ein Faustkeil, wie er jeder Sammlung Ehre gemacht hätte. Thomas hielt ihn ihr hin. »Das wollte ich dir schenken.«

Sie trat heran und nahm die steinerne Klinge vorsichtig in ihre zarten Finger. »Der ist wunderbar«, sagte sie und beugte sich zur Lampe hinab, um ihn besser betrachten zu können. »Aber das ist ja …«

»Genau, ein echter. Pass gut auf ihn auf, er hat Urmann gehört, und der wäre böse, wenn du den Stein nicht sorgsam behandeln würdest.«

Sie stand auf und trat so nahe an ihn heran, dass sie ihn fast berührte. Er wirkte dabei vollkommen unbeteiligt. Sie ergriff seine Hand und zog sie zu sich heran. Schaudernd spürte sie, wie fest sein Körper war.

Er nahm die Lampe auf und hob sie über seinen Kopf, sodass er im Dunkel verschwand. »Schau mal«, murmelte er.

273

An der Decke erschien eine Vielzahl geometrischer Zeichnungen, ein kleines Pferd etwa auf einer ebenen Fläche.

»Das ist ja wunderbar!«

»Leg deine Hand auf den Felsen, dann spürst du die Kräfte der Geister. Das Mysterium der Höhlenmalerei.« Er nahm ihre Hand und hielt sie sanft an den Felsen. »Atme tief ein und lass dich von der Kraft durchströmen.«

Lange schwiegen sie.

»Spürst du nicht die Geister, die sich hinter der unsichtbaren Wand verstecken?«

Sie wurde von einem seltsamen Gefühl gepackt. Als ob ein ganz leichter Stromstoß durch ihre Finger hindurch in ihren ganzen Körper gelangte. Nach einer Weile, die ihr vorkam wie eine Ewigkeit, war ihr, als ob sich alles um sie drehte. Die ganze Höhle und ihrer beider umschlungene Schatten.

45

Mit einem starken Fernglas auf dem vorgewölbten Bauch saß Professor Palestro schlummernd vor seiner Tür.

»Hallo!«

Ruckartig fuhr er hoch. »Sie sind ...«

»Michel de Palma. Kripo.«

Verblüfft riss Palestro die Augen auf. Das sollte der Polizist sein, der ihn an die zehn Jahre zuvor verhört und ihm dabei so zugesetzt hatte? Eigentlich hatte er ja gedacht, den Mann, der Christine verhaftet hatte, niemals wiederzusehen.

»Beobachten Sie damit Vögel?«, fragte de Palma, um die Stimmung aufzulockern.

»Da oben in den Felsen hat ein Adlerpaar einen Horst

gebaut.« Palestro zeigte zu den beiden grauen Felsflächen, die den Horizont versperrten. Sie waren von oben bis unten mit schwarzen Adern durchzogen. »Ich muss ein Stündchen eingenickt sein«, murrte er nach einem Blick auf die Uhr. »Mit dem Schlafen verliert man seine Zeit. Die Urmenschen haben wenig geschlafen. Das Leben war gefährlich.«

Er sprach mit belegter, schwerer Stimme. Bestimmt hatte er mehr als ein Glas geleert.

»Was wollen Sie von mir?«

»Ich hätte da nur ein paar Fragen«, erwiderte de Palma lächelnd.

»Ein paar Fragen! Das letzte Mal, als ich Sie gesehen habe, wäre ich fast im Gefängnis gelandet.«

Palestro schlüpfte in die Filzpantoffeln, die neben seinem Stuhl herumstanden. Hinter einem Holzstoß an der Hausecke lugte der Lauf eines Jagdgewehrs hervor.

»Erzählen Sie mir was über Pierre Autran«, sagte de Palma gebieterisch. Er hatte nicht vor, den Mann zu schonen.

»Er war ein Freund von mir, den ich wirklich gern mochte. Die Urgeschichte war seine Leidenschaft. Ein großer Kenner!«

»Ein großer Kenner, der Ihnen den Hirschkopfmenschen gestohlen hat.«

»Wer hat das behauptet?«

»Das sagt mir mein kleiner Finger.«

Palestro lachte hämisch, wobei seine gelben Zähne zum Vorschein kamen. Seine überlegene Miene passte nicht so recht zu ihm.

»Ihr kleiner Finger ist ein Polizeispitzel! Sie haben keinerlei Beweis!«

»Mag sein. Erzählen Sie mir doch mal von dem Hirschkopfmenschen.«

»Den haben wir nicht weit von hier gefunden, in einer Schicht aus dem Gravettien. Ich habe keine Zeit gehabt, ihn richtig zu beschreiben, nicht mal für ein Foto. Kaum hatten wir ihn gefunden, wurde er auch schon geklaut.«

»Wer wusste von ihm?«

»Außer mir noch zwei Leute. Pierre Autran und Jérémie Payet, ein Student.«

»Was ist aus dem geworden?«

»Woher soll ich das wissen? Karriere in der Urgeschichte hat er nicht gemacht. Ich weiß nichts über ihn. Vermutlich gibt er in einem Provinzkaff uninteressierten Gören Geschichtsunterricht.«

»Wie weit ist er mit seinem Studium gekommen?«

»Er hatte eine Doktorarbeit angefangen. Und sich dann für den Schuldienst beworben.«

Beim Sprechen wich Palestro de Palmas Blicken aus.

»Haben Sie Jérémy Payet später wiedergesehen?«

»Nein.«

»Hatten Sie ihn im Verdacht, den Hirschkopfmenschen gestohlen zu haben?«

»Ja, schon, aber diese Spur, wie es in Ihrem Jargon so schön heißt, hat nichts ergeben.«

De Palma sah auf das Fernglas, dann auf das Gewehr. »Bedrückt Sie etwas, Monsieur Palestro?«

»Warum fragen Sie?«

»Wenn ich mich recht erinnere, nisten Adler nie so nah an einem Dorf, und erst recht nicht in solchen Felsen.«

»Sie kennen sich mit Adlern aus?«

»Und ob! Fürs Federvieh habe ich eine Leidenschaft.«

Palestro zuckte die Schultern. Der Baron ging zu dem Gewehr. Es war ein Kaliber 16 mit zwei Schrotpatronen darin.

»Und mit so einer Knarre gehen Sie auf Jagd nach dem Steppenbison?«

»Ich habe Angst.«

»Vor was?«

»Vor Thomas Autran. Er ist ausgebrochen, das wissen Sie

ganz genau!« Palestro warf einen enttäuschten Blick auf seine Waffe. »Werden Sie das jetzt beschlagnahmen?«

»Dazu gibt es keinerlei Grund. Der Besitz ist legal, und Sie sind hier bei sich zu Hause.«

De Palma schob die Patronen wieder hinein und stellte das Gewehr zurück an seinen Platz. Palestro fürchtet sich vor einem Besuch Thomas Autrans, da er der Geliebte seiner Schwester gewesen war, und de Palma konnte ihn in dieser Hinsicht nicht gerade beruhigen. Es konnte Palestro genauso ergehen wie Caillol. Inmitten von verwilderter Landschaft, Lavendelfeldern und dichter Garrigue war er mutterseelenallein.

»Warum sollte es Autran auf Sie abgesehen haben?«

»Er war sehr eifersüchtig auf mich. Wenn Christine und ich uns sehen wollten, mussten wir uns immer verstecken. Das war schon sehr mühsam.«

»Fürchtete seine Schwester ihn?«

»Ja. Sie hätte gern unabhängiger von ihm gelebt, aber das war so gut wie unmöglich. Er beanspruchte sie ganz und gar.«

»Muss man irgendwie auch verstehen. Er war furchtbar viel in Anstalten, und draußen hatte er an Familie nur seine Schwester. Sie war sein einziger Bezugspunkt.«

Palestro setzte sich wieder und hängte sich das Fernglas um den Hals. Über den Gipfeln der Alpenausläufer drängten sich Wolken. Es würde bis weit unten schneien.

»Zurück zum Hirschkopfmenschen«, sagte de Palma. »Ist Pierre Autran von der Polizei behelligt worden? Das war doch ein gewichtiger Diebstahl.«

»Dazu war keine Zeit mehr.«

»Wie meinen Sie das?«

»Er ist ein paar Monate später gestorben. Als er von der Ausgrabung weg ist, wusste ich nicht, dass ich ihn nie wiedersehen würde.«

»Und wie ist er gestorben?«

»Angeblich durch einen blöden Unfall. Beim Wechseln einer Glühbirne soll er einen Stromschlag bekommen und unglücklich vom Stuhl gefallen sein. Was mich wirklich gewundert hat.«

»Warum?«

»Haben Sie schon mal einen Ingenieur gesehen, der in eine Lampenfassung reingreift?«

»Warum soll das nicht passieren können?«

»Weil Pierre immer so gründlich war. Pingelig sogar. Der hat nichts dem Zufall überlassen.«

»Meinen Sie damit etwa, er wurde ermordet?«

»Zumindest glaube ich das.«

»Erklären Sie mir das genauer.«

»Es ist eine Vermutung.«

De Palma holte sein Zigarettenpäckchen heraus und bot auch Palestro eine an, der dankbar annahm. »Sie müssen gute Gründe haben, um so etwas anzunehmen. Hat Ihnen etwa Christine etwas gesagt?«

»Ja, und zwar, dass ihre Mutter ihren Vater so sehr verachtete, dass sie ihn andauernd demütigte. Christine hatte Angst vor ihrer Mutter und hat mir oft gesagt, dass sie sie für regelrecht gefährlich hielt. Mir hat nachträglich auch zu denken gegeben, wie Pierre Autran sich von der Ausgrabung verabschiedet hat.«

»Nämlich?«

»Gerade als wir den Hirschkopfmenschen gefunden hatten, ist ein Auto eingetroffen. Das Auto von Pierre Autran, mit seiner Frau am Steuer. Sie ist nicht ausgestiegen und hat nicht mal den Motor ausgemacht. Eine große schwarze Sonnenbrille trug sie. Er hat kurz mit ihr geredet, dann ist er zurück, um sich von mir zu verabschieden. Und dann ist er weg.«

»Und was fanden Sie daran seltsam?«

»Ich weiß auch nicht genau. Irgendwie hatte ich das Gefühl, dass er mir Lebewohl sagt. Er hatte Tränen in den Augen.«

Wenige Tage davor war Thomas Autran in eine geschlossene Anstalt zwangseingewiesen worden. In seiner Patientenakte wurde diese Entscheidung sowohl von der Behörde als auch von der psychiatrischen Anstalt bestätigt. Als Grund wurde angegeben, Thomas habe eine Freundin beinahe umgebracht.

Vom Glockenturm von Quinson her schlug es fünf.

»Haben Sie je versucht, den Hirschkopfmenschen zurückzubekommen?«

»Nein.«

»Was meinte Christine dazu?«

»Dass ihr Vater deswegen sterben musste.«

»Sie wussten also, dass der Hirschkopfmensch bei Pierre Autran war?«

»Ja. Ich habe es lange nach seinem Tod erfahren.«

»Und wer hat es Ihnen gesagt?«

»Christine.«

»Und ist die Figur dann verschwunden?«

»Ich glaube, Thomas hat sie versteckt.«

»Hat seine Schwester Ihnen auch gesagt, wo?«

»Nein. Und mehr weiß ich auch nicht.«

De Palma sammelte sich kurz. Neben dem Lavendelfeld ließ sich ein einsamer Rabe nieder. »Dann ist Pierre Autran also zurückgekommen, um Ihnen die Figur zu stehlen?«

»Darauf habe ich keine Antwort.«

Neben dem ersten Raben landete mit heiserem Schrei ein zweiter. Vermutlich machten sie sich ein Aas streitig.

»Was hat es mit dem Hirschkopfmenschen genau auf sich?«

»Schwer zu sagen.«

»Versuchen Sie es trotzdem.«

Palestro zog die Hände aus den Taschen und rieb sie fest aneinander. »Ist Ihnen schon mal der Gedanke gekommen, dass die sogenannten Urmenschen uns irgendwie helfen könnten, sofern wir nur in der Lage wären, ihnen zuzuhören?«

»Nein, so was ist mir wahrlich noch nicht in den Sinn gekommen.«

»Der Mensch ist seit jeher auch Künstler, Monsieur de Palma. Der Hirschkopfmensch ist wohl vor etwa dreißigtausend Jahren geschaffen worden, also nach dem Maßstab der Menschheitsentwicklung so gut wie gestern. Mit dieser Figur, die halb Mensch und halb Tier ist, hat ein prähistorischer Künstler das Unbewusste dargestellt. Zwischen diesem Künstler und uns gibt es eine Kontinuität, die nie unterbrochen worden ist, verstehen Sie?«

»Ich will Ihnen gerne glauben.«

»Das müssen Sie sogar! Bei einem Vergleich zwischen dem *Homo habilis*, dem geschickten Menschen, der Werkzeug herstellt, und dem *Homo sapiens*, dem Cro-Magnon-Menschen etwa, der in den Höhlen von Le-Guen, Chauvet oder Lascaux die Wandmalerei erfindet, liegt der einzige Unterschied in der Hirnschale. Das Gehirn dessen, der diese Figur geschaffen hat, ist unendlich viel leistungsfähiger als das all seiner Vorgänger.« Palestro hatte auf einmal wieder den Gestus eines Universitätsprofessors, der sich an ein Auditorium richtet.

»Diesem Gegenstand wohnt eine große Symbolhaftigkeit inne. Er ist Teil der Vorstellungswelt dieser Menschen und von erheblicher Modernität. Die Surrealisten haben nichts Besseres hervorgebracht.

In der Drei-Brüder-Höhle in den Pyrenäen sind mehrere Hundert Meter vom Eingang entfernt, fast versteckt, zwei kleine Räume. Der eine heißt ›Heilige Stätte‹, der andere ›Löwinnenkapelle‹. Dort sind Hunderte von dreizehn- bis vierzehntausend Jahre alte Gravuren feinster Machart.

Eine Raubkatze sieht den Betrachter an. Wahnsinnig selten, so etwas. Sie ist mit Zeichen und abstrakten geometrischen Figuren überzogen. Das Geschlechtsteil ist deutlich sichtbar, also handelt es sich um ein Männchen. Es hat so etwas wie einen menschlichen Arm, doch die Hand wiederum weist Krallen auf wie eine Raubtiertatze. Ein Fabelwesen, halb Mensch, halb Tier. Davon gibt es dort noch andere. Einen Bison zum Beispiel mit zur Seite gewandtem Kopf und Menschenbeinen, oder ein Nashorn, dessen Hinterbein eine kleine Eule verbirgt. Woanders sieht man eine Tier-Mensch-Maske.

Der Bisonmensch blickt einen Bisonkopf an, der wiederum den Körper eines Rentiers hat. Und vor dem Rentier-Bison steht ein anderes Rentier mit menschlichen Hinterbeinen. Diese Zeichnungen sind sehr stark sexuell aufgeladen. Kennen Sie eigentlich den gehörnten Gott, den Henri Breuil 1952 beschrieben hat?«

»Ja«, erwiderte de Palma, denn auf jenen sehr sexualisierten »Gott« war er in einem Artikel Christines gestoßen. Animalität und Sexualität gingen auf der Zeichnung eine starke Verbindung ein.

»Ob Psychoanalytiker, Psychiater oder Prähistoriker, letztendlich treffen wir uns auf ein und demselben Terrain. Und haben das Unbewusste vor uns, von dem Freud sprach. Das Wahrste, das wir in uns tragen. Und das ist zugleich furchtbar und faszinierend.«

46

Von den Vollzugsbehörden bekam man immer erst im letzten Augenblick Bescheid. Eine Gewohnheit, für die es eigentlich keine Erklärung gab. Ob Freilassungen oder Verlegungen, stets waltete höchste Diskretion.

Christine sollte am folgenden Morgen aus der Haft entlassen werden, was bei der Kripo Marseille für einigen Aufruhr sorgte. Und da eine Nachricht, ob gut oder schlecht, nur selten allein kommt, erfuhren sie dann auch noch, dass als Bürge niemand anderes als Palestro diente. De Palma wunderte das eigentlich nicht. Kommuniziert wurde zwischen Justiz und Polizei schon lange nicht mehr richtig.

Legendre sorgte sogleich für ein Polizeiaufgebot nach Maß. Die Hälfte der Leute wurde auf Christine Autran und Palestro angesetzt und sollten sie nicht aus den Augen lassen. Auf höchster Ebene fand man die Idee einer Falle genial. Neu war sie allerdings nicht. Und weder de Palma noch Bessour glaubten daran. So dumm konnte Autran doch nicht sein. Wer seinen Gegner unterschätzt, dem geht er durch die Lappen.

De Palma und Bessour sollten die Beschattung vom Gefängnis in Rennes aus bis nach Quinson übernehmen, den neuen Bestimmungsort von Kennnummer 91890. Auch das kein besonderer Geistesblitz Legendres, waren die Gesichter der Polizisten den beiden Verfolgten doch bekannt. Doch lief de Palma so wenigstens nicht Gefahr, irgendwo Thomas Autran über den Weg zu laufen. Und inzwischen war noch ein Tag wegzuarbeiten.

Am Vormittag machte Bessour die Akte über die Umstände von Pierre Autrans Tod ausfindig.

Todesursache sei der Bruch des dritten Halswirbels gewesen. Auf der Stelle tot. Nach Angaben seiner Frau hatte er die Glühbirne wechseln wollen, ohne den Strom abzuschalten. Banal bis dorthin. Bessour glaubte nicht daran. Der dritte Halswirbel könne nur durch einen sehr harten Schlag gebrochen werden. Also hätte Autran auf ein harte Tisch- oder Möbelkante fallen müssen.

»In der Tat«, erwiderte de Palma. »Ich glaube, Palestro hat recht. Autran hat einen Schlag auf den Hinterkopf bekommen.«

»Und zwar von jemandem, der ganz schön Kraft hat. Um einen Wirbel zu brechen, muss man zuschlagen wie verrückt.

Was seine Frau aus dem Kreis der Knochenbrecher schon mal ausschließt.«

Bessour hatte sich eine vegetarische Pizza und eine 7 Up bestellt. Er bot de Palma ein Stück Pizza an, doch der lehnte ab. Eva hatte ihm zu Hause bestimmt etwas Zivilisierteres gekocht. Als er mit ansah, wie Bessour ein Pizzastück verschlang, musste er an die Zeit zurückdenken, als seine damalige Ehe auf der Kippe stand und er sich mal wieder in irgendeinen Fall verfranzt hatte.

»Komm, geh nach Hause, Junge, Pierre Autran ist seit dreißig Jahren tot, also kann das auch bis morgen warten.«

»Auf mich wartet ja keiner«, antwortete Bessour mit vollem Mund. »Und die Toten sind mir liebe als die Glotze.«

»Mensch, mit dir gehts ganz schön bergab.«

Bessour blätterte in seinem Notizblock. »Laut Totenschein ist Autran um neunzehn Uhr gestorben. Aber da stimmt was nicht.«

»Und was?«

»Dass der Todestag ein Dienstag ist und er zu dem Zeitpunkt, als der Arzt seinen Tod feststellt, bei der Arbeit ist.«

»Kannst du dich deutlicher ausdrücken?«

»Autran war Bauingenieur, und am 17. September 1970 um achtzehn Uhr hat er ein Bauwerk eingeweiht, das letzte Teilstück der Autobahn Marseille–Aix.«

De Palma pfiff bewundernd. »Und wie hast du das rausgekriegt? Hast du die Zauberer der Urgeschichte angerufen?«

»Bloß den großen Google-Geist. Dass Autran ein renommierter Bauingenieur war, wussten wir ja, also brauchte ich nur noch die Online-Archive durchgehen.«

»Schlussfolgerung: Er konnte nicht zugleich auf der Autobahnbaustelle und bei sich zu Hause sein. Es sei denn, er war ein Anhänger der Quantenphysik.«

»So weit wollen wir doch nicht gehen. Sagen wir lieber, dass den Totenschein Dr. Caillol ausgestellt hat.«

Hin und wieder ging die Tür des Gefängnisses in Rennes auf, und ein Besucher wurde eingelassen. Bessour erriet mit ziemlichem Geschick, ob das jeweils ein Verteidiger, ein Psychologe oder ein Staatsanwalt war.

»Wenn mir einer geweissagt hätte«, knurrte de Palma, »dass ich so kurz vor der Rente vor einem Knast auf der Lauer liegen muss, hätte ich das nie geglaubt.«

»Ich auch nicht«, erwiderte Bessour.

»Du bist ja nicht kurz vor der Rente.«

»Aber einen Kaffee bräuchte ich jetzt.«

De Palma trug eine Sonnenbrille, eine abgewetzte Jeans und Turnschuhe. In der Jackentasche hatte er noch eine Mütze, für den Fall, dass sie zu Fuß weiterbeschatten müssten. Bessour war gleich mit zwei verschiedenen Garnituren angerückt.

Die Entlassung Christine Autrans war für zehn Uhr anberaumt. Laut Haftrichter sollte Pierre Palestro sie mit dem Auto abholen. Palestro hatte auch dafür gebürgt, dass Christine Autran die Auflagen, die mit einer bedingten Entlassung verbunden waren, vollständig erfüllen würde. Er hatte angeboten, seinen Schützling direkt nach Quinson zu fahren, wo Christine sich am folgenden Morgen gleich bei der Gendarmerie zu melden hatte.

De Palma blickte auf die Autouhr: 10.05 Uhr. »Hast du eine Ahnung, wo unser Palestro steckt?«

»Nein, Michel, ich habe mir schon den Hals verrenkt, aber ich sehe den Kerl nirgends. Vielleicht plumpst er uns vom Himmel.«

Da ging die Tür wieder auf. Bessour griff zum Fernglas. Christine erschien, winkte kurz zu jemandem zurück und trat durch die Tür, die augenblicklich wieder zuging. Christine stellte ihr Köfferchen ab und stand ein paar Augenblicke mit herabhängenden Armen da. Da kam mit eingeschalteten Scheinwerfern ein alter Mercedes vorgefahren. Ein Mann um die siebzig stieg unter dem einsetzenden Regen gebückt aus, umarmte Christine und verstaute ihren Koffer im Auto.

De Palma fuhr bis zum Ende des Parkplatzes. Weder Christine noch Palestro hatten den zivilen Opel Vectra der Kripo bemerkt, an dem vorbei sie nun vom Parkplatz und bald danach auf die Schnellstraße fuhren. Die beiden Polizisten folgten ihnen in einem Abstand von zweihundert Metern bis zur Autobahn. Danach ließen sie mehr Abstand und fuhren nur jede Viertelstunde näher heran.

Bessour rief Legendre an und schilderte kurz, was vorgefallen war, nämlich bisher nichts weiter Aufregendes. Palestro und Autran fuhren in Richtung Paris.

In Quinson standen schon zwei Beamte bereit, die sich bei der Überwachung ablösen sollten. Alle Telefonleitungen wurden abgehört, ebenso Palestros Handy. Legendre war um diskretes Vorgehen bemüht, damit von Christines Freilassung erst mal niemand Wind bekam. Wenn nichts schiefging, winkte ihm die lang ersehnte Beförderung.

De Palma machte das Radio an und suchte nach einem Musiksender, fand aber nichts weiter als das Geschimpfe von Rappern auf die Bullen oder das reiche Bürgerpack.

»Als Polizist ist man doch ständig eine Hassfigur«, beschwerte sich Bessour.

»Na, das ist ja nichts Neues«, kommentierte de Palma und machte das Radio aus.

Unter dem immer heftigeren Regen erinnerte das bretonische Hinterland mit seiner in trostloses Grau gehüllten Heckenlandschaft ein wenig an England. Ab und an stand aus einem dunklen, reglosen Dorf ein Kirchturm heraus. Kühe starrten sich gegenseitig an und warteten darauf, dass der Regenguss nachließ.

»Bist du nicht müde?«, fragte Bessour.

»Nein. Ich bin das gewohnt.«

Etwa dreißig Kilometer vor Le Mans hielten Palestro und

Christine Autran an einer Autobahnraststätte. De Palma tankte und kaufte Sandwiches. Als er aus dem Laden herauskam, sah er Christine an einem Picknickplatz im Regen stehen. Sie starrte auf den Wald neben der Autobahn.

»Die hat zehn Jahre keinen Wald gesehen«, murmelte de Palma. »Muss schon ein komisches Gefühl sein.« Der Gedanke rührte ihn.

Palestro eilte mit einem Regenschirm herbei und geleitete seinen Schützling bis zur Gaststätte. Bessour drehte sich zur Rückbank des Opel Vectra um und holte sich aus der Tüte ein erstes Sandwich. »Willst du deins?«

»Her damit.«

Mittlerweile war die Außenwelt eine sehr feuchte Angelegenheit. Der aufgekommene Wind peitschte den Regen gegen die geparkten Sattelschlepper.

»Mach mal das Radio an«, sagte Bessour. »Was die so zum Wetter sagen.«

Das Urteil war gnadenlos: Dauerregen in der nördlichen Hälfte Frankreichs, ansonsten bewölkt und nur an der südlichen Küste ein kleines bisschen Sonne.

»Ist ja deprimierend, Michel. Schalt um.«

De Palma stieß auf ein Konzert der Berliner Philharmoniker mit der 5. Sinfonie von Mahler. Deren raue Klangwelt schien ihm ganz gut zum fahlen Licht draußen zu passen, zum von großen elektrischen Augen durchlöcherten Regenvorhang und zu den Lastwagen, die großartig Wasser aufschießen ließen.

»Meinetwegen Klassik«, sagte Bessour mampfend. »Solange es nur keine Oper ist!«

Nach kaum zwanzig Minuten kamen Palestro und Christine Autran wieder heraus und hasteten zum Auto. De Palma, der noch an seinem zweiten Sandwich kaute, fuhr dem Mercedes voraus und hielt sich dann mit neunzig auf der rechten Fahrspur. Schon bald überholte ihn Palestro, der nun um einiges schneller fuhr als vor ihrem Halt. Irgendetwas musste vorgefallen sein. De Palma beschleunigte und klebte sich etwa fünfzig Meter hinter sie. Der Tacho zeigte hundertsiebzig an.

»Hat unser Herr Professor etwa Unterricht bei Ganoven genommen?«, fragte Bessour.

»Keine Ahnung, aber sieht ganz so aus, als möchte er wissen, ob er verfolgt wird. Das muss Christine im Knast gelernt haben. Bloß weiß sie nicht, dass ich das Spielchen seit dreißig Jahren kenne.«

Abrupt verlangsamte der Mercedes seine Fahrt und blieb mit hundertzehn auf der rechten Spur. De Palma überholte einen Lastwagen, dann noch einen, erst dann wurde er selbst langsamer. Sie waren über Le Mans hinaus. Ein Schild zeigte Chartres an.

»Ja, klarer Fall«, sagte Bessour, »die wollen wissen, ob ihnen einer nachfährt.«

»Aber warum? Im Prinzip haben sie sich nichts vorzuwerfen.«

»Verfolgungswahn! Die ist zehn Jahre von Wärterinnen getriezt worden, die ungefähr so freundlich waren wie ein Schäferhund.«

»Hm, die viele Freiheit bringt sie wohl durcheinander. Die sagt sich, das gibts ja gar nicht, dass mich keiner überwacht.«

»Ganz unrecht hat sie nicht. Aber da ist noch was.«

»Du meinst ihren Bruder?«

»Ja.«

»Und dass sie Angst vor dem hat?«

»Natürlich.«

Im Verlauf der folgenden zwei Stunden wurde die Landschaft immer flacher und monotoner. In der endlosen Beauce-Ebene vermischten sich verschlafene Felder mit dem Himmel. Hin und wieder stand ein einzelner Baum nackt vor dem waagerechten Horizont.

Bei Einbruch der Dunkelheit kamen sie durch Gap, das Tor zur Provence. Die vereisten Gehsteige waren mit Graupel bedeckt. Weiter oben glänzten die verschneiten Kämme des Champsaur-Massivs im weißen Mondlicht der sternenklaren Nacht.

Nach einer weiteren Stunde erreichten sie Quinson. Christine sollte sich in einer kleinen Siedlung an der Straße nach Marseille einquartieren. Auf der anderen Straßenseite war in einer leerstehenden Wohnung das Überwachungsteam der Kripo postiert. Die Beamten Martino und Fernandez standen bereit.

»Der Mercedes ist gerade angekommen«, sprach Martino in das Sprechfunkgerät.

»Verstanden. Wir fahren hintenrum und treffen uns dann.«

In der Wohnung roch es nach Mief und Zigarette. Fernandez und Martino hatten ihre Schlafsäcke auf Luftmatratzen abgelegt. In der Küche diente ein aufgebocktes Brett als Tisch. Darauf thronte eine Kaffeemaschine.

»Hoffentlich versauern wir hier nicht ewig«, meckerte Bessour, als er die Tür öffnete.

»Ich war ja gleich dagegen«, erwiderte de Palma. »Wir sind für nichts und wieder nichts durch ganz Frankreich gedüst. Autran ist ja nicht blöd, der kommt nicht hierher.«

»Scheiße!«, maulte Bessour und goss zwei Tassen Kaffee ein.

Martino stand hinter dem dicken Spitzenvorhang auf der Lauer. Auf dem Fensterbrett lag ein Fernglas. »Sie haben die Läden zugemacht.«

»Na super«, sagte de Palma und schüttelte ihm die Hand.

»Wenn ihr mich fragt, vernascht er die gerade in sämtlichen Stellungen, und wir stehen hier blöd rum«, kommentierte Martino.

»Meinst du, der stempelt ihr gerade die Ente?«, feixte Fernandez.

Um hinter den anderen nicht zurückzustehen, rief Bessour: »Nach zehn Jahren Knast geht da sicher die Post ab!«

Auf einmal wurden die Läden wieder geöffnet. Palestro trat auf den kleinen Balkon und spähte auf die Straße hinunter.

»Nicht nur bestellen die den Acker nicht, sondern sie haben anscheinend Bammel«, sagte Bessour.

»Ja, ich glaube, der Herr Professor übertreibt es ein wenig«, meinte Martino. »Hat er Angst vor den Bullen oder was?«

»Er hat vor allem Angst vor Christines Bruder«, sagte de Palma. »Der ist nämlich gemeingefährlich.«

»Meinst du?«

»Ich bin mir sogar sicher. Der wird sich zwar Zeit lassen, aber irgendwann schlägt er zu.«

Grimassierend schüttete Bessour seinen Kaffee ins Spülbecken. »Wie kommst du darauf?«

»In zehn Jahren Haft hat Christine ihrem Bruder nur ganze drei Mal geschrieben. Das ist, glaube ich, ziemlich deutlich. Die will ein neues Leben anfangen. Sie ist noch jung, und Palestro hat jede Menge Zaster.«

Martino straffte sich. »Da hält ein Auto vor dem Haus. Ein blauer Peugeot 307.« Er schob den Vorhang ein wenig beiseite. »Was will der Kerl da?«

»Soll ich mal nachschauen?«, fragte Bessour. »Ich tue so, als würde ich nur vorbeigehen.«

»Damit fallen wir bloß auf.«

»Ach was, einen Araber hält er bestimmt nicht für einen Bullen.«

»Na, dann geh schon los.«

Bessour schlüpfte in seine Jacke und ging hinaus. Als er an dem Haus vorbeikam, in dem Christines Wohnung lag, fuhr das Auto los und verschwand in Richtung Marseille.

»Komisch«, sagte de Palma. »Hat das Haus einen Hintereingang?«

»Nein«, antwortete Martino.

»Was ist mit den Fenstern?«

»Die untersten sind in zwei Metern Höhe, da kommt man nicht leicht rauf. Außerdem geht die Wohnung nicht nach hinten raus.«

Der Baron sah auf die Uhr. »Schon elf. Wir machen uns jetzt davon. Bis Marseille brauchen wir zwei Stunden.«

Martino legte das Fernglas wieder hin und rieb sich die Augen. »Bleiben wir noch lange in dem Dreckskaff?«

»Weiß nicht«, erwiderte de Palma. »Der Chef hält das für eine gute Strategie, also müssen wir ihm das glauben. Morgen Nachmittag werdet ihr abgelöst. Ich hätte Legendre nicht sagen sollen, dass der Bruder hier vielleicht aufkreuzt. Seither ist er ganz scharf auf das mit der Falle.«

Mit vor Kälte ganz rotem Gesicht kam Bessour zurück. »Ich glaube, der Typ im Auto hat mich erkannt.«

»Hast du sein Gesicht gesehen?«, fragte Martino.

»Nicht genau. So um die vierzig dürfte er sein. Mit einer Mütze bis über die Ohren.«

»Hast du das Kennzeichen?«

»738 XP 13.«

Martino rief in Marseille an. Fünf Minuten später erhielten sie Bescheid.

»Letzten Monat gestohlen worden.«

47

Delphine weinte. Am Vortag hatte sie das Kommissariat von Saint-Germain-en-Laye angerufen. Die Verbreitung von Thomas Autrans Porträt in Presse und Fernsehen hatte ihre Früchte getragen. De Palma fuhr sofort zu ihr.

»Thomas ist ein sehr gefährlicher Mann«, sagte er und ergriff ihre Hand. »Das müssen Sie mir glauben.«

»Ich kann mir das irgendwie nicht vorstellen. Er ist so sanft und aufmerksam. Aber ich muss den Tatsachen wohl ins Auge sehen. Was Sie mir da sagen, stimmt sicher. Seltsam war er schon manchmal, da hätte ich misstrauisch werden müssen. Aber dass er böse ist, kann ich nicht so recht glauben.«

»Böse ist auch nicht das richtige Wort. In seinem Zustand hat das nichts mehr zu bedeuten. Er ist einfach schwer krank.« De Palma sah zum Fenster hinaus. Im Park des Botanischen Gartens trotteten Jogger durch die Kälte. Der Baron versuchte sich jeden Mann einzuprägen, den er sah, dann wandte er sich wieder Delphine zu. »Gehen wir mal gemeinsam alle Gespräche durch, die Sie mit ihm geführt haben, angefangen mit dem letzten. Wann haben Sie ihn zum letzten Mal gesehen?«

»Vor drei Tagen, bevor ich ins Museum bin. Da hat er hier übernachtet.«

»Und was hat er da gesagt?«

»Nichts Besonderes. Ich kann mich gerade gar nicht erinnern. Banalitäten wohl. Obwohl, ja, über die Kunst der Neandertaler hat er wieder was gesagt, wegen meiner Dissertation.«

»Die Kunst der Neandertaler?«

»Ja. Er findet, dass die Neandertaler gar nicht so primitiv waren, wie sie immer dargestellt werden, und dass sie ziemlich raffinierte Kunstformen entwickelt haben. Manche Werke, die man dem *Homo sapiens* zuschreibt, sollen eigentlich von Neandertalern stammen.«

De Palma überlegte. Weder bei Christine noch in thematisch verwandten Schriften war je von den Neandertalern die Rede gewesen. Mit der Le-Guen-Höhle hat das also nichts zu tun, dachte er. »Seit wann kommt er hierher?«

»Er kreuzte immer ganz plötzlich auf. Er wollte dann nie

ausgehen, sondern hat mir ganz viel bei meiner Dissertation geholfen. Deswegen verstehe ich irgendwie nicht …«

»Wie haben Sie sich kennengelernt?«

Sie seufzte. »Im Museumsladen. Da sind wir ins Gespräch gekommen.«

»Und worüber?«

»Vor allem über Urgeschichte. Die Neandertaler und so.«

»Und weiter nichts?«

Sie schüttelte den Kopf.

»Und dieser erste Abend zusammen?«

»Da sind wir zu mir, weil es so geregnet hat und die Brasserie furchtbar voll war. Wir haben uns unterhalten, und auf einmal ist er ganz komisch geworden und gleich darauf gegangen.«

»Haben Sie verstanden, warum?«

»Nein, eigentlich nicht.«

»Worüber sprachen Sie da gerade?«

»Auch wieder über Neandertaler. Ich habe zu ihm gesagt, dass die so eine Art Zwilling des *Homo sapiens* waren. Darauf hat er den Satz ein paar Mal wiederholt, das weiß ich noch gut.«

De Palma nickte. Er hoffte auf eine Eingebung, aber es tat sich nichts. »Wann ist er wiedergekommen?«

»Warten Sie mal«, sagte sie und stand auf. »Das habe ich mir aufgeschrieben, da hatte ich mir einen Tag Urlaub genommen.« Fieberhaft blätterte sie mit ihren langen, dünnen Fingern im Terminkalender. »Am Samstag, den 21. Genau. Da ist er gegen Mittag mit dem Zug gekommen. Ich habe ihn abgeholt, und wir sind in den Wald von Fontainebleau gefahren.«

»In den Wald?«

Sie errötete leicht und blickte verlegen weg.

»Worüber haben Sie an dem Tag gesprochen?«

»Wir sind in eine kleine Höhle. Da waren Felsskulpturen und …«

»Was hat er da gesagt?«

»Ich … Das fällt mir jetzt schwer …«

»Ich verstehe schon.«

»Wir … Wir haben miteinander geschlafen.«

»Und dann?«

»Nichts Besonderes. Dann sind wir zurückgefahren. Er hat mir einen Feuerstein geschenkt. Aus der Zeit der Neandertaler. Etwas ganz Seltenes. Das hat mich schon sehr berührt.«

De Palma schob den Vorhang beiseite und sah durch den Regenvorhang, den der Wind an die schmucken Hausfassaden blies, lange auf die Straße hinaus.

»Er hat gesagt, er kennt da eine Höhle in der Provence«, sagte Delphine unvermittelt.

»Und wo genau?«

»Das weiß ich nicht. Er hat versprochen, dass er mir die Höhle mal zeigt.«

»Denken Sie noch mal nach. Hat er Ihnen was am Meer beschrieben oder eher in den Bergen?«

»Am Meer nicht. Irgendwo in den Bergen.«

»Ja?«

»Er hat was von einem Berg gesagt, der wie ein Schnabel aussieht, und dass man von da oben bis in eine uralte Welt sieht.«

Der große Fels, der über Quinson hinausragte, sah in etwa aus wie ein Adlerschnabel.

»Mehr wissen Sie nicht?«

»Nein.« Sie trocknete sich die Augen, die bemitleidenswert gerötet waren. »Was soll jetzt geschehen?«

De Palma nahm ihr den Mann weg, den sie liebte, und zeigte ihr zugleich auf, in was für ein tiefes Loch sie ums Haar gefallen wäre.

»Tja, das weiß ich auch nicht genau.«

»Das alles ist so furchtbar!«

»Ich weiß, aber so ist es nun mal. Könnten Sie sich vielleicht eine Weile versteckt halten? An einem Ort, den er bestimmt nicht kennt?«

Sie dachte nach. »Hm, vielleicht einfach bei meiner Mutter.«

»Wohnt sie weit weg?«

»Am anderen Ende von Paris, in Nogent-sur-Marne. Da geht eine direkte S-Bahn hin.«

»Gut. Nehmen Sie ein paar Sachen mit, wir fahren am besten gleich los.«

»Und wenn er hierherkommt?«

»Das wird er nicht.«

»Wie wollen Sie das so genau wissen?«

»Nun, mir ist einfach klar geworden, dass er eine besondere Gabe dafür besitzt, eine Gefahr zu riechen.«

Delphine stopfte ein paar Sachen in eine Sporttasche. Die Fahrt nach Nogent-sur-Marne dauerte nur eine Stunde. De Palma veranlasste über Legendre, dass das Haus von Delphines Eltern von zwei Mann überwacht wurde. Dann fuhr er mit dem Abendzug nach Marseille.

Am folgenden Morgen sorgte ein Anruf Martinos dafür, dass der Baron Marseille nicht lange genießen durfte. Er hatte gerade Zeit, zu duschen und Eva einen Kuss zu geben, und schon war er mit Bessour unterwegs nach Quinson.

»Palestro hat gestern Nachmittag die Wohnung verlassen«, erklärte Martino. »Er ist mit dem Mercedes ins Zentrum dieses Scheißkaffs gefahren und dann zu sich nach Hause.«

»Und deswegen scheuchst du uns hierher?«

»Nein. Christine hat sich gestern nicht bei der Gendarmerie gemeldet.«

»Das ist was anderes!«, sagte Bessour und machte die Wohnungstür hinter sich zu.

Martino hatte im Wohnzimmer die Fensterläden geschlossen und sich in der Küche postiert. »Ich habe Kohldampf«, sagte er.

»Ich ehrlich gesagt auch«, erwiderte de Palma.

»Da vorn ist ein Pizzastand, soll ich uns da was holen?«

Da Palma musterte Martino von oben bis unten. »Ich glaube, dir sieht man den Bullen noch mehr an als mir. Karim soll gehen.«

»Hehe, kann nicht jeder aussehen wie ich!«, scherzte Bessour.

»Mach, dass du wegkommst«, sagte de Palma. »Und bring auch drei Flaschen Wein mit. Ich glaube, die können wir noch gebrauchen.«

Martino und de Palma stellten sich ans Fenster. Vor dem Haus gegenüber stand ein Lieferwagen, dahinter stauten sich Autos, die meisten mit Skiern auf dem Dach.

»Skifahren! So schön möchte ichs auch mal haben«, murmelte Martino.

»Ich hasse Skifahren«, entgegnete de Palma.

Martino hielt ihm eine Zigarette hin. Unter seinen hochgekrempelten Ärmeln war eine unbeholfene Tätowierung zu sehen: ein Fallschirm und die Bezeichnung eines Regiments.

»Wie lange warst du bei der Armee?«

»Sechs Jahre.«

»Tuts dir leid, dass du weg bist?«

»Ganz im Gegenteil. Ich habe nach Afrika aufgehört. Habs nicht mehr ausgehalten.« Ein trauriger Schatten huschte über sein Gesicht. Lange zog er an seiner Zigarette und kniff dabei die Augen zusammen. »Der Lieferwagen fährt weg«, knurrte er. »Heiße News.«

Bessour kam mit einem Armvoll Pizzakartons zurück. »Fürstliches Menü für alle.« Er legte die Kartons auf den Tisch und holte aus seinen Jackentaschen drei Flaschen anständigen Bordeaux. De Palma klappte sein Schweizer Messer auf und öffnete die erste Flasche.

»Ich trinke lieber Cola«, sagte Bessour, als Martino ihm ein Glas Wein hinhielt.

»Religiös?«

»Nein. Nüchtern.«

De Palma hatte schon das erste Glas hinuntergestürzt und biss in ein Stück Pizza. Es schüttelte ihn vom Alkohol. Auf der Wohnzimmertapete bemerkte er eine Kinderzeichnung: ein Polizeiauto mit blauer Motorhaube, weißen Türen und einem großen Blaulicht auf dem Dach. Das naive Bild rührte ihn.

Bessour schenkte dem Baron nach.

»Danke, Junge.« Er sah auf seine Uhr. »Schon eins! Das zieht sich aber.«

Der Baron war mit dem Essen fertig und warf die Reste in einen Müllbeutel. »Ich rufe jetzt Palestro an. Er müsste daheim sein.«

Erst als es ein Dutzend Mal geläutet hatte, nahm Palestro ab.

»Ich bin gestern Vormittag von Christine weggefahren. Sie sollte sich dann bei der Gendarmerie melden.«

»Haben Sie seither von ihr gehört?«

»Nein. Ich denke, dass sie mich bald anruft. Heute Abend fahre ich wieder zu ihr.«

Dem Baron stockte das Blut in den Adern. Sofort legte er auf. »Los, rüber da!«

»Mensch, damit versauen wir vielleicht alles!«, rief Martino.

»Ist mir egal. Da stimmt was nicht, das spüre ich. Du kommst mit, Karim. Und du passt auf, o.k.?«

»Geht in Ordnung.«

De Palma und Bessour liefen über die Straße. Die Haustür des Gebäudes war zu, einen Concierge gab es nicht.

»Scheiße«, stieß der Baron aus. »Geh mal zur Seite.«

Knapp unter dem Schloss versetzte er der Tür einen kräftigen Tritt, und sie sprang augenblicklich auf.

Sie eilten hinauf zur Wohnung Christines. De Palma griff zur Klinke, und die Tür ging auf. Bessour zog seine Waffe.

Vom Gang ging es rechts in die Küche. Auf dem Tisch stand eine Flasche Orangensaft. De Palma riss die linke Tür auf. Das Schlafzimmer.

Das Bett war ungemacht, ohne Laken. Es miefte in der Wohnung. Durch die metallenen Fensterläden spähten ein paar Sonnenstrahlen herein.

De Palma machte im Gang das Licht an und ging auf die Tür zu, hinter der das Wohnzimmer sein musste. Sie war geschlossen.

»Pass auf«, sagte Bessour. »Das gefällt mir nicht.«

»Was?«

»Man macht doch nicht die Wohnzimmertür zu, bevor man einkaufen geht.«

Der Baron holte seine Bodyguard heraus und entsicherte sie.

Bessour sah erschrocken aus. »Was …?«

»Gib mir Feuerschutz und stell keine Fragen. Keine Zeit jetzt.«

Der Baron positionierte sich seitlich zur Tür und drückte langsam die Klinke herunter. Knarrend ging die Tür auf.

Bessour zielte in das Zimmer. Augenblicklich verzog er das Gesicht. »Mann, Michel!« Er trat drei Schritte zurück und hielt sich die Hand vor den Mund, um sich nicht zu erbrechen.

Ein paar Sekunden lang wandte de Palma die Augen von dem entsetzlichen Anblick ab, der sich ihnen bot.

Christine Autran lag auf dem Sofa. Mit durchschnittener Kehle.

De Palma überwand seinen Ekel und trat langsam näher. Strenger Blutgeruch lag in der Luft. Die Wände waren mit Spritzern übersät. Das Blut war geronnen, aber noch nicht schwarz. Der Mord musste vor kaum mehr als einigen Stunden passiert sein. Und Martino hatte nichts davon mitbekommen, dabei gehörte er zu den gewieftesten Kripobeamten.

Der Baron beugte sich über Christines Leiche. »Werde ich

nie dein Geheimnis erfahren?« Er wollte ihr die Augen schließen, die klaffende Kehle bedecken. Nicht mehr den stillen Schrei hören, der sich ihren Gedärmen entrang.

Ein Detail fehlte an der barbarischen Szene. Ein einziges. Die Signatur von Thomas Autran.

Die Obduktion Christine Autrans ergab keine neuen Hinweise. Nicht die mindeste Spur, auf die man die Forensiker hätte ansetzen können.

»Er hat eben eine neue Vorgehensweise«, versetzte Legendre. »Das ist alles!«

»Ich frage mich vielmehr nach dem Motiv.«

»Was heißt hier Motiv? Der Kerl ist einfach verrückt!«

»Verrückte haben auch ihre Logik. Jetzt hat er aber seine Schwester umgebracht. Seine Zwillingsschwester. Also praktisch einen Teil von sich selbst. Da komme ich nicht mehr mit!«

»Vielleicht will er sich selbst zerstören«, sagte Bessour. »Er zieht alles in den Tod, was ihn mit dieser Welt noch verbindet, und dann machte er seinem Leben ein Ende. Denn Sinn hat es sowieso keinen mehr für ihn.«

»Das klingt plausibel«, schloss de Palma. »Und zu Ende gehen kann sein Leben nur an einem einzigen Ort: in der Le-Guen-Höhle.«

* * *

»Erzähl mir eine Geschichte!«

»Welche denn?«

»Die von der heiligen Höhle!«

»Schon wieder die? Du willst immer die gleiche hören.«

»Weil ich letzte Nacht davon geträumt habe.«

»Du hast von der Höhle geträumt?«

»Ja, und ich habe furchtbar Angst gehabt.«

»*Warum?*«

»*Da war so viel Wasser in meinem Traum. Alles ist über-schwemmt gewesen. Die großen Fresken und die Hände sind alle nacheinander verschwunden.*«

Papa sieht auf einmal ganz traurig aus. »*Was du da geträumt hast, ist wirklich passiert.*«

»*Ja? Erzähl mir das.*«

»*Vor über zehntausend Jahren ist das Eis geschmolzen, das die Erde bedeckte. Und das Meer stieg und stieg, und zwar so weit, dass die Ebenen in Ufernähe überschwemmt worden sind. Die Höhlen und Unterschlupfe der großen Jäger sind überflutet worden.*«

»*Und alles ist verschwunden?*«

»*Nein, nicht alles. Ich kenne eine Höhle, in der noch alles heil ist.*«

»*Dahin musst du mich mitnehmen!*«

»*Erst, wenn du groß bist. Das ist nämlich sehr gefährlich. Jetzt musst du erst mal schlafen.*«

Aber in der Nacht steigt und steigt das Wasser. Sehr hoch. Er wird ertrinken. Schlägt um sich. Das Wasser ist überall. Niemand kann es aufhalten. Nicht einmal Papa.

Der Polizist hat das auf Veranlassung des Richters kopierte Formular in der Hand. Eine Zwangseinweisung wegen unmittelbarer Gefahr. Ein bei Kindern höchst seltenes Verfahren. Dr. Caillol hat die Einweisung wegen einer akuten psychotischen Störung verfügt:

Wegen seiner geistigen Störung, die eine Gefahr für andere Personen und/oder die öffentliche Ordnung darstellt, muss sich der Patient einer psychiatrischen Behandlung unterziehen.

Das zweite Dokument ist vom Bezirksbürgermeister unterzeichnet.

… Thomas Autran leidet an einer Krankheit, die ihn zur Gefahr für sich selbst und für andere macht … Sein Zustand macht eine Zwangseinweisung erforderlich …

Der Doktor im Krankenhaus hat gesagt: Wir machen eine EKT. Das wird ihm guttun. Er aber weiß, dass einen der Strom durch den Kopf und durch andere Drähte durchfließt und einen die Welt ganz furchtbar hässlich sehen lässt. Man ist dann nichts anderes mehr als ein Verdauungstrakt. Fraß und Scheiße.

Benebelt sucht er nach Papa. Alles ist wie in Watte gepackt. Die grauen Mienen der Pfleger, die Stimme von Caillol.

Der Hirschkopfmensch hat ihm gesagt, dass Papa in die Welt der Geister gegangen ist. Der Strom im Kopf hindert ihn daran, das Unsichtbare zu sehen. Und bringt die Stimmen zum Schweigen. Ohne Papas Stimme aber ist das Leben nichts wert.

48

Die erste Vision war frappierend. Ein Blitz, dann Stille. Seltsame geometrische Formen. Lange unterbrochene Linien, Spiralen. Ein Mann aus lauter Kratzern. Dann wieder Finsternis. Die absolute Dunkelheit der heiligen Stätte.

Seit zehn Tagen hatte Thomas nichts gegessen. Er war mit seinen Kräften am Ende. Die kalte, feuchte Luft glitt an seiner Haut ab. Nichts konnte ihn mehr durchdringen. Die Visionen kommen erst, wenn das Leiden zu Ende ist.

Er sah wieder die Küche in der Rue des Bruyères. Die Glühbirne der Deckenlampe ist durchgebrannt. Sein Vater steigt auf einen Hocker. Christine ist im Esszimmer. Ein Gast ist da. Mama sitzt neben Dr. Caillol.

Der Hocker ist nicht hoch genug. Papa steigt auf den Tisch. Er sieht aus wie betrunken, so sehr zittern ihm die Beine.

Der Doktor muss wieder einen seiner berüchtigten Witze erzählt haben, denn Mama lacht laut auf. Gläser klingen, Gabeln und Messer stoßen aneinander. Thomas mag diese Geräusche nicht. Sie erinnern ihn an die Instrumente im Krankenhaus.

Papa stößt einen kleinen Schrei aus. Er hat einen Stromschlag bekommen. Seine Beine wackeln. Er rudert mit den Armen. Vergeblich.

Thomas brüllte los. Sein Wehgeschrei zerriss die Stille und hallte von den Wänden der riesigen Höhle wider. Er öffnete die Augen, aber da war nur Dunkel. Jenes Dunkel, das niemand kennt, so unendlich tief ist es. Die Visionen kamen nicht. Nur Erinnerungen.

Christine steht in einer Ecke der Küche. Vor lauter Angst beißt sie sich in die Hand. Dr. Caillol ist über Papa gebeugt. Mama sieht ihm über die Schulter. Der Doktor macht seltsame Bewegungen, Papas Kopf wackelt zwischen seinen Händen hin und her wie ein Ball. Die Wirbel knacken. Caillol dreht sich um und sagt: »Es ist zu Ende!«

Mama weint nicht. Sie bückt sich nun auch und legt dem Doktor die Hand auf die Schulter. Die beiden sehen sich an. Sehr leise sagt Caillol etwas, doch Thomas versteht es trotzdem.

»Das wolltest du doch eigentlich!«

Christine weint. Sie begreift immer schneller als Thomas. Ihr Gesicht verzerrt sich vor Schmerz. Mama telefoniert. Sie sagt, es ist ein Unfall, die Leute sollen schnell kommen, ihr Mann bewegt sich nicht mehr.

Ein paar Minuten später dreht sich auf der Straße Blaulicht. Blaulicht ist Krankenhauslicht. Thomas versteckt sich weit hinten im Garten. Aus dem Gang nimmt er den Hirschkopfmenschen mit, der dort einen Ehrenplatz hat. Er drückt ihn an sich und sagt: »*Papa, meinst du, ich werde wieder gesund?*« »*Ganz bestimmt, Junge. Mit dem nötigen Willen überwindet man alles . . .*«

»Außer dem Tod!«, schrie Thomas.

Dr. Caillol ist im Garten. Er geht direkt auf das Versteck von Thomas zu. »Komm! Du brauchst dich nicht zu verstecken. Du bist jetzt groß.«

Thomas vergräbt den Hirschkopfmenschen unter dem Laub. Niemand darf ihn finden.

»Komm. Du bist jetzt groß.«

Ja, er ist groß, doch die Kindheit stirbt nie. Das weiß Dr. Caillol nicht.

Es ist kein Blaulicht mehr auf der Straße. Nur noch Dunkel.

Thomas suchte nach einer Vision. Alles geriet durcheinander. Der Hirschkopfmensch hätte da sein sollen. Christine und er hatten ihn an die heilige Stätte verbracht, bevor sie verhaftet und in Anstalten geschafft worden waren. Hinter dem großen Stalagmiten hätte er sein müssen. Da fand er ihn aber nicht. Jemand musste ihn weggenommen haben.

Ob Christine wohl kommen würde?

Ihm erschien ein Bild. Ein Gesicht, das er kannte. Hélène Weill. Die Patientin von Dr. Caillol. Die immer so lächelte, wie traurige Menschen das tun. Sie litt an einer Depression. »Davon muss sie befreit werden«, hatte der Doktor gesagt.

Es ist Nacht. Die Steinaxt saust mehrmals herab. Hélène kommt nicht einmal zum Schreien.

Zweites Bild. Julia Chevallier. Auch sie hat eine schwere Depression. Sie geht nicht mehr zu Caillol, sondern zum Priester ihres Viertels. Urmann erschlägt sie im Schlaf. Auch sie hat keine Zeit mehr zu schreien.

Thomas brauchte Licht. Die Taucherlampe war im anderen Raum. Im Dunkel unmöglich zu finden. Unmöglich. *Mit dem nötigen Willen überwindet man alles.*

Er kroch los und stieß gegen eine Wand. Wollte aufstehen, doch seine Beine trugen ihn nicht mehr. Der Stein war kalt und feucht. Ständig rutschte er aus. Er gab sich geschlagen und legte sich hin.

Da erschien das dritte Bild.

Lucy geht mit aufgerissenen Augen dahin. Ihr Blick ist jenseits aller Wirklichkeit. Sie trägt einen hässlichen himmelblauen Morgenmantel und gefütterte Pantoffeln. Sie ist keine Frau mehr, sondern ein Roboter, vollgepumpt mit jener Chemie, die jede einzelne ihrer Zellen vergiftet. Er muss diese Maschine zerstören und die Seele darin befreien. Bis zum Herzen muss er vordringen und Stück für Stück die Organe des Lebensapparats herausnehmen. Denn der Geist stirbt nie.

»Ich habe sie alle befreit. Alle.«

49

Wenn du erst mal im Eingang bist, überlass alles Weitere mir, ja?«

De Palma nickte. Die Kapuze seines Taucheranzugs drückte ihm die Wangen zusammen. Er wollte so schnell wie möglich ins Wasser. Hauptmann Franchi von der Polizeitauchergruppe war ein stämmiger Kerl, der ihm Selbstvertrauen einflößte.

»Du hast einen Taucher vor dir und einen hinter dir«, sagte Franchi. »Also absolut kein Risiko. Meinst du, du schaffst das?«

»Ja«, erwiderte der Baron mit schwacher Stimme.

Franchi ließ sich als Erster ins Wasser kippen. Kaum fünf Minuten später waren die drei Taucher nur mehr schwarze

Silhouetten entlang der mit Hornkorallen, Schwämmen und Seeanemonen bewachsenen Felswand. Regelmäßig ließ de Palma lange Reihen von Sauerstoffblasen zur silbrigen Meeresoberfläche emporfahren.

In achtunddreißig Metern Tiefe war der Boden mit Sedimenten bedeckt. Die Felswand endete in einem Haufen herabgefallener Steine und Betonblöcke, die erst kürzlich versetzt worden waren.

Franchi sperrte das Schloss auf, entfernte das Gitter und legte es beiseite. Seine langsamen Gesten wurden alle fünf Sekunden vom Geräusch des Druckventils punktiert.

Der Grotteneingang umfasste kaum einen Meter Durchmesser. Ein hohles, drohendes Auge inmitten trüben Wassers. Charles Le Guen, der Entdecker der Höhle, hatte das Loch als morbid bezeichnet, und man konnte ihm da nur recht geben.

De Palma hielt ein paar Sekunden inne. Ein Schauder durchfuhr sein Rückgrat. Er hatte Angst, jene Urangst des Menschen, der sich seiner Umgebung völlig ausgeliefert weiß.

Franchi tauchte als Erster hinein. De Palma folgte ihm in zwei Metern Abstand. Zwei Mal kratzten die Pressluftflaschen an die Felswand. Das schrille Geräusch des Druckminderers bei jedem Atemzug ging einem durch Mark und Bein. Vor einem Engpass legten die Taucher eine erste Dekompressionspause ein. De Palma schloss die Augen und ballte die Fäuste. Der Gang verengte sich, und nach einer Biegung von etwa Schulterbreite ging er fast steil nach oben. De Palma musste sich verrenken, um seine Pressluftflaschen abzunehmen, und diese dann vor sich herschieben, wobei er mit den kältestarren Lippen das Mundstück eisern festhielt.

Franchi hatte das Hindernis schon überwunden und war außer Sicht. In den Felswaben hörte de Palma das Meer atmen. Mithilfe der Ellbogen arbeitete er sich vor, bis er in dem Siphon fast aufrecht stand. Seine Taucherflossen behinderten ihn, und sein Bauch scheuerte am Gestein. Zwei Mal blieb er mit dem Bleigürtel an Unebenheiten hängen, musste ein paar Zentimeter zurück und konnte erst dann weiter. Der Froschmann hinter ihm überwachte jede seiner Bewegungen.

Etwas weiter oben gelangten sie in einen überfluteten Hohlraum. Stalagmiten waren vom aufsteigenden Meer gefangen worden. Am Ende des Raums begann ein weiterer Tunnel, der direkt in den Höhlenteil über dem Meeresspiegel führte. Der Baron paddelte nur langsam mit seinen Flossen, um Atem zu sparen. Bald würde er aus diesem Tunnel befreit sein. Die zweite Passage war kürzer und weniger eng als die erste. Nach einigen Minuten sah er über sich einen Spiegel, die Wasseroberfläche, die sich jedes Mal wellte, wenn von der unsichtbaren Kuppel her ein Tropfen darauffiel.

Franchi war bereits oben. De Palma tauchte neben ihm auf, nahm erst sein Mundstück und dann die Tauchermaske ab. Die mit kalter Feuchtigkeit gesättigte Luft roch säuerlich nach Kamille. Er atmete tief ein, glücklich, über Wasser zu sein. Franchi legte sein wasserdichtes Kästchen auf eine kleine Steinplatte und hievte sich dann selbst auf die glänzende Fläche. De Palma setzte sich neben ihn. Sie nahmen ihre Flossen und die Pressluftflaschen ab. Ihnen schmerzten noch die Beine von der Kriecherei im Tunnel.

Zur Linken bildeten die Felsen einen feuchten Irrgarten, der sich tief im Dunkel verlor. De Palma leuchtete nach rechts und ließ den Strahl langsam über kerzenförmige Tropfsteingebilde schweifen. Eine Szenerie aus Rost und filigranem Fels enthüllte sich nach und nach, vom Lampenschein beleuchtet, und verfiel dann jeweils wieder der Finsternis. Keines der Details war de Palma unbekannt. In ein paar Metern Entfernung sah er einen Abdruck, eine Hand. Ein Zeichen aus uralten Zeiten. Dann noch eine Hand, und noch eine. Alle im Negativ, auf feinziseliertem Stein, manche verstümmelt, andere, kleinere, kaum sichtbar.

Franchi sah auf seine Uhr. Die Zeit war äußerst kostbar.

Er gab nach draußen durch, dass die Höhle beleuchtet werden sollte.

»Die anderen kommen bald«, sagte er.

»Die sind gerade im überschwemmten Raum«, antwortete der zweite Polizeitaucher und deutete auf zwei weißliche Lichter, die sich durch das schwarze Wasser vorarbeiteten. »Madame Barton und ihr Assistent.«

Falls die Steigung so weiterverlief, blieben vielleicht noch dreißig Meter, bevor sie wieder an der freien Luft gewesen wären. Das wäre der Idealfall gewesen, ein Wunschbild, wie man es sich als Wissenschaftler und Polizist zusammenträumen konnte. Genauso gut konnte der Siphon auch wieder tief in die Erde hinabsinken.

»Können wir los?«, fragte de Palma.

»Bald«, erwiderte Franchi. »Wir schicken erst mal zwei Leute vor, die das Ganze erkunden.«

Die Polizeitaucher überprüften ihre Waffen und ließen sich ins schwarze Wasser des Schlunds hinab. Der Assistent Pauline Bartons war bei seinem ersten Versuch bis auf zehn Meter unter der Meeresoberfläche gelangt und hatte dort eine Tauchleine befestigt, der die Polizisten nun folgten. Als sie am Ende der Leine ankamen, legten sie eine Pause ein und funkten hoch. Ihre Stimme kam roboterartig aus dem Gerät, vom Rauschen und dem Geräusch des Druckminderers unterbrochen.

»Wir sind am Ende der Leine. Jetzt wirds eng. Ende.«

»O.k., macht weiter«, sagte Franchi. »Ich schicke euch zwei Mann Verstärkung. Ende.«

»Keine besonderen Vorkommnisse. Ich tauche jetzt in das letzte Tunnelstück. In zehn Minuten müsste ich draußen sein. Wenn alles gut geht. Ende und aus.«

Den auf das Funkgerät gerichteten Gesichtern war die Anspannung anzusehen. De Palma hätte gerne geraucht. Pauline kaute nervös an den Fingernägeln. Zwei Polizeitaucher sprangen ins Wasser und gelangten innerhalb von weniger als zehn Minuten zu ihren Kollegen.

»Keine besonderen Vorkommnisse«, knisterte es aus dem Funkgerät. »Wir steigen weiter hoch. Ende.«

Pauline stand auf und ging in der Höhle umher. De Palma gesellte sich zu ihr. »Keine Sorge, wird schon alles gutgehen.«

Die Prähistorikerin war mit ihren Nerven am Ende. Sie wollte etwas sagen, als das Funkgerät die Stille wieder unterbrach.

»Der Gruppenchef hat die Wasseroberfläche erreicht. Ende.«

»Hier Franchi. Kann man die Luft dort atmen?«

»Ja. Wir sind in einem großen Raum, größer als der, in dem ihr seid.«

»Gut. Bleibt zusammen und rührt euch nicht von der Stelle. Ich schicke euch eine dritte Gruppe mit de Palma.«

Der Baron legte seine Ausrüstung wieder an und folgte den beiden Polizeitauchern ins Wasser. Die Angst, die er im ersten Tunnel verspürt hatte, war fast verschwunden. Er fühlte sich sogar ziemlich wohl. Beim Hinabtauchen in den Schlund sah er die Gravuren, von denen Pauline ihm berichtet hatte. Unten angekommen, sog er seine Lungen mit Luft voll und tauchte auf die Öffnung des Tunnels zu. Das Kästchen mit seiner Waffe hielt er dabei ausgestreckt vor sich. Wenn alles so ablief wie erhofft, brauchte er keine Dekompressionspause, da er nicht zu lange im Wasser war. Er tauchte etwas schneller. Der Tunnel wurde enger, und mehrmals stieß de Palma mit dem Kopf an die Decke. Jenseits des Siphons bildete der Felsen eine nach oben geneigte Ebene. Auf der grauen Wasseroberfläche spiegelten sich Lichtstrahlen. Endlich wieder draußen!

»Hierher, Michel.«

An einer flachen Stelle stand er auf. Die Taucher umringten ihn.

»Habt ihr etwas gehört?«

»Nein.«

Der Baron entledigte sich seiner Ausrüstung und nahm den Revolver aus dem Kästchen. »Den Weg, den wir hier zurückgelegt haben, ist vielleicht vor uns ein Mörder getaucht. Es kann sein, dass er irgendwo hier in der Höhle ist, und sogar, dass er uns jetzt gerade beobachtet. Und obwohl er sehr gefährlich ist, müssen wir ihn lebend kriegen.«

»Verstanden, Chef.«

De Palma machte seine Taschenlampe an und ließ den Schein über die Wände schweifen. Der Raum war viel höher und weiter als der, aus dem sie kamen. Links von einer Tropfsteinformation verlief sich ein Gang in der Dunkelheit. An der Decke sickerte Wasser aus einer großen Spalte.

»Ich gehe voran«, sagte der Baron. »Versuchen wir, so leise wie möglich zu sein. Wenn ich zehn Meter Vorsprung habe, kommt ihr mir nach. Und wenn ich die Lampe ausmache, dann tut ihr das auch. Klar?«

»Verstanden.«

Hinter einer Felseinbuchtung begann ein zweiter, ziemlich weiter Raum. De Palma brauchte eine Weile, bis er sich an die Dunkelheit dort gewöhnte und eine kleine Angstattacke überwand. Der Boden bestand aus einer großen, leicht geneigten Kalkplatte. An den Wänden hatte sich stellenweise rote Erde abgelagert.

Gebückt ging de Palma Schritt für Schritt voran. Nach etwa dreißig Metern spiegelte sich rechts der Lampenschein in einer riesigen Pfütze. Der Boden war steinig, keinerlei Spur war darauf zu sehen. Als der Baron am Ende des Ganges ankam, erfasste ihn ein eisiger Luftzug.

Er setzte sich hin und machte die Lampe aus. Von den Lampen der im ersten Raum verbliebenen Polizisten fiel noch ein weißlicher Lichtschein an die Wände. Lange horchte der Baron auf die Geräusche in der Höhle, bis er jedes einzelne deutlich unterscheiden konnte. Dann machte er die Lampe wieder an und leuchtete auf die rostigen Wände. Die Schatten schienen dem Lampenschein entfliehen zu wollen, um irgendwo anders wieder aufzutauchen.

Auf einem glockenförmigen Tropfsteingebilde sah er das erste Zeichen, zwei schwarze diagonale Striche. Kurz dahinter war an der Wand eine zweite Zeichnung in der Art, wie sie von Prähistorikern als weibliches sexuelles Symbol gedeutet wurde. An einer anderen Wand verliefen Fingerspuren. Die mit Kohle gezeichneten Striche und die Kratzer waren von Tropfstein überlagert, also authentisch.

Der Baron leuchtete auf einen Schacht. Auf dem schlammigen Boden waren frische Fußspuren zu sehen. Sorgfältig umging er sie und trat an den Schacht heran. Die feuchte Luft roch nach nassem Felsen und Salpeter. Der Schacht war kaum tiefer als zwei Meter. Daneben noch deutlichere Fußspuren.

Über Funk rief er die Polizisten. Als sie bei ihm ankamen, sagte er: »Da ist er runter.«

»Willst du da auch runter?«

»Ja. Folgt mir in drei Metern Abstand.«

Er stieg hinunter und blieb stehen. Zwei enge Stollen gingen von dort in entgegengesetzte Richtungen ab. Lange untersuchte er Boden und Wände. An der Wand des rechten Ganges waren leichte Kratzer zu sehen. Er entschied sich für diesen. Es war absolut finster darin. Man hörte einzig die schweren Tropfen, die vom Gewölbe des großen Raumes fielen.

Mehrmals blieb de Palma stehen. Er hatte das Gefühl, nicht genug Luft zu bekommen und dass sie noch dazu ranzig schmeckte. War die Temperatur etwa angestiegen? Oder kam das von der Angst? Er schwitzte stark. Nach etwa dreißig Metern bog der Gang im rechten Winkel ab. Selbst das Tropfen war nun nicht mehr zu hören. Absolute Stille. De Palmas Atem das einzige Geräusch. Er hielt die Luft an und lauschte. Es war derart still, dass ihm davon regelrecht schwindlig wurde. Eine Zeit lang blieb er reglos stehen, um sich daran zu gewöhnen.

Zwei Polizisten kamen polternd näher. Er beschloss, nicht auf sie zu warten.

In dem schlauchartigen Gang ging es nun auf rutschigem Steinboden ziemlich steil bergab. Erneut war der langsame Tropfrhythmus zu vernehmen.

Am Ende des Tunnels öffnete sich ein riesiger Höhlenraum wie ein großes, feuchtes Maul. Im Schein der Lampe erschien auf einem blütenweißen Stalagmiten eine rechte Negativhand, der an Daumen und Mittelfinger je ein Glied fehlte. Auf flachem Tropfstein waren zwei unversehrte Negativhände gezeichnet, beide mit einer dünnen, durchsichtigen Felsschicht überzogen.

Ein Bison war skizziert, der Kopf im Dreiviertelprofil, der Rest war nicht ausgeführt. Weiter hinten ein mehrfach durchgestrichener Löwe.

Plötzlich ertönte ein seltsames Murmeln, wie aus dem Innern der Erde. Der Baron machte die Lampe aus und horchte lange. Ein fernes, klagendes Pfeifen ließ ihm das Blut gefrieren. Da stöhnte jemand. Das Geräusch drang wellenartig an sein Ohr, verstummte, kam wieder.

Erst nach einer Weile bekam er heraus, woher es kam: aus einer Felsspalte, die in einer engen Öffnung endete. Nur auf dem Bauch kriechend konnte man da hindurch. Robbend arbeitete de Palma sich bis kurz vor den Ausgang des Stollens vor. Das klagende Stöhnen hielt an. Er entsicherte seinen Revolver und ließ sich aus dem Loch gleiten. Dann machte er seine Stirnlampe aus und tat in dem neuem Raum die ersten Schritte.

An einem Felsvorsprung saß ein Mann mit struppigen Haaren und nacktem Oberkörper. Der Kopf hing ihm auf die Brust, die Lider waren wie tot. Seine Brust war mit weißen Strichen bemalt. Um den Hals hatte er eine Muschel hängen.

In der rechten Hand hielt er etwas, die linke war hinter dem Rücken verborgen.

»Thomas Autran?«

Als Antwort kam ein langes Röcheln. De Palma wagte nicht näherzutreten und hielt seinen Revolver weiter auf Autran gerichtet.

»Wer sind Sie?«

Der Mann hob mühsam den Kopf. Seine Augen warfen Blitze in das weiße Lampenlicht des Barons.

»Thomas Autran!«

Unwillkürlich trat de Palma einen Schritt zurück. Autrans Wangen waren bis zu den Knochen eingefallen. Die glänzenden Augen lagen tief in ihren Höhlen. Aus einem Mundwinkel troff schaumiger Speichel.

»Dann stehen wir also wieder am Anfang, Monsieur de Palma«, brachte Autran mühsam heraus.

Den Baron schauderte. Ihm zog sich der Magen zusammen. »Wir bringen Sie hier heraus.«

Wieder entfuhr Autran ein lang gezogenes Röcheln. »Nein«, sagte er schließlich. »Hier ist mein Ende. Die Zeit kriecht nicht mehr an der Felsen entlang. Ich stehe an der Schwelle zu einem neuen Leben.«

»Haben Sie den Hirschkopfmenschen gefunden?«, fragte der Baron.

Autran schüttelte langsam den Kopf, als ob jede seiner Gesten ihn eine Energie kostete, die er nicht mehr besaß.

»Er ist derjenige, der die Welt hinter diesen Felsen kennt. Und der das Unsichtbare sieht.«

De Palma brauchte lange, bis er weitersprechen konnte. »Thomas, wer hat Ihnen den Hirschkopfmenschen gestohlen?«

Autrans Kopf sackte wieder herab. Die abstehenden Haare bildeten auf dem Schädel spitze Hörner.

»Ich hatte ihn hier versteckt, aber jemand ist gekommen … Aber das ist jetzt egal.«

Von jenseits der Felsspalte waren Schritte zu hören. Dann ein Keuchen, bis die Polizisten in dem Raum anlangten.

»Wer ist gekommen?«

»Nicht wichtig. Jetzt ist es zu spät.« Autrans Brust hob sich. Er atmete schneller, dann hielt er die Luft an. »Das erste Mal haben sie mich mit dem Schlauch abgespritzt. So macht man das mit wild gewordenen Verrückten. Eine Schürze hatten sie um und weiße Stiefel an … Wie im Schlachthof …« Er rang nach Luft. »Ich habe dunkle Länder durchquert … Habe … Habe …« Sein Mund verzerrte sich grässlich. Unter der Haut schwollen die Muskeln an. »Das Zeichen!« Das Atmen fiel ihm immer schwerer. »Da ist das Zeichen!«

De Palma schwieg. Autran musste irgendein Gift geschluckt haben. Vermutlich war ihm nicht mehr zu helfen.

»Der Tod ist ein Mercedes«, murmelte er. »Ein großer Wagen, der den Weg hinauffährt. Am Steuer ist Mama. Sie hat mich soeben bei den Verrückten abgegeben.« Mit schon verdrehten Augen richtete Autran sich noch einmal auf. »Und dann holt sie meinen Vater, und der Tod folgt ihr. Es ist das Ende eines langen Weges.«

Thomas sah auf seine verstümmelte Hand hinab, an der nur noch zwei Finger waren. »Christine wird kommen«, sagte er. »Das ist unser letztes Treffen! Sie wird kommen, und wir werden zusammen gehen. Ganz lange … Sie trägt Papas Hut. Er ist ihr zu groß. Seine Hose und seine alten Treter hat sie auch an. Wie ein Junge sieht sie aus. Und so gehen wir, und nichts kann uns mehr aufhalten. Wir kommen vom Bösen und gehen ins Licht.« Er hustete. Aus seiner Nase tropfte Blut. »Da vorn, bei dem Felsen, der wie eine Wolfsschnauze aussieht, ist ein großer Hirsch. Ein so riesiges Geweih habe ich noch nie gesehen. Der Hirsch ist ein Gott. Voller Kraft und Anmut. Er erwartet uns. Christine muss bald kommen.«

»Christine wird nicht kommen«, murmelte de Palma. »Das wissen Sie ganz genau.«

Autran packte den Baron am Arm und drückte ihn, so fest er nur konnte. »Was sagen Sie da?«

»Christine ist tot, Thomas. Überlegen Sie doch mal.«

Autran zuckte zusammen. »Christine … Wo ist Christine?«

»Sie ist tot!«

Autran hielt die Hand an den Bauch und sackte zur Seite. Er spuckte Blut.

»Hilfe!«, rief de Palma.

Sofort eilten drei Polizisten herbei.

»Nein!«, schrie Autran. »Nein!« Er rang nach Atem. »Zehn Jahre habe ich darauf gewartet, meine Schwester wiederzusehen. Zehn Jahre lang nichts als finstere Tage und Gitter vor den Augen. Zehn Jahre lang dieser innere Schrei, der einen von morgens bis abends zerreißt und erst verstummt, wenn man schläft. Kann man leben, wenn man nur noch aus einer Hälfte besteht? Sagen Sie es mir! Kann man in einem Gefängnis normal atmen, in dem jedes Knacken, jedes Quietschen, jeder Schrei im Nichts verhallt? Kann man diese Leere ohne das Bild von jener ertragen, die einem mehr wert ist als alles andere?«

Seine Finger krallten sich in den Schlamm. »Jeden Augenblick denkt man an ihre Augen, ihr Lächeln, ihre schleppende Stimme, ihre kleinen Hände, die so vieles können. Sie hat mir immer die Schuhe zugebunden, ich konnte es nicht allein. Alles, was ich weiß, hat sie mir beigebracht. In den Anstalten lernt man ja nichts! Dort ist nur eine große Leere, wie im Gefängnis. Die Leere, in die man geworfen wird, ausgeschlossen vom Rest der Welt. Man saugt aus dem Verrückten heraus, was immer er in sich hat, durchs Wegsperren und mit Chemie. Ich erinnere mich noch genau an die Drogen und die Elektroden von Caillol. Ohne all das wäre ich niemals ein schlechter Mensch geworden. Nie der Engel geworden, der tötet. Da war aber all die Leere, über die man sich beugt, bis einem schwindlig wird. Ich habe getötet, um nicht mehr die Stimme des Doktors zu hören.«

Autran wurde von immer heftigeren Zuckungen geschüttelt. Seine Beine schlugen gegen den Felsen.

»Warum haben Sie Ihre Schwester getötet? Antworten Sie mir!« De Palma beugte sich über das Gesicht mit den verdrehten Augen. Autrans Lippen bewegten sich.

»In welchem Mythos leben Sie?«, hauchte er.

»Ich weiß nicht«, erwiderte de Palma. »Ich weiß es nicht mehr.«

Autrans Kopf wankte hin und her.

»Geh mal beiseite«, sagte Franchi forsch.

De Palma trat ein paar Schritte zurück.

»Der hat kaum noch Puls!«

Drei Minuten lang wechselten die Polizisten sich dabei ab, jenen Mann wieder ins Leben zu rufen, der den Tod verkörpert hatte. Die Herzmassage half nichts. Autran hatte ein starkes Gift eingenommen. Um 17.43 Uhr hörte sein Herz auf zu schlagen.

»Wir haben getan, was wir konnten, Michel.«

»Ich weiß.«

De Palma kauerte neben der Leiche. Die noch glänzenden Augen stierten zum schwarzen Gewölbe empor. Autrans Züge waren in Leid erstarrt, der Kopf weit zurückgeworfen.

»Du hättest mich beinahe umgebracht«, murmelte de Palma. »Damals, vor langer Zeit. Immer wieder habe ich an jenen Augenblick zurückgedacht. Und gemeint, ich könnte dich töten, oder einer der Männer hier würde es tun. Dein Tod wäre nur ein winziges Kapitel im Kampf gegen Schwerverbrecher gewesen, wenn er nicht erst nach so langer Zeit eingetreten wäre. Willst du mir nicht dein letztes Geheimnis verraten? Komm, sprich …«

Autrans Muskeln lösten sich. Sein Gesicht entspannte sich, und der Mund sah nicht mehr aus, als wollte er schreien. Die Hände kippten leicht zur Seite, als bäten sie um Gnade. Dem Mund entfloss schwarzes Blut, als müsste ein Zuviel an

Leben abgelassen werden. Der Oberkörper war von vernarbten Striemen bedeckt.

»Hört mal!«, sagte einer der Polizisten.

Ein seltsamer Singsang. Eine fremde Litanei. Aus erzener Kehle gemurmelte Vokale.

»Schaut!«

In einem topasfarbenen Licht tanzte ein riesiger Schatten. Bei jeder Bewegung zog es den großen, unförmigen Leib über immer wieder andere Tropfsteingebilde und Mauern. Jedes Felspartikelchen warf die harten Silben dieses beschwörenden Gesangs zurück, bis die ganze urgeschichtliche Stätte erzitterte.

»Das ist nur eine Halluzination!«, schrie de Palma. »Nichts weiter!«

Plötzlich verschwand die Gestalt. Alles war wieder ruhig. Da öffnete sich Autrans Hand. Es war ein Finger darin, der Ringfinger.

»Der dritte Finger war also er selbst.«

Über der Leiche an der Höhlendecke war ein seltsames Wesen dargestellt, halb Mensch, halb Tier. Ein gehörnter Hexer. Von einem langen Kohlestrich durchbohrt.

50

Dr. Dubreuil war in der Bibliothek des Krankenhauses Ville-Evrard. Mit seinen fleischigen Fingern blätterte er in einem der Schubladen des Karteischranks. »Kaum waren Sie neulich weg, hatte Bernard einen fürchterlichen Anfall«, sagte er, ohne de Palma dabei anzusehen. »Er hat alles kurz und klein geschlagen, und wir mussten ihn fixieren.«

»Wissen Sie, wodurch der Anfall ausgelöst wurde?«

»Nun, Ihr Besuch und der von Autran waren daran wohl nicht ganz unschuldig. Aber mir ist so, als wäre da noch was anderes.«

»Und was?«

»Das ist mir leider noch nicht klar.« Er ließ die Schublade zurückgleiten und ging zu den Regalen, auf denen neben weniger bekannten Werken die großen Klassiker der Psychiatrie schlummerten. »Ich würde Ihnen gerne ein paar Sachen zeigen, Monsieur de Palma, damit Sie besser begreifen.« Aus dem obersten Regalfach nahm er drei alte Bücher. »Das ist so die Art von Lektüre, mit der Caillol Stunden verbringen konnte.« Dubreuil legte die Bücher auf einen Tisch und lud de Palma zum Sitzen ein.

»Das ist das *Magikon* von Justinus Kerner«, sagte er und ließ dabei die schwere Hand auf den Ledereinband fallen. »Und das da ein Sammelband über den Exorzisten Johann Joseph Gaßner, der zu seiner Zeit als Wunderheiler galt. Und hier, das ist von Franz Anton Mesmer, der wurde wegen seiner Entdeckungen sogar mit Kolumbus verglichen! Das war im achtzehnten Jahrhundert, und diese Herrschaften waren die Vorläufer der sogenannten dynamischen Psychiatrie. Gaßner und Mesmer haben viele Experimente gemacht. Sie galten als große Therapeuten, und aus ganz Europa ist man zu ihnen gekommen, um sich behandeln zu lassen. Diese Namen zähle ich Ihnen auf, um aufzuzeigen, dass Caillol vom aktuellen Wissensstand der Psychiatrie nichts wissen wollte und sich weit zurückorientierte, in die Zeit der ersten Behandlungsexperimente. Er wollte begreifen, warum etwas wie Magnetismus oder Schamanismus damals wirkte. Er war sehr gebildet, aber auch verrückt. Genauso verrückt wie die Leute, die er behandelte.«

»Wie meinen Sie das?«

»Er war schlicht und einfach hier in Ville-Evrard mal Patient.«

»Wie haben Sie das erfahren? Hat er es Ihnen gesagt?«

»Nein nein. Aber als er mal hier war und wir uns unterhalten haben, musste er auf die Toilette, und da hat er auf dem Tisch eine dieser verdammten Patientenakten liegen lassen. Neugierig, wie ich war, habe ich mich darübergebeugt und war total überrascht, dass es seine eigene Akte war.«

»Kann ich die mal sehen?«

»Leider nicht. Sie ist verschwunden.«

»Also … Das ist ja jetzt sehr merkwürdig.«

»Und ob.« Dubreuil sah de Palma so eindringlich in die Augen, wie er es wohl auch mit seinen Patienten tat. »Sie müssen wissen, dass Caillol sich selbst behandelte. Er war schizophren, aber dieser Zustand war ihm völlig bewusst. Er war mehrmals in Trakt B.«

»Trakt B?«

»Da wurde man damals, also in den Fünfzigerjahren, so richtig eingesperrt, bei schweren Anfällen oder fortschreitendem Wahnsinn. Der Schauspieler und Schriftsteller Antonin Artaud war da auch ein paar Mal.«

»Glauben Sie, Caillol ist die Selbstheilung gelungen?«

»Ja, durchaus. Ich glaube, er hat den Wahnsinn nur vorgetäuscht, um näher an ihm dran zu sein.«

»Wie meinen Sie das?«

»Sehen Sie, da kommen wir wieder auf seine Lektüren zurück. Auf was für Hexereien mag er wohl verfallen sein? Ich weiß es nicht. Aber einmal hat er zu mir gesagt: ›Ich glaube, ich habe eine Lösung gefunden, wie man ohne Neuroleptika auskommen kann.‹ Wenn man weiß, was das Zeug für Nebenwirkungen hat, kann man an solchen Entdeckungen nur interessiert sein.«

»Und hat er Ihnen seine Geheimnisse verraten?«

Dubreuil setzte eine betrübte Miene auf. »Nein. Natürlich nicht!«

Ein etwa vierzigjähriger bärtiger Mann mit zerzausten,

fettigen Haaren trat ein. Er trug Gummistiefel und hatte einen Fotoapparat umhängen.

»Kommen Sie wegen Ihrer Recherchen?«, fragte Dubreuil.

»Ja. Das Forschungsinstitut hat mich heute Vormittag schon wieder angerufen!«

»Die Bibliothek macht aber gleich zu. Können Sie morgen wiederkommen?«

»Klar. Ich wohne ja nicht weit weg.« Er drehte sich um und verschwand.

»Den haben wir seit drei Monaten hier. Seine Familie hat ihn einweisen lassen, weil er zu gefährlich ist. Für sich selbst und für andere.«

De Palma erschauderte. Er fühlte sich nah an der Grenze zu einem Aspekt des Menschseins, dem er sich noch nie hatte stellen wollen. »War Caillol auch von dem Typus?«

»Ich weiß nicht wirklich, ob er gefährlich war. Studiert hat er jedenfalls mit großem Erfolg, also hat ihn sein Geisteszustand nicht immer und überall beeinträchtigt. Aber hier ist er mehrmals eingewiesen worden.«

»Wissen Sie, wann das war?«

»Nicht genau. Aber bestimmt in den Fünfzigerjahren. Damals war er noch Student. Im Gerichtsarchiv müsste das genaue Datum festgehalten sein.«

»Wann sind Sie Dr. Caillol begegnet?«

»Das war hier, so in den Achtzigerjahren.«

»Was machte er da?«

»Patienten hatte er jedenfalls keine. Mit Ausnahme von Thomas Autran … Aber er kam nicht wegen dem, sondern wegen unseres Archivs. Wir haben nämlich Tausende von Akten über alle Patienten, die jemals hier gewesen sind, darunter ziemlich bekannte. Caillol sagte mir damals, er plane eine systematische Studie, halb Epidemiologie, halb Geschichte. Er wollte sämtliche Pathologien erfassen und untersuchen, wie sie auf die diversen Behandlungsmethoden reagiert hatten, die im Lauf der Zeit angewendet wurden. Zugegebenermaßen eine recht gute Idee, denn so etwas ist noch nie so recht gemacht worden.«

»Worauf wollte er damit hinaus?«

»Das hat er mir einmal gesagt. Er wollte eine Gegengeschichte der Entdeckung des Unbewussten schreiben. Von den allerersten Anfängen bis heute. Stellen Sie sich bloß mal den Aufwand vor!«

»Und was genau meinte er mit den allerersten Anfängen?«

»Natürlich die Urgeschichte. Die Höhlenmalereien waren für ihn die ersten Darstellungen mentaler Bilder. Also Abbildungen dessen, was sich im Unbewussten der ersten Menschen abspielte.«

»Hat er diese Studien allein betrieben?«

»Das weiß ich nicht, aber ich nehme es an. Gut möglich, dass Thomas ihm dabei assistierte, aber Genaues kann ich dazu nicht sagen.«

De Palma dachte an den Taucher, der ihm entwischt war. Ohne sagen zu können warum, hielt er den Mann für jemanden aus dem Umfeld von Caillol. Oder war es vielleicht ein Rivale? Eine Idee keimte in ihm auf. »Könnte auch ich Einblick in die Patientenakten haben?«

Dubreuils Miene verfinsterte sich. »Nein. Die sind absolut vertraulich. Ärztliche Schweigepflicht. Das verstehen Sie sicher.«

De Palma beschloss, das Hindernis zu umgehen. »Ich möchte ja nur wissen, ob eine Bekannte von Caillol sich hier mal aufgehalten hat. Wenn ich Ihnen deren Namen gebe, können Sie mir dann einfach nur sagen, ob sie hier war oder nicht?«

Das besänftigte Dubreuil. »Das kann ich gerne für Sie tun. Wie ist der Name?«

»Combes. Martine Combes. 1938 in Marseille geboren.« Dem Baron war bewusst, dass er sich auf unbekanntes Terrain wagte, doch irgendwie musste die Logik dieses Falles aufgebrochen werden.

»Warten Sie hier, in ein paar Minuten kann ich Ihnen mehr sagen.«

Dubreuil verschwand hinter einer Tür mit der Aufschrift »Unbefugten ist der Zutritt verboten«. Da kam der Mann mit den Gummistiefeln wieder herein und sah verstört um sich. De Palma wich seinem Blick aus.

»Ist die Bibliothek wieder auf?«, fragte der Mann.

»Nein nein! Wir schließen gerade. Dr. Dubreuil kommt gleich wieder.«

»Ich brauche Batterien für meinen Fotoapparat. Haben Sie welche?«

»Äh, nein. Was für Batterien denn?«

»Mit drei A. A! A! A!« Er vollführte eine Pirouette auf dem Linoleumboden und ließ dabei die Gummistiefel quietschen. »A! … A! … A! … Wahrscheinlich ein Geheimcode!«

De Palma war ratlos. Wie sollte das ohne Dr. Dubreuil nur weitergehen?

»Ich fotografiere Sie jetzt«, sagte der Mann. »Das Forschungsinstitut besteht auf Vollständigkeit. Keiner darf uns durch die Lappen gehen. Ich habe denen schon über drei Millionen Fotos geliefert. Die gesamte Pariser Bevölkerung muss drankommen, und die von den Vorstädten auch.«

»Eine interessante Studie«, sagte de Palma.

»Eine noch nie da gewesene Studie.«

»Und was ist der Forschungsansatz?«

»Der Wahnsinn. Die Menschen in der Hauptstadt sind alle verrückt. Man sieht es ihnen an den Augen an. Alles ist nämlich in den Augen. Und vor allem der Wahnsinn! Wir vergleichen die Blicke der Verrückten und setzen sie in Zahlenreihen um. Alles Weitere geht mich dann nichts mehr an. Paris und seine Umgebung sind wie ein riesiges Labor. Aber ohne Reagenzgläser. Ein einfacher Fotoapparat genügt.«

Dubreuil öffnete die Tür und ließ sie lautstark hinter sich zufallen. »Ah, unser Forscherfreund ist wieder da?«

»Ja, Herr Doktor. Ich habe mich mit dem freundlichen Herrn hier über unsere Experimente unterhalten.«

»Schön, schön«, sagte Dubrueil. »Jetzt schließen wir aber.« Grinsend empfahl sich der Mann mit den Gummistiefeln.

»Kommen Sie«, sagte Dubreuil und löschte das Licht in der Bibliothek. »Ich muss zuschließen, sonst kreuzt unser Freund wieder auf und berichtet von seinen neuesten Entdeckungen. Er kann reden und reden, bis er vor Erschöpfung zusammenbricht und wir ihn wiederbeleben müssen.«

De Palma folgte dem Arzt. Der Gang hinüber zum Lesesaal und zu dem kleinen Museum von Ville-Evrard war mit Fotos aus dem Ersten Weltkrieg behängt, die aus dem Fonds eines Militärirrenarztes stammten.

»Ville-Evrard ist im Ersten Weltkrieg zu einer Kaserne umfunktioniert worden«, erläuterte Dubreuil zu einem Foto, auf dem Soldaten vor einem Gebäude vergilbt lächelnd posierten. »Die meisten Patienten wurden damals woandershin verlegt, manche sind geblieben. Alle haben fürchterlich unter Hunger gelitten, und viele sind gestorben. Wussten Sie, dass Camille Claudel hier an Unterernährung und schlechter Behandlung zugrunde gegangen ist?«

»Nein«, antwortete der Baron, der den Blick gar nicht von den Fotos wenden konnte.

»Ich habe übrigens Ihre Information«, murmelte Dubreuil beim Öffnen einer vergitterten Tür. »Aber gehen wir erst mal raus.«

Die Dunkelheit war hereingebrochen. Ein Patient in Schlafanzug und wollenem Morgenmantel sah rauchend zu den Sternen hinauf. Aus der Ferne drangen Schreie durch die Mauern eines unsichtbaren Pavillons.

»Martine Combes ist tatsächlich hier gewesen, von 1952 bis 1958. Mehr kann ich Ihnen nicht sagen.«

»Können Sie doch«, erwiderte de Palma. »Sie ist nämlich tot.«

»Ah. Sie war schizophren. Zwangseinweisung. Erst wurde sie hier behandelt, dann durfte sie zurück nach Hause in die Gegend von Marseille. Später hatte sie noch ein paar Aufenthalte hier, aber von der harmlosen Art. Die Fünfzigerjahre waren da ja vorbei.«

»War sie gewalttätig?«

»Vermutlich, sonst hätte man sie nicht eingewiesen. Aber ihr Zustand hat sich bestimmt irgendwie verbessert. Man müsste ihre Akte finden. Ich kann das für Sie erledigen, wenn Sie wollen.«

»Gut, aber das hat noch Zeit. Ich muss mir erst mal einen Reim auf all das machen, was ich jetzt erfahren habe. Der springende Punkt ist nämlich, dass sie zur gleichen Zeit hier war wie Caillol. Da spinnt sich was zusammen, aber ganz klar ist mir die Sache noch nicht.«

»Wer war eigentlich Martine Combes?«

»Die Mutter von Thomas Autran. Combes war ihr Mädchenname.«

51

Zwei Tage später traf ein Schreiben aus Ville-Evrard ein.

»Das ist von Dr. Dubreuil!«, rief de Palma aus und riss den Umschlag auf. »Die Krankenakte von Martine Autran!«

Auf dem beiliegenden Zettel stand: »Der Wahnsinn ist nur schwer zu begreifen. Diese Akte wird Ihnen hoffentlich dabei weiterhelfen. Geben Sie sie bitte nicht weiter.«

An die hundert Seiten hatte Dubreuil kopiert. Die

Originale waren teils von Hand, teils mit Maschine geschrieben.

Martine Autran war sehr jung nach Ville-Evrard eingewiesen worden, mit nur vierzehn Jahren. »Vater Alkoholiker, Mutter schwer depressiv«, hatte der Chefarzt der Kinderabteilung notiert. Erst hatte sie sich verhältnismäßig ruhig verhalten, dann aber war sie nach einem überaus gewalttätigen Anfall in die geschlossene Abteilung gekommen. Dort wurde sie isoliert und zwei Mal auch fixiert.

»Zum Glück haben sich die Methoden geändert«, sagte de Palma und reichte Bessour die ersten zwei Blätter.

Auf der dritten Seite schrieb der Psychiater, dem die Frauenabteilung unterstand, Martine sei mit sechzehn Jahren schwanger geworden, vermutlich durch eine Vergewaltigung. Im dritten Monat hatte sie eine Fehlgeburt, und das dadurch ausgelöste Trauma brachte sie wieder in die geschlossene Abteilung. Dort hatte sie schließlich versucht, einen Pfleger umzubringen. Sie hielt es in der Anstalt einfach nicht mehr aus. Nie kam sie jemand besuchen.

Kurz nach der Fehlgeburt hatte sie mit im Krankenhaus entwendeten Beruhigungspillen einen Selbstmordversuch verübt. Zwei Tage verbrachte sie daraufhin fixiert auf einem Bett, mit einem Schlauch im Magen, dann verlegte man sie zurück in die Frauenabteilung.

Drei Monate später konstatierte der zuständige Arzt eine deutliche Verbesserung ihres Gesundheitszustands. Martine las wieder, nahm an gemeinsamen Aktivitäten teil und arbeitete jeden zweiten Vormittag in der Wäscherei ihres Pavillons. Es war keinerlei Ausgang vermerkt. Vom vierzehnten bis zum achtzehnten Lebensjahr sah sie nichts anderes als die Anstalt.

»Das ist ja wie vier Jahre Knast«, sagte Bessour.

»Na ja, nicht ganz!«

Am 22. Mai 1957 notierte ein Pfleger namens Robert Vandel, Martine sei mit einem Patienten aus der Männerabteilung eine Beziehung eingegangen, die von einer anderen Patientin gemeldet worden sei, vermutlich aus Eifersucht. In seinem Bericht vom 23. Mai vermerkte der Pfleger, im Zaun zwischen den beiden Abteilungen seien vermutlich Löcher. Ab jenem Datum wurde Martine nie mehr in die geschlossene Abteilung verbracht. Laut dem Pfleger war sie durch ihre Liebesbeziehung »gefestigt« worden.

Am 17. Juni hatte sie einen kurzen Brief bekommen. Von Caillol.

Seit ich wieder frei bin, denke ich nur mehr an dich, an unsere innigen Augenblicke.
Sag mir, dass du mich liebst und immer lieben wirst.

»Das ist ja rührend!«, sagte Bessour. »Und die Ärzte damals hatten nichts Besseres zu tun, als solche Briefe zu öffnen und zu den Akten zu legen. Nett, muss ich sagen. Im Knast machen sie das auch so.«

»Jetzt plustere dich nicht auf, Junge. Die werden schon ihren Grund gehabt haben.« De Palma blätterte weiter. »Und da ist er auch schon. Am 24. Juli ist Martine abgehauen. Du hast gemeint, die machen das aus reiner Unmenschlichkeit, aber in Wirklichkeit …«

Bessour runzelte die Stirn. »Am 24. Juli, sagst du?«

»Ja.«

»Und da fällt dir nichts auf?«

De Palma schlug mit der flachen Hand auf seinen Block. »Die Zwillinge sind Anfang Januar geboren! Und neun Monate vorher kriegt sie den Liebesbrief von Caillol.«

»Genau«, sagte Bessour. »Da stimmt was nicht.«

»Und von Pierre Autran ist hier nirgendwo die Rede.« De Palma wühlte sich weiter durch die Blätter, doch keine Spur von Pierre Autran. »Ich denke, heute Nachmittag machen wir mal einen auf Kriminaltechniker.«

Caillols DNA-Profil ging erst am frühen Abend hinaus und wurde von der Analysedatei untersucht, in der Thomas gespeichert war. Der Psychiater war tatsächlich der Vater von Thomas und Christine.

»Ich habe ja schon so manches Scheußliche gesehen«, sagte Bessour, »aber das hier ist schon ganz untere Schublade. Darunter ist höchstens noch die Hölle mit gehörnten Teufeln, die einen aufspießen …«

»Ich weiß nicht, ob Wahnsinn erblich ist«, murmelte de Palma, »aber das sieht ja fast schon lehrbuchmäßig aus. Armer Junge!«

»Du hast doch nicht etwa Mitleid mit ihm!«, entrüstete sich Legendre.

»Ich glaube schon. Ob dir das nun gefällt oder nicht.«

Legendre ging nicht darauf ein. »Wir sind alle müde«, sagte er. »Gönnen wir uns erst mal einen ruhigen Abend und eine Menge Schlaf. Morgen sehen wir klarer.«

»Ob er wusste, dass Dr. Caillol sein Vater war?«, fragte Eva.

»Die DNA kann nicht danebenliegen. Thomas wusste genau, was er tat.«

»Wie kann man bloß den Menschen töten, der einen gezeugt hat?«

»Und wie kann ein Erzeuger seinem Kind so Schlimmes antun?«

»Und die Mutter?«

»Soweit ich weiß, liegt bei ihr der Fall noch schlimmer. Sie hat ihre Kinder nur als Fesseln gesehen, die sie loswerden wollte.«

»Da läuft es einem kalt den Rücken runter.«

»Mit solchen Geschichten muss ich leben.«

»Dann lass sie draußen vor der Tür. Das soll unsere Grenze sein. Zwischen einer Gesellschaft, die den Bach runtergeht, und unserer kleinen, halbwegs normalen Welt.«

»Verzeih mir.«

De Palma dachte an die antike Tragödie, an Elektra und ihren Bruder Orest, an ihre furchtbare Familie, die Atriden. Hatte die Gesellschaft sich überhaupt fortentwickelt? Und war nicht auch das nur ein banaler Gedanke?

Eva war wieder in *Der Fremde* von Camus vertieft. Hin und wieder war ihr anzusehen, was sie beim Lesen empfand.

»Wie geht es deiner Tochter?«, fragte Michel.

»Besser. Ich bin zu ihr gefahren, während du auf der Jagd nach Ungeheuern warst. Jetzt sieht man schon richtig was.«

Anita war im vierten Monat. Sie wusste noch nicht, ob es ein Junge oder ein Mädchen war, und wollte es auch nicht wissen.

Eva sah wieder in ihr Buch. Der Baron setzte sich neben sie auf die Couch. »Es ist so spät geworden, weil wir die Krankenakte von Martine Autran bekommen haben. Die hat mir einen ziemlichen Schlag versetzt. Nur damit du es weißt.«

Sie nahm ihre Lesebrille ab und sah ihn an. »Ich weiß, warum dich das so aufreibt, Michel. Ich kann mich gut erinnern, wie damals dein Bruder gestorben ist. Du warst böse auf die ganze Welt. Und hast dich mit jedermann gestritten.«

Er senkte den Kopf.

»Das ist vorbei, Michel. Ich weiß, dass deine Mutter dich zu ein paar Spezialisten geschickt hat. Aber kein einziger von diesen Psychologen hat gesagt, dass du verrückt bist.« Sie legte ihm die Hand auf die Schulter. »Du musst aus der Falle raus, in die du dich eingesperrt hast. Nimm dir diesen Fall nicht so zu Herzen.«

»Ich habe oft zur Waffe gegriffen«, murmelte er. »Zu oft.«

»Red keinen Unsinn!«

»Ich habe das niemandem gesagt. Nicht mal Maistre. Dieser Trieb, verstehst du. Beim Schießen habe ich auf einmal nicht mehr nachgedacht. Dieser Trieb verfolgt dich, und du fürchtest ihn mehr als alles andere.«

»Hast du auf Menschen geschossen?«

Er stand auf und ging zu seiner CD-Sammlung. »Sollen wir ausgehen?«, fragte er, ohne sich umzudrehen.

»Lieber nicht.«

»Dann lege ich uns eine Oper auf.«

Er wählte *Julius Cäsar* von Händel. Seit einiger Zeit löste die Barockmusik in ihm Gefühle aus, die er schon seit Ewigkeiten nicht mehr empfunden hatte.

52

Der letzte Mensch, der mit dem Hirschkopfmenschen zu tun gehabt hatte, war Jérémie Payet, jener Student, der ihn 1970 bei der Ausgrabung in Quinson gefunden hatte. Laut der Universität Provence hatte Payet zur Zeit seiner Immatrikulierung in der Fakultät für Urgeschichte in Saint-Henri gewohnt. Eine Überprüfung ergab, dass seine Mutter dort noch immer lebte und er sie oft besuchte. De Palma hatte keine Mühe, seine heutige Adresse herauszufinden: ein Boot im Hafen von Les Goudes. Payet lebte ganz für seine Leidenschaft, das Tauchen, und hatte sogar einen Tauchclub mit dem beziehungsreichen Namen »La Grande Bleue« gegründet.

Der kleine Hafen von Les Goudes ist zwischen einem Damm aus großen Steinblöcken und einem Betonkai hufeneisenförmig angelegt. In der Mitte ein vom Meer zerfressener Kran, Ruderboote und Außenborder. Dazu eine alte, von der Gischt gebleichte, vor sich hinrottende Takelage.

De Palma sprach einen etwa Sechzigjährigen an, der sich mit einer Netzrolle abmühte.

»Payet? Der ist auf seinem Boot da vorn. Und wenn nicht,

dann ist er in der Kneipe von Georges.« Der Mann musterte de Palma. »Was wollen Sie denn von ihm?«

»Mich in seinem Tauchclub anmelden.«

Der Mann nickte und ging zu dem Boot des Clubs. »He Jérémie, bist du da?«

Payet streckte den Kopf aus der Kabine und erblickte sofor de Palma.

»Ich glaube, die Polizei will was von dir!« Mit den Schul tern rollend verzog sich der Mann wieder, als sei nichts ge wesen.

Payet tat einen Satz auf den Kai und wischte sich die Händ mit einem zum Lumpen verkommenen alten Polohemd ab De Palma zeigte seinen Ausweis vor. Payet schien nicht weite überrascht zu sein.

»Ich möchte hier alte Erinnerungen ausgraben«, sagte de Baron. »Der Hirschkopfmensch … Können wir kurz dazu sprechen?«

Payet ließ seinen Blick über die Häuser am Hafen schwei fen, als wollte er sich vergewissern, dass auch niemand ihnen zusah. In dem Dörfchen, in dem zahlreiche Schmuggler und sonstige Banditen gewohnt hatten, war es nicht besonders gern gesehen, sich mit einem Bullen zu unterhalten.

»Der Hirschkopfmensch …«, setzte Payet an. »Ja, den hab ich damals gefunden, in einer Schicht aus dem Gravettien, ir Quinson.«

»Wie war das so an dem Tag?«

Payet überlegte kurz. »Nur Palestro und Autran waren da bei, sonst niemand. Ich hatte das Gefühl, dass an der Stelle an der ich seit einiger Zeit am Buddeln war, irgendwas Beson deres auftauchen müsste. Schon tagelang fand ich dort Pfeil spitzen und solche Sachen.«

»Und dann war da auf einmal der Hirschkopfmensch.«

»Ja, der gehörnte Hexer.«

Diese Bezeichnung überraschte de Palma. Er zog seiner

Notizblock heraus. »Wer hat den Hirschkopfmenschen gestohlen?«

Payet sträubte sich sichtlich.

»Sie können es mir ruhig sagen, das ist alles verjährt. Sie riskieren nichts mehr.«

Das wirkte.

»Ich wars«, sagte Payet mit gesenktem Blick. »Ich gebs zu. Drei Tage nach dem Fund habe ich ihn gestohlen.«

»Und warum?«

»Weil Palestro ein Dreckskerl war. Er hat die Entdeckung ganz für sich allein beansprucht und sogar behauptet, er persönlich hätte die Figur aus der Erde gezogen.« Nervös zwinkerte Payet mit den Augen. »Da habe ich sie aus der Truhe wieder herausgenommen.«

»Und was haben Sie damit gemacht?«

»Ja, wissen Sie, ich habe damals … Wie soll ich sagen? Ich habe also damals einen Anruf von Pierre Autran bekommen. Der wusste von dem Diebstahl, und auch, dass ich das gewesen war. Und er hat mir eine ziemliche Summe Geld angeboten.«

»Wie viel?«

»So viel, dass ich mir das Boot hier leisten konnte.«

De Palma warf einen Blick auf das Deckshaus und die Vorrichtungen für die Tauchschule.

»Kannten Sie Pierre Autran näher?«

Payet richtete sich auf. Er sah etwas beschämt drein. »Nicht wirklich. Nur von der Ausgrabung her, da haben wir öfter miteinander geredet.«

»Worüber?«

»Er wusste, dass ich ein guter Taucher bin und manchmal in kleinen Höhlen dreißig Meter unter dem Meeresspiegel behauene Feuersteine gefunden habe. In der Calanque Triperie.«

Da wurde de Palma auf einmal bewusst, dass Payet der Leiter des Tauchclubs war, in dem Fortin und Christine Autran sich kennengelernt hatte. Der Kreis schloss sich. »Sind Sie der einzige Tauchclub in Les Goudes?«

»Ja. Seit jeher.«

»Und Sie sind der Leiter?«

»Ja.«

»Wissen Sie, was kurz vor Weihnachten in der Le-Guen-Höhle passiert ist?«

»Nur so ungefähr. Da hat einer einen Unfall gehabt, oder?«

»Genau.«

De Palma ließ Payet ein wenig Zeit zum Überlegen. Auf einmal veränderte sich das Licht. Die Sonne war hinter die Dammfelsen gesunken und beschickte die großen Scheiben der Hafenrestaurants mit ihrem letzten Glanz.

»Es war ein Dekompressionsunfall«, sagte der Baron schließlich. »Ganz banale Sache.«

Payets Augen glänzten. Er hatte auffallend große Hände, breit wie Tischtennisschläger. »Schrecklich«, sagte er.

De Palma beugte sich vor und blickte in das ölige Hafenwasser. »Sie wissen nicht zufällig, was aus dem Hirschkopfmenschen geworden ist?«

»Nein. Den wird wohl immer noch die Familie Autran haben.«

»Ja. Natürlich«, erwiderte de Palma.

Payet griff sich ein zerfasertes Stück Nylontau und zwirbelte mit seinen haarigen Fingern daran herum. »Mehr kann ich Ihnen nicht sagen.«

De Palma hielt ihm eine Visitenkarte hin. »Bitte entschuldigen Sie die Störung, Monsieur Payet. Falls Ihnen noch was einfällt, melden Sie sich doch bitte!«

Der Baron ging zu seinem Auto hoch. Auf der kleinen Straße in Richtung Croisette und Maïre-Insel lag ein bläulicher Schatten.

Bei Pointe-Rouge hatte sich vor dem kleinen Jachthafen ein Stau gebildet. De Palma griff zu seinem Handy.

»Hallo Karim. Tu mir mal einen Gefallen.«

»Schieß los.«

»Das erste Opfer Autrans hieß Weill, aber mir ist so, als hätte sie auch einen Mädchennamen gehabt. Kannst du den für mich rausfinden? Sie ist vor elf Jahren von Autran umgebracht worden. Die beiden anderen waren ledig, da bin ich mir sicher.«

»Ich rufe dich in fünf Minuten zurück.«

Am Freitagabend vibrierte die Stadt, von ihrem verstopften Herzen bis hin zu den entlegensten Vierteln, die am Fuß der schwarzen Hügel elektrische Sternbilder formten.

Nach fünf Minuten klingelte das Telefon.

»Na?«, fragte de Palma.

»Stimmt. Hélène Weill hieß mit Mädchennamen Payet.«

53

Die Finger von Hélènes Mutter kneteten ein zerknülltes Taschentuch. Sie hatte ein kleines Gesicht mit durchscheinender Haut, graue, nach hinten gekämmte Haare und rot geweinte Augen.

»Die Menschen sind Tiere. Anders kann man es nicht sagen.« Claire Payet sah zu de Palma auf und blickte ihn kühl an. »Ihr Vater ebenso!«, rief sie und deutete auf das Foto eines jungen Mannes in Uniform, das auf dem Marmor einer Empire-Anrichte stand. »Manchmal hat er mich geschlagen. Hélène hat das nie erfahren, aber es war so. Verheiratet geblieben sind wir wegen ihr und ihrem Bruder Jérémie. Ich weiß nicht, ob sie nicht manchmal doch was gemerkt hat.«

Das Haus war penibel sauber. Das Fischgrätparkett glänzte,

jede Nippfigur hatte ihren Platz, und neben dem Sessel aus Rippsamt stand eine Vase mit frischen Blumen.

»Warum habe ich ihre Leiche nicht sehen dürfen?«, fragte Hélènes Mutter griesgrämig.

»Sie sollten sich an Ihre Tochter so erinnern, wie sie war, als sie noch lebte«, erwiderte de Palma sanft. »Das allein zählt.«

Schnaufend setzte Claire Payet sich an den Esszimmertisch und legte die Hände zwischen die Knie. »Sie haben sie damals wohl gesehen, was?«, fragte sie.

Es lag etwas Vorwurfsvolles und zugleich Trauriges in ihrem Ton. De Palma antwortete nicht. Was immer er auch gesagt hätte, wäre falsch gewesen. Die alte Dame sah ihn finster an.

»War bestimmt kein schöner Anblick«, flüsterte sie.

Ihre Schultern sackten nach vorn. Sie lebte allein in einem kleinen Haus im ärmeren Teil von Saint-Henri, am Ende einer Straße, die den Hügel hinaufging. Im Garten zwei Bambusstauden und eine verrottende Schaukel. De Palma stellte sich vor, wie Hélène ihren Bruder bat, sie noch höher zu schubsen, bis in den weiten Himmel. Claire Payet schien seine Gedanken zu erraten. Sie stand auf und ging zum Fenster.

»Ich habe alles so gelassen. Ihr Bruder will nicht, dass irgendwas verändert wird. Das war übrigens auch ihr größter Wunsch. Seit dem Tod seines Vaters klammert Jérémie sich an Kindheitserinnerungen. Manchmal ertappe ich ihn dabei, wie er auf der Schaukel vor sich hin träumt ...«

Hélène war ein paar Jahre verheiratet gewesen und hatte sich dann scheiden lassen. Sie war Geschichtslehrerin in einer Privatschule in Aubagne, dem Institut Saint-François.

»Hatte sie Freunde? Ich meine ... Kannte sie ...«

»Männer!«, rief Madame Payet bitter lächelnd. »Nicht viele. Sie verehrte ihren Vater. Kein Junge fand in ihren Augen Gnade. Keiner konnte ihrem Vater das Wasser reichen. Ihre Ehe war eine einzige Katastrophe.«

Alle Töchter verehren ihren Vater, dachte de Palma. Sein Blick fiel auf die nackten Spitzen einiger Rosensträucher im Garten. »Was machte Ihr Mann?«

»Archäologe war er!«, rief sie mit geweiteten Augen aus. »Stellen Sie sich vor! Archäologe!«

»Das ist doch ein schöner Beruf.«

»Von wegen Beruf! Das war sein Hobby, seine Leidenschaft.«

»Ach so. Und was machte er beruflich?«

»Er war Arzt. Dr. Payet. Angeblich der beste Allgemeinarzt von Saint-Henri.«

Ihr Gesicht verzog sich zu einer hämischen, tragikomischen Fratze. De Palma fragte sich, ob sie Beruhigungsmittel einnahm. Von der Art, bei der es zu den seltsamsten Entzugserscheinungen kommen konnte.

»Ging Hélène oft aus?«

»Manchmal. Ins Kino. Oder sie ging mit ihrer Freundin Florence weg. Das ist unsere Nachbarin.« Claire Payet wandte sich ab. Sie zitterte.

»Könnte ich ihr Zimmer sehen?«, fragte de Palma und sah auf die Uhr. Nach seinen Berechnungen musste Jérémie Payet jeden Augenblick eintreffen. Und Bessour hätte schon da sein sollen.

»Im ersten Stock. Ich schaffe es jetzt aber nicht, mit Ihnen da hochzugehen. Es ist die Tür am Endes des Ganges.«

Die Eichentreppe war versiegelt. De Palma stieg langsam empor. Ihm war, als ob ihm ein Geist vorausginge. Oben sah er im Halbdunkel auf einem Tischchen ein tanzendes Paar aus Bronze. An den Wänden eine weiße und lilafarbene Streifentapete. Den Parkettboden bedeckte ein rotgoldener Orientteppich. Über das Treiben im Gang wachten, steif lächelnd, mehrere Porträts, vermutlich Ahnen der Familie. Am Ende des Gangs war eine geschlossene Tür. De Palma hatte das Gefühl, dass der vorausgehende Geist ihm eine Pause auferlegte, als ob ihn hinter der Tür eine heilige Reliquie erwartete. Bevor er die Türklinke betätigte, atmete er tief ein.

Das Zimmer war ziemlich groß und hell. Auf dem Doppelbett im Stil Heinrich II. lag eine blassrosa Daunendecke, mit Blumenmotiven bestickt. Das Fenster mit den weißen Baumwollvorhängen ging auf eine Wiese mit Trauerweiden hinaus.

Links stand eine alte Holzkommode, auf der eine Puppe mit blauen, halb geschlossenen Augen und sorgfältig gekämmten Haaren saß. Sie trug Kleider aus den Siebzigerjahren: einen Schottenrock und einen dunkelgrünen Rollkragenpullover. In der obersten Schublade fand de Palma eine Ansammlung altmodischer Unterwäsche. Die anderen Schubladen enthielten Strümpfe und Strumpfhosen. Beim Betrachten jener seidenweichen Stoffe beschlich den Baron ein seltsames Gefühl, als ob die Frau, die diesen Luxus getragen hatte und deren Geheimnisse er hier enthüllte, ihn dreisten Blickes beobachtete.

Er machte die Schubladen wieder zu und nahm sich den Wandschrank vor. Alles war tadellos gebügelt und aufgeräumt. Ein paar Kostüme, Röcke aus allen möglichen Stoffen, aber stets grün oder dunkellila. Es roch nach Mottenkugeln. Er schob die Schranktüren wieder zu und ließ seinen Blick durch das Zimmer schweifen. Der Schreibtisch gegenüber dem Bett war sorgfältig aufgeräumt. Rechts die Stifte, links ein Tacker, auf der Seite ein Stapel Kopien, vermutlich Unterrichtsmaterial. Darüber hing ein Foto, das wohl aus der Zeit kurz vor ihrem Tod stammte. Hélène Arm in Arm mit einem etwa gleichaltrigen jungen Mann.

De Palma beugte sich zu dem Foto mit den verblassten Farben vor. Plötzlich durchfuhr es ihn. Der Mann neben Hélène war niemand anderes als Thomas Autran. Im leicht verschwommenen Hintergrund prangte an der Wand eine eingravierte Inschrift. Die ersten Buchstaben über dem Kopf von Hélène waren nicht zu sehen, doch der Rest ließ vermuten, dass es sich um das Wort »Universität« handelte.

Danach kamen ein großes P und ein unleserlicher kleiner Buchstabe. De Palma hielt das Foto ans Fenster und fotografierte es mit dem Handy. Das Ergebnis war nicht sehr zufriedenstellend, doch als Gedächtnisstütze würde es herhalten. Er hängte das Foto zurück, etwas betrübt, die heilige Ordnung des Zimmers gestört zu haben.

Von unten hörte er Geschirrklappern. Claire Payet musste in der Küche beschäftigt sein. De Palma ging hinunter und war eine Weile im Wohnzimmer allein. Eine ganze Wand war von Regalen eingenommen, auf denen einzig und allein Geschichtsbücher und Biografien standen. Auf einem Beistelltisch lagen Frauenmagazine. Hélènes Mutter kam wieder aus der Küche.

»An welcher Universität hat Ihre Tochter studiert?«

»In Aix-en-Provence. Sie war sehr gut!«

»Wer ist denn der junge Mann auf dem Foto mit ihr?«

Claire Payet zwinkerte nervös. »Auf dem Foto in ihrem Zimmer? Das habe ich nie so richtig herausgekriegt.«

»Was meinen Sie mit ›nie so richtig‹?«

»Na ja, der war wohl damals ihr Freund. Ich habe sie immer wieder danach gefragt, aber sie wollte nicht heraus mit der Sprache.« Sie blickte zu der im Halbdunkel liegenden Öffnung, die zum ersten Stock hinaufführte, als suchte sie dort nach verflüchtigten Erinnerungen. »Ich denke, sie war verliebt in ihn, aber ich kenne nicht mal seinen Vornamen. Über ihr Liebesleben weiß ich wirklich gar nichts.«

Mit zitternder Hand rückte sie eine graue Strähne zurecht, die aus ihrem Dutt hervorstand. »Wissen Sie, so was wie Liebe für die Männer habe ich ihr nicht gerade beigebracht. Ganz im Gegenteil. Ich habe ihr immer gesagt, sie soll sich vor Männern in Acht nehmen, die ihr zu sehr auf den Leib rücken. Sie war nämlich sehr schön!«

»Wissen Sie, warum die Beziehung nicht gehalten hat?«

»Der Junge war anscheinend halb verrückt. Mehr weiß ich

nicht. Mein Sohn hat ihn ein wenig gekannt. Der könnte ihnen vielleicht was erzählen.«

De Palma blickte zum Fenster. Würde Jérémie Payet wohl kommen wie vorgesehen?

»Sie haben gesagt, dass Ihr Mann sich für Archäologie interessiert hat? Für welche Zeit denn genau?«

»Für die Urgeschichte. Genauer gesagt, für urgeschichtliche Kunst. Ich weiß gar nicht mehr, wo er da überall rumgegraben hat. In der Provence gibt es ja alle möglichen urgeschichtlichen Stätten.«

»Hat Ihre Tochter ihn da begleitet?«

»So oft sie nur konnte. Und ihr Bruder auch, der hat ja Urgeschichte studiert.«

»Und Sie?«

»Ich? Nein, wenn mein Mann mit seinen Kindern unterwegs war, war ich vergessen. Aber alte Steine sind sowieso nicht mein Ding.«

»Haben Sie auch was von Figuren mitbekommen?«

Heftig schüttelte sie den Kopf.

»Nein, ganz bestimmt nicht! Und falls mein Mann mir von so was erzählt hätte, würde ich mich nicht mehr daran erinnern.«

»Aber Ihr Sohn vielleicht?«

»Nein.«

Im Garten fiel eine Tür ins Schloss.

»Da kommt mein Sohn!«

Unauffällig griff der Baron zu seinem Revolver. Er stellte sich an den Eingang und sah zur einzigen Tür, die auf den Garten hinausging. Jérémie Payet ging durch die Küche und erschien erst nach einer ganzen Weile. Er versteckte etwas hinter seinem Rücken.

»Ich wusste, dass Sie hierherkommen würden!«, rief er dem Baron zu. »Ich wusste es! Also los, machen wir Schluss!«

Da klingelte Bessour. De Palma machte ihm auf.

»Sie sind verhaftet. Wegen des Mordes an Christine Autran und ihrem Bruder Thomas«, sagte de Palma ruhig.

Payet ließ die Jagdflinte fallen, die er hinter dem Rücken gehabt hatte.

»Es ist 18.34 Uhr«, sagte Bessour. »Haftbefehl von Richter Landi.« Er legte Jérémie Payet Handschellen an und setzte ihn auf einen Stuhl. Claire Payet stieß einen entsetzten Schrei aus. »Mein Gott, Junge, was hast du da getan?«

Payet senkte den Kopf. »Hélène fehlt mir so sehr ...«

»Ich weiß doch, dass sie dir fehlt. Mir fehlt sie ja auch. Ganz furchtbar!«

»Ich habe Hélène gesehen ... Ich habe sie gesehen ... Jemand hatte ihr etwas Schreckliches angetan. Und diesen jemand kannte ich. Oft konnte ich nicht schlafen. In meinem Kopf ging alles drunter und drüber. Ich weiß noch, wie sie lachte und dass sie immer nach den Erdbeerbonbons roch, die wir nicht essen sollten.«

Claire Payet drehte sich zur Wand. Ihre Lippen zitterten, als wollte sie ein unmögliches Wort herausbringen.

»Sie roch nach Bonbons ... Als ich sie im Leichenschauhaus gesehen habe. Ich habe zurückgedacht, wie wir im Garten immer gespielt haben. Daran habe ich gedacht, als ich gesehen habe, wie die Ärzte sie notdürftig zusammengeflickt hatten. Ich habe die Einzelteile eines kleinen Mädchens gesehen ...« Payet sah auf. Mit verzerrtem Gesicht. »Ich nehme an, Herr Oberbulle, dass man so etwas nie wieder aus seinem Gedächtnis löschen kann. Die Bilder brennen sich ein und begleiten einen bis zum Tod. So ist es doch, oder?«

»Ja. Man vergisst sie nie. Man kann höchstens lernen, damit umzugehen.«

Payet ballte die Fäuste. Er wollte weinen, konnte aber nicht. »Ich habe versucht, so gut wie möglich weiterzuleben, irgendetwas Anständiges anzufangen. Habe Trost in der Liebe gesucht. Aber umsonst. Dann habe ich mich fürs Meer entschieden. Den riesigen Schoß des Wassers. Nur da habe ich meine zusammengenähte Schwester nicht mehr gesehen. Und habe ihre zarten Finger vergessen, wie sie sich in die Erde gekrallt haben, um dem Ungeheuer zu entkommen, und ihre Füße, die über den Boden geschleift sind. Aber sobald ich auftauchte, war alles wieder da. Alles, bis ins kleinste Detail. Auch wie sie roch, als ich sie gesehen habe.« Er drehte sich zu seiner Mutter um. »Willst du wissen, wie sie da gerochen hat? Nach Eingeweiden. Wie ein stinkendes Moor.«

Claire Payet ging hinaus.

»Und dann ist die Höhle wieder geöffnet worden. Zumindest hat er das geglaubt. Ich wusste, dass Thomas Autran den Hirschkopfmenschen dort versteckt hatte. Den musste ich unbedingt wiederbekommen. Ohne diese Figur wäre meiner Schwester nichts von alledem passiert.«

»Wie meinen Sie das?«, fragte de Palma.

»Dann hätte mein Vater Pierre Autran nicht kennengelernt. Und dessen Ungeheuer von Sohn nicht meine Schwester. Pierre Autran war ein kleiner, reizender Mann. Ein schwacher Mensch, der seinen Kindern alles durchgehen ließ. Wohlhabend, so wie mein eigener Vater. Die beiden kannten sich gut. Und ich war gut mit Thomas und Christine bekannt.«

»Und Sie haben sich gerächt. Sie haben Christine getötet, aber ihr Bruder ist Ihnen entwischt.«

»Wie, entwischt?«

»Er ist tot. Alles ist zu Ende.«

Bessour legte Payet eine Hand auf die Schulter. »Wo ist der Hirschkopfmensch?«, fragte er.

»Auf meinem Boot. Unter dem Kartentisch. In einem Paket, das ich an den Tisch gebunden habe. Jedermann soll wissen, dass ich ihn gefunden habe und nicht dieses Schwein von Palestro.«

»Ich werde das Pauline Barton sagen.«

Zwei Polizeifahrzeuge parkten vor dem Haus. Jérémie

Payet wurde abgeführt. Seine Mutter stand erschüttert vor der Schaukel, auf der ihre Kinder sich so sehr amüsiert hatten. Weder Bessour noch de Palma wagten näher zu treten.

An einem steinharten Himmel erschien bald der Mond. Fragile Wölkchen zogen dahin, angetrieben vom Mistral, der die trockenen Aromen des Winters davontrug.

Epilog

Der Baron wühlte in seiner Plattensammlung nach etwas, mit dem man auf jung machen konnte. Er fand nichts.

»Oper ist doch auch nicht schlecht als Hintergrundmusik, oder?«, startete er einen schüchternen Versuch.

»Kann ich mir nicht vorstellen«, rief Eva aus der Küche herüber.

»Dann Barockmusik!«

»Auch nicht!«

Er räumte wieder auf, was er herausgekramt hatte. »Ich kann doch wohl nicht The Clash auflegen«, murmelte er. »Außerdem sind mir die heilig, das sind noch echte Schallplatten!«

Mitte der Achtzigerjahre hatte er in London eine Gesamtaufnahme gekauft. Das Ende einer Epoche, hatte Maistre das genannt, für den Joe Strummer der letzte aller Propheten war.

»Ich könnte noch schnell was kaufen gehen! Hättest du eine Idee?«

Eva erschien in der Wohnzimmertür. »Du bleibst schön hier. Anita kann jeden Augenblick kommen.«

»Ich muss mich noch umziehen.«

Sie musterte ihn amüsiert. »Nein, schon in Ordnung. So bist du mir *smart* genug. Abgesehen von den Pantoffeln.«

Sie trug ein leuchtend rotes Seidenkleid, das selbst einen Franziskanermönch um den Verstand gebracht hätte, und den goldenen, auffälligen Schmuck, den sie von ihrer sizilianischen Großmutter hatte. De Palma liebte den honigfarbenen Glanz auf ihrer braunen Haut. Er erinnerte ihn an die alten Korsinnen, Sizilianerinnen und Neapolitanerinnen, die am Sonntagvormittag in ihren schwarzen Kleidern und ihren Lackschuhen zur Kirche Saint-Jean hinuntergegangen waren und dabei ihren einzigen Luxus zur Schau trugen, nämlich ihren Goldschmuck, der ebenso schwer wog wie ihre ewige Trauer.

»Bald fahren wir nach Rom«, sagte de Palma und drückte Eva an sich.

»Unsere erste gemeinsame Reise.«

»Ja.«

Sie drückte ihm einen Kuss auf die Lippen. »Versuchst du gerade, ein bisschen romantisch zu sein?«

»Ich kann dir vor der Engelsburg aus *Tosca* vorsingen. *Recondita armonia di bellezze diverse …*«

»Oh, leg uns doch das auf!«

Er eilte zum CD-Player und hatte auch gleich einen Namen im Kopf. Mario del Monaco, eine Aufnahme aus den Sechzigerjahren mit Renata Tebaldi in der Titelrolle. »Zum Dessert wird Maistre zu uns stoßen«, sagte er beim Einlegen der CD.

Eva rollte mit den Augen. »Hast du etwa Angst, meiner Tochter ganz allein zu begegnen?«

»Ach, Unsinn.«

»Sie redet seit Monaten von dir.«

»Genau das beunruhigt mich ja. Maistre kennt sich da aus. Seine zwei Jungs haben ständig Freundinnen heimgebracht.«

»Hoffentlich tischst du nicht wieder eine deiner berüchtigten Polizeianekdoten auf.«

»Nein, versprochen. Ich werde über Opern reden. Das mögen Frauen.«

Eva knabberte an seinem Ohr. »Dein Maistre wird doch nicht allzu lange bleiben, oder …?«

»Äh, nein. Der Einsatz wird beendet, sobald du es anordnest.«

»Na schön, dann kann ich ja wieder in die Küche.«

De Palma wandte sich seinem Bücherschrank zu. Neben *Der Verbrecher* stand *Verbrechen und Psychiatrie,* insgesamt über tausend Seiten. Das erste Buch stammte aus einer Zeit, als man den Menschen aus seinem Erbgut heraus zu erklären suchte, und im zweiten stand, der Mensch komme nicht als Verbrecher zur Welt, sondern entwickle sich erst durch Dramen und Trennungen zu einem solchen. In den Morgennachrichten hatte de Palma gehört, man traue sich nun zu, schon bei Kleinkindern zu prognostizieren, wer mal auf die schiefe Bahn kommen werde. Die Schnapsidee eines Ministers, der weder von Mördern eine Ahnung hatte noch von Kindern. De Palma fächerte die Seiten von *Der Verbrecher* auf und sog den Duft von Papier und alter Tinte ein. All dieses Wissen würde ihm von nun an nichts mehr nützen.

In drei Tagen würde er sein Waffe und seinen Dienstausweis abgeben, wie es in alten Polizistengeschichten immer so schön hieß. Das machte ihn weder glücklich noch traurig. Er würde keine Leichen mehr vor Dr. Mattei liegen sehen und nicht mehr bei einer Festnahme im tiefsten Inneren zittern. Hunderte von Verhaftungen hatte er miterlebt, und an fast alle konnte er sich erinnern. Es waren jedes Mal harte Brüche gewesen. Menschenleben, die an Paragrafen zerschmettert waren.

Den Fall Autran hatte Bessour in die Hand genommen. Er hatte Payet in der Untersuchungshaft verhört, ihn dem Untersuchungsrichter vorgeführt und ihm dann mit ernster Miene eröffnet, dass gegen ihn ein Ermittlungsverfahren wegen Mordes eingeleitet werde. Das bedeutete Schwurgericht und am Ende vielleicht lebenslänglich. De Palma hatte sich geschworen, dass er im Fall einer Zeugenaussage versuchen würde, die Geschworenen zu erweichen, um Payet eine Strafe zu ersparen, die so lang war wie das Leben.

Von dem, der bei der ganzen Kripo nur der Baron hieß,

hatte Bessour nichts mehr zu lernen. Legendre hatte ihm ein Dezernat anvertraut, das er mit viel Feingefühl leitete, was de Palma nie so recht gelungen war. Bessour arbeitete schon an einem anderen Fall, einer Abrechnung zwischen Drogenhändlern in den Nordvierteln von Marseille. Ein Fünfzehnjähriger aus Busserine hatte Blei abgekriegt, eine Kalaschnikow-Salve mitten in den Bauch. Drei Stunden hatte der Todeskampf gedauert.

De Palma hätte Bessour gern geholfen, doch in jenen Außenbezirken war er machtlos. Selbst die alten Drogenpanscher der *French Connection* kannten sich nicht mehr aus. Bessour hingegen wusste alles über diesen Krieg. Er kannte seinen Ursprung, die Schleichwege und Treffpunkte und die Kräfte auf dem Terrain. So machte er sich auf ein gutes Dutzend tote Jugendliche gefasst, alle rausgeputzt wie amerikanische Basketballstars. Luxustrainingsanzüge mit Löchern vom Kaliber .43 darin. Dem Kaliber von anno dazumal. Bei Qualitätsfragen hörte der Generationenkonflikt auf.

De Palma klappte den *Verbrecher* zu. Es läutete.

»Machst du auf?«

»Nein, geh du hin!«

»Ich habe die Hände voller Teig!«

De Palma sah sich ein paar Sekunden im Gangspiegel an, klappte den Hemdkragen hoch und machte mit betont feierlicher Miene die Tür auf. Anita reichte ihm angespannt ihre schmale, knochige Hand. Um den Baron war es augenblicklich geschehen: Sie sah genauso aus wie damals ihre Mutter, als er nur Augen für sie gehabt hatte.

»Ich nehme an, Sie sind Michel?«

»Äh, ja.«

Ihr Bauch war schon ziemlich gerundet, was sie mit einem parfumduftenden Schal ein wenig kaschierte.

»Kommen Sie doch rein.« De Palma hoffte auf Evas Beistand, doch der kam nicht.

Anita hielt einen Strauß blaue Lilien in der Hand. »Komisch«, sagte sie zögerlich und schielte dabei auf die Pantoffeln des Barons, »ich hatte Sie mir anders vorgestellt.«

De Palma hütete sich zu antworten. Er nahm ihr die Blumen ab und brachte sie Eva. »Schau, was deine Tochter dir mitgebracht hat.«

»Die sind nicht für Mama, die sind für Sie. Sie hat mir gesagt, dass Sie Opernliebhaber sind, da mögen Sie bestimmt auch Blumen.«

Ihm blieb der Mund offen stehen. Dann riss er sich zusammen. »Das ist das erste Mal, dass man mir Blumen schenkt. Die sind wunderbar. Ich steck sie gleich in eine Vase.«

Er drehte sich um, damit man die Tränen nicht sah, die er nicht zurückhalten konnte.

Etwas später rief Maistre an. Er könne nun doch nicht kommen, wegen eines plötzlichen Fieberanfalls. Er, der nie krank war. De Palma vermutete ein Komplott Evas.

»Es wird ein Junge«, sagte Anita, als de Palma den Champagner aufmachte.

»Seit wann weißt du das?«, fragte Eva.

»Seit einem Monat, aber ich wollte, dass wir zu dritt sind, wenn ich es verkünde.«

»Ein Junge«, murmelte der Baron. »Ein Junge … In welchem Mythos wirst du wohl leben?«

Zitatnachweis

Die Mottozitate wurden aus folgenden Quellen übernommen:

Clottes, Jean, und Lewis-Williams, David, *Schamanen. Trance und Magie in der Höhlenkunst der Steinzeit,* aus dem Französischen übertragen und mit einer Einleitung versehen von Peter Nittmann, Jan Thorbecke Verlag, Sigmaringen 1997.

Jung, C. G., *Erinnerungen, Träume, Gedanken,* aufgezeichnet und herausgegeben von Aniela Jaffé, mit 26 Tafeln, Rascher Verlag, Zürich/Stuttgart 1962.

Leroi-Gourhan, André, *Die Religionen der Vorgeschichte,* aus dem Französischen von Michael Bischoff, Suhrkamp Verlag, Frankfurt am Main 1981.

Zerzan, John, »Why Primitivsm?«, erschienen 2002 auf *www. johnzerzan.net.*

Xavier-Marie Bonnot im Unionsverlag

Die Melodie der Geister

Der Marseiller Polizeikommandant Michel de Palma, auch »Baron« genannt, soll Licht in den Fall des Mordes an Dr. Delorme bringen, der tot an seinem Schreibtisch aufgefunden wurde, vor ihm aufgeschlagen Freuds Werk *Totem und Tabu*. Sechzig Jahre zuvor hat der Wissenschaftler in Neuguinea den Einheimischen Schädel und Totenmasken abgekauft. Warum fehlt in Delormes Villa einer dieser Schädel? Während die Ermittlungen laufen, kommt es zu weiteren Verbrechen an Ethnologen und Kunsthändlern. Hat Michel de Palma es mit einem manischen Mörder zu tun? Seine Untersuchungen führen den opernbegeisterten, unbeugsamen, unberechenbaren Ermittler in die Tiefen der Marseiller Unterwelt, aber auch nach Neuguinea und in die internationale Kunsthandelsszene.

Im Sumpf der Camargue

Der Marseiller Polizeikommandant Michel de Palma müsste sich eigentlich von seinen Verletzungen erholen, die er sich im letzten Fall zugezogen hat. Ingrid Steinert, Ehefrau des milliardenschweren deutschen Industriellen William Steinert, braucht aber seine Hilfe: Ihr Mann ist seit einigen Tagen verschwunden. Obwohl am Anfang nicht besonders interessiert, weckt der Fall doch de Palmas Neugier, als die Leiche von Steinert in den schlammigen Sümpfen der Camargue gefunden wird. Die Polizei meint, die Lösung schnell zu kennen: ertrunken, ein Unfall. Dann überschlagen sich die Geschehnisse, als immer mehr Leichen auftauchen, alle auf bestialische Weise verstümmelt. Ist die Tarasque, das Ungeheuer aus den Sümpfen, mehr als ein Mythos?

»Nach Jean-Claude Izzo und René Fregni taucht ein neuer Schriftsteller von Format aus Marseilles auf: Xavier-Marie Bonnot.« *Schmelztiegel*

Mehr über Autor und Werk auf *www.unionsverlag.com*

Jean-Claude Izzo im Unionsverlag

Die Marseille-Trilogie Total Cheops · Chourmo · Solea
Fabio Montale ist ein kleiner Polizist mit Hang zum guten Essen
und einem großen Herz für all die verschiedenen Bewohner der
Hafenstadt: für die Italiener, die Spanier, die Nordafrikaner
und auch die Franzosen. Ob einer Polizist wird oder Gangster,
das ist reiner biografischer Zufall. Freund bleibt Freund.

»Fiebrige Lebenslust, überbordende Vitalität auf der einen,
die Tragödien der Gestrandeten auf der anderen Seite.« *Robert
Hültner, Abendzeitung*

Aldebaran
Im Hafen von Marseille steht die Zeit still. An der äußersten Mole
liegt die Aldebaran fest, deren Reeder Konkurs gegangen ist. Die
letzten drei Männer an Bord wollen den Frachter nicht aufgeben.

Die Sonne der Sterbenden
Rico zieht Bilanz: Er ist geschieden, seinen Sohn darf er nicht
mehr sehen, die Wohnung hat er verloren, sein einziger Kum-
pel, der Clochard Titi, ist tot. Rico beschließt, aus dem eisigen
Pariser Winter abzuhauen, in den Süden.

Leben macht müde
Es sind die kleinen Leute – Prostituierte, Matrosen, Hafen-
arbeiter, illegale Einwanderer, die sich in diesen sieben Geschichten mit den großen Fragen des Daseins konfrontiert
sehen: »Die Angst. Das Leben selber.«

Mein Marseille
Die geheime Heldin aller Romane von Jean-Claude Izzo ist
Marseille. Diese Texte erzählen von den Menschen, dem Licht
und den Farben der Stadt. Izzo führt durch die Gassen und
Kneipen, erzählt von Kräutern und Düften, von Vergangen-
heit, Gegenwart und Zukunft einer ewigen Stadt.

Mehr über Autor und Werk auf *www.unionsverlag.com*

Segeln und Tauchen mit dem Unionsverlag

ROBERT KURSON *Im Sog der Tiefe*

1991 stießen Fischer vor der Küste New Jerseys auf ein bislang unbekanntes deutsches U-Boot aus dem Zweiten Weltkrieg. *Im Sog der Tiefe* ist die Erzählung eines fesselnden Abenteuers, in welchem zwei Taucher alles riskieren, um ein großes Geheimnis der Geschichte zu lüften – und damit selbst Geschichte schreiben.

JEONG YU-JEONG *Sieben Jahre Nacht*

Wie kann ein elfjähriger Junge überleben, wenn alle Welt in ihm den Sohn des »Stauseemonsters« sieht? Des Mannes, der ein Mädchen ermordete und ein ganzes Dorf zerstörte? Einsam und geächtet lebt er in einem Dorf an der Küste. Rätselhafte Besucher tauchen auf. Die Vergangenheit wird aufgerollt. Am Ende ist alles anders, als es schien.

HENRY DE MONFREID
Die Geheimnisse des Roten Meeres

Henry de Monfreid stammte aus bestem Hause, war befreundet mit Matisse, Gauguin, Cocteau. Nach einigen frustrierenden Jahren als Ingenieur brach er 1911 auf ans Rote Meer. Er kaufte sich ein Schiff und lebte unter Fischern, Perlentauchern, Schmugglern, Piraten, Waffenhändlern als einer der Ihren. Seine Schilderungen machten ihn zur Legende.

YAŞAR KEMAL *Zorn des Meeres*

Während vieler Jahre hat Yaşar Kemal die Fischer auf ihren Fahrten begleitet und die Stimmungen des Marmarameers in sich aufgenommen. Dieser Roman ist eine Liebeserklärung an dieses Meer und an die von Leben sprühende Stadt Istanbul, zugleich ein äußerst spannender Kriminalroman und ein Hohelied der Freundschaft.

Mehr über alle Bücher und Autoren auf *www.unionsverlag.com*

Unionsverlag Taschenbuch

BÜCHER FÜRS HANDGEPÄCK
Ägypten · Argentinien ·
Australien · Bali · Bayern ·
Belgien · Brasilien · China ·
Dänemark · Emirate · Finnland ·
Himalaya · Hongkong · Indien ·
Indonesien · Innerschweiz ·
Island · Japan · Kalifornien ·
Kambodscha · Kanada · Kap-
verden · Kolumbien · Korea ·
Kreta · Kuba · London ·
Malaysia · Malediven ·
Marokko · Mexiko · Myan-
mar · Namibia · Neuseeland ·
New York · Norwegen ·
Patagonien und Feuerland ·
Peru · Provence · Sahara ·
Schottland · Schweden ·
Schweiz · Sizilien · Sri Lanka ·
Südafrika · Tessin · Thailand ·
Toskana · Vietnam

AUF DIE DAME KOMMT ES AN
(UT 921)
SHAHRIAR MANDANIPUR
Augenstern (UT 920)
GALSAN TSCHINAG Kennst du
das Land (UT 919)
KARL-MARKUS GAUSS
Die versprengten Deutschen
(UT 917)
SYLVAIN PRUDHOMME
Legenden (UT 916)
XAVIER-MARIE BONNOT
Der erste Mensch (UT 915)
WOLE SOYINKA Aké (UT 914)
JOSÉ EDUARDO AGUALUSA
Barroco Tropical (UT 913)
PATRÍCIA MELO Trügerisches
Licht (UT 912)

ANDREA BARRETT Die Reise
der Narwhal (UT 911)
HOWARD FAST Spartacus
(UT 910)
PETRA IVANOV Entführung
(UT 909)
HOEPS & TOES Die Cannabis-
Connection (UT 908)
GARRY DISHER Kaltes Licht
(UT 907)
FRANCISCO COLOANE Der letz-
te Schiffsjunge der Baquedano
(UT 906)
GISBERT HAEFS Der erste Tod
des Marc Aurel (UT 905)
JOHN E. WILLS 1688 (UT 904)
MICHÈLE MAILLET Schwarzer
Stern (UT 903)
JULIA BLACKBURN Daisy Bates
in der Wüste (UT 902)
KARL-MARKUS GAUSS Im
Wald der Metropolen (UT 901)
LENNARDT LOSS Und
andere Formen menschlichen
Versagens (UT 900)
JÜRGEN HEIMBACH Die Rote
Hand (UT 899)
KARL-MARKUS GAUSS
Abenteuerliche Reise durch
mein Zimmer (UT 898)
WILLI WOTTRENG Ein Irokese
am Genfersee (UT 896)
STEFAN SCHOMANN Das Glück
auf Erden (UT 895)
SARAH MOSS Zwischen den
Meeren (UT 894)
PATRICK DEVILLE Taba-Taba
(UT 893)
LUAN STAROVA Zeit der Ziegen
(UT 892)

Mehr über alle Bücher und Autoren auf *www.unionsverlag.com*